作家小说
典藏

刘心武小说

刘心武 著

作家出版社

目 录

1 班主任
27 我爱每一片绿叶
42 公共汽车咏叹调
77 人面鱼
97 偷父
105 煤球李子
121 如意
170 立体交叉桥
277 小墩了

班主任

一

你愿意结识一个小流氓,并且每天同他相处吗?我想,你肯定不愿意,甚至会嗔怪我何以提出这么一个荒唐的问题。

但是,在光明中学党支部办公室里,当黑瘦而结实的支部书记老曹,用信任的眼光望着初三(三)班班主任张俊石老师,换一种方式向他提出这个问题时,张老师并不以为古怪荒唐。他只是极其严肃地考虑了一分钟左右,便断然回答说:"好吧!我愿意认识认识他……"

事情是这样的:前些日子,公安局从拘留所把小流氓宋宝琦放出来。他是因为卷进了一次集体犯罪活动被拘留的。在审讯过程中,面对着无产阶级专政的强大威力与政策感召,他浑身冒汗,嘴唇哆嗦,做了较为彻底的坦白交代,并且揭发检举了首犯的关键罪行。因此,公安局根据他的具体情况——情节较轻而坦白揭发较好,加上还不足十六岁——将他教育释放了。他的父母感到再也难在老邻居们面前抛头露面,便通过换房的办法搬了家,恰好搬到光明中学附近。根据这几年实行的"就近入学"办法,他父母来申请将宋宝琦转入光明中学上学。他该上初三,而初二(二)班又恰好有空位子,再加上张老师有十几年的班主任工作经验，又是这个年级班主任里唯一的党员，因此，经过党支部研究，接受了宋宝琦的转学要求，并且由老曹直接找到张老师，直截了当地摆出情况，问他说："怎么样？你把宋宝琦收下吧？"

正像你所知道的那样，张老师思忖的目光刚同老曹那饱含期待、鼓励的目光相遇，他便答应下来了。

二

张老师是个什么样的人呢？

趁他顶着春天的风沙，骑车去公安局了解宋宝琦情况的当口，我们可以仔细观察他一番。

张老师实在太平凡了。他今年三十六岁，中等身材，稍微有点发胖。他的衣裤都明显地旧了，但非常整洁，每一个纽扣都扣得规规矩矩，连制服外套的风纪扣，也一丝不苟地扣着。他脸庞长圆，额上有三条挺深的抬头纹，眼睛不算大，但能闪闪放光地看人，撒谎的学生最怕他这目光；不过，更让学生们敬畏的是张老师的那张嘴。人们都说薄嘴唇的人能说会道，张老师却是一副厚嘴唇，冬春常被风吹得暴出干皮儿；从这副厚嘴唇里迸出的话语，总是那么热情、生动、流畅，像一架永不生锈的播种机，不断在学生们的心田上播下革命思想和知识的种子，又像一把大笤帚，不停息地把学生心田上的灰尘无情地扫去……

一路上，张老师的表情似乎挺平淡，等到听完公安局同志的情况介绍、翻完卷宗以后，他的脸上才显露出强烈的表情来——很难形容，既不全是愤慨，也不排除厌恶与蔑视，似乎渐渐又下了决心，但忧虑与沉重也明显可见。

张老师从公安局回到学校时，已经是下午三点钟。他掏出叠得很整齐的手绢一边擦着脑门上的汗，一边走进年级组办公室。显然同组的老师们都已知道宋宝琦将于明天到他班上课的事了。教数学的尹达磊老师头一个迎上他，形成了关于宋宝琦的第一个波澜。

尹老师和张老师同岁，同是一个师范学院毕业，同时分配到光明中学任教，又经常同教一个年级。他们一贯推心置腹，就是吵嘴，也从不含沙射影、指桑骂槐，总是把想法倾巢倒出，一点"底儿"也不留。

三

尹老师身材细长，五官长得紧凑，这就使他永远摆脱不了"娃娃相"，多亏鼻梁上架着副深度近视镜，才使他在学生们面前不至有失长者的尊严。

在这1977年的春天，尹老师感到心里一片灿烂的阳光。他对教育战线、对自己的学校、所教的课程和班级，都充满了闪动着光晕的憧憬。他觉得一切不合理的事物都应该而且能够迅速得到改进。他认为"四人帮"既已揪出，扫荡"四人帮"在教育战线的流毒，形成理想的境界应当不需要太多的时间。不过，最近这些天他有点沉不住气。他愿意一切都如春江放舟般顺利，不承想却仍要面临一些复杂的问题。

关于宋宝琦即将"驾到"的消息一入他的耳中，他就忍不住热血沸腾。张老师刚一迈进办公室，他便把满腔的"不理解"朝老战友发泄出来。他劈面责问张老师："你为什么答应下来？眼下，全年级面临的形势是要狠抓教学质量，你弄个小流氓来，陷到做他个别工作的泥坑里去，哪还有精力抓教学质量？闹不好，还弄个'一粒耗子屎坏掉一锅粥'!你呀你,也不冷静地想想,就答应下来,真让人没法理解……"

办公室的其他老师,有的赞同尹老师的观点,却不赞同他那生硬的态度;有的不赞成他的观点,却又觉得他的确是出于一片好心;有的一时还拿不准该怎么看,只是为张老师凭空添了这么副重担子,滋生了同情与担忧……因此,虽然都或坐或站地望着张老师,却一时都没有说话。就连搁放在存物架上的生理卫生课教具——耳朵模型,仿佛也特意把自己拉成了一尺半长,在专注地等待着张老师作答。

张老师觉得尹老师的意见未免偏激,但并不认为尹老师的话毫无道理。他静静地考虑了一分钟,便答辩似的说:"现在,既没有道理把宋宝琦退回给公安局,也没有必要让他回原学校上学。我既然是个班主任老师,那么,他来了,我就开展工作吧……"

这真是几句淡而无味的话。倘若张老师咄咄逼人地反驳尹老师,也许会引起一场火爆的争论,而他竟出乎意料地这样作答,尹老师仿佛反被慑服了。别的老师也挺感动,有的还不禁低首自问:"要是把宋宝琦分到我的班上,我会怎么想呢?"

张老师的确必须立即开展工作,因为,就在这时,他班上的团支部书记谢惠敏找他来了。

四

谢惠敏的个头比一般男生还高,她腰板总挺得直直的,显得很健壮。有一回,她打业余体校栅栏墙外走过,一眼被里头的篮球教练看中。教练热情地把她请了进去,满心以为发现了个难得的培养对象。谁知让这位长圆脸、大眼睛的姑娘试着跑了几次篮后，竟格外地失望——原来，她弹跳力很差，手臂手腕的关节也显得过分僵硬，一问，她根本对任何球类活动都没有兴趣。

的确，谢惠敏除了随着大伙看看电影、唱唱每个阶段的推荐歌曲，几乎没有什么业余爱好。她功课中平，作业有时完不成，主要是由于社会工作占去的精力和时间太多了——因此倒也能获得老师和同学们的谅解。

头年夏天，张老师接任这个班的班主任时，谢惠敏已经是团支部书记了。张老师到任不久便轮到这个班下乡学农。返校的那天，队伍离村二里多了，谢惠敏突然发现有个男生手里转动着个麦穗，她不禁又惊又气地跑过去批评说："你怎么能带走贫下中农的麦子？给我！得送回去！"那个男生不服气地辩解说："我要拿回家给家长看，让他们知道这儿的麦子长得有多棒！"结果引起一场争论，多数同学并不站在谢惠敏一边，有的说她"死心眼"，有的说她"太过分"。最后自然轮到张老师表态。谢惠敏手里紧紧握着那根丰满的麦穗，微张着嘴唇，期待地望着张老师。出乎许多同学的意料，张老师同意了谢惠敏送回麦穗的请求。耳边响着一片扬声争论与喁喁低议交织成的音波，望着在雨后泥泞的大车道上奔回村庄的谢惠敏那独特的背影，张老师曾经感动地想：问题不在于小小的麦穗是否一定要这样来处理，看哪，这个仅仅只有三个月团龄的支部书记，正用全部纯洁而高尚的感情，在维护"决不能让贫下中农损失一粒麦子"的信念——她的身上，有着多么可贵的闪光素质啊！

但是，这以后，直到"四人帮"揪出来之前，浓郁的阴云笼罩着我们祖国的大地，阴云的暗影自然也投射到了小小的初三（三）班。被"四人帮"那个女黑干将控制的团市委，已经向光明中学派驻了联络员，据说是来培养某种"典型"；是否在初三

（三）班设点，已在他们考虑之中。谢惠敏自然常被他们找去谈话。谢惠敏对他们的"教诲"并不能心领神会，因为她没有丝毫的政治投机心理，她单纯而真诚。但是，打从这时候起，张老师同谢惠敏之间开始显露出某种似乎解释不清的矛盾。比如说，谢惠敏来告状，说团支部过组织生活时，五个团员竟有两个打瞌睡。张老师没有去责难那两个不像样子的团员，却向谢惠敏建议说："为什么过组织生活总是念报纸呢？下回搞一次爬山比赛不成吗？保险他们不会打瞌睡！"谢惠敏瞪圆了双眼，几乎不相信自己的耳朵，隔了好一阵，才抗议地说："爬山，那叫什么组织生活？我们读的是批宋江的文章啊……"再比如，那一天热得像被扣在了蒸笼里，下了课，女孩子们都跑拢窗口去透气，张老师把谢惠敏叫到一边，上下打量着她说："你为什么还穿长袖衬衫呢？你该带头换上短袖才是，而且，你们女孩子该穿裙子才对啊！"谢惠敏虽然热得直喘气，却惊讶得满脸涨红，她简直不能理解张老师在提倡什么作风！班上只有宣传委员石红才穿带小碎花的短袖衬衫，还有那种带褶子的短裙，这在谢惠敏看来，乃是"沾染了资产阶级作风"的表现！

"四人帮"揪出来之后，张老师同谢惠敏之间的矛盾自然可以解释清楚了，但并没有完全消除。

现在，谢惠敏找到张老师，向他汇报说："班上同学都知道宋宝琦要来了，有的男生说他原来是什么'菜市口老四'，特别厉害；有些女生害怕了，说是明天宋宝琦真来，她们就不上学了！"

张老师一愣，他还没有来得及预料到这些情况。现在既然出现了这些情况，他感到格外需要团支部配合工作，便问谢惠敏："你怕吗？你说该怎么办？"

谢惠敏晃晃小短辫说："我怕什么？这是阶级斗争！他敢犯

狂，我们就跟他斗！"

张老师心里一热。一霎时，那在泥泞的大车道上奔走的背影活跳在记忆的屏幕上。他亲热地对谢惠敏说："你赶紧把团支部和班委会的人找齐，咱们到教室开个干部会！"

五

四点二十左右，干部会结束了。其他干部都走了，教室里剩下张老师、谢惠敏和石红三个人。

石红恰好面对窗户坐着，午后的春阳射到她的圆脸庞上，使她的两颊更加红润；她拿笔的手托着腮，张大的眼眶里，晶亮的眸子缓慢地游动着，丰满的下巴微微上翘——这是每当她要想出一个更巧妙的方法来解决一道数学题时，为数学老师所熟悉、所喜爱的神态。可是此刻她并不是在解数学题，而是在琢磨怎么写出明天一早同大家——也包括宋宝琦——见面的"号角诗"。

张老师同谢惠敏在一旁谈着话。围绕着接收宋宝琦需要展开的工作，已经全部落实。男生干部分头找男生们做工作去了，跟他们讲宋宝琦并不是什么威震菜市口的"英雄"，而是个犯了错误的需要帮助的人。对他既别好奇乃至于敬畏，也不能歧视打击，大家要齐心合力地帮助他。女生干部将分头到那几个或者是因为胆小，或者是出于赌气，宣布明天不来上学的女生家去，对她们和她们的家长讲清楚，学校一定会保证女孩子们不受宋宝琦欺侮；对宋宝琦这样的小流氓，消极躲避只能助长他的恶习，只有团结起来同他斗争，进行教育，才能化有害为无害，并且逐步化无害为有益。张老师则要对宋宝琦进行家访，对他以及他的家长进行初步了解，并进行第一次思想工作。石红的"号角诗"明天一早将向大家强调:"让我们的教室响彻抓纲治国的脚步声!"

当石红的"号角诗"快要写完的时候,张老师同谢惠敏的谈话结束了。张老师把摊在桌上、刚给干部们看过的几件东西往一块敛。那是张老师从派出所带回来的宋宝琦犯案后被搜出的物品:一把用来斗殴的自行车弹簧锁,一副残破油腻的扑克牌,一个式样新颖附有打火机的镀镍烟盒,还有一本撕掉了封皮的小说。小干部们面对这些东西都厌恶得皱鼻子,撇嘴角。谢惠敏提议说:"团支部明天课后开个现场会,积极分子也参加,摆出这些东西,狠狠批判一顿!"大伙都同意,张老师也点头说:"对。要利用这个机会,进一步抓好反腐蚀教育。"

没承想,临到张老师收敛这几件物品时,突然出现了矛盾,还闹得挺僵。

别的东西都收进书包了,只剩下那本小说。张老师原来顾不得细翻,这时拿起来一检查,不由得"啊"了一声。原来那是本"文化大革命"以前,中国青年出版社出版的长篇小说《牛虻》。

谢惠敏感到张老师神情有点异常,忙把那本书要过来翻看。她以前没听说过、更没看见过这本书。她见里面有外国男女讲恋爱的插图,不禁惊叫起来:"唉呀!真黄!明天得狠批这本黄书!"

张老师皱起眉头,思索着。他回忆起自己中学时代的情况。那时候,团支部曾向班上同学们推荐过这本小说……围坐在篝火旁,大伙用青春的热情轮流朗读过它;倚扶着万里长城的城堞,大伙热烈地讨论过"牛虻"这个人物的优缺点……这本英国小说家伏尼契写成的作品,曾激动过当年的张老师和他的同辈人,他们曾从小说主人公的形象中,汲取过向上的力量……也许,当年对这本小说的缺点批判不够?也许,当年对小说的精华部分理解得也不够准确、不够深刻?……但,不管怎么说——张老师想到这儿，忍不住对谢惠敏开口分辩道："这本《牛虻》可不能说成是黄书……"

谢惠敏的两撇眉毛险些飞出脑门，她瞪圆了双眼望着张老师，激烈地质问说："怎么？不是黄书？！这号书不是黄书什么是黄书？"在谢惠敏的心目中，早已形成一种铁的逻辑，那就是凡不是书店出售的、图书馆外借的书，全是黑书、黄书。这实在也不能怪她。她开始接触图书的这些年，恰好是"四人帮"搞法西斯文化专制主义最凶的几年。可爱而又可怜的谢惠敏啊，她单纯地崇信一切用铅字新排印出来的东西，而在"四人帮"控制舆论工具的那几年里，她用虔诚的态度拜读的报纸刊物上，充塞着多少他们的"帮文"，喷溅出了多少戕害青少年的毒汁啊！倘若在谢惠敏她最亲近的人当中，有人及时向她点明：张春桥、姚文元那两篇号称"阐述无产阶级专政理论"的"重要文章"大可怀疑，而"梁效""唐晓文"之类的大块文章也绝非马列主义的"权威论著"……那该有多好啊！但是，由于种种主观和客观上的原因，没有人向她点明这一点。她的父母经常嘱咐谢惠敏及其弟妹，要听毛主席的话，要认真听广播、看报纸；要求他们遵守纪律、尊重老师；要求他们好好学功课……谢惠敏从这样的家庭教育中受益不浅，具备了强烈的无产阶级感情、劳动者后代的气质；但是，在资产阶级、修正主义的白骨精化为美女现形的斗争环境里，光有朴素的无产阶级感情就容易陷于轻信和盲从，而"白骨精"们正是拼命利用一些人的轻信与盲从以售其奸！就这样，谢惠敏正当风华正茂之年，满心满意想成为一个好的革命者，想为共产主义这个目标而奋斗，却被"四人帮"害得眼界狭窄、是非模糊。岂止《牛虻》这本书她会认为是毒草，我们这段故事发生的时候，《青春之歌》已经进行再版了，但谢惠敏还保持着"四人帮"揪出

9

前形成的习惯——把那些热衷于传播"文艺消息",什么又会有某个新电影上演啦,电台又播了个什么新歌呀这样的同学们,看成是"沾染了资产阶级思想"。就在前几天,她发现石红在自习课上看一本厚厚的小说,下课她便给没收了。那是1959年出版的《青春之歌》,她随便翻检了几页,把自己弄得心跳神乱——断定是本"黄书",正想拿来上交给张老师,石红笑嘻嘻地一把抢了回去,还拍着封面说:"可带劲啦!你也看看吧!"结果两人争吵了一场;后来她忙着去团委会开会,倒忘记向张老师反映了,没想到今天张老师竟比石红还要石红——亲口否认这本外国"黄书"不黄!在谢惠敏心中,外国的"黄书"当然一律又要比中国的"黄书"更黄了。面对着这样一位张老师,她又联想起以前的许多琐细冲突来。于是,往常毕竟占据支配地位的尊敬之感,顿然减少了许多。她微微噘起嘴,飞走的眉毛落回来拧成了个死疙瘩。

这时候,石红写完"号角诗",正准备给张老师和谢惠敏朗诵,忽然听到张老师说:"这本《牛虻》可不能说成是黄书……"她这才知道那本破书原来就是《牛虻》,赶忙凑拢谢惠敏身边去看。谢惠敏大声质问张老师的话刚一出口,她便热情地晃动着谢惠敏胳膊说:"别这么说!我听爸爸妈妈讲过,《牛虻》这本书值得一读!这两天我正读《钢铁是怎样炼成的》,里头的保尔·柯察金是个无产阶级英雄,可他就特别佩服牛虻……"石红早就想找本《牛虻》来看,一直没有借到,所以她从谢惠敏手中拿过书来翻动时,心里翻腾着强烈的求知欲:这本书写的是什么时代的事儿?故事发生在什么地方?牛虻究竟是个啥样的人?真的有值得佩服的地方吗?……当她把破书还到张老师手上时,不禁问道:"读这本书,该注意些啥?学习些啥?"谢惠敏咬住嘴唇,眯起眼睛,不满地望着石红,心里怦怦直跳。

张老师翻动着那本饱经沧桑的《牛虻》。他本想耐心地对谢惠敏解释为什么不能把它算作"黄书",但这本书是从宋宝琦那儿抄出来的,并且,瞧,插图上,凡有女主角琼玛出现,一律野蛮地给她添上了八字胡须。又焉知宋宝琦他们不是把它当成"黄书"来看的呢?生活现象是复杂的。这本《牛虻》的遭遇也够光怪陆离了。对谢惠敏这样实际上还很幼稚的孩子,分析过于复杂的生活现象和精华糟粕并存的文艺作品,需要充裕的时间和适宜的场合。

想到这些,我们的张老师便把破旧的《牛虻》放入书包,和蔼地对谢惠敏说:"关于这本书的事儿,咱们改天再谈吧。看,快五点了,咱们赶紧听听石红写的'号角诗'吧,听完分头按计划行动。"

石红念的诗,谢惠敏一句也没装进脑子里去。她痛苦而惶惑地望着映在课桌上的那些斑驳的树影。她非常、非常愿意尊敬张老师,可张老师对这样一本书的古怪态度,又让她不能不在心里嘀咕:"还是老师呢,怎么会这样啊?!……"

六

五点刚过,张老师骑车抵达宋家的新居。小院的两间东屋里,东西还来不及仔细整理,显得很凌乱。比如说,一盆开始挂花的"令箭",就很不恰当地摆放在了歪盖着塑料布的缝纫机上。

宋宝琦的母亲是个售货员,这天正为搬家倒休,忙不迭地拾掇着屋子。见张老师来了,她有些宽慰,又有点羞愧,忙把宋宝琦从屋里喊出来,让他给老师敬礼,又让他去倒茶。我们且不忙随张老师的眼光去打量宋宝琦,先随张老师坐下来同宋宝琦母亲谈谈,了解一下这个家庭的大概。

宋宝琦的父亲在园林局苗圃场工作，一直上"正常班"，就是说，下午六点以后就能往家奔了。但他每天常常要八九点钟才回家。为什么？宋宝琦母亲说起来连连叹气，原来这些年他养成了个坏习惯：下班的路上经过月坛，总要把自行车一撂，到小树林里同一些人席地而坐，打扑克消遣，有时打到天黑也不散，挪到路灯底下接茬打，非得其中有个人站起来赶着去工厂上夜班，他们才散。

显然，这样一位父亲，既然缺乏丰富而有意义的精神生活，那么，对宋宝琦的缺乏教育管束也就可想而知了。至于当母亲的，从她含怨的叙述中，不难看出她是怎样自食了溺爱与放任独生子的苦果。

绝不要以为这个家庭很差劲。张老师注意到，尽管他们还有大量的清理与安置工作，才能使房间达到窗明几净的程度，但是两张镶镜框的毛主席、华主席像，却已端正地并排挂到了北墙，并且，一张稍小的周总理像，装在一个自制的环绕着银白梅花图案的镜框中，被郑重地摆放在了小衣柜的正中。这说明这对年近半百的平凡夫妇，内心里也涌荡着和亿万人民相同的感情波澜。那么，除了他们自身的弱点以外，谁应当对他们精神生活的贫乏负责呢？……

差一刻六点的时候，张老师请当母亲的尽管去忙她的家务事，他把宋宝琦带进里屋，开始了对小流氓的第一次谈话。

现在我们可以仔细看看宋宝琦是什么模样了。他上身只穿着尼龙弹力背心，一疙瘩一疙瘩的横肉，和那白里透红的肤色，充分说明他有幸生活在我们这个不愁吃不愁穿的社会里，营养是多么充分，躯体里蕴藏着多么充沛的精力。唉，他那张脸啊，即便是以经常直视受教育者为习惯的张老师，乍一看也不免浑身起栗。

并非五官不端正，令人寒心的是从面部肌肉里，从殴打中裂过又缝上的上唇中，从鼻翼的神经质扇动中，特别是从那双一目了然地充斥着空虚与愚蠢的眼神中，你立即会感觉到，仿佛一个被污水泼得变了形的灵魂，赤裸裸地立在了聚光灯下。

经过三十来个回合的问答，张老师已在心里对宋宝琦有了如下的估计：缺乏起码的政治觉悟，知识水平大约只相当初中一年级程度，别看有着一身犟肉，实际上对任何一种正规的体育活动都不在行。张老师想到，一些满足于贴贴标签的人批判起宋宝琦这样的小流氓来，一定会说他是"满脑于资产阶级思想"。但是，随着进一步的询问，张老师便愈来愈深切地感到，笼统地说宋宝琦这样的小流氓具有资产阶级思想，那就近乎无的放矢，对引导他走上正路也无济于事。

宋宝琦的确有严重的资产阶级思想，但究竟是哪一些资产阶级思想呢？

资产阶级标榜"自由、平等、博爱"，讲究"个人奋斗""成名成家"，用虚伪的"人性论"掩盖他们追求剥削、压迫的罪行。而宋宝琦呢？他自从陷入了那个流氓集团以后，便无时无刻不处于森严的约束之中，并且多次被大流氓"扇耳刮子"与用烟头烫后脑勺。他愤怒吗？反抗吗？不，他既无追求"个性解放"、呼号"自由、平等"的思想行动，也从未想到过"博爱"；他一方面迷信"哥儿们义气"，心甘情愿地替大流氓当"催巴儿"，另一方面又把扇比他更小的流氓耳光当作最大的乐趣。什么"成名成家"，他连想也没有想过，因为从他懂事的时候起，一切专门家——科学家、工程师、作家、教授……几乎都被林贼、"四人帮"打成了"臭老九"，论排行，似乎还在他们流氓之下，对他来说，何羡慕之有？有何奋斗而求之的必要？资产阶级的典型思想之一是"知识即力量",对不起,我们的宋宝琦也绝无此种观念。知识有什么用?无休无止地"造反"最好。张铁生考试据说得了个"大鸭蛋",不是反而当上大官了吗?……所以,不能笼统地给宋宝琦贴上个"满脑袋资产阶级思想"的标签便罢休,要对症下药!资产阶级在上升阶段的那些个思想观点,他头脑里并不多甚至没有,他有的反倒是封建时代的"哥儿们义气"以及资产阶级在没落阶段的享乐主义一类的反动思想影响……请不要在张老师对宋宝琦的这种剖析面前闭上你的眼睛,塞上你的耳朵,这是事实!而且,很遗憾,如果你热爱我们的祖国,为我们可爱的祖国的未来操心的话,那么,你还要承认,宋宝琦身上所反映出的这种问题,在一定程度上还并不是极个别的!请抱着解决实际问题、治疗我们祖国健壮躯体上的局部痈疽的态度,同我们的张老师一起,来考虑考虑如何教育、转变宋宝琦这类青少年吧!

张老师从书包里取出那本饱遭蹂躏的小说来,问宋宝琦:"这本书叫什么名儿?你还记得吗?"

宋宝琦刚经历过专政机关严厉的审讯和带强制性的训斥,那滋味当然远比一个班主任老师的询问与教育难受,所以,他尽可能用最恭顺的态度回答说:"记得。这是牛亡。"他不认识"虻"字,照他识字的惯例,只读一半。

"不是牛亡,是牛虻。你知道这两个字是什么意思吗?"

宋玉琦面部没有表情,两眼直愣愣地望着对面在窗玻璃外扑腾的一只粉蝶,极坦率地回答说:"不懂。"

"那么,这本书你究竟读完了没有呢?"

"翻了翻篇。我不懂。"

"不懂,你要它干什么呢?这本书是打哪儿来的呢?"

"我们偷的。"

"打哪儿偷的呢？偷它干什么呢？"

"打原来我们学校废书库偷的。听说那里头的书都是不让借、不让看的。全是坏书。我们撬开锁，偷了两大抱。我们偷出来为的是拿去卖。"

"怎么没把这本卖了呢？"

"后来都没卖。我们听说，盖了图书馆戳子的书，我们要是卖去，人家就要逮着我们。"

"你们偷出来的书里，还有些什么呢？你还能说出几个名儿来吗？"

"能！"宋宝琦为能表现一下自己并非愚钝无知感到非常高兴，他第一次有了专注的神情，眨着眼，费劲地回忆着，"有《红岩》，有……《和平与战争》，要不，就是《战争与和平》，对了，还有一本书特怪，叫……叫《新嫁车的词儿》……"

这让张老师吃了一惊。他想了想，掏出钢笔在手心里写了《辛稼轩词选》几个字，伸出去让宋宝琦看，宋宝琦赶忙点头："就是！没错儿！"

张老师心里一阵阵发痛。几个小流氓偷书，倒还并不令人心悸。问题是，凭什么把这样一些有价值的，乃至于非但不是毒草，有的还是香花的书籍，统统扔到库房里锁起来，宣布为禁书呢？宋宝琦同他流氓伙伴堕落的原因之一，出乎一般人的逻辑推理，并非一定是出于读了有毒素的书而中毒受害，恰恰是因为他们相信能折腾就能"拔份儿"，什么书也不读而堕落于无知的深渊！

张老师翻动着《牛虻》，责问宋宝琦："给这插图上的妇女全画上胡子，算干什么呢？你是怎么想的呢？"

宋宝琦垂下眼皮，认罪地说："我们比赛来着，一人拿一本，翻画儿，翻着女的就画，谁画得多，谁运气就好……"

15

张老师愤然注视着宋宝琦,一时说不出话来。宋宝琦抬起眼皮偷觑了张老师一眼,以为是自己的态度还不够老实,忙补充说:"我们不对,我们不该看这黄书……我们算命,看谁先交上女朋友……我们……我再也不敢了!"他想起了在公安局里受审的情景,也想起了母亲接他出来那天,两只红红的、交织着疼和恨的眼睛。

"我们不该看这黄书。"——这句话像鼓槌落到鼓面上,使张老师的心"咚"的一响。怪吗?也不怪——谢惠敏那样品行端正的好孩子,同宋宝琦这样品质低劣的坏孩子,他们之间的差别该有多么大啊,但在认定《牛虻》是"黄书"这一点上,却又不谋而合——而且,他们又都是在并未阅读这本书的情况下,"自然而然"地作出这个结论的。这是多么令人震惊的一种社会现象!谁造成的?谁?

当然是"四人帮"!

一种前所未及的,对"四人帮"铭心刻骨的仇恨,像火山般喷烧在张老师的心中。截至目前为止,在人类文明史上,能找出几个像"四人帮"这样用最革命的"逻辑"与口号,掩盖最反动的愚民政策的例子呢?

望着低头坐在床上,两只肌肉饱满的胳膊撑在床边,两眼无聊地瞅着互相搓动的、穿着白边懒鞋的双脚,拒绝接受一切人类文明史上有益的知识和美好的艺术结晶的这个宋宝琦,张老师只觉得心里的火苗扑腾扑腾往上蹿,一种无形的力量冲击着他的喉头,他几乎要喊出来——

救救被"四人帮"坑害了的孩子!

七

春天日短。当远处电报大楼的七记钟声，悠悠地随风飘来时，暮色已经笼罩着光明中学附近的街道和胡同。

张老师推着自行车，有意识拐进了免费出入、日夜开放的小公园里。他寻了一条僻静处的长椅，支上车，坐到长椅上，燃起一支香烟，眉尖耸动着，有意让胸中汹涌的感情波涛，能集中到理智的闸门，顺合理的渠道奔流出去，化为强劲有力的行动，来执行自己这班主任的职责。

晚风吹动着一直拖到椅背上来的柳丝，身上落下了一些随风旋转而来的干榆钱，在看不见的地方，丁香花开了，飘来沁人心脾的芳馥气息。

同宋宝琦本人及其家庭的初步接触，竟将张老师心弦中的爱弦和恨弦拨动得如此之剧烈，颤动得他竟难以控制自己。他恨不能立时召集全班同学，来这长椅前开个班会。他有许多深刻而动人的想法，有许多诚挚而严峻的意念，有许多倾心而深沉的嘱托、建议、批评、引导和号召，就在这个时候，能以最奔放的感情，最有感染力的方式，包括使用许多一定能脱口而出的丰富而奇特的、易于为孩子们所接受的例证和比喻，淋漓尽致地表达出来……

他感到，他比以往任何时候，都更爱我们亲爱的祖国。想到她的未来，想到她的光明前景，想到本世纪结束、下世纪开始时，"四化"初具规模的迷人境界，他便产生了一种不容任何人凌辱、戏弄祖国，不许任何人扼杀、窒息祖国未来的强烈感情！他想到自己的职责——人民教师，班主任，他所培养的，不要说只是一些学生，一些花朵，那分明就是祖国的未来，就是使中华民族在这九百六十万平方公里的土地上，强盛地延续下去，发展下去，屹立于世界民族之林的未来！

他感到，他比以往任何时候，都更深刻地仇恨"四人帮"这伙祸国殃民的蠹贼。不要仅仅看到"四人帮"给国民经济所造成的有形危害，更要看到"四人帮"向亿万群众灵魂上泼去的无形污秽；不要仅仅注意到"四人帮"培养出了一小撮"头上长角、浑身长刺"的张铁生式丑类，还要注意到，有多少宋宝琦式的"畸形儿"已经出现！而且，甚至像谢惠敏这样本质纯正的孩子身上，都有着"四人帮"用残酷的愚民政策所打下的黑色烙印！"四人帮"不仅糟蹋着中华民族的现在，更残害着中华民族的未来！

对丑类的恨加深着对人民的爱，对人民的爱又加深着对丑类的恨，当爱和恨交织在一起的时候，人们就有了为真理而斗争的无穷勇气，就有了不怕牺牲去夺取胜利的无穷力量。

张老师陡然站了起来，他看看表，七点一刻。他想到了晚饭。不是他感到饿了，想自己回家吃饭去，他简直把自己也需要吃晚饭这件事忘到爪哇岛去了。他是打算亲自到几个同学家里去，了解一下他们对宋宝琦来初三（三）班的反应。而这个时候，同学们家里一定都在吃饭，吃饭的时候进行家访是不适宜的。他想了想，便背着手，在小公园的树林子里踱起步来，同时确定下来，七点半左右再离开这里……

丁香花的芳馨一阵阵更加浓郁。浓郁的香气令人联想起最称心如意的事。张老师想到"四人帮"已经被扫进了垃圾箱，想到华主席为首的党中央已经在短短的半年内打出了崭新的局面，想到亲爱的祖国不但今天有了可靠的保证，未来也更加充满希望，他便感到宋宝琦也并非朽不可雕的烂树，而谢惠敏的糊涂处以及对自己的误解与反感，比之于蕴藏在她身上的优良素质和社会主义积极性来，简直更不是什么难以消融的冰雪了。

八

张老师推车走出小公园时，恰巧遇上了提着鼓囊囊的塑料包，打从小公园门口走过的尹老师。

尹老师大吃一惊："俊石，你怎么还有逛公园的雅兴？"

张老师笑了笑，没有解释。他也并不问尹老师从哪儿来，到哪儿去。他知道，尹老师坚持有一个多月了，每天下午四点以后，除了在学校组织一些数学后进的学生补课以外，还要轮流到他们家里去进行个别辅导。他熟悉尹老师的脾性，特别是"四人帮"控制着文教战线的时期，他往往牢骚满腹，对教育部不满，对学校领导不满，对学生不满，对家长不满。倘是一个局外人，听了他那些愤激之情溢于言表的话，一定会以为他是个惯于撂挑子、甩袖子的人；其实尹老师牢骚归牢骚，工作归工作，不管是什么时候，不管遇上什么打击、障碍、困难和挫折，他从未放弃过辛勤的教学劳动。就是在"四人帮"把学生中的无政府主义思潮煽动得达于极点，课堂里往往乱得像一锅煮沸的粥时，他虽然能在办公室里把牢骚话说到"咱们干脆罢教"的地步，一听到上课铃响，却又立即奔赴教室，仍然竭尽全力地用粉笔敲着黑板，用劝导、吆喝、说服、恫吓来让同学们听他讲述那些方程式和多面体。

张老师知道这是他已经结束了个别辅导，要奔赴胡同外的汽车站，乘车回家去了。他既然是忙完了工作，那么，牢骚一定是一触即发。果不其然，不等张老师开口，他便拍着张老师自行车的车座子，长叹一声说："'四人帮'给咱们造成了些什么样的学生啊！你想想看吧，我教的是初三了，可刚才却还在为两个学生

19

翻来覆去地讲勾股定理……你比我更有'福气'——摊上个'新文盲'宋宝琦！说实在的我能理解你，眼下是'百废待举'，该做的事情那么多，而光是今天一个下午，你就为收留一个小流氓耗费了那么多心血，犯得上吗？！让宋宝琦滚蛋吧！公安局不收，让他回原来的学校！原来的学校不要，就让他在家待着！……"

张老师诚恳地对他说："经过这一下午，我越来越自觉地认识到，症结不在是不是一定要收下宋宝琦——的确，也许应当为他这样的学生专门办一种学校，或者把他同相似的学生专门编成一班；要不按他的文化程度，干脆把他降到初一去从头学起……但这都不是主要的。症结在哪里呢？今天下午围绕着收留宋宝琦发生的这一件又一件的事情，好比一面镜子，照出了'四人帮'糟害我们下一代的罪恶；有些'四人帮'的流毒和影响，我以前或者没有觉察出来，或者没有像今天这样感到触目惊心，我想到了很多、很多……达磊，现在是1977年的春天，这是多么美好、多么幸福的春天啊，可它又是要求我们迎向更深刻的斗争、付出更艰苦的劳动的春天，因而也是要求我们更加严格的一个春天！朝前看吧，达磊！……"

尹老师从这简单的话语里不可能感受到张老师已经感受到的一切，但是，当他同张老师那饱含着醒悟、深思、信心、力量的动人目光相遇时，他的牢骚和烦躁情绪顿时消失了。1977年春天的晚风吹拂着这两个平平常常、默默无闻的人民教师，有那么一两分钟，他们各自任自己的思绪飞扬奔腾，静静地没有交谈。

张老师想到，过几天，针对尹老师思想方法偏于简单和急躁的缺点，一定要找他好好地谈一谈：感情绝不能代替政策；迫切希望革命事业向前迈进的心情，不能简单地表现为焦躁和牢骚；锲而不舍地坚持斗争的同时，又应当对事物的发展抱相应的积极等待的态度；对宋宝琦这类小流氓的厌恨，还可以转化为对祖国的幼苗遭到"四人帮"戕害而生的怜惜和疼爱……总之，要好好地同尹老师谈谈哲学，谈谈辩证法，谈谈现在和未来，谈谈爱和恨，谈谈生活和工作，乃至于谈谈《红岩》和《牛虻》……

远处又飘来了报告七点半已到的一记钟声，张老师收回沸腾的思绪，拍拍尹老师肩膀说："咱俩另找个时间好好聊聊吧。我还要到几个同学家里去一下。"

"快去石红那儿吧，"尹老师忽然想起，赶紧告诉张老师，"我刚从他们楼里出来，听我那班的一个同学说，谢惠敏跟石红吵了一架，你快去了解一下吧！"

张老师心里一震，他立即骑上车，朝石红家所在的居民楼驰去。

九

石红的爸爸是区上的一个干部，妈妈是个小学教师，两口子都是在轰轰烈烈的"四清"运动里入党的；从入党前后起，特别是经过"无产阶级文化大革命"，他们形成了一种很好的习惯，就是坚持学习马列、毛主席著作。他们书架上的马恩、列宁四卷集、"毛选"四卷和许多厚薄不一的马列、毛主席著作单行本，书边几乎全有浅灰的手印，书里不乏折痕、重点线和某些意味着深深思索的符号……石红深深受着这种认真读书的气氛的熏陶，她也成了个小书迷。

石红是幸运的。"晚饭以后"成了她家的一个专用语，那意味着围坐在大方桌旁，互相督促着学习马列、毛主席著作，以及在互相关怀的气氛中各自做自己的事——爸爸有时是读他爱读的历史书，妈妈批改学生的作文，石红抿着嘴唇，全神贯注地思考着一道物理习题或是解着一个不等式……有时一家人又在一起分析时事或者谈论文艺作品，父亲和母亲，父母和女儿之间，展开愉快的、激烈的争论。即便在"四人帮"推行法西斯文化专制主义最凶狠的情况下，这家人的书架上仍然屹立着《暴风骤雨》《红岩》《茅盾文集》《盖达尔选集》《欧也妮·葛朗台》《唐诗三百首》……这样一些书籍。

张老师曾经把石红通读过的《共产党宣言》《马克思主义的三个来源和三个组成部分》和"毛选"四卷，以及她的两本学习笔记，拿到班会上和家长会上传看过，但是，他更觉得欣喜的是，这孩子常常能够根据马列主义、毛泽东思想的原则去思考、分析一些问题，这些思考和分析，往往比较正确，并体现在她积极的行动中。

我们这个故事发生的那一天，张老师敲开石红他们家那个单元的门后，发现迎门的那间屋里，坐满了人。石红坐在屋中饭桌边，正朗读着一本书，另外有五个女孩子，也都是张老师班上的学生，散坐在屋中不同的部位，有的右手托腮、睁大双眼出神地望着石红；有的双臂叠放在椅背上，把头枕上去；有的低首揉弄着小辫梢……显然，她们都正听得入神。根据下午谢惠敏的汇报，这恰恰是那几个因为害怕或赌气，而扬言明天宋宝琦去了她们就不去上学的同学。

石红读得专心致志，没有发觉张老师的到来；有两三个女孩子抬眼瞧见了张老师，也只是羞涩地对他笑笑，没有出声叫他"张老师"，那显然并非忘记了礼貌，而是不忍心中断她们已经沉浸进去的那个动人的故事。

来开门的石红妈妈把张老师引到隔壁屋里，请他坐下，轻声地解释说："孩子们正在读鲁迅翻译的《表》……"

《表》是苏联作家班台莱耶夫在十月革命后不久写的一部儿童文学作品，它描写了一个流浪儿在苏维埃教养院里的转变过程。鲁迅先生当年以巨大的热情翻译了它。张老师虽然好多年没翻过这本书了，但石红妈妈一提，这本书里的一些人物形象和片断情节，顿时涌现在张老师的脑海中。张老师在短短的几分钟里，已经猜测出石红家里出现这种局面的来龙去脉了。果然，石红妈妈告诉他："石红一回家就把宋宝琦的事跟我说了。吃晚饭的时候她一个劲眨巴眼睛，洗碗的时候她跟我商量：'妈妈，要是我约上谢惠敏，把那些害怕、赌气的同学们都找来，读读《表》这本书怎么样呢？'我很赞成。我跟她说：'有党的领导，有社会主义制度，路线对了头，只要老师、同学们发挥集体的作用，小流氓也是能转变的啊！'后来她就找同学们去了——只是谢惠敏不知怎么没有来……"

正说着，石红读完一个段落，知道张老师来了，拿着书跳进里屋，高兴地嚷："张老师，你来得正好！快给我们讲讲吧！"

张老师被她拉到了外屋，几个小姑娘都站起来叫"张老师"，不等他发话，各种各样的问题就争先恐后地提出来了：

"张老师，这本书我们能读吗？"

"张老师，这本书里的小流氓，怎么又惹人生气，又惹人同情呢？"

"张老师，谢惠敏说我们读毒草，这本书能叫毒草吗？"

"张老师，您见着宋宝琦了吗？跟这本书里的小流氓比，他好点儿还是坏点儿呢？"

……

张老师且不忙回答，却反问她们："谢惠敏为什么不来呢？石红跟她吵嘴了？你们应该齐心合力把她拉来啊！"

小姑娘们激动地同声回答起来，吵成一片，结果一句也听不清，还是石红让大伙静下来，解释说："拉不来啊！除非现在报上专门登篇文章，宣布《表》是一本好书……"

原来，石红刚一找到谢惠敏的时候，谢惠敏见石红工作这么积极，还挺高兴。可是一听是找她一块儿去读一本外国小说，她就打心眼里反感。石红跟她解释，这本书挺不错，读了对解决那几个同学的问题能有启发……谢惠敏没等石红说完，立刻反问道："报上推荐过吗？"这一问使石红呆住了，半晌才回答："没推荐呢。""读没推荐的书不怕中毒吗？现在正反腐蚀，咱们干部可不能带头受腐蚀呀！……"谢惠敏一脸警惕的神色，警告着石红，不仅自己拒绝参加这个活动，还劝说石红不要"犯错误"……这把石红惹恼了，同她吵了一场，但临走时仍然拉着她的手，央告她去"听听再说"，她把石红的手拂开了。石红走后，谢惠敏激动地走出屋子，晚风吹拂着她火烫的面颊，她很痛苦，上牙把下唇咬出了很深的印子……

在石红的家里，接下来出现了这样的场面：张老师坐在桌边，石红和那几个小姑娘围住他，师生一起无拘无束地谈了起来，从《表》谈到苏联的演变，从《表》里的流浪儿谈到宋宝琦，从应当怎样改造小流氓谈到大多数小流氓是能够教育好的，最后渐渐谈到明天以后班里面临的新形势，张老师笑着问那几个小姑娘："怎么样，你们还罢课吗？"

她们互相交换完眼色，便都望着张老师，几乎是异口同声地说："不罢啦！"

张老师离开石红家的时候，满天的星斗正在宝蓝色的夜空中熠熠闪光。

用不着思索，蹬上自行车以后，他自然而然地向谢惠敏家里驰去。说实在的,当他同石红和那几个小姑娘议论时,谢惠敏无时不在他的心中;他疼爱谢惠敏,如同医生疼爱一个不幸患上传染病的健壮孩子;他相信,凭着谢惠敏那正直的品格和朴实的感情,只要倾注全力加以治疗,那些"四人帮"在她身上播下的病菌,是一定能够被杀灭的。

离谢惠敏的家越近,张老师心上的内疚感便越沉重。过去,对谢惠敏成为这样一种状态,他总觉得自己难以承担责任——他在接班不久的情况下,就向谢惠敏含蓄地指出过,不要只是学习零星的语录,不要迷信解释领袖思想的文章,要认真学习原著,要独立思考……但谢惠敏并未领悟。今天,张老师有了新的感触,他责问自己,虽然去年十月以前的那个学期里,是个乌云压顶的形势,可是,难道自己就不能更勇敢、更坚决地同荒诞、反动的东西作斗争吗?就不能更直截了当地、更倾注全力地同谢惠敏谈心,引导她擦亮眼睛、识别真假吗?……

快到谢惠敏家的门口时,一个计划已在张老师心中初现轮廓:他今天要把书包中的那本《牛虻》留给谢惠敏,说服她去读读这本书,允许她对这本书发表任何读后感。然后,从分析这本书入手,引导谢惠敏运用马列主义、毛泽东思想的立场、观点、方法去解答一系列互相关联的问题:应当怎样认识生活?应当怎样了解历史?应当怎样对待人类社会产生的一切文明成果?应当怎样批判过去文化遗产中的糟粕而取其精华?应当怎样全面地、辩证地看问题?应当怎样辨别香花和毒草、识别真假马列主义?应当使自己成为一个什么样的人?应当怎样去为祖国的"四化"、为共产主义的灿烂未来而斗争?……

张老师心中掀动着激昂的感情波澜。当他刹住车,在谢惠敏家门口站定时,心中的计划进一步明朗起来:不仅要从这件事入手,来帮助谢惠敏消除"四人帮"的流毒,而且,还要以揭批"四人帮"为纲,开展有指导的阅读活动,来教育包括宋宝琦在内的全班同学……他决定明天一早就去请示党支部。会获得支持吗?他眼前浮现出老曹在支部会上目光灼灼地发言的面影:"现在,是真格儿按毛主席的思想体系搞教育的时候了!"他正是要"真格儿"地大干一场啊,一定会得到组织支持的!他心中又闪过了一些老师可能发出的疑问,于是,他决定,要争取在教师会上发言,阐述自己的想法:现在,我们不仅要加强课堂教学,使孩子们掌握好课本和课堂上的科学文化知识,获得德、智、体全面发展;不仅要继续带领他们学工,学农,把理论和实践结合起来;而且,还要引导他们注目于更广阔的世界,使他们对人类全部文明成果产生兴趣,具有更高的分析能力,从而成为社会主义革命和社会主义建设的更强有力的接班人……

这时,春风送来沁鼻的花香,满天的星星,都在眨眼欢笑,仿佛对张老师那美好的想法给予着肯定与鼓励……

1977 年 11 月

我爱每一片绿叶

每当春夏之际，我常常仔细观察那些躯干粗壮、枝叶扶疏的阔叶树。我发现，从同一棵树上，很难找出两片绝对相同的绿叶。

我常想，只要是绿叶，不管大的、小的，形状标准的、形状不规范的，包括被蛀出了瘢眼的，它们都在完成着光合作用，滋养着树。

望着树冠上的万千绿叶，一股柔情从我心头漾起。我爱每一片绿叶。

我要介绍你认识一个人。

打这说起吧——上学期期终，我们教研组评选优秀教师，一共十六个人，按比例可以评出五名优秀教师；发言踊跃，不多一会儿，就提出来九个候选人。

我是教研组组长，评选会由我主持。评议热闹过去了，会场稍显雅静。我用圆珠笔点了点记下的提名，忽然感觉仿佛有点什么欠缺，于是抬头环顾了一下会场——啊，为什么没有人提魏锦星的名呢？

魏锦星这时正坐在角落里，他和我同岁，今年四十二了，长挑个儿，永远是个平头，皮肤称得上黝黑，眼窝明显塌陷，高颧骨，厚嘴唇，一眼能看出是个南方人。此刻他两肘支在桌上，双手十指交叉，可以清晰地听见他扳动指关节的声响。

我心里动了动。魏锦星任教二十年。数学教得呱呱叫,这两年他教的那两个班,期终考试始终名列全年级一二名,还在《中学数学教学资料》上发表了两篇教学经验,把他漏掉可不应该。

"还有没有补充的?"我直朝魏锦星坐的那个位置看,启发着大家。

组里年龄最大的吴老师,仿佛有点犹豫地开口说:"我看锦星不错……"他举出了几条理由,提名魏锦星为优秀教师。

但是,他发完言,除我而外,却并没有什么人呼应。我想再发动一下,坐在我身旁的圆鼻头小余碰碰我胳膊肘说:"抓紧点吧——大伙还都有一摊子事呢!"

我就宣布散会。魏锦星头一个走出教研组,他抱着一大摞作业本,低着头,神色很不自然。看见他这样,我心里挺不是味儿。

人走得差不多了,我问平时跟我无话不谈的小余:"你们干吗都不提魏锦星呢?"

小余耸耸肩膀说:"他?怪物!"

魏锦星的确怪。

记得我们是同一年分配到松竹街中学来的,当时学校总务处有规定,我们单身教师一律两个人一间宿舍,可是魏锦星一到学校便向领导提出要求:"我要一个人住,房间可以比他们小一半。"

总务主任一听就火了:"什么?要搞特殊化?没门儿!"倒是党支部书记周大姐有肚量,她说:"咱们不是有间八平米的小屋吗?就让他住吧,只要他努力工作,把课教好就行啊。"

于是魏锦星住进了那间小屋。

当时,我们十多个从各地大学分来的毕业生都住校,晚上,为备课的事也罢,为闲聊一阵也罢,不免要串串宿舍。

有天晚上,我去敲他的门。他慢悠悠地在里面说:"请进。"

我进去了。他桌上摊着书、本、数据，显然正在备课。说来也怪，他的屋子那么小，而我环顾之后，却有一种空旷的感觉。他屋里除了小床、书桌、书架和一个脸盆架外，只有一张直径不超过一尺的铁腿小圆凳，他就坐在那小圆凳上备课。其实，学校里多的是学生坐的靠背椅，他屋里却一把也不准备。

魏锦星见我进了屋，便站起来，客气地问我有什么事。我并没有什么特别的事，只不过想和他聊聊，找不到小椅子，便去坐他的床，他扽了我袖口一下，指指小圆凳说："这儿坐吧！"我不由得坐到了小圆凳上，这才仔细看了看他的床，啊，盖着雪白的罩单，不但一尘不染，而且平平整整，连一丝皱褶也找不出来。

奇怪的是，他自己也并不去坐床，而是在我面前以稍息姿态站着，双手背到身后，面上挂着客气的微笑，似乎在等待我提出什么问题，打算耐心地回答我。

我谈兴全无，便把备课中遇到的一个问题提了出来，他呢，俯身到书桌上，操起笔为我在纸上边画边讲。我得承认，他讲得很认真、很细心，对我确有启发，但是，讲完了这个，他便直起身来，又无话了。我当然只好告辞。

一个月以后，再没有人去敲他的门，因为大家都遭到了和我差不多的"礼遇"。小余揶揄地说，真该在他的小屋门口贴上副对子："游人止步""闲人免进"；横批："怪人居"！

魏锦星在教学上显然比我们教得更好一些，像吴老师那样的老教师听完他的课，经常当着我们的面频频赞扬；学生也反映他讲课清晰易懂，"没有一句废话"。他一样给学生补课，一样找学生谈话，只不过绝不把学生带回宿舍，他安排的地点不是教室就是教研组。到了夏天，有时干脆就在操场边、树荫下。

魏锦星那小小的宿舍渐渐显得神秘起来。不久就传出了一个秘闻，说他那书桌有三个抽屉，其中一个抽屉说空也空，说不空也不空，总之非常非常奇怪——那抽屉底上，搁着一张同底面积差不多相等的大照片，照片上是一个微笑的姑娘的大头！这秘闻发源于小余，小余自说是有一天晚上备课，因为实在得用一本习题集，而这习题集只有魏锦星才有，所以不得不去敲魏锦星的门。魏锦星爽快地把习题集借给小余以后，便提上暖瓶，准备去打开水，他侧身让小余出了门，待了一会儿，这才朝锅炉房而去；小余回到自家宿舍，还没坐下，就发现钢笔不见了，他想也许是落在魏锦星桌上，便跑去找；魏锦星打开水还没有回来，小余在桌上没找见钢笔，便顺手拉开抽屉找了一遍……当然，钢笔最后是在小余自己的书桌下面找到的，不过，魏锦星抽屉底上的大照片的事儿，从此也便暗暗地传布开了。

"真想不到，魏锦星倒走到咱们头里去了！"小余这样议论过，甚至注意过邮递员搁到传达室的信件——有没有用娟秀的字体写出"魏锦星亲启"字样的来信？但是，小余的这种多余的好奇心，慢慢地也就无法维系下去了，因为，我们住单身宿舍的其他同伴们先后都结了婚，搬出校外成了家。小余也有了女朋友，而魏锦星却依然是一个人住在那间八平方米的小屋中。

岁月，随着一节课又一节课的铃声匆匆消逝，"魏锦星是一个怪人"的判断，随着每日粉笔灰的扬起与飘落，在我们的心目中巩固下来。不过，在工作上魏锦星同我们每一个人都处得很好，几乎没发生过什么值得一说的特殊情况。

然而，除了每日的教学工作，我们还有另一种生活，就是所谓政治生活。渐渐地，政治生活所占的比例越来越多、位置也越来越高。也不知道是从什么时候开始，我们的教学工作似乎并不能算是革命，我们如果要革命的话，必得用大量的时间和精力开政治性会议、听别人发言、自己发言、写大字报、看大字报、揭发别人、检查自己、搜索5%、保住自己在95%中的位置……渐渐地，魏锦星的日子便突出地难过起来。

记得那是在1964年夏天。正是"京剧现代戏观摩演出大会"搞得热闹的时候，教师团支部搞起了整风活动。我和魏锦星那年都已经二十八岁，参加完整风也就该办退团手续了；过罗筛般的整风整到魏锦星头上时，小余——那时候他正担任团支部宣传委员，在时代气氛的熏陶下，充满了在一切一切方面推进革命化的狂热——放了头一炮，这一炮不但把魏锦星打得面色惨白，而且，也使全场为之一惊：

"魏锦星同志的精神状态与火热的革命时代格格不入，请他向同志们交代一下自己的阴暗心理！"

大家的目光都集中到魏锦星身上，记得那天他独自坐在会议室的一把破旧的沙发椅中，蜷缩着身子，沉默了足足两分钟，才笨拙地辩解说："我没有什么……不革命的心理啊；当然，我有缺点……可是，不阴暗……"

如今回忆起来，真是难以解释。小余的那一炮明明武断之极，可是却没有一个人站出来缓和气氛，就是我自己，也在几位同志发言附和小余之后，沉不住气地表态说："我们应当在一切方面实现革命化，堵塞一切通向修正主义的管道；希望魏锦星同志在八小时工作之外，不再保留个人的'自留地'！……"当时会场上一派严肃气氛，仿佛中国之是否能够防止变修，全系于魏锦星能否改变他的脾性。

这次整风很有成效，有的同志被整掉了说话喜欢艺术夸张，富于幽默感的习性（这种习性被上纲为"资产阶级自由主义"）；有些同志在"革命化"压力下戒掉了围棋，卖掉了吉他，收敛了哼唱《铡美案》的歌喉（被表扬为"交出了思想领域中的自留地"）；我也被整得生怕和"资产阶级温情主义"沾边，努力鞭策自己用"事事离不开阶级斗争"的眼光去看待一切……尽管我们不可避免地仍有着各自的某些非规范性的特点，但都自觉地将这种特点压缩，藏掖到最高限度。只有两个人变化不大，一个是小余，因为他的偏激和好斗似乎堪称规范，所以毋庸有所变化；另一个便是魏锦星，他背负着冷眼与误解，依然是那样勤恳地工作，依然是那样一种生活方式……

1966年夏天到了。突然大家都掉进了令人头晕目眩的炽热漩涡，连小余也未能例外。一时间校园里处处贴着"小将"们用最极端化的措辞写成的大字报，不仅是贴在墙上、门上、讲台上、黑板上，甚至还贴在教师们的办公桌上、座椅上乃至于脊背上。

一开始，魏锦星当然绝非是横扫的重点，但是，也不知应当解释为偶然还是必然，他很快地被卷到了漩涡中心。事情是这样的：

那一天，在大操场上批斗党支部书记周大姐，戴高帽子、挂黑牌不算，还要当众剃什么"阴阳头"。我们全体教职工被集中在会场最前面，以备随时从中揪出"走资派复辟资本主义的社会基础"，押上台去陪斗，因此，个个忐忑不安，在烈日的炙烤下，热汗和冷汗浃背交流。小余低头坐在我身旁，连嘴唇都吓白了，显然，他比我们更加痛苦，因为万万没有想到，他也一样被扫到了"右"的行列。

事情来得很突然。正当几个"小将"要给周大姐剃"阴阳头"时，魏锦星不声不响地离开我们的教师席，低头朝会场外走去，于是，被身着绿军服、臂戴红袖章、手持宽皮带、绿军帽下耷出两把"刷子"的"女兵"喝住了：

"干什么去?"

"我恶心。"

"滚回去!革命不怕死,恶心也得参加斗争!"

"我恶心。"

"你早不恶心晚不恶心,这会儿恶心是什么意思?"

"我恶心。"

"要革命的滚回去!不革命的小心狗头!"

"我恶心。"

"你到底是什么阴暗心理?你说,周溪清是不是牛鬼蛇神走资派?"

"她算什么派我弄不懂。我就知道她是人,是个好人……"

"他妈的保皇派,反动透顶!""女兵"挥起皮带,铜头打到魏锦星脑壳上,发出一声惊动全操场的脆响。我们还来不及从新的惶悚中清醒过来,魏锦星已经被揪到了台上,满脸血污,让人扭住随周大姐一同剪了"阴阳头"成为陪斗的头一名……

当然,他的宿舍立即遭到了查抄,没有抄出其他任何罪证,只抄出来那张大照片,于是,那张人照片很快便被粘到了大字报上,予以"示众"。我在那时才第一次看见,照片上是个长得并不漂亮,但是青春焕发的、爽朗地笑着的姑娘。

根据一种"必然"的逻辑,魏锦星被"群众专政小组"挂上了"大流氓、坏分子"的牌子,关进了地下室。

两天以后,"群众专政小组"把魏锦星押出来劳改,给了他一把大笤帚,让他去打扫操场上的公共厕所。

那一天,我作为"走资派重用的红人",也被派到操场劳改,任务是蹲在操场边上拔草。正当我几乎被暑气弄得晕过去的关口,忽然,传来一声撕裂人心的惨号——那声音是我平生从未听见过的，今后也绝不忍再听。我想，倘若把一个人的肉体扔进油锅，也未必会发出那种惨叫。只有当一个人的灵魂被掷进油锅时，才会有那般的狂啸……

我抬头朝发出声音的地方看去，啊，原来是魏锦星。他发现了粘在大字报上"示众"的大照片，像头狮子般地扑了过去——当然，他立即被身边的押解者扭住了，于是，两个人扭作一团，不用说，很快就有另外几个"群众专政组"组员去支持战友，于是，两分钟以后，魏锦星便被踢打着又带回了地下室。

太阳静静地照耀着白晃晃的操场。我受了这个场面的刺激，眼前似乎旋转着一个灼目的万花筒，终于仰面晕倒在操场上……

众所周知，后来学校里又发生了许许多多难以想象而居然出现的事情。我只想告诉你，有一天，那是在包括我和魏锦星在内的大多数教师终于被进驻的工宣队解放以后，小余忽然很激动地跑来对我说："嘿，你说顽固不顽固——魏锦星的抽屉里，又有张大照片了，还是原来的模样——肯定是他用旧底片新放大的……"这回，小余没说他是怎么发现的，但是，我相信这是真的。

我本想对小余说："大照片就大照片吧，这是人家个人的事……"可是终于又咽了回去。小余那时候又渐渐顺利起来。他在红卫兵、工作组、"造反派"、工宣队几朝天下，不断地重复着这样的"三部曲"：先是带头"斗私批修"站过去，接着当一阵"路线斗争"的积极分子，随后又"受蒙蔽无罪反戈一击"；看来我们的政治生活很需要小余这样的"标准群众"，也难怪小余对魏锦星这号难以就范的格涩人物不予谅解……

终于到了这一天，"四人帮"垮台了。学校发生了很大的变化。原来实现四个现代化本身就是革命，我们每日的教学工作也就是革命活动，这个浅显的道理被肯定以后，我们渐渐地如梦方醒。大家都很高兴，小余可以不必重复再扮演那令他人和自己都腻烦的"三部曲"，魏锦星脸上也出现了难得的笑容。

在整顿教学秩序和提高教学质量的战斗中，魏锦星作为我们教研组的一员，表现得非常出色。

那是1977年春天，有个初三年级的团员，是个头发扎扎乎乎像个刺猬的男孩子。他社会工作很积极，学习成绩却不行，尤其是数学。他先是小考连续不及格，后来爽性作业也不交。小余是他的任课教师，把他找到教研组来谈话，问他为什么不交作业。

那同学自知理亏，只是反复强调："我不会做啊！"

小余板着面孔下命令："你坐在这儿给我补出来，补完了再干别的去！"

那同学摊开作业本，看了看题，叹口气说："太难啦，这题我不会做啊！"

小余气得不行："你这是什么态度？你做，哪儿不会你提出来，我给你讲！"

那同学眉毛结成两团疙瘩，吭哧吭哧硬是下不去笔。

我们好几个老师都走过去批评他。

这时，魏锦星不声不响地出现在他的身旁。只见他俯身拍拍那同学的肩膀，从胸兜中掏出一张写有练习题的卡片，送到那同学眼前，亲切地问："那么，这样的题你总能做吧？"

那同学接过卡片，看了一下，脸更红了，头也不抬地说："还是不会。讲这号题的时候，我就听不大懂了……"

小余气得直咬牙，魏锦星却又麻利地从胸兜中掏出另一张习题卡片，递过去问："那么，这样的题呢？"

那同学接过去，啃了啃钢笔杆，点下头说："倒能试试，可没准也做不出来。"

大家都还没反应过来，魏锦星竟又从胸兜中掏出第三张习题卡片递了过去，那同学接过一看，松了口气："这号题我会做。我就是打这以后糊涂起来的！"

魏锦星拍拍他的肩膀说："那就请从这几道题做起吧。"

同学开始做题了，魏锦星从胸兜里掏出剩下的几张卡片，一并送到小余眼前，解释似的说："学生有时候说不清自己学习上落下了多远，我准备了一沓写着深浅程度不同的习题卡片，能把他们落下的距离测出来。借给你参考吧，请后天还给我。"

说完，不等小余道谢，竟又不声不响地消失了。

在这件事上，大家都很佩服魏锦星。但是，也许是物理学上的"惯性作用"作祟吧，背地里大家仍旧认为他是一个怪人。

1978年春天到了，迎春花谢去了满枝黄瓣，蹿出了碧绿的叶片。我多年不住校以后，又重新回到学校，住进了宿舍。因为我和爱人、儿子组成的小家庭离学校太远，而在这个春天里我又有着那么旺盛的工作热情，因此，我决心每周只回家两次，其余的晚上都在宿舍里悉心备课。我回校住了几天以后，才又注意到魏锦星的那间宿舍，依然是素净的白布窗帘，依然是"闲人免进"式的气氛。只是窗外的杨树粗了许多，晚风一过，叶片的摩擦声更响，使人想起流动的涧水，从而进一步联想到逝去的岁月，而生出万千的思绪。

我轻轻走到那株杨树前，伸手摩挲着树皮，仰头望去，星星从叶隙中闪烁出神秘的光芒。我想，这真是一件怪事，十多年来，宇宙中发生过多少巨变。就在我们生活过的这片大地上，曾经席卷过多么惊心动魄的政治飓风，然而这间八平方米的小屋里，却仍旧保持着可以想见的特有状况。

我忽然觉得，魏锦星多么值得怜悯。我们毕竟有了个小家庭，尽管房间很小，生活也艰辛，但有老婆儿子，得享天伦之乐，"麻雀虽小，五脏俱全"……

可是，当我在树下背着手踱了几步，我又突然想到，也许，从魏锦星的角度看我们，倒是我们更值得他去怜悯。他毕竟敢于在抽屉里保留一张那样的照片，在心灵深处维系一股个人的柔情。而我们，比如说我吧，这些年来连日记也不记了，同亲友通信，也按随时可能被用大字报公布的标准来写，因为我目睹了太多这样的事例。我已经习惯于按"安全"而"规范"的方式说话、办事、与人交往；说老实话，我是没有勇气在自己的生活中，保留类似抽屉底上的大照片这种东西的……

陡然，魏锦星屋里的灯熄了，银色的月光，泼泻到他屋外的院落里，使人如处纯净的冰壶之中；沐浴着这清朗的月光，我第一次产生了这样的想法：魏锦星并不怪啊，应当说，他是一个非常、非常正常的人……

万万没有想到，他那刻板而不为人理解的生活，有一天突然起了很大的变化。

这天我正坐在宿舍灯下批改学生作业，忽然有人敲门，我开门一看，竟是魏锦星。他进得屋来，搓着手，塌陷的眼窝里，眸子闪着奇异的光彩，满面为难之色，嗫嚅地说："老彭，你看，能不能……这几天你回家去睡，让我、我来你这儿暂住几天……"

可以当然是可以，但魏锦星竟然要打破他的生活常规，"下凡"到我这个凌乱不堪的宿舍里来借住，真让我难以想象，这是怎么回事呢？

"我……老家来了个亲戚，要住几天，所以……"

原来是这样，我立即让出了一切：屋子、床铺、被褥……我对他说："你尽管住吧，我反正有自己的家！"

当我离开学校时，路过他的宿舍，只见窗帘上映出了一个妇女的身影，屋里传出她和一个孩子说话的声音。这是魏锦星的什么亲戚呢？从来没听他提起过啊……

魏锦星的亲戚很快成了全校教职工注视的物件。是一位看上去四十上下的妇女，矮矮的，没有什么腰身，脸庞瘦瘦的，眼角鱼尾纹很明显，看上去很憔悴。她早出晚归，所以露面的时候不多。大家看见得最多的是她带来的那个男孩，看样子有五六岁的模样。她吆喝他"小三"，可见是她的第三个孩子。每天一到中午，大家就看见魏锦星到食堂给孩子打饭，每回总要买上两个肉菜；他把饭菜送回宿舍，亲手照料那孩子吃。那孩子很淘气，总要端着大碗，跑到屋外来吃，吃的时候很贪，腮帮子鼓起来半天平不下去，嘴角往下掉渣儿。

有一天傍晚，我正要回家，远远看见魏锦星拿着一条纸蛇，蹲在杨树下，噗噗噗地吹着，逗弄那孩子，孩子咯咯咯地摆动着小手笑着。这个镜头令我很是吃惊。我回想起来，1966年同受"群众专政小组"专政时，我曾和魏锦星一起被关在生物标本室里待了好多天。什么鸟呀兔呀一类的好看的标本，早被洗劫一空，剩下的只有人的骷髅骨架和几种蛇的标本。他并不厌恶骷髅骨架，却特别怕蛇，即使是泡在药水里的瓶装标本，他也总要远避三米以外，还屡屡指着蛇对我说："我恶心，我恶心……"可是，此刻面对他亲戚的这个孩子，他却不厌其烦地吹着纸蛇。那孩子显然顶顶喜欢这个形象逼真的玩具，一见纸蛇伸缩蠕动，便拍手笑着，两只眼睛眯成两条小缝。看见孩子笑，魏锦星便也笑，脸上笑纹抖动，嗓子眼里还乐出声来。说实在的，这种笑法，我和他同事近二十年，还是头一遭看见。

"真是怪物！"小余在我耳边这么评论。

"唔。"我竟不由自主地应和着。

有一天,放学以后我和小余同路骑车回家,他又向我开始了"小广播":"嘿,你知道魏锦星那亲戚是干什么来的吗?是来北京上访的!据说她丈夫直到现在还被关着。你知道这些天魏锦星备完课净干吗吗?帮那女的改上告信呢!……你仔细琢磨一下吧,这女的那脸庞,跟他抽屉底上的那张大照片,是不是有点像?……"

不知为什么,我突然生了很大的气,瞪了小余一眼说:"你净琢磨这些个干什么?"

可是,回到家里,我的心却好久踏实不下来。是呀,那妇女的脸庞,猛瞧上去当然和那照片上的姑娘并不一样,但细细考究,的确有着某种消除不尽的同一神韵。难道……

十多天以后,一个星期六的下午,魏锦星在众目睽睽之下,送那母子去火车站。那妇女神色黯然,显然是上访暂未获得成果。小孩却很高兴,一手举着咬掉一半的糖葫芦,一手抱着辆一尺长的玩具汽车。魏锦星提着大包小包,神色泰然,如过无人之境,陪着他们走出了校门。

有人隔着办公室的玻璃窗窥视他们的身影,有人在檐前、树下互相努嘴、打手势,表达着对魏锦星的评价,但并没有几个人公开议论这件事。

这件事结束以后,一切似乎又复归旧态。魏锦星每日白天同我们一样辛勤地工作着,每日晚上回到宿舍,除了备课和批改作业,他还干些什么呢?不得而知……

再回到评选优秀教师的事儿上来。

我把头一回开会的情况汇报上去以后,党支部书记周大姐皱皱眉头说:"怎么会只有一个人提魏锦星呢?"

我说:"多半是大伙觉得他怪,不讨人喜欢。"

周大姐沉吟着说:"还是要看工作做得怎么样嘛。"

于是开了第二次会。周大姐来参加。这回我带头发言,提名魏锦星为优秀教师。

没有人发表反对意见。但是在集中人选的过程中,只有吴老师和另外两位中年教师把魏锦星列为第五名,其余同志所提出的五个人中,都不包括魏锦星;当选的五个人当中,平心而论,起码有两位就教学成绩而言,实在明显地逊色于魏锦星,可是强扭的瓜不甜,看来只好如此。于是我打算结束整个评选工作,环顾了一下全室,例行公事似的问:"同志们还有什么话要说吗?"

小余在我身旁小声催促着:"成了成了,谁争这个名誉。"

可是,坐在角落里的魏锦星突然发话了:"我说几句。"

大家都不禁有点吃惊,全不由自主地把脸转向了他。

魏锦星那黝黑的皮肤本来是难以令人觉察出泛红的,但此刻你可以看出,他的脸确实涨得通红。他眼里闪着一种执拗、渴求交织的光芒;停顿了一两秒钟,像下了多么大的决心似的,他终于用低沉的声音说:"这回参加评选优秀教师,我很高兴。有的同志当年错划成了'右派',有的同志背了好多年的历史包袱,现在都解脱出来了,工作有成绩,大家在评议里都给予充分肯定,这有多好。这样落实政策,我很拥护。可是,能不能给别的……别的东西……落实政策?……"

全场哑然,似乎都屏住了呼吸,等待他继续说下去。

但是,魏锦星突然顺下眼皮,摆了下手,不再说下去了;只见他的喉骨上下搐动着……

散会后,我随着周大姐往党支部办公室走,周大姐眉峰攒聚,双眼仿佛凝视着远处,低声地问我:"你知道魏锦星要说的是什么吗?"

我突然感到，仿佛是银幕上的画面陡然从模糊变为了清晰，并且推成了一系列特写：大幅的姑娘头像、八平小屋的窗户、当年团支部的整风会上蜷缩在沙发上的魏锦星、"我恶心"和随之打来的铜头皮带、狮子般地扑向大字报和撕裂人心的惨叫、远道而来的女客和她的眯眼睛娃娃、由蜷曲到伸直的纸蛇、给母子送行的场面……我觉得一个意念已在心中形成，于是，我用肯定的语气回答周大姐："他是问，能不能给性格，特别是给比较特殊的个性，落实政策？我还要替他补充：一个人在努力为祖国的繁荣富强而工作的前提下，能不能保留一点个人的东西，比方说，能不能有一点个人的秘密？"

周大姐用力地点着下巴，深沉地说："是呀，多少年来我们的政治生活不够正常，'左倾'灰尘污染了多少人的眼睛，容不得魏锦星的性格和他的个人秘密，这只不过是小小一例罢了……看来，充分调动每个革命群众的社会主义积极性，真正形成既有统一的革命意志，又有个人心情舒畅的局面，该做的工作还多……"

说着我们已经走到了党支部办公室门前。这时，我看见檐下的冰挂正在阳光下融化，一滴一滴的水珠落到阶沿上，正发出有节奏的声响……

1979年6月

公共汽车咏叹调

气恼。凡是公共汽车的乘客都难免气恼。

死等,死不来车。终于来车,轰隆隆从站前一掠而过。动不动竖起"区间""快车"的小牌子。好容易跑拢车门,偏"咣啷"猛然关上。总算挤了上去,售票员从后面推你搡你,就仿佛对付一袋土豆。来劲儿时,查票近于刁难,没劲头时,你要买票他还懒得卖给你……

终点站上,停着好多辆车。为什么一辆也不发?

淤成一团的乘客个个心急火燎。

站上有间小屋,是车队的调度室。一位乘客闯进去,质问道:"怎么还不发车?"

没有人理他。

调度员拉长着脸,在一张表格上填写着什么。几个也不知是司机还是售票员的年轻人坐在长椅上,管自互相聊天。

那乘客提高嗓门,再问一次。

几个声音同时响起:"你等着去呗!""现在没车!"

终于有一辆车开拢站前。人们争先恐后地往上挤。

忽听售票员宣布:"西单不停!去西单的甭上!"

西单是大站,为什么不停?

乱哄哄。有人想退下去,再等一趟西单停的,但游移之中,车已起动。

车驶出站后,乘客们开始纷纷呼吁:"西单干吗不停?""我们都去西单!""快车也得快得有道理,西单不停算怎么回事?"

前面那位烫发描眉的售票员撇着嘴说:"甭跟我嚷,你们跟司机说去!"

真有几个人去跟司机说。或恳求的口吻,或激动的语气。

原来快车省停有一定的随机性。调度员的安排并非圣旨。

司机嚷了一声:"一站西单啦!"

售票员便也呼应了一声:"头站西单!"

车有十七米长,分前后两截,塞得满满的,有人没听见,有人没听清,有人没听。

调度员对乘客闯入调度室大声质问早已习惯。

她懒得回答。甚至懒得抬眼望一下质问者的模样。

小小的调度室,是乘客们所不了解的另一世界。

调度室的一面墙上,是木制的大幅人事调配表。车队的每个成员都有一个木牌,名字写在木牌上。木牌按出勤安排,挂到大表上。总有若干木牌被另挂在一侧,那是病假和缺勤栏。

是的,难怪乘客们眼睛出火——站里明明有车,为什么不发?

非高峰时间,只出一半的车。停驶车的司机下班回家了,车没人开,自然不能发出去。高峰期也可能有车停在那儿开不了,因为司机出勤不足。

出勤不足,这是调度员管不了的事。

调度员打着哈欠,填写着表格。表格上有一栏是"正点率"。她尽在那一格里打叉叉。

车行不能正点,怪路:有的马路至今还是清朝走轿子的宽度。怪车多:如今北京机动车已达三十万辆,自行车已过五百万辆。

怪红灯。怪事故。怪预料不到的种种情况。

谁了解一个调度员的工作？她连续工作二十四个小时，然后再连续休息二十四个小时，这叫"隔日勤"。车队除了调度室，还有几间活动房，其中有一间是收了末班车后，给调度员睡觉的，行话叫"住站"。

因为路上受阻，那一头终点站的车开不过来。半天不来，一来一串。她能让那一串车再像糖葫芦般地开出去吗？她得让那些车甩开距离，所以得发"快车"，得发"区间"。她自有她的道理，所以她对质问者拉长着脸。她让那辆车西单不停，为的是让它快些开往东单，好缓和东单站的淤积形势。她将另调一辆车空驶西单，装走西单站上所有焦躁的乘客。

乘客天天不理解。她天天这么干。

"也不知那些调度是怎么搞的？！"乘客们常常怨恨地说。

至少这个调度员蒙受着一定的冤屈。她不是故意要让乘客们难受。她已经结婚。她同婆婆有矛盾。她的孩子有点佝偻症。她爱人在工厂里跟车间主任关系搞不好。她还没买上洗衣机。她身上穿的那件格子呢的外套不慎掉上了一个大油点。听说有一种"洗油净"特灵。她还没有买到，她还很想买一双白颜色的坡跟皮鞋。头发刺痒，该洗头了。她很想买一套"华姿系列化妆品"。可是谁愿意知道她这一切呢？

"你们是怎么搞的？怎么还不发车？"

她眼皮也不抬。她填着那张表。

那辆车在西单停靠了。

许多乘客如释重负地涌下车去。许多乘客如获至宝地涌上车来。

可车没开。

有两个小伙子，是从车上下来的。他们气冲冲绕过车头，闯到驾驶室边,一个拽开门就骂:"你他妈的工会大楼干吗不停?!"一个竟伸出手去要拽司机:"有你这么开车的吗?!你下来!"

工会大楼是前一站。发车时本是说工会大楼停西单不停的。

司机韩冬生原以为自己是做好事,没想到遭到这样的突然袭击。

韩冬生个子不高,但精壮茁实。他眉眼粗,汗毛重,一望也不是个好惹的。

他顿时火冒三丈。大家伙一个劲儿嚷:"西单停!""西单停!"他才前一站不停停西单的。他心想你们非工会大楼下车干吗刚才不嚷嚷?真是谁心善谁吃亏。他觉着自己真是亏透了。前一阵大北窑那儿修路,车堵得厉害,车一停能停半拉钟头。常有忍耐不住的乘客跑过来求他:"师傅,开门让我们下吧!"不在站上不能开门,这是制度。他本可以置之不理。可他心软,好几次都把门开了,让想下去的下去。这回他又心软,"我们都到西单下!"一片嚷声,他本是将就大家伙,没想到倒惹出了麻烦来。瞧这二位那个横劲,怎么着?找碴儿打架吗?他满脸溅朱地指着他们叫嚷起来:"你们想怎么着?嘿你们要敢拽我你就直拽,这车我今儿个还真不开了,车撂这儿开不了你们负责!"

底下两个小伙子倒没真拽,但跳着脚骂个没完。

韩冬生气得浑身哆嗦。他转过身来,朝着车厢呼喊:"嘿你们说说,是不是刚才车上都嚷着要我西单停车?!你们给证明证明!"

只有前面的售票员夏小丽呼应他:"可不是嘛!都嚷着要西单停,真西单停了又来捣乱!"

车上的乘客竟没有一个应声作证的。

韩冬生大受刺激。他又转身冲着车下的二位对吵起来。他甚至想跳下去同他们扭打一番。

西单站那里形成了淤塞。后面来车了,因为这车堵着,开不动。很快淤上了一长串。十字路口的交通民警一时顾不上这里，一边指挥着车辆一边干着急。一些过往的行人驻足围观。一些骑自行车的人停车围观。

这里是西长安街。前面就是电报大楼。街上挂着一串串小彩旗。街心车如流水。

事情还在恶性发展。

车上的乘客没有应声作证。

这并不奇怪。

嚷嚷着要西单下车的，早已都下去了。

听见了"西单下！""停西单！"嚷声，尚未下车的乘客，一时还没有反应过来。这类事，实在并非罕见。能不介入就不要介入。

车上主要是些才从西单站涌上的乘客。他们感到不快，可对事情的来龙去脉实在摸不着头脑。只好皱眉忍耐着。

交通警走过来了。还有治安联防的人员。

车下两个寻衅的小伙子走开了。

韩冬生还是不开车。他豁出去了。他冲车厢里嚷："这车不开了！下车！都下去！"

交通警走拢车前。问韩冬生怎么回事儿。

韩冬生气咻咻地望着两个挑衅者消失的地方，赌气地说："你们逮不着流氓你们就罚我吧！今儿个我还真不干了！"他掏出印着红1、黄2、蓝3、绿4的一叠"北京市机动车驾驶员违章记录证"来，一下子递到交通警手里。

那本是他胸兜中最宝贵的东西，最怕被交通警缴去的。

交通警很冷静，把四张卡片都还给了韩冬生，对他说："你先把车开走吧！"

韩冬生把胳膊抱在胸前，两眼直愣愣地望着电报大楼的大钟，梗着脖子宣布:"我这车出毛病了,开不了了!"

交通警见一时解决不了他的问题,便先去疏导淤在这车后面的其他车辆。治安联防的人员劝散了围观的人们。原先被韩冬生这辆车挡住的车陆续绕过它开了出去。

韩冬生再次转身对着车厢里嚷:"这车坏了,不走了!下车!都下去!"

有十多个人下去了,多数人不动。特别是坐在座位上的人。挤车而能得到座位,难。哪怕这座位即将作废,他们也舍不得放弃。再说他们等待惯了。许多原来不能实现的事通过耐心等待都能等到。还有一些人从开着的门朝上登。夏小丽对他们尖声嚷着:"不走了不走了,下去下去!"可仍有人坚持登车。他们觉得无论如何先登上去总是好的,下一辆什么时候才能来呢?眼前哪怕是可能落空的机会也该抓住,它总比一个圆满但还没有影儿的机会实在。

有一个人拿钱找夏小丽买票,夏小丽不耐烦地说:"不卖了不卖了,你买哪门子的票?"

"我起点站上的。"那人解释着。

"甭买了甭买了。"夏小丽依旧摇头撇嘴。

连续几辆出租汽车从街心驶过。

韩冬生望着出租汽车顶上安装的有TAXI字样的顶灯,心里更不是滋味。

他把那顶灯叫成"坟头"。"那些顶着坟头的家伙",他这么称呼出租汽车司机。

他从羡慕他们,到嫉妒他们。

韩冬生今年三十一岁。他父亲是一家饭馆的"白案"。那不是有名的饭馆,是一条胡同口上的一家最不起眼的小饭馆。他母亲是家庭妇女。两个妹妹也在饭馆，一个是给"红案"切菜备料的，一个是端盘儿的。他弟弟是全家的骄傲，因为在西郊一所大学里工作，尽管是在大学修建队当瓦工。大学里曾给每位教师配置一部《辞海》缩印本，本来行政部门的干部以及工人不一定需要那么厚的一大块纸砖，但福利均等的不成文规则使他弟弟也领到了一部。他弟弟立即倒手转卖，便得了四十块钱。韩冬生在弟弟面前原来并不觉得寒碜。这类事多了，心里便堵上了冰砣——我们公司怎么一年才发两双手套？

韩冬生赶上了最后一茬"上山下乡"。他哪知道后来中学毕业生用不着"上山下乡"了。在村里种地的时候，他常常一边抹着汗水一边幻想：什么时候能当个工人就好了！后来真有了这么个机会，房山的一个小煤矿招工，他欢天喜地地去了。去了才知道当矿工比种地还苦。于是他幻想哪一天能调回城里就好了！1979年还真遇上了难得的机会，父亲的一个"把兄弟"在公共汽车公司的一个车队上当队长，靠这个"后门"，他转到城里公共汽车公司来了，临调走的时候，矿上让他在一张纸上按手印，那上头写着他自愿从四级工降为二级工。他没犹豫，蘸着大红的油墨按了。他在公共汽车公司是二级工从头干起。先卖了两年票，后来才学了开车，当了司机。头两年他还算安心。可这一年多来他心上长毛了。

关键是出租汽车的勃兴。

原来北京市的出租汽车不过一千多辆，也没怎么听说过出租汽车司机发财的事儿；如今北京市的出租汽车过一万辆了，到处流传着出租汽车司机挣大把钞票的故事。

整个公共汽车和电车公司，才一万名司机。如今出租汽车司机的数目，已经赶过他们了。

出租汽车事业还在迅速发展。最大的一家首都汽车公司，车辆数目已过三千。就是同属一个北京市公共交通总公司管的北京出租汽车公司，车辆数目也已达到一千八百辆。其他各种名目的出租汽车公司已经超过一百家，什么翔远、安乐、渔阳、远东、京深、友谊、广达……还有叫香格里拉的，瞧人家那抖劲儿！

解放初，是蹬三轮的仰头望着公共汽车司机，羡慕个贼死；如今，是公共汽车司机低头望着出租汽车的司机，嫉妒得牙痒。

韩冬生其实还不算牙痒得最厉害的。

每天天还没亮，韩冬生就从床上爬起来。

他住在北京一条古老的胡同里的一个小杂院里。

他住的那间小南房只有十多平米。家具很简单。自己打制的酒柜上有一个闹钟，结婚时候买的，近二年已经不能闹了，他也没去修，因为不用钟闹，他一到三点半过后准能猛地醒来。

他和爱人、孩子睡同一张床。那是一张目前已经不时兴的木板双人床。孩子已经四岁。他们是回民。回民托儿所比重点大学还难进，他们没门路，孩子托不进去。这样的苦恼他有一大堆。比如他和爱人都仍在精力最旺盛的阶段，性生活的要求都很强。可是在一个已经会说话的孩子身边做爱，孩子的一阵梦呓，一阵磨牙，都使他们既败兴又自卑。但这类的苦恼再深再重，也还比较容易恢复心理平衡。同院不少家的住房情况也差不多。最让他梗在心里化不开的，还是这样一个问题：同是握方向盘，为什么人家就能握出租汽车的，而我却只能握公共汽车的？

从洗脸、刷牙开始，两种方向盘所带来的差距便萦回在他的心头。不到四点，他已经出了胡同，他乘上203路夜班环行车，来到景山前门。

每天凌晨三点半至四点之间，许多辆公共汽车公司的接班车汇聚在景山前门那里，众多的司、售员纷纷在那里转换去往自己车队的接班车，情景蔚为壮观。可惜几乎百分之九十九的乘客都无缘目睹这一景象。

在接班车上，韩冬生同熟识的司机最经常的话题，就是谁谁谁走了什么什么路子，调到出租汽车上去了，这类的信息常像火红的煤球般烫伤着他的心灵。他觉得不公正。被调去开出租车的多半是场里头头们的儿女或其他亲友。他一一记住了他们的名字和准确的亲属关系，达到睡梦中摇醒过来也能脱口而出的程度。

到了场里或总站，做准备工作的时候，他往往心里更加别扭。他想到如今的出租车越换越漂亮，越舒适。有空调，冬不冷夏不热。有录音机，随时能听个《血疑》主题歌什么的。后头放个香座，还有摇头狗什么的，前头挂串塑料葡萄，或者粽子香袋什么的。车里永远不会臭烘烘。不爱拉的还能推掉。虽说规定了一定比例，让上缴外币兑换券，自己终究能捞到一些。跑完了车子能开家门口停着，省多少事儿，还能用它拉拉关系，好处多了去！

逢到冬天，在场里给公共汽车灌热水，尤其是热水溅到手上烫得钻心的时候，他就更生动更具体地想象着出租小轿车里种种令人艳羡的景象。

在街上开着车，他脑子里流动着种种杂念，那最难压抑下去的，也还是"我怎么就不能调去开那出租汽车呢？"

像韩冬生这样的司机，工资待遇的确低。公共电、汽车公司的一万名司机的平均工资仅仅五十元。开中间带转盘和摺棚的大车有一天六毛钱的"斗儿费"，加上公里费、节油费以及奖金，一月不缺勤不出岔儿能有七十元左右，这样一个月总共能有一百二十元左右。

韩冬生家里的温饱成问题吗？

现在全北京每一个市民的温饱大概都不成问题了。

问题是谁也想过上更宽裕更舒适的日子。

以往北京市民们见了面,总是问:"吃了吗?"

吃饭曾经是头等重要的大问题。

如今北京市民们见了面,倘是一段时间没遇上过,常问的是:"家里买彩电了吗?"

黑白电视早已不稀奇。不问那个。

"买彩电了吗?"

还要接着问:"多少时的?"还要接着问:"什么牌儿的?"

说是牡丹、昆仑、金星、孔雀……什么的,对方会忍不住地摇头:"您不买个日本的?"

说是福日,"啊,打日本进的流水线攒的,还行。"说是东芝、松下、三洋、索尼、夏普,"嗬,真棒。原装的吗?什么路子买下的?"

这就是时下北京市民的典型心理状态。

韩冬生一家也未能免俗。

他家的那本经还有特别难念之处。

他岳父年纪不算太大,但已偏瘫了十多年。

他爱人秦淑惠,在跟他搞对象的时候跟他一五一十交代清楚了。

岳父不仅偏瘫,行动不便,脾气还很古怪。

岳父现在住在他们隔壁一间更小的不怎么见光的屋子里。岳父床边有个大箱子,旧得看不出漆色,据说是樟木的,可韩冬生从未闻见过樟木的味儿。那箱子谁也不让动,就连小外孙京京摸摸,他也要嘴角一抽一抽地制止。

院里的老住户们之间流传着这位老头的许多奇闻逸事。他现在是个退休的七级工。偏瘫了，人已经不成形状。但据说退回三十多年，他是个风流倜傥的京剧票友。唱起《白门楼》来，风姿不让叶盛兰。他有过红火的时候。他有他的个人秘密。他的履历可以查清，他的心路历程别人永远不能知晓。如今他那逝去的甜蜜和神秘的隐私都浓缩在了那口樟木箱子里。据传那里头有三四十年代北京戏园子的所有戏单和说明书，还有无数当年的京剧小报，以及若干他自己和别人的照片。盛传那些照片里有梅兰芳、筱翠花、荀慧生、言慧珠、梁小鸾等从一流到三流的名伶亲笔签名的戏装和便装照。"文革""破四旧"时他已成为最普通的工人，没有"红卫兵"抄他的家。他的樟木箱里所塞满的东西如今更具有文物价值。中国戏曲研究院的人倘若知道，一定会兴奋不已，并采取相应行动，可是有关的传言并不能流出他们那条窄窄的胡同。韩冬生听到这一切时只是一笑。他甚至有些失望。他原期望那樟木箱里有点元宝金条之类的东西，最不济也该有些金银首饰。

韩冬生不懂京剧，并且不喜欢一切戏曲。

他也不爱看书。在他家屋里甚至找不到一本印刷物。

他模模糊糊知道有个梅兰芳。不过他更熟悉和崇拜山口百惠与程琳。

他没有挑剔秦淑惠的家庭。秦淑惠母亲早故，剩下个父亲又是这种情况。他还是同意和秦淑惠结婚。回民找回民不好找。差不多也就行了。

秦淑惠家住房比韩冬生家总算宽敞一点。他就入赘了。他们过得也还不错。

自从生了京京以后，秦淑惠一直没去上班。她是一家羊毛衫厂的工人。现在算是"吃劳保"。一月只有三十多块钱。这真够恼人的。可她有什么法子呢？孩子入不上托儿所，父亲又是那么个情况。原先父亲还能凑合着自己下点方便面吃,如今端碗都端不稳了。特别糟心的是老头最近常有大小便失禁的情况。她一个人得洗一老一小两个人的裤子。真够呛!也曾考虑过雇个保姆,但算来算去,还是不如自己"吃劳保"待在家里合算。"我雇我自个儿吧!"想通了,她倒也快快活活。

韩冬生有回开车开到日坛路,猛刹车,跳下车去揪住一个乱骑自行车的人吼了一通。表面上是因为那人违反交通规则妨碍了他行车,实际上是韩冬生头天下午窝了一肚子火,憋了十多个小时,总得借个碴儿撒放出去。头天下午淑惠领着京京出去买菜的工夫,岳父突然大便失禁了,呼哧带喘臭作一团。韩冬生能不管吗?管是管了,心里头别扭。他想,我上午在马路上伺候乘客,下午回到家还得伺候病人,可我家连台彩电都没混上,我怎么这么倒霉?

韩冬生心里偶尔会升起这样的念头:"他怎么还不……呢?"但他总能自觉地立即把它压抑下去。

岳父有时候精神稍好,能含着漱口水似的说话。这种时候他可能会叫过韩冬生去:

"给我买两包烟来!"

岳父哆哆嗦嗦地递给韩冬生一块钱。韩冬生默默地去了。岳父有一笔不算太少的退休金,但他并不把那钱交给他们打伙用。每月领到钱后,他只交上十五块伙食费,此外,就全留在自己身边。他嗜好抽烟、喝茶,没香烟没茶叶了,便掏钱让小两口去给他买。碰上身体状况处于最佳状态,他兴许会蹭到街上去站站,然后给京京带回一点零食来。他们就是这么个经济关系。

韩冬生头回了一包四毛四分钱的"翡翠"和一包四毛七分钱的"红梅",老头只认这两个牌子,剩下的九分钢镚儿,韩冬生全数随烟交了上去，而岳父也就颤颤巍巍地收下。

望着岳父不住痉挛的颜面，韩冬生又可怜起老爷子来。他心里升起这样的念头："谁也难免有这么一天哪……"

将心比心是人类的一种优美素质。

人心隔肚皮。理解别人的心思很不容易。

但应当有理解别人的愿望。

难。

难得普遍地产生这种愿望。

生活：网。

乘客们从一个网结流向另一个网结，借助于公共汽车时，他们的心灵或处于暂时的麻木状态，或沉浸于自我的思绪。对于他们来说，"公共汽车司机"和"公共汽车售票员"是两个抽象的概念，尽管面对着活生生的司机和售票员，他们也很难产生出如下的心绪：那些人各有各的名字，各有各的来历，各有各的生活道路，各有各的家庭，各有各的喜怒哀乐，生死歌哭……

乘客们的这种心态无可厚非。

当乘客们受制于公共汽车司机和售票员时，他们是无辜的。

当韩冬生在西单气恼而执拗地轰乘客们下车时，那满车的乘客便都是无辜的受害者。

来坐公共汽车的，谁也不容易。

当韩冬生和夏小丽他们往下轰乘客们时，有几位乘客的心灵最受伤害。

其中就有那位递过钱去要买票，而遭夏小丽拒绝的人。他是国家机关的一位技术干部。

韩冬生觉得自己比出租汽车司机挣得少，委屈，这位干部实际上挣得比他还少。

单看固定工资，这位四十岁出头的干部是比韩冬生拿得多。但韩冬生他们加上补助和奖金，能拿到一百二三十元，这位已经开始谢顶的干部却是干拿一份工资，额外的附加收入一年也不过一百多元。

韩冬生他们还能开辟第二财源。

韩冬生的同事里，有的经常泡病号。其实没有什么病。他们是同什么什么公司挂了钩，给人家到广州一类的地方接车去了。他们日夜兼程地从那边把车给人家开回来，或一周或半月，人家给他们一笔报酬。最多一次能拿到六百元。

韩冬生胆子小。秦淑惠也不让他那么干。秦淑惠头两年从街道上揽了糊纸盒的活儿。是糊装西装套服的那种漂亮的纸盒。糊一个大的能挣三分六厘钱。糊一个小的能挣两分四厘钱。韩冬生成年上早班。天不亮出去，中午一点半回到家里，吃过午饭，略事休息，他便帮秦淑惠糊那纸盒。

他们能从下午一直糊到吃晚饭，吃完晚饭一边看电视一边继续糊。韩冬生糊到九点来钟先睡。秦淑惠最来劲的时候能糊到十一点去。

最多一天能糊出二百多个来。

一月到头，把纸盒交上去，除了扣除百分之十的管理费，以及扣除糨糊钱和耗损费外，最多一月能挣到八十块钱。

那位平时骑自行车上班，偶尔才坐公共汽车的中年干部，可是一点这类的第二财源也没有。他和他那也当机关干部的妻子都没有开辟第二职业的魄力。客观条件也不具备。都说机关干部分房子占便宜。也不尽然。不过总的来说，确比公共汽车司机或售票员或然率高一点。那位干部前些时确实分到了一个两居室的单元。但说来韩冬生他们可能不信，那干部家里家具非常寒酸。他们也想添置点家用电器,一台十二英寸的黑白电视看了多年,暂不作更新之想,算有一件了吧,最急需的洗衣机他们就还没有买。要买个双缸的,他们就还得再攒一阵钱才能办到。

韩冬生家里除了一台十四英寸昆仑牌黑白电视机外,已经迎进了一台广东中山县出产的威力牌双缸洗衣机。秦淑惠特为它扯了两米花色艳丽的平绒布,不用时盖在上面,标志着它在他们家中目前所享有的荣耀地位。

韩冬生真不该觉得自己是天底下最倒霉的人,他在西单遇上点麻烦就这么不管不顾地对待工作,对待乘客,实在并不占理。

但乘客们也该知道他的家庭悲欢。

买那台双缸洗衣机对他们家来说是一桩大事。钱是用两双手辛辛苦苦糊纸盒子糊出来的。可是从百货商店运到家里,刚使两回就出了毛病。

气得不行。立即再去借平板三轮,运回百货商店,要求调换。

人家让他们先搁那儿,得研究研究,看究竟是机器本身有毛病,还是他们使用不当。韩冬生急了,跟人家吵。吵也没用。就像公共汽车上的乘客同他吵架一样。没用。权力,尽管是小小的权力,在人家手里。

洗衣机放在那儿了。韩冬生第二天早上开车心绪不宁。经常猛刹车。乘客们被弄得东倒西歪。没有哪个乘客知道,这除了惯性作用以外,还有司机本人的心理作用,而这竟又同一台搁在百货商店仓库里的待查洗衣机有关。

不细述了。韩冬生和秦淑惠四出四进,到百货商店换了三次,最后才得到现在稳定地覆盖着碎花平绒布的这一台。这一台真可爱,开动起来一点毛病也没有。

可是他们生活中的小悲欢仍在细波回澜般地展开着。

有一天韩冬生回到家,只见秦淑惠坐在床边上抹眼泪。

这是怎么了?

原来是有人给他们"下了蛆"。说他们是双职工,没权利领纸盒子到家里来糊。于是人家不再发给他们那样的纸盒糊了。

韩冬生对出租汽车司机们眼红。没想到也有人对他们两口子眼红。

韩冬生生气得不行。怎么着?八十块钱的外快挣得容易吗?有时候为了赶上交活的时限,得帮秦淑惠一直糊到半夜,第二天开车都迷迷糊糊的,万一出了事儿,自己吊销执照,坐班房,老婆孩子不得喝西北风去?

韩冬生愤愤地想:把我们挣的那八十块钱,拿出来跟你们劈分吗?有那么个理儿吗?

其实韩冬生这时候也该想一想,人家出租汽车的司机就那么轻松吗?不错,是挣得多,可开车的时间,不也比开公共汽车长吗?有时候一天有十六个、十八个小时都在跑车,最少也得跑十二个小时,容易吗?难道就该把他们多挣的钱,拿出来跟开公共汽车的劈分吗?这就合理了吗?

眼睛都朝比自己挣得多的人看,越看越眼红。

红眼病。这是目前中国人最常见、最多发、最普遍的心理症状。

失去了糊纸盒的财路,韩冬生秦淑惠便另辟蹊径。秦淑惠不知怎么的认识了邮局的人,于是他们从今年开始趸报纸卖。

趸来的报纸,《北京晚报》卖一张能挣四厘,《大千世界》和《球迷》合起来平均一张能挣五厘。他们每回趸三百份《北京晚报》,二百份《大千世界》和《球迷》,他们坚韧地几厘几厘地积累他们的财富。

韩冬生如今每天下午去卖报纸。一天能挣两块多钱。当秦淑惠每天点着挣来的钱——净是钢镚儿和皱皱巴巴的分票儿——她总是知足常乐地说："把一天的饭钱挣出来了！"

中国是个以烹饪技术著称于世的国家。

但中国一般民众的三餐饮食仍旧相当俭朴。

北京一般小市民宁愿牙缝里省一点，攒出钱来置"大件儿"。

眼下北京市民衡量一个家庭富裕程度的标准，主要不再是吃得怎么样，也不是穿得如何讲究，甚至也远不是有没有组合家具或壁灯吊灯，现在主要是看拥有家用电器及高档耐用消费品的数量和质量。

有所谓"八大件"的说法。按其重要性，彩电稳定地排在第一位，其余的在各人心目中次序略有差异，它们是：电冰箱、洗衣机、缝纫机、录音机、照相机、摩托车和录像机。

为了向"八大件"进军，韩冬生一家在吃上非常节俭。他每天早上不吃东西就去上班，跑车跑到八点多的时候，他在终点站附近的回民小吃店买四根油条，就着热茶水啃。天天如是。中午全家等他回来一块儿吃。他家中午饭全院知名。一年三百六十五天，天天吃炸酱面。秦淑惠每三天炸一次酱，油搁得比较慷慨，但里面只有鸡蛋和虾米皮，并没有羊肉末。自从羊肉涨到一块九毛钱一斤以后，他们一月只买一次，每次只买一斤来吃。晚上一般吃米饭、炒菜。菜是哪样便宜了吃哪样。这一阵子柿子椒便宜了，一角六分钱一斤，秦淑惠就天天买两斤来炒着吃。

那位要买票反倒遭到拒绝的干部当然不知道。

使他所乘那辆公共汽车搁浅的司机，便来自这样的一个家庭。

夏小丽拒绝卖给他票，使他非常难堪，也使他非常气愤。

他愤然说："你怎么不卖？我坐了国家的车，我就该买票，不能让国家吃亏!"他固执地抻着胳膊,把一毛钱递到夏小丽面前。

夏小丽竟越发粗暴地把他那拿钱的手推开,仰着脸,两眼眯成两条缝儿,下巴颏抖动着,嘴里像吐葡萄皮儿似的一连串地说:"得了吧得了吧得了吧……"

她不仅拒绝售票,还拒绝接受那位干部的正确道理,使周围的乘客难以再保持沉默。

一位花白头发的女乘客忍不住对她说:"你这样可不对……"

夏小丽没等她说完便又尖声地截断她说:"我不对我不对我不对……不对又怎么着?!"

那眼睛瞪成一对鼓鼓的豆荚。

另一位戴眼镜的知识分子也实在看不过去,激动得有点结巴地批评她说:"你你……这是什么态度?你你……怎么能这么工作?"

"就这态度!我还不想干呢!"

夏小丽的回答斩钉截铁。

真所谓"一波未平,一波又起"。这车更崴泥了。可怜满车乘客心!

夏小丽原是远郊区的一个高中毕业生。她父母都是那边工厂的普通工人。她上的那所学校是所谓"非重点"学校。全校高中毕业生里只有三个人考上了大学。她高中毕业时适逢北京市公共交通总公司招聘售票员。她是自愿来应聘的。

谁知经济改革的迅速进展,使所谓个体户活跃起来。破产或并无大赚的个体户人们很少顾及,到处传说着个体户暴发的消息。也不都是夸张。夏小丽的一个同班同学,如今是母校那一带的"糖葫芦王",他通过从家庭车间里生产出的糖葫芦,垄断了那一片地区的糖葫芦批发业。存折上究竟有多大数目,不得而知;"八大件"置全了,可是有目共睹。夏小丽就被请到他家看过录像。

对比之下，夏小丽越来越后悔当初为什么非来当这售票员。早知道的话不如在家耗一耗，耗到能领个体营业执照时，也领它一个大干一番。夏小丽觉得自己也不是个玩不转的人。

夏小丽在穿戴上原不怎么讲究。可如今刺激她的时髦事物实在太多。刚觉着"华姿系列化妆品"新鲜，电视上又推出了"威娜宝系列化妆品"的广告。刚置备了眉笔，百货商场化妆品柜台里又出现了睫毛夹子。最近北京街头陆续出现了港式的发廊，里头尽是打广州请来的有手艺的美容师，什么"小巴黎""秋子""新浪潮""迷你"……光理发廊的名字就让人心里头怦怦乱跳。看过几次时装展览，她懂得了什么是"国际流行色"，什么是"X型""H型""A型"服装。光东长安街高台阶上的丽都百货商店里，就有那么多五光十色的真假首饰。刚买上一双细高跟皮鞋，人家就告诉说如今最新潮的女鞋倒是平跟的。

乘客们真该理解和谅解夏小丽的心思。

她虽不是如花似玉，到底正当青春。爱美是可贵的素质。万不可对之轻蔑。

问题是她越来越不乐意当售票员。公司发了工作服，蓝色，黄纽扣上的图案是方向盘，她嫌难看。料子很次。车队队长说值四十八块钱。她拿到信托商行估过价，人家只给开九块钱。她不按规定穿那工作服售票。她总按自己的心愿打扮自己，坐到那售票台上去。

她嫉妒那些比她打扮得好的女乘客。尤其外地来的女乘客。

有一回外地一位女乘客问她："同志，到颐和园在哪儿换车？"

她斜眼睨着那位女乘客。女乘客的西装套服材料高级，剪裁得也好，耳垂上的耳夹闪闪发光，不知是纯金还是包金……嗬，瞧那派份儿，敢情头一回来北京，口音透着"怯"，颐和园都没见识过。夏小丽撇撇嘴，傲慢地说："这车不去颐和园！哪儿换你下去问去！"

对方很伤心。人家头一回来北京。车子刚开过天安门。人家打车上望见天安门广场心里热乎乎的。人家觉得这是首都。首都应当处处、人人都比外地强。人家兴冲冲地要去游颐和园。人家家里的人还等着她回去讲述首都的风光。人家不过问一声怎么转车，首都的这位售票员就给人家一对卫生球眼珠，一句透心凉的冷话！

人家不能不提意见："同志你怎么这么说话？"

"我怎么说话啦？"夏小丽振振有词地说，"这叫北京话！你懂吗？告诉你这车不去颐和园，你啰唆什么？"

对方激动了："你这是什么态度？"

"就这态度！"夏小丽把头一转，"受不了这态度你坐小出租去呀！有能耐你坐专车去！"

人家气得要哭。游颐和园的兴致全给冲没了。

时常有乘客想：为什么汽车公司不对夏小丽这样的司、售员采取严厉措施，比如说，他们屡教不改，便加以开除？

有的乘客给公司打电话、写信，正式提出了这样的建议。

提出这类建议并不奇怪。头两年电影、电视剧里不净是这类的改革故事吗？新上任的改革家，铁腕人物，第一招就是对那些调皮捣蛋的人物实行"炒鱿鱼"。你不好好干？你改不改？你还捣乱？好，请你卷铺盖卷，滚蛋！

夏小丽那样的司、售员却不但不怕这一招，甚而巴不得你给他们来这一招。

在公共电、汽车的一万名司机里，已经有四分之一的人打了正式请调报告。有的人甚至要求离职。有的管你批准不批准，他就不上班，自己另辟财路去了。

售票员中也有一些这样的人。夏小丽就曾经闹过退职。不批准，她就把气往乘客身上撒，她经常懒得卖票。目前公司的规定是票款达不到指标不影响奖金，超过指标才能有额外奖励，数目也有限。夏小丽跑的那条线坐车的净是有月票的，买零票的不多，反正也超不了指标，所以她懒得卖票。

夏小丽不但不怕除名，她还自己除过自己的名。

头几个月，她忽然失踪了。老不来上班，车队干部去她家找她。她父母只是说："我们也不知道她哪儿去了呀！""许是到沈阳她姑那儿去了吧！"其实她就在北京。那个"糖葫芦王"帮忙，给她联系到一个外贸单位，当了接待室的接待员，负责给外商端茶递水。虽说是临时工，挣的不比售票员多，但实物油水非售票员可比，而且夏小丽觉得既体面又轻省。

车队终于找到了她，给那个单位说清楚，她是擅离职守的，于是人家辞掉了她。

夏小丽在这之后有一天来到了调度室。她穿着当接待员时候人家发给她的工作服，那是多么鲜亮的一身套服啊！她还戴着港式的蔚蓝色项链，耳垂上缀着雪花形的耳饰，脚上穿的是一双罕见的淡蓝色的人造革新款式高跟鞋。

简直是"衣锦还乡"的气派！

连韩冬生走进调度室，同她久别重逢，脑中也丝毫没有她犯了什么错误的意识。他只是乐呵呵地望着她说："嗬，鸟枪换炮啦！"

夏小丽被一群女售票员围着。有的用手捻她套服的料子，有的在问她那头发是哪家发廊里做的，是九块钱还是十二块钱的工钱，有的皱着鼻子凑拢她闻着她身上的香水味儿。夏小丽得意扬扬地用一只脚掌握着平衡，因为她脱下了一只鞋，正让另一个姑娘试穿，那试穿者脸儿涨得红红的，心里翻腾着微妙而汹涌的思绪。

"嘿！"她招呼韩冬生说，"吃陈皮梅！"

她买来一包陈皮梅，摊在了调度桌上，让大家随便抓着吃。

韩冬生吃了一颗。

"人家外商都时兴吃这个，没人吃那奶糖！"他宣谕着自己获得的人生经验。

调度员也吃着陈皮梅。她一边嚼着一边问夏小丽："嘿，我说你打算哪天来上班啊？"

夏小丽恩赐似的说："那就明天吧！"

处分？除名？从总公司到车队的头头们心里都明白，与其用处分和开除来吓唬这类司机和售票员，莫若随时随地提醒他们，他们将永远被该公司雇用。因为该公司目前已经有三分之一的司机、售票员因待遇问题打了请调报告，出勤率一直保不住。公司对付这些人的办法只能是防止他们自行脱离，一旦有人自行脱离，他们就要像找回夏小丽那样找回他们来。他们不被除名就办不下个体户执照，也不能被别的单位正式录用，因而到头来还得认命，该开车开车，该售票售票。

都会的血液。

流通不畅。

胆固醇过高？血栓，还是毛细管溢血？

中国啊中国，北京啊北京。你在艰难中发展！

人太多。人挤人。可又没有立体化的公共交通结构，来疏散世界上最稠密的人流。

国外许多大城市的公共交通起码有三个层面。一是地下的地铁，二是高架铁路上的电气火车，第三才是地面上的公共电、汽车。

其中起主要作用的一般是地铁。

例如法国巴黎，它那蛛网般的地铁超过一百九十公里，沿途有三百七十多个车站，平均每天运载旅客四百万人次，在公共交通总运载量中远居首位。

而北京目前只有两条尚不能沟通的地铁线路，统共只有三十九点五公里长，两边合起来统共也才二十九个车站。北京全年公共交通载客达三十多亿人次，地铁只有一亿多人次，仅占总运载量的百分之三点二。

北京并无高架铁路，载客的负荷，自然主要压在了地面上的公共电、汽车上。目前北京的公共电、汽车已设一百五十八条路线，有四千零九辆车在这些线上跑，运载总长度是一千八百六十六公里，每天客运量大约是八百五十六万人次。巴黎在1980年，其公共汽车（尚不包括有轨电车）已设二百一十九条路线，有三千九百九十二辆车在这些线上跑，运载总长度是两千三百三十九点九公里，而每天客运量仅约二百零八万人次。北京公共电、汽车的定员标准是每平方米最多装载九人，实际上高峰时已达每平方米装载十三人，而巴黎公共汽车的定员标准是每平方米最多装载六人，但由于他们的满载率不足百分之七十，所以实际上常常是每平方米仅有三至四人。怪不得北京的公共汽车常常是挤成黑压压的一团，而巴黎的公共汽车上很少有人站着。

但巴黎再好，是人家的！

临渊羡鱼，莫若退而结网。

结网的人不少。

北京市公共交通总公司的干部们，他们何尝不愿意发展壮大首都的公共交通事业，何尝不愿意提高整个系统的服务质量呢？

总公司还有个城市公共交通研究所，几十个收入甚至比韩冬生还少的科研人员，目前仍挤在一幢屋顶漏雨的旧楼中，兢兢业业地搞着科研，整理着情报资料。

北京市政府的市政管理委员会，说实在的也在作出最大的努力，来缓解公共交通中出现的纠结成团的问题。有的领导干部晚上确实常为这方面的头痛事半宿半宿地失眠。骂他们官僚主义是容易的，你换到他们那个位置上去试试，你能保证你一上台，北京市公共交通就立即面貌一新吗？难。

具体的困难就不去说它了。难就难在究竟怎么确定我国城市公共交通的性质。

公共交通系统，究竟应当确定为自负盈亏或基本自给的企业单位呢，还是应当确定为政府充分补贴的社会公益事业？

目前是举棋不定。暂称为"服务性的生产部门"。

但这就带来了不可克服的矛盾。

既然是服务性，就不能把赢利放在首位。甚至就得甘心认赔。目前北京市的公共汽车是开一条新路线赔一笔，有的线路甚至是跑一趟亏一趟。以服务性为宗旨，票价绝不能涨。可是汽油涨价了。能源税财政局照收。国家现在给售出的每张月票补贴一点九元。全年补助大约三千两百万元。这只能勉强堵上亏下的窟窿。实际上只是一种成本的简单再还原。总公司的干部们在这种情况下调薪无望。司、售员们当然不可能再提高收入。整个系统的福利待遇只能维持在低水平上。

但既然你又规定它为生产部门，那么为了赢得更多的利润，整个公司的人心必然向捞取钞票上倾斜。眼珠子里钞票多了，乘客就挤得没有地方装了。有的城市的公共汽车系统已发生了混乱。既然我们是生产部门，自负盈亏，那么，好，我把大量的公共汽车都拨去搞旅游，只剩下很少的车跑一般运行路线；在一般运行路线上为了多捞钱，或私抬票价，或收了钱不给撕票，或少停站以提高运行频率，或挤满了再开以提高满载率，或因觉得收入不如开旅游车的而闹情绪、怠工……北京的公共电、汽车说实在的还相当不错，没有出现过这样的大混乱。不过开车、售票既然不能满足自己的得钱欲望，那么，在班后开辟第二职业的风气愈演愈烈。今年八月二十一日清晨，44路一位女司机上班不到三个小时，按说应当正是精神最好的时候，却在马尾沟一带将车子猛地撞向在另一路汽车站牌下等车的人群，使一位上有老、下有小的中年女工程师当场惨死，另一名已考取大学正待去报到的青年右眼脱落，另两名无辜者受伤。这位女司机是位很善良的人，平时开车一贯认真。她怎会酿成此惨祸？她是开着车犯上困了！一大早开车就犯困！为什么？其原因不言自明。

公共交通究竟该算什么样的性质？

几乎所有西方资本主义国家，在观念上都是非常明确的：城市公共电、汽车理所当然是社会公益部门；不仅不要求它赚钱，甚至也不让它自负盈亏。它们采取稳定的补贴政策。例如法国的城市公共交通，票款收入只占其收入的百分之三十六，其余百分之六十四，都由国家、当地政府和受益单位承担。这百分之百的收入除成本还原外，不仅有余款可以发展公共交通，并且能够使公共电、汽车的司机保持相当不错的工资和福利待遇。例如巴黎的公共汽车司机，月薪平均六千法郎，大体上相当于两千元人民币左右，一般并不低于当地一个出租汽车司机的收入。

社会主义国家里，如匈牙利，原来对公共交通也没有很明确的决策观念，亏损严重，司机的积极性也不高。到了七十年代末，国家在对饮食、娱乐等服务性行业进一步搞活，要求其自负盈亏的同时，却下决心将公共交通从自负盈亏的范畴中解放出来，确立了其社会公益部门的恒定性质。到八十年代初，已投巨资将首都布达佩斯的公共交通全部更新，车票仍保持低价，国家补贴却大幅度提高，目前票款收入约占百分之二十五，而补贴却占百分之七十五，因而司机的工资福利待遇，在社会上已居于有吸引力的水平。

当公共交通系统同邮政、海关等系统成为超出竞争之上的享受稳定补贴的部门时，服务于其中的工作人员自然会有一种职业上的自豪感和经济上的满足感，因而其服务质量，自然也就容易提高。

那我们也赶快补贴呀！多多补贴呀！

的确应当补贴，并且应当越来越多地补贴。

不光公共交通事业应当补贴。基础教育、幼儿园、小学、中学，就不该多多补贴吗？看见寒暑假里中小学临时改成旅馆，一些教员忙前忙后地招待着旅客，只为增加点外快以滋补困窘的生活，我们难道不鼻酸吗？公共文化事业呢，不该多多补贴吗？看见我们的图书馆把阅览室变成了收费播放港台低劣武打录像的场所，看见我们的博物馆和名胜地过一道门收一次费、租借不该租借的地盘给人家拍电影拍电视摆摊子设商亭，弄得文物受损、风景被污，我们难道不气愤吗？该补贴的方面和部门实在太多，而且我们还可以举出无数国外补贴有方的例子：他们的中小学校舍设备如何高级，他们的博物馆如何向学生免费开放，他们的风景区不仅禁止摆摊售货，甚至不准汽车驶入……

但是补贴需要大笔的钱。

钱从何来？

事实证明，以前那种框死的经济方针，效率低，收益慢，国家富不起来，因而只好一口大锅熬稀粥，大家平摊着喝。

实践证明，只有对内搞活，对外开放，才能解放生产力，使国家富起来。

而一搞活，就必然带来不平衡。

一些部门，一些人，因搞活而富裕起来了。

一些部门，一些人，只是逐步受益。

还有一些部门，一些人，如城市公共交通系统，如公共汽车司机和售票员，他们相对于出租汽车司机和个体户确实处于"吃亏"的状态。

因为穷，所以要搞活。搞活，却又拉开了贫富差距。填平穷富差距，就得回头去吃大锅饭。不想再过又穷又单调的日子，还得搞活，因而就得有相对穷一些的部门和人员。这真是个"怪圈"。

哈姆雷特沉吟着："活着，还是死去？这是一个问题。"

无数的中国人沉吟着："搞活，还是框死？这是一个问题。"

让我们还是回到那辆公共汽车上来。

竟闹到了不可开交的地步。

有些乘客下去了。但后面的车不见踪影，于是有的在站台上抱怨，有的复又上到这车上来。

韩冬生仍在罢工。夏小丽扯着嗓子轰乘客们下车："坏了坏了坏了，这车坏了不开了，下去下去下去！"

几位乘客开始同他们讲理。

"这车明明没坏。为什么不开？"

"你们像话吗？你们哪有想不开就不开的权利？"

"快点开车！注意影响！"

争吵中双方的话语都升了级。

"不坏也不开了，就不开了！"

"什么样子？你们怎么敢这样？非得给你们反映反映！"

"就这样！你反映去吧！你打电话告去！三十三局7036转366，你下去打去呀！"

"你们没权利这么对待乘客！"

"你给《北京晚报》《古城纵横》写信去！你登报去！"

……

最后双方的话语都有点出圈。

双方的心理状态都有点——实在是都有点"反动"。

都对现实不满。

乘客里有的想："什么世道！越来越乱！"

韩冬生和夏小丽他们想："什么日子，受够了！"

敢于公然从最小的冲突中喊出最惊心动魄的话语，这也是目前中国民众的特点之一。

因而相互不能原谅。相互都把对方作为证明世道不好、自己吃亏的发泄靶。

甚至不惜从动口到动手。以至酿成流血事件。

其实这世道究竟亏待了哪一方呢？

即如韩冬生，难道他退回十年的境况比今天好吗？即如夏小丽，难道她所享受到的口红、睫毛夹、耳饰、项链……以至于进发廊、听流行曲、吃双味高杯冰激凌、看美国电影《星球大战》等等快乐，不正是这个世道给予她的吗？

家用电器进入了几乎每一个城市居民的家庭，增添新的品类和更换高上一档的家用电器已成为生活中能够争取实现的事情。一边抱怨着什么都涨价了，一边购买着过去不曾享用过的食品、衣着和日用品。

更要紧的是头上不再笼罩"阶级斗争"的阴云。干部们不用再上"五七干校"。知识分子不再是理所当然的"臭老九"。家里的弟弟妹妹、儿子闺女不会再被强制性地轰去"上山下乡"。"出身不好"的，有"海外关系"的，被冤枉过戴上过种种"帽子"的，至少不会再被公开地歧视和遭受明目张胆的打击。

可是都不满意！

一种新的心理冲突：在搞活和开放所拉开的差距中，贫和富之间，小富和大富之间，富得容易和富得吃力之间……

怎么协调？

宣传不计个人利益、不在乎报酬和福利、甘于清贫和淡泊的高尚情操吧！那自然是应当赞颂的！但倘若宣传得过了分，则又必然引起对经济改革的怀疑。因为激发出把个人利益与工作任务挂钩的热情，恰是改革所赖以推行的心理动力。于是又有一个逆向的"怪圈"。

经济改革的成败，相当大程度系于心理改革的成败。

真理的核心是一种准确的分寸。实践的精髓在于掌握一种恰到好处的平衡。

难！

那辆公共汽车最后终究还是朝前开去了。

谁使然？

正当最混乱的时候，一位老先生从后面走拢车前。他又瘦又高，留一把稀疏的白胡须，穿一身西服，长长的脖颈上喉结非常突出。

他用手势止住了几位正跟夏小丽舌战的乘客，蔼然地对夏小丽说："姑娘，你消消气吧！"

他又走近驾驶台，更加蔼然地对韩冬生说："小同志，我不代表大家，我就代表自己。我看，你还是开车吧！"

他的话就那么简单。

可是，韩冬生却愣住了。他看到了老先生那双眼睛。那眼神儿。韩冬生从那眼神儿里看见了什么？

事后他也说不清。人的思绪有时候是不可能说清的。

但韩冬生能一接触到那眼神儿便产生出那么一些思绪，却并非偶然。

韩冬生每星期日休息。车队长动员他星期日加班，他一次没去。加班给加班费，但规定不能超过二块钱，所以对他缺乏吸引力。他星期日唯一的乐趣，便是一大早带上他的京京，骑车去中山公园。他骑他的自行车，京京骑一辆带一对辅助轮的小自行车。京京真了不起，不到四岁，可他能沿着马路牙子，由爸爸护着，骑那自行车，一直骑到中山公园去！买那样一辆小自行车花了五十六块钱，韩冬生和秦淑惠舍得！

他舍得。为了京京。公园里的电动汽车，玩十分钟收一块钱，只要京京乐意，玩几场他都舍得掏钱。他还带京京去西单游乐场，那里的"碰碰车"玩十分钟就要两块钱。两块钱就两块钱，京京，你还玩不玩？

京京穿得比哪个富裕人家的孩子也不差。橘子刚上市，一块五一斤，他就立时买上两个大的，回家递到京京手中，然后每一瓣都由京京独享。他们全家一月吃一斤羊肉，这是笼统而言，其实他们每月总要买几回酱牛肉，每回称一块，要最精最好的，那也是由京京独享。京京的玩具也不少。看电视广告上宣传说有一种维生素E饼干儿童吃了健脑，他就让淑惠去买，结果转了半个城圈才买回来。饼干还没吃完，听车队里有人说维生素E过剩会造成呆痴，他回家又毫不吝惜地把剩下的饼干统统扔进了垃圾箱！

那维系着他和京京的东西，便是他接受老先生目光的契因。

那东西也不仅维系着他和京京,和秦淑惠,那东西也维系着他和岳父,乃至于更多的人。

岳父唤他,他走了过去。

"这后头、这后头……"

他知道是岳父实在忍耐不住了。但凡熬得住是不召唤他的。他便给他揉背。岳父发出也不知是痛苦还是痛快的呼噜声。

院里的人全都夸赞韩冬生小两口。谁都知道,淑惠并非那偏瘫怪僻的老头的亲生女儿!淑惠是落生五十六天以后抱过来养大的。淑惠在搞对象的时候就告诉了韩冬生。韩冬生知道全部事实。淑惠的亲生母亲依然健在,他们还有来往,韩冬生跟着淑惠叫她"大妈"。大妈原是这老头的嫂子,淑惠亲生父亲见弟媳妇总不生育,这才把她过继给了弟弟。如今淑惠的养母和生父都故去。这么个关系,而小韩两口子还能伺候着那偏瘫的老头,没见着虐待和嫌弃。

但韩冬生小两口的心湖中也有过浮冰。院里的人全不知道,老头本人更不知道。小两口偷偷去过"法律顾问处",请教了那里的律师:老头既非亲生之父,又自己有一笔收入,他们能不能同他脱离关系,由他自己另过,用他的钱请个人伺候他?或者是否政府将他安排到一个什么"敬老院"去?人家客客气气地接待了他们,曲曲折折地讲了半天,说来说去,还是以维持现状为宜。

小两口从"法律顾问处"出来,不知道为什么脸上都有点发烧。回家的路上,他们没怎么商量就破费买了五根一元五一斤的进口大香蕉,到家只分给京京两根,倒送了三大根到老爷子面前。

……在韩冬生住房对面,他还盖了一间厨房和一间只两平方米的小屋,那原是他盖来临时存放待糊和糊妥的套服盒的。自从有人给他们"下蛆",失去了这项第二职业后,他便从场里弄来一只废弃的汽油桶,安装到那小屋的顶上,上面盖上一块大玻璃,从院里的自来水管那儿引出一条管子接到了油桶上,又从油桶底部往屋里接了一根带喷头和阀门的管子,于是,那间小屋便成了个地地道道的淋浴室,在炎热的夏季,利用阳光晒热那桶里的水,淋浴时水温恰到好处。从六月底到九月初,全院的人都不再去澡堂洗澡,全享用这韩冬生自创的"晒水器"淋浴……

所以韩冬生一接触那劝他继续开车的老先生的目光,便不由得软化下来。

夏小丽也有她另外的一面。每次回到远郊家中,她便要跑出二里路去看同学陈雪梅。雪梅的丈夫因为打架斗殴伤了人,被判了二年,如今自己带着个瘦猫似的小闺女凑合着过。夏小丽去了就给她拾掇屋子,帮她带孩子。雪梅哭,她就劝。雪梅说出离婚的想法,她跺脚责备,她搂着雪梅的肩膀,说许多知心的话。上回她给雪梅带去两口袋陈皮梅。她从小珠子串成的钱夹子里取出一个小伙子的相片来,说是只给雪梅一个人看。那是她当接待员时认识的一个小轿车司机。雪梅劝她早拿主意,她忽然向雪梅要烟抽。这回是雪梅搂抚了她的肩膀,轮到她流眼泪,雪梅就用手绢给她擦,说许多岔了声儿的话……

所以夏小丽一接触那老先生的眼神儿,也就不再大喊大叫。

那眼神儿里有那么一种说不出来的东西。那是一种时下人与人之间十分缺乏的东西,一种十分、十分宝贵的东西。

老先生经历的事情多了。他总能替别人设想。总能往好处想别人。比如那两个跳下车去跟韩冬生找碴儿的青年,不仅韩冬生夏小丽恨死他们,其他乘客、民警和治安联防的人几乎也都视他们为臭流氓。要不他俩怎么一见民警和联防人员过来就赶紧溜了?

老先生却宽容地想：他们一定是确有急事，确实非得刚才在工会大楼那站下才不误事。

也许真是那样。那两个穿牛仔服、着滑雪衫、戴铜戒指、烫鬈鬈发的青年，也许真有急着要办的事。也许他们跟人家约会，他们不希望误点，他们要在工会大楼那站下车去找人家，他们上车后坐在最后一排座位上，他们没听见司机和售票员"一站西单！"的喊声，他们准备下车车却未停，一拉就把他们拉到了西单，于是他们气愤，懊丧，他们不找司机质问质问就不能取得心理平衡。

他们并非什么流氓。也许他们教养差、语言粗、动作野，确实有点讨厌。但他们也有他们应享的生活，存在的道理。他们显然也有他们的难处，他们的生活也挺不容易，但能够这么去想的人实在太少。

那老先生却能。

老先生对司机更怀有深入的理解，因而能产生出最宽宏的谅解。

"他们开车的也不容易。"他对站在一旁的一位中年妇女说，"前些日子，热天，我上王府井买了一大包东西，也是车挤，把我挤到最前边，大草编包沉，我把它搁在发动机盖子上。也是到这西单，车一停，包一歪，把包里东西甩到了驾驶台那边，开车的也是个小伙子，瞪我一眼，还是把东西捡回给我。到了木樨地，我才发觉驾驶台边还有一个我刚买的摆桌上的温度计。捡起来，我以为摔碎了，一看，嚯，四十五度！"

这番话老先生说得动情，韩冬生却没有听到。夏小丽也没有听到。

但他们能感觉和接受老先生的目光。

那是七月份，热得最邪乎的时候。老先生坐公共汽车回家，没人给他让座，他真累。他抓住司机座后头的那块隔板的立柱，尽量不让自己歪倒。他想起了十多年前，"文革"后期，那隔板上喷写着"服务公约"，其中有一条是"不夹不摔"。"不夹不摔"！这是什么标准？好比你去一家饭馆，墙上赫然贴着："不给顾客往碗里放毒"……他望见了车上靠近售票员的双人座上方，喷写着"老幼病残孕专座"的字样，尽管那专座上现在坐着个假装闭眼打瞌睡的胖汉子，售票员拿他没有办法，但刚上车的一位抱小孩的妇女，把那小孩搁到了售票员的售票台上，售票员却并不觉得妨碍了自己，这景象是时下车上常见的，倒也多少弥补了胖汉子所构成的一个临时性缺憾……于是老先生不怨天，不尤人，站在那儿，于是他站到木樨地，看到了那个温度计……

他觉得"活到老，当到老"这话真是一点也不错。坐了这么多年公共汽车，他直到这天才知道夏天里司机是在什么样的条件下工作！

由此及彼，由一点推及全面，他的眼神儿里的那种东西，更增加了浓度和力度。

难怪他那眼神儿和韩冬生的目光一交接，便有那样的效应。当然，韩冬生并不能立刻达到完全的心理平衡。他决定开车了。但他还要维系一下面子。他朝着车厢里的乘客们宣布："这车是有毛病！打不起火了！要开也成，可你们得下去人，帮着在后头推！"

乘客们纷纷议论。谁也不信。谁也不想下车去推。有人啧啧抱怨，有人打算再次抗争。

可是老先生带头往车底下去。他说："下去推推吧！活动活动身体好啊！"

开头几个，后来十几个，都下去了，大家开始推车。夏小丽

75

从车窗里欠出身子来对老先生说:"您别推,让他们推!"

韩冬生发动了汽车,下头的人陆续上来,老先生也被人搀上来了,有人给他让座,他就坐下了。

这辆公共汽车终于朝下一站开去。

公共汽车啊,公共汽车。

在我们的公共汽车里,你免不了还会遇上韩冬生那样的司机,夏小丽那样的售票员。你经常得在一个平方米上,同十二个同胞"筑成血肉长城"。

是该好好地琢磨一下了。"用我们的血肉筑成新的长城"应当只是一种崇高的比喻。如果不打比方,我们该怎么办?

1985年国庆节写
10月19日改毕

人面鱼

她一眼认出来，是他。

他也一定认出了她，在一瞥之间。

那是在昆仑饭店大堂外的风雨廊中。出租车排着队，等待饭店门口行李生的召唤。他的那辆旧丰田平稳地滑了过来。行李生帮她把旅行拉箱装进了自动弹开厢盖的后备厢里，盖好，又忙给她打开后车门，她坐了进去；就在她一弯腰坐进车里时，司机很自然地扭头朝她瞥了一眼，那大约不足一秒钟，然而足够了……

她告诉他，去机场。

他把车开动起来，不一会儿，车子已经驶上了通往机场的高速公路。

会不会是……一种错误联想？

她仔细推敲他的侧影。不会错。二十几年过去……他的脖颈还那么强劲有力，那从衣领里傲然挺拔的脖颈，略显粗糙的皮肤上，还显现着那几条让她难忘的纹路……那肥厚的耳廓，线条刚硬的腭骨，特别是，那右颊上的一粒绿豆大的扁痣……当然是他！……头发还是那么浓密蓬乱，鬓角长长的……并没有发胖，肩膀还是那么宽阔厚实……

他也在后视镜里，偷窥自己吗？

也许，他认不出自己了。毕竟，自己有时对镜，思绪里猛然掠过往昔的雨丝风片，只觉得如梦如幻，连自己都会望着镜中人发愣：那是我吗？……是谁？哪一位？……

她要不要开口？……不一定马上唐突地发问，可以闲闲引入，谨慎试探……现在北京的出租汽车司机一般都很愿意跟搭客聊天……她从哪儿跟他聊起？今天的天气？这机场路的国际水平？……可他为什么一声不吭呢？仅仅因为她是一位女客，还是因为……他知道她是谁了，因而，在等待她首先开口？……

她的身上，氤氲出丝丝缕缕法国香水的气息……她自己本是对之已无嗅感的了，此时却忽然觉得有大量的气味回送过来，刺鼻，令她难堪，甚至于心中惶悚，仿佛犯了什么错误……她下意识地并拢双腿，抚平紧绷在腿上的短裙，那是一条价格不菲的意大利名牌短裙，与她上面的无领长袖外套同属当季的最新款式……她又下意识地看了一下腕上的手表，那是一块外表古朴，却属于极品级的英国百达翡丽表……表盘为她显示的似乎并不是此刻的时间，而是一种钻心镂肺的荒谬感……

是的，也许，他的不敢确认，恰恰就是这香水的气息，以及这一身包装……然而，我依然是我呀，我也不仅并没有发胖，而且，难道我显老了吗？……是的，女人一过四十，那就连那曾经跟她那么样那么样亲近过的人，都会认不出来了！……天哪！……

……那是个多么古怪的傍晚啊！……人们都说夕阳是玫瑰色，或类似那一类的颜色，然而那个傍晚的夕阳却分明是绿色的，淡绿色，嫩嫩的淡绿，就像初春从树皮里蹿出来，并且颤巍巍地绽开的小叶芽儿，充满着透明感的那么一种淡绿色……

他们去插队的那个村子，在那个深秋，本来已然整个儿没有了绿颜色，庄稼地里是一派深褐，稀稀拉拉的树木上，要么已然只剩枝丫，要么那些没落下的叶片都仿佛是薄薄的铜片，风一吹过，便发出令人心里只有黑灰两色的寒音……

　　……她朝村边那座茅屋走去，那一刻，她觉得夕阳是绿色的，它给万事万物，都沐浴着淡绿，不，嫩绿，不，像透明的叶芽儿似的，那么一种绿雾，绿霭……

　　……那是一个猪场。茅屋是猪倌熬猪食的地方。老远，从那茅屋里就发散出浓烈的猪食气味，那气味无法形容，全凭每一个吸入者的主观感受，而大体上可以归纳为，比如说催人呕吐的秽气，比如说令人觉得是正常发酵的气味，再比如说是联想到圈满年丰的愉悦气息……那一晚，那扑鼻的猪食气味，于她而言，仿佛是树上无数新芽溢出的，绿色汁液的味道……

　　……他被派作猪倌。他在那茅屋里，站在土灶边，面对着奇大无比的一口边沿有裂缺的铁锅，用一把大铁锹，搅拌着锅里的猪食……

　　……她走进去，他一时没看见她。她在门边望着他，他赤裸着上身，把本来穿在身上的一件又旧又破的枣红色绒衣两条袖子紧紧地系在腰上，起劲地，甚至于可以说是极其快乐地，两只脚一颠一颠地，用大铁锹在锅里搅和着……灶眼里，发射出夕阳般的光芒，然而，奇怪吗？那一晚，连那灶眼里的光芒，竟也是绿色的！浓稠，鲜嫩，透明而抖动的淡绿色啊！……

　　……他发现了她。两眼闪出惊奇的强光："你没去？！"

　　她没有去。几乎是，村里所有走得动的人，当然首先是他们"知青户"的其他成员们，都赶到镇上去了，那里晚上有县里"样板团"的演出，而且演出后还要放映电影，是关于西哈努克访问的彩色纪录片……她知道他任务在身，今晚不去，于是，她推说实在不舒服，发烧了，也没去……她的确发烧，她自己能感觉到，她鬓前的发绺在走动中撞击着她的面颊，不知是发绺的感觉还是面颊的感觉，总之，那感觉传递到她心尖上，有些个烫……

　　……其间的过程很简捷……为什么会那样简捷？……真不可思议，却又值得在整整一生中时不时地反刍，不断苦苦地，不，甜甜地，思之，议之……

　　……是的，那是千真万确的，是她，而不是他，十二万分地主动……她一下子扑到他身上，紧紧地搂住了他……她能够非常精确地，把正在沸腾的猪食的气息，与他的体味，严格地区别开来……那是一种她渴望已久的气息，她把自己的脸庞拼命地挤靠在他那似乎失去边际的强韧而汗渍的胸膛上，摩擦着，同时感觉到他的双臂，如同巨藤般缠箍住她的脊背，并且一次次地收紧，使她体验到一种新奇的痛楚……

　　……他把她抱到了茅屋中的大炕上。那是滚烫的一张炕。满屋弥漫着嫩绿……他们无师自通。为什么无师自通？……其实，有许许多多隐蔽的"师"，比如人们的脏骂中，比如"破四旧"没破尽的那些缺皮少页的卷角旧书的文字中，比如《赤脚医生手册》里的插图，比如拷贝已然放烂的《列宁在1918》里的某几个一闪即逝的过渡性镜头里……而最好的老师，是他们自己身体上那逐渐膨胀的部分，是他们在开始时可以说只是不经意地朝对方一瞥，后来是说不清有心还是无心，在远处，或稍近一点的地方，对方没跟自己对眼，甚或全然没有注意到自己时，自己却下死眼把对方的一脱衣、一挽袖、一弯腰、一扭身……乃至于做某件事的全过程，呆呆地看了好一阵子……再后来，便是双方眼波的撞击，从一撞即移，到撞而移后复撞，到撞后竟胶着在那里，难解难摘……生而为人的那个位居首席的"师"，正在自己的肉中灵内啊……

车过四元桥了。她定神再往前左方细加端详……当然，绝不会错，是他。

她都几乎要呼出他的名字了……却终于还是没有呼出。

……在那个淡绿色的傍晚，以及紧随之的那个充满叶汁气息的夜晚过后，第二天一大早，忽然村里响起了不寻常的声音，那是一辆小轿车，具体来说，是一辆奶白色的苏产伏尔加牌小轿车，开进村来的喇叭声，以及驶过坑洼不平的村道时车轮摩擦出的怪声，还有村里孩子们跟着那车后面乱跑的叫嚷声……

事情可谓"意料之外，情理之中"……她披着衣服从宿舍里跑出来，脸还没洗，头还没拢，脑子里还储留着斑斑绿影……妈妈从那车里出来，犹如一粒豌豆从熟透的豆荚里迫不及待地跳出……她听见妈妈大声地跟她，同时也跟拥簇在她身边的村干部和"插友"们朗声宣布："你爸解放啦，结合啦！……我们昨天下午就出发了，往这儿赶，通宵'马不停蹄'……走，跟我回城！……"

"插友"们的反应是多种多样的，或含蓄或强烈，她却一律顾不得观察回应，她只是倏地一下感到，有一种东西飞走了……啊，是飞走了绿色，一丁点绿色也没有了，深秋的太阳从东边送来一片光芒，是啊，可以说是玫瑰色的，然而为什么是这种颜色？难道该是这么样的一种颜色吗？那心爱的颜色，那些本来布满心臆的嫩绿，透明，并且流动着的，青芽汁液般的可以抓挠的活生生的存在，怎么一下子荡然无存？……

她慌乱。一定是有许多幼稚可笑的肢体语言，"文法不通"，"佶屈聱牙"，因此引得"插友"们窃笑……她听见妈妈用亲昵的语气在斥责自己："还收拾什么！都留下、留下……你爸爸这一结合，什么又都会有的！走，跟我走……"

她稀里糊涂地已经坐进了车里，妈妈紧紧抓住她的手，仿佛她还是个上幼儿园的小姑娘……汽车开始移动，车窗外晃过一些各不相同的目光……她不在乎任何目光，只是，她的心紧缩起来，他，他呢？……她对司机说："往那边，那边……"她心里指的是那座茅屋，村边那个小湖边上的茅屋，那儿有个猪场，茅屋是猪倌住的地方……司机不明所以，妈妈问她："你说什么？你还有什么事要办？"她嗓音干涩地说："那边，那边……湖那边，猪场……"她给司机指点着，司机便把车往那边开，车外有人在大声地说："错啦错啦，反啦反啦……"司机还是把车开到了湖边，离茅屋和猪场很近的地方，她紧张地朝茅屋望去，那门根本没有关紧，露着一条明显的缝，然而，门没被拉开，里头没人出来……她有一种要下车去的冲动，妈妈把她抓得紧紧的，她听见妈妈在跟司机解释："……孩子锻炼得不错，对这劳动过的猪场恋恋不舍呢……好，再看一眼吧……"前面没有路了，司机倒车，离开了那湖边……她没有再回头张望，只是忽然掩面而泣，妈妈赶忙把她往怀里揽，她挣脱了……车子又开过知青们的宿舍，朝村外的公路驶去，有小石子打在小轿车的后玻璃窗上，不知是小孩子们扔的，还是从车轱辘下蹦溅起来的……

……后来，大家都回城了，她得知，他也终于回城。

又是一个傍晚，一个有些绿意的傍晚，她往他家住的地方去，找他。

他家住在这个城市的西北角。那里有一条比一般大街窄、比一般胡同宽的穷街。他家住的地方,院子不是院子,排房不是排房,在她眼中,那是很古怪的,具体来说,是街边有一个简陋的公厕,公厕一侧,有一个歪歪扭扭的通道,往那通道里走,两边是些歪歪扭扭的古旧平房,那些平房里,密密匝匝地住着些芸芸众生。

她走近那地方时,恰巧他从通道里走出来,上厕所。他没有看见她。她移到街对面一个小商店门外的布篷下,呆立着。尽管他是去往一个不雅的地方,可是,他的身姿步履,依然令她心醉,陡然间,天光绿润润的了……后来,她看见他走出厕所,回到那通道深处去了……

……移时,她鼓起勇气,过马路,走进那通道……她四顾着,不知他该在哪扇门里……忽然,她惊喜不止,因为她隔着一扇镶着死玻璃的老式平房窗户,看到他就坐在窗边,侧着身子……啊,他是在看电视……在屋子尽里边的柜子上,有个黑白电视机,正放映着某种节目……依稀可以看到另外几个人的身影,是他家什么人?……

她找不准那屋子的门,于是她呼唤他的名字,呼到第二遍时,他在窗里扭过了脖颈,满目惊奇……她还没定住神,他已经出现在她身前,并且立即把她引开……

他们来到那条给排水系统都还很不完善的穷街上。

她问:"你干吗不让我……进你们家?"

他说:"那不是我家。"

她问:"那么,是谁家呢?"

他说:"邻居家。"不等她再问,又补充说,"我家没电视。"

停了停,她说:"带我去你家吧。"

他想了想说:"以后吧。"又反过来问,"你找我干吗?"

她抬眼,责备地望着他。

于是他说:"我猜过,你也许要来。"

她移得离得更近些。

"咱们走走吧。"他说。

于是她跟着他走。

他们走到一处僻静的地方。那里有一个杂乱的小树林,还有一个早该清除,却一直没人来清除的垃圾堆。

天光暗了下来。她心里漾着绿。她主动。她移得离他只差一指。他们的体味互相准确无误地进入了对方的鼻腔。

她责备他说:"你都忘了。"

他回答:"那怎么会?"

她问:"我走那天,你怎么不出来?"

他坦白:"我睡得死死的,没醒呢。"

她再问:"为什么不给我回信?"

他说:"回过……"

她问:"回过?!我怎么没收到过?"

他说:"写了,没寄……"不等她翕动的唇里再吐追问,忙补充,"也都没留……都扯了,扔那湖里……让人面鱼吃啦……"

人面鱼!……

汽车开过温榆河了。温榆河里泛着的波光,令人想起那个小湖……

他写过信,没有寄,大概自己反复地读过,然后扯碎,扯得很碎很碎吧,扔进那个小湖,像一片银闪闪的浮萍,然后,陆陆续续地沉落下去……那条人面鱼，真的会吞咽那些浮萍般的纸屑吗？……

……还记得，那个晚上，在那个小树林里，离那个垃圾堆不远的地方，当他们又紧紧地拥在一起的时候，他忽然说："……插队的时候，我们毕竟是平等的……"

她试图反驳他。然而十分无力。实际上，无法反驳。

……后来，出了小树林，他终于带她去了他家。在那个公厕后面，那个歪歪扭扭的通道的顶头上，一间只有十米平米的小屋里……他父亲，一个拉排子车的搬运工，为了他"顶替"，提前退休了；确实说什么也该提前退休了，因为患着肺气肿，不仅说话，连喘气都透着痛苦；他母亲，年岁并不算太老，脸部却已然皱缩成了核桃般模样……真是家徒四壁，竟看不到一件稍微亮堂点的器物……这还都算不得什么，最令她震惊的是，因为屋子太小，只能放一张大床父母来睡，他呢，每晚便只能在屋尽头的一个农村式的大躺柜上，挪开了什物，铺上褥子睡……

把她送出来，往公共汽车站走的时候，他对她说："对你们家来说，'文化大革命'是一场大灾；对我们家来说，却并无所谓……你下乡，是受苦；回城，是苦尽甘来。我回城，是随大流；其实，我下乡，倒是给家里减轻了负担……对于我来说，下乡起码有了自己的一个固定的铺位……现在你该明白，我为什么要主动当猪倌了吧？那座茅屋里，我一个人霸占着好大的一铺火炕啊！在那上头滚来滚去，多痛快！……"

是啊……滚来滚去……那一晚，他们曾尽情尽兴、尽力尽时地在那铺大火炕上滚来滚去！……

那是美好的，极其美好的，因为都是发自内心的，偏又极和谐，极默契，极自然，极圆满……高潮渐来，层叠起伏……终于波涛汹涌，天摇地撼……并不是每个生命个体，都能有这样的一次初夜……

……可是，当她在快到车站时，逼问他："……难道你……不想……再……吗？"

他满脸的痛苦，那是一目了然的，但嘴里吐出的话语，却坚硬而冰冷："……地方呢？我们现在能在哪儿？……"

是的，在哪儿？在他家？……那么，在自己家？自己家现在虽然占有一个独门小院，有十多间屋子，可哪间也不可能像那座猪场前的茅屋般，令他们可以便宜行事……那还是二十几年前，到饭店宾馆开房间，或租买房屋，是连其概念也没有的……小树林里吗？怎能冒那个险？……其实，就连靠得那样近地走到公共汽车站，也足够让人指斥为"臭流氓"的了……

"我们……结婚以后……总有地方了吧？"她说。

"我们？……结婚？……"他停住脚步，惊异地望着她。

她忽然觉得消失了所有的绿色。一下子心里堵满沉甸甸而搬移不开的晦暗东西。她无言以对。不要往任何别的人、别的因素上去推诿。最最要命的是，她明白自己，到头来，她是不会坚定这个信念——跟他结婚的。

……他们在那个车站分手。

她告诉他，恢复高考了，正复习，准备考北大西语系。他为什么不考？

他说他不考。他要做的是，捡些砖头、木料，或者说偷些砖头、木料，紧贴着他家的小屋，再盖出一间小屋来。那必要性和紧迫性是不言而喻的。当然，这是违章的。居委会的老娘儿们几回到他家来，威胁他父母，说是盖起来也得给拆了，并且还要罚款。可是居委会的娘儿们却不敢当面跟他说。这就说明，只要他坚持盖，居委会，乃至派出所，谁也不能把他家怎么样。他盖那间小屋，会很省料；因为有一面可以借那公共厕所的后墙……

她想问他，他父母可还健在？那条穷街的住户，应该早已都拆迁了吧？他现在迁往何处了？他该早已经结婚，并且有孩子了吧？男孩女孩？上中学了吧？说不定都已经上大学了！……

可是，想到一直会有另外的女人，特别是作为他妻子的女人，合法地享受着他那……确实非常……怎么说呢……为什么说不出口？有什么说不出口？……起码，说不出，可以想象出……那并不一定是每个男人，每个丈夫，都能具有，并焕发出的……她竟油然生妒。她愣愣地望着前排司机座上的他。这辆车虽然像北京市许多的出租车那样，前后排之间也装了隔离栅，然而今天他却偏偏把那隔离栅取掉了，也许他很多天前便取掉了……确实，像他这样的一个男子汉，一望而知是勇武有力，并且饱经锤炼的，何须用一道金属栅来防范不轨之徒……拆掉了隔离栅，她在后排把他看得很清楚，不仅他的右侧面历历在目，从前窗内上方的后视镜中，也能看清他的眉与目……这样一个男人，曾与她在那个湖边，那个猪场的茅屋里，那铺大火炕上，那样销魂地互相享用过……而现在，比如今晚，当她在所乘坐的美国西北航空公司的班机上迷迷糊糊时，他呢，却会在北京某处的一张床上，与另一个女人，他的妻子，合理合法地，如此那般……他能得到畅快的满足吗？……

现在她是一个美国公民。

那是一条可以说相当顺遂，却也堪称艰辛的路途。一路披荆斩棘、过关降将，常常是峰回路转，也往往柳暗花明，既殚精竭虑，也担惊受怕，不过总算天道酬勤，也真是吉人天相……从踏进未名湖畔，到接着来自美国常春藤学院的录取通知；从找定经济担保，到在秀水东街的领事馆拿到赴美签证；从在纽约肯尼迪国际机场受困，到终于开着二手车在高速公路上急驶；从面试败退后一筹莫展，到加盟大公司后步步高升；从接到汤尼的第一枝红玫瑰，到终于跟他到祖传的别墅中共度良宵……在时间的流逝中，那村落，那茅屋，那小湖，那些曾充盈着嫩绿色，仿佛初春枝条上，叶芽的那种近乎纯透明的淡绿色，那样的空间，仿佛被推到了极远极远的地方，成为一个缥缈的存在，或简直并不曾存在过……

……那个傍晚，她和汤尼建立了那样至为密切的关系后，汤尼请她坐上一辆豪华的加长林肯，把她带到了那个有名的湖边，湖边有个格调极其优雅的俱乐部，他们并坐在一把油红色的日本式大伞下的座席上，每个座席都离得颇远，他们点了不同的鸡尾酒，先是默默地啜着杯中酒，把肩膀靠得越来越紧，聆听湖边的一个小乐队奏着旋律美如珠帘徐垂的乐曲……后来，汤尼搂住她的裸膊，轻轻吻着她的香鬓，对她说："……本来，那是你个人的隐私，我不该问的……可是，亲爱的，我既然决定向你正式求婚，那么……可以告诉我吗？……你……那先于我的……第一个……在什么时候？他是谁？……"

这是她早料到的。也早准备了答辞。然而……她虽然自以为已经极其地西方化了，事到临头，却还是有些个慌乱……她被一口酒噎住了……略咳了几下，她想妩媚地一笑，却不承想鼻子一酸，眼圈儿发热；汤尼即刻怜惜地将她搂紧，吻过她的两个眼窝后，试探地，也很自信地，在她耳边说："是……'文化大革命'？……下乡插队的时候？……理解，可以理解的……好好好，你不要说了，我不要你说了……好，让我们说些别的、别的……"

竟如此轻松地渡过了那一关。她曾在常春藤学院里，读过原文的《苔丝姑娘》，托马斯·哈代笔下那位英国姑娘的遭遇，曾令她心中发紧……一般中国人总以为美国人人都钟情于"性解放"，其实，像汤尼这样的家族，他们在婚外性关系上是持保守观点的，倘是考虑到结婚，那么，他们更极慎重，一般来说，新娘子是必得为处女的！……

那个有小乐队伴奏的夏夜，星星在夜空闪烁，而且也在湖水里闪烁，汤尼不仅没有对她紧追穷问，还柔柔地说："我的……受了苦的小姑娘……好，跟我讲讲你那苦难历程里，比较不那么沉重的故事吧……甚至于，趣事，对，趣事……你知道，即使在莎士比亚的悲剧里，也穿插着一串串的趣事呢！……"

她便给他讲趣事。是的，趣事是有的。即使在最荒芜的岁月、最贫困的地方，也有趣事呢。她告诉汤尼，在当年他们插队的那个村子旁，有一个小湖，湖里有很多的鱼，真的很多，你往湖边一站，鱼儿便往你脚底下游过来，他们不怕人，不怕人的倒影。那个村子很穷，人们"糠菜半年粮"，平时根本吃不上荤的东西。那他们为什么不捞鱼吃？那是因为，在那个小湖里，在那些鱼当中，有一条最大的鱼，一条年龄据说比村里的寿星还要大的鱼，是人面鱼。怎么讲？人面鱼？什么意思？那是因为，那条鱼如果游过来，你可以清清楚楚地看到，它长着一张人脸。也就是说，你能从它的头部，看出来那上面有人一样的眉眼、鼻子和嘴巴！这很奇怪，是吧？它怎么会是这样？按你们西方科学的分析，这也许是一种遗传变异中产生的怪胎，是一条畸形鱼罢了。可是那村里的人，把那条人面鱼看成是一条仙鱼。他们崇拜它，惧怕它，因此不但不敢捞上它来，把它吃掉，也连带不敢捞那湖里别的鱼吃。据说曾有人偷偷地捞那湖里的鱼吃，结果，吃了肚子剧疼，疼得在地上打滚，滚了一阵，很快地，就死掉了。按说，"文化大革命"要"破四旧"，"四旧"之一便是"旧风俗"，插队的"知识青年"们刚进村时，也有人试图破这个"旧风俗"，从那湖里捞鱼吃，结果有一个"插友"就在捞鱼时滑进了湖里，差一点给淹死……后来也就都不再去惹那些鱼了，当然，更不敢惹那条人面鱼。湖里那么多鱼，总没人捞，它们岂不是越长越多，淤得满满的，那还了得吗？可是，很奇怪的是，那湖里的鱼，仿佛总是固定的那么个数目，从来没觉得太多，当然也从来没觉得减少……

是的，这真有趣。汤尼听了，非常开心。汤尼把她搂得很紧，仿佛她便是那条人面鱼，生怕她会从他胳膊里滑出去，游走似的……

教堂的管风琴发出婚礼进行曲的轰鸣，她身披白婚纱，那裙裾拖在身后，在通向祭坛的台阶上，铺伸了好几级……汤尼把结婚戒指轻轻地套入她左手的无名指……在那大得令她感到有些个恐怖的宫殿式卧室里，特别是在那张大得惊人的、有古典式幕罩的婚床上，她与汤尼的新婚之夜，并没能使她感到满足，其快感远小于她抛出关于人面鱼的故事的那个傍晚，在那个别墅中的那次尝试……

那实在不是偶然的。汤尼比她小三岁，属于苗条、白皙型的绅士。汤尼绝对没有毛病，然而汤尼却注定不能令她销魂。这也许并不是什么糟糕的事。中国俗谚："女大三，抱金砖。"这话应在了她的身上，不过，不是因为有了她，汤尼抱了金砖，而是她因为有了汤尼，而抱上了金砖……他们过得富足、体面，先有了汉克，后有了露茜……

汤尼没有绯闻，她也确信他没有外遇，然而汤尼越来越多地出差，越来越多地一个人在书房里睡……

婚后不久，甚至在与汤尼同床共枕时，她的思绪里就曾经飘飞过这样的丝缕：要是，汤尼能和他一样……要是，换成了他……宁愿这下面是那张茅屋里的大炕……宁愿那边就咕嘟着一锅猪食……而且，甚至于，她切盼那体味，那种勇猛的进入，还有那一份强悍，都是他的，她闭上眼，在幻觉中努力提升自己的兴奋……而往往是，不那么和谐，不那么对劲儿……特别是，眼里呼啦一下是歪着嘴在努力的汤尼，便一下子有浓酽的罪感、耻感，翻肠倒胃地直奔心头，令她立刻汗流浃背，并顿时索然、悚然……

天哪，天哪，我的上帝……常常地，在她独处，并且心头浮起那座遥远的，并且不知是否还存在的茅屋，以及种种不堪聚焦般呈现的镜头时，她便频频地在胸前画着十字……而她又深切地自知，她并不能真正成为一个基督教徒，因为，她虽然极虔诚地读过《圣经》，却始终不能在心底里相信，耶稣基督死后复活这一关键性记载……她在胸前画十字，只是因为她的肢体语言，已然进入了该种文化的系列，并且，无论如何，这总能让她多多少少减少些罪感……

出租车开到了高速公路收费站。他伸出手臂交费。那手臂还像当年一样，溢出充沛的阳刚之气。

出租车过了那彩绘牌楼的收费站，向天竺机场飘去。很接近了……这段行程即将结束……她若再不跟他对话，那这次的邂逅，岂不白白地……白白地怎么样？……唉唉，无论捅不捅破这层窗户纸，二十几年过去了，又能怎么样呢？……

她从价格极昂的路易·威登手袋里，掏出妆盒，打开，匆匆地朝小镜子里瞥了自己一眼，居然绿雾升腾……她心旌摇曳，难以自制……

……倘若那时候，她真的破釜沉舟，跟他结婚，会怎么样？……她是单纯地追求肉欲吗？不不不，那将是一条极其艰辛的生活之路，却并不是一条只等着晚上绿光流溢，叶芽胀破绒壳，欣然挺伸的浅薄之路……事实上他们会有很多很多心灵的撞击与融合……是的，那条人面鱼知道，他曾给她写过好多封信，那上面有很多很多的方块字，每一个方块字里，都包含着丰富的意蕴，那是由二十六个字母无论如何地拼合，也难以企及的……当然，他到头来没把那些方块字寄给她，而是，几乎一字一字地分裂开，让那人面鱼吞吃掉了……汤尼给她写过信吗？细想起来，这真古怪，汤尼给她打过不计其数的电话，却从来没有给她写过一封真正的信函，当然，那种算不得真正信函的卡，就是已经印好了一定套路的简单话语，配有图画或照片的卡，只需在上面潦草地签个名，便可寄发的卡，汤尼是给她寄过的，然而那算得了什么呢？这样的卡，就是碎成很小的香屑，抛到那个小湖里喂人面鱼，人面鱼也一定不吃吧……

……当然，那种情况并不多见，然而，即使是偶一出现，她心里也总是非常地别扭，需要拼命地克制、克制，才能保持住脸上那据说是"极其迷人的东方式微笑"……

……在长条餐桌边，汤尼，还有汤尼的父母，有时还有汤尼的兄嫂什么的……黑人女佣苏珊端着硕大的银托盘，里面是一条完整的加拿大式烟熏三文鱼，或一只法式红酒焖羊腿，轮流走到每一位的右侧，微屈腰身，于是每一位都斯文至极地，用那托盘中的银叉银刀，切下薄薄的一片，放入自己面前的餐盘中……轮到她，她也只切薄薄一片，甚至比其他人所切的更薄；可是，往往就在这时，汤尼的父母，有时还要加上汤尼的兄嫂什么的，便都把目光集注到她的脸上，显现出无比怜惜的情愫。他们并不说什么，餐室里静寂无声，餐桌上的大花钵里，满钵的大百合都散发着淡雅的幽香；然而她明白无误地懂得，他们那一刻都不约而同地在心里感叹："啧啧啧……这从'文化大革命'里逃出命来的，在穷乡僻壤里受过苦的……小美人儿……汤尼给了她什么样的幸福啊！……"这还算不了什么，可是，他们很显然接着还要在心里自言自语："……可怜的小美人儿……在那种可怕的地方……该受到过什么样的蹂躏啊！……"一瞥之中，甚至于连苏珊，在似乎不动声色的面具下，也附和着汤尼一家的思维……

你不能说汤尼，以及汤尼的父母，还有汤尼的兄嫂什么的，包括那个黑人女佣，有什么恶意；你更不能否定，中国的"文化大革命"，还有"插队落户"，确实给中国，给包括她这代人在内的几代中国人，造成了许多的烦难痛苦与遗患隐忧，然而，实际上一切都并不那么简单，比如，她在那个小村，那个小湖，那座茅屋，那口煮猪食的大锅，那张热腾腾的大土炕，那样的一处空间中，就曾经享受过绿色的阳光，绿色的火苗，青春的热欲就曾极其酣畅淋漓地得到过满足，仿佛早春的叶芽，痛快地蹿破树皮顶穿绒样的薄壳，裂开，舒展，任透明的汁液循环，乃至渗出……

而汤尼，在那样的场合，曾自以为高明，完全不知她内心里是极度地尴尬，建议说："……讲讲那条人面鱼……那一定会令他们吃惊……"她呢，便只好压下心头的不快，强颜欢笑，讲述起来，那回送到她自己耳中的声音，令她觉得诧异，她的灵魂在羞赧中涨红了脸,可是她在收住讲述,并听到汤尼一家极有礼貌也极为节制地轻轻鼓掌,并发出叹息声时,外表上却显得极为愉快,并且,仿佛很为自己能用他们的那种语言,娴熟地把人面鱼的故事讲述得那么样地生动活泼,而欣慰,而自豪……

为什么,这一切究竟都是为了什么?她的人生道路,为什么非得这样地走?这样的幸福,曾是她切盼,并为之奋斗,得来不易的;也是令她父母引以为荣,并被众多的亲友,乃至并不怎么相干的邻居们,所艳羡的……可是,有时候,当她一个人静下心来,面对灵魂时,便幻想到,故土上一张简单的餐桌,对,无妨就是那种廉价的,可以折叠的,蓝色烤漆腿的折叠桌,桌边坐的不是汤尼,而是他……她把煮好的面条,从热锅里捞出来,盛在大碗里,就是那种最普通的大瓷碗,递给他,而他,接过去,从餐桌上的另一只大碗里,舀出好大一勺现成的炸酱,用筷子搅拌着……她把洗净的黄瓜递过去,他边吸着面条边接过去,一筷子面,一口脆黄瓜……于是,她也盛一碗吃……他们也许会说起那条人面鱼,那该是怎么样的一种交谈啊!……他吃着炸酱面,喉结一上一下,额上沁出豆粒大的汗珠……他才是令她心醉的唯一存在……

不过,个体生命的存活,实在不是那么简单……倘若,她当年真的义无反顾,那么,很可能,不是他被引进她家的那个小院,而是她把自己送进他盖起的那个小棚屋,那个借用公共厕所一面墙的违章建筑里……她真的吃得消吗?……就算她与他能始终极其地和谐,可她能与他的父亲和母亲和谐吗?尤其是,在那么一个狭窄的空间里……

当然,他们可以联手奋斗……事态的发展证明,这个都市里的大多数人，后来都提升了他们的生活品质……他现在开上了这种一公里两元钱的出租车，主要到大宾馆门口等客，这已经算是这个都市里收入较丰的职业了……倘若他们联手，也许他现在从事的职业会比这个更好……

她觉得眼睛发痒。她找出揩面纸，揩眼窝。她承接到一粒泪珠。

她现在已是有夫之妇。意识到这一点，她悚然，罪感又迅即弥散开，充满她的胸臆。然而尽管她拼命地压抑、压抑……那些罪罪过过的碎思裂绪，依然玻璃碴子般地划着她的心尖……如果汤尼突然消失——这在车祸乃至空难频仍的美国，实在算不得是一种玄想——而他，居然还并没有结婚，或已然是个鳏夫，那么，难道她不可以找到他跟前，与他鸳梦重温、花开并蒂吗？……或者，她竟在某一天，走进汤尼的书房，跟汤尼和盘托出：她并非什么"文革"中"插队"时"失身"的"可怜姑娘"，恰恰相反，在那诡谲的时代里，她偏偏主动出击，获得了生命历程中最隐秘而甜蜜的极乐……她坦然地提出离婚，而吓晕了的汤尼，出于自尊，加上被那种文化熏陶出的一些个思维杂碎，居然爽快地应允了，于是，她不仅重获自由，并且依然会富有，她会骇人听闻地飞回这个城市，追到他的身边，让他清醒：唯有他们才相谐相配，他们本是上帝专门制作的一对啊，他呢，也便惊世骇俗地，割弃现有的，与她重碎新境，构筑 个绿泅泅的、再不云散的两人世界……可是，天哪，她猛然想起，汉克和露茜，那可是她的生命中已然不可舍弃的东西，他们怎么办？……

她身子瑟瑟发抖。她本无辜，而且她的这些思绪并无他人知晓，然而，她却在心底里自己告发了自己……她自己既是上帝，也是罪人，她自己执鞭笞挞自己……

出租车越来越接近机场了。透过车窗可以看到正在升空爬高的巨型喷气客机。

她瘫靠在后座椅背上,两眼如醉如痴地盯住他的脖颈。现在他们又一次离得这样地近……他既然也认出了她来,为什么这样地残忍,竟一声不吭?为什么非得她先开口?是因为,那个绿色夕阳映照的傍晚,那个绿波叶汁般流溢弥散的晚上,是她冲过去,主动搂定了他吗?……

其实,为什么他们不能,就在这个时候,互相招呼,并且勇敢地作出决定,暂时把他人,乃至整个世界,都抛到一边……在今天的北京,驶到任何一座星级饭店,开一个房间都是很便当的事,只要你有钱……更何况,她持有美国护照,她是外宾,是到处抢手的投资者……他们为什么不趁彼此都还不老,都还有火力,在绿色夕阳的映照中,重新体验那销魂熔魄的颠鸾倒凤?……

……可是,此时的他,会有着同样的想法吗?……

她脸上火烧火燎的。不仅是罪感,而且,耻感也火星似的炙烫着她的心。她用上帝之鞭,更严厉地笞挞自己那被热欲炙烤得吱吱冒油的灵魂……为什么啊为什么,越笞挞,那欲望却越如滚刀筋般顽犟?人,究竟是一种什么东西?……

生命啊……悲苦!

她号啕大哭——在饱受煎熬的灵魂深处——却无一丝声息。

出租车掠过一排巨大的广告,机场近在眼前了。

1997 年 11 月 14 日　绿叶居

偷 父

那晚我到家已临近午夜，进门后按亮厅里的灯，从地板的印记上，我立刻感觉到不对劲儿，难道……我快步走到各处，一一按亮灯盏，各屋的窗户都好好地关闭着啊，再回过头去观察大门，没有问题呀！但是，当我到卫生间再仔细检查时，一仰头，心就猛地往下一沉——浴盆上面那扇透气窗被撬开了！再一低头，浴盆里有明显的鞋印，呀！我忙从衣兜掏出手机，准备拨110报警，这时又忽然听见窸窸窣窣的声响，循声过去，便发现卧室床下有异动，我把手机倒换到左手，右手操起窗帘叉子，朝床下喊："出来！放下手里东西！只要你不伤人，出来咱们好商量！"

一个人从床底下爬出来了，那是一个瘦小的少年，剃着光头，身上穿一件黑底子的圆领T恤，我看他手里空着，就允许他站立起来，他站起来后，显示出T恤上印着一张明星的大脸，比他的头至少要大三倍，那明星也不知是男是女，斜睨着挑逗的眼神，说实在的，比他本人更让我吃了一惊，不禁用窗帘叉指去，问："这是谁？"那少年万没想到，我先问的并不是他，而是那T恤上的明星，更蒙了，我俩就那么呆滞了几秒钟，他先清醒过来，嘴唇动动，说出那明星的名字，我没听清，也不再想弄清那究竟是韩星日星还是中国香港或海峡那边的什么星，我仍用那窗帘叉指向他，作为防备，问他："你偷了些什么？把藏在身上的掏出来！"

他把两手伸进裤兜，麻利地将兜袋翻掏出来，又把双手摊开，回答说："啥也没拿啊！"我又问他："你们一伙子吧？他们呢？"他说："傻胖钻不进来，钳子能钻懒得钻，我一听钥匙响就往外钻，他们见我没逃成，准定扔下我跑远了，算我倒霉！"看他那一副"久经沙场"、处变不惊的模样，倒弄得我哭笑不得。

我用眼角余光检查了一下我放置钱财的地方，似乎还没有受到侵犯，他算倒霉，我算幸运吧。我仍是伸出窗帘叉的姿势，倒退着，命令他跟着我指挥来到门厅里，我让他站在长餐桌短头靠里一侧，自己站在靠外一侧，把窗帘叉收到自己这边，开始讯问。

他倒是有问必答，告诉我他们一伙，因为他最瘦，所以分工侦察，本来他到我家窗外侦察后，他们一伙得出的结论是"骨头棒子硌牙"，意思就是油水不大还难到手，确实也是，我的新式防盗门极难撬开，各处窗户外都有花式铁栅，就防贼而言可谓"武装到了牙齿"，但"智者千虑，必有一失"，唯独大意的地方就是卫生间浴盆上面的那扇透气窗，那窗是窄长的，长度大约六十厘米，宽度大约只有三十厘米，按说钻进一只猫可能，钻进一个人是不可能的，没想到站在我对面的这位"瘦干狼"，他自己后来又告诉我，在游乡的马戏班子里被训练过柔术的，竟能钻将进来！

"您为什么还不报警？"他问我。他能说"您"，这让我心里舒服。我把手指挪到手机按键上，问他："你想过，警察来了，你会是怎么个处境吗？"他叹口气，说出的话让我大吃一惊："嗨，惯了，训一顿，管吃管住，完了，把我遣返回老家，再到那破土屋子里熬一阵呗。"他那满无所谓，甚至还带些演完戏卸完妆可以大松一口气的表情，令我惊奇。

我就让他坐到椅子上。我坐在另一头，把窗帘叉子靠在桌子边，跟他继续交谈。他今年十四岁。家乡在离我们这个城市很远的地方。他小学上到三年级就辍学了。一年前开始了流浪生活。现在就靠结伙偷窃为生。有几个问题他拒绝回答，那就是：他父母为什么不管他？他们一伙住在什么地方？他钻进我的私宅究竟想偷窃什么？如果我还不回来，他打算怎么下手？面临这些追问，他就垂下眼帘，抿紧嘴唇。

我望着被灯光照得瘦骨嶙峋满脸灰汗的少年，问他："渴吗？"他点头，我站起来，他知道是想给他去倒水，就主动说："我不动。"我去给他取来一瓶冰可乐，又递给他一只纸杯，他不用纸杯，拧开可乐瓶盖，仰头咕嘟咕嘟喝，喝了一小半，就呛得咳嗽起来，我拿几张纸巾给他，让他擦嘴，他却用那纸巾去擦喷溅到桌上的液体，我心一下柔软到极点，我摩挲一下他的光头，发现他头顶有一寸长的伤疤，凸起仿佛扭动的蚯蚓，他很吃惊，猛地抖身躲避，瞪视着我，我就问他："饿吧？"他摆正身子，眯眼看我，仿佛我是个怪物，我也不等他回答，就去为他冲了一碗方便面，端到他面前，这期间那窗帘又滑落到了地板上，他很自然地站起来，把窗帘又靠还到原处，又坐回去，于是我知道，这个少年窃贼和我之间已经建立了一种基本信任。

他呼噜呼噜将那方便面一扫而空。我知道他还不够，就又去拿来一只果子面包，他接过去，津津有味地啃起来。我有点好奇地问："你们不是每天都有收获吗？难道还吃不饱？"他告诉我："有时候野马哥带我们吃馆子，吃完撑得在地上打滚……这几天野马哥净打人，一分钱也不让我们留下……"我就懂得，我，还有我的邻居们，甚至这附近整个地区，所受到的是一种有组织有控制的偷盗团伙威胁，他一定从我的眼神里看出了什么，吃完面包，抹抹嘴说："您放心，有我，他们谁也不会惹您来了。"我又一次哭笑不得。

我想了想,决心放他出去。我对他说:"我知道,我的话你未必肯听,但是我还要跟你说,不要再跟着野马哥他们干这种违法的事了。你应该走正路。"他又点头又咂舌,样子很油滑。但是我要去给他开门时,他居然说:"我还不想走。"我大吃一惊,问他:"为什么?"他回答的声音很小,我听来却像一声惊雷:"我爸在床底下呢……"天哪!原来还有个大人在卧房床底下!我竟那么大意!竟成了《农夫与蛇》那个寓言里的农夫!我慌忙将窗帘叉抢到手里,又拨110,谁知这时候手机居然没信号了,怎么偏在这节骨眼上断电!我就往座机那边移动,这工夫里,那少年却已经转身进了卧室,而且麻利地爬进了床底下,我惊魂未定,他却又从床底下爬了出来,并且回到了门厅,我这才看清,他手里捧着一幅油画,那不是我原来挂在卧室墙上的吗,他究竟是怎么一回事?我正想嚷,他对我说:"我要——我要我爸——您把我爸给我吧——求您了!"

几分钟以后,我们又都坐在了餐桌两头,而那幅画框已经被磕坏的油画,则竖立在了我们都能看清的餐具柜边。我们开头的问答是混乱的,然而逐渐意识都清明起来。

那幅油画,是我前几年临摹的荷兰画圣凡·高的自画像,我那一时期狂爱凡·高的画风,根据资料,几乎临摹了我所能找到的凡·高的每一幅作品,这幅凡·高自画像是他没自残耳朵前画的,显得特别憔悴,眼神饱含忧郁,胡子拉碴,看去不像个西方人倒像个东方农民。出于某种非常私密的原因,我近来把这幅自以为临摹得最传神的油画悬挂在了卧室里。少年窃贼告诉我,他负责踩点的时候,从我那卧室窗外隔着铁栅看见了这幅画,一看就觉得是他爸,就总想给偷走,这天他好不容易钻了进来,取下了这幅画，偏巧我回来了，他听见钥匙响就往外逃，他人好钻，画却难以一下子随人运出去，急切里，他就又抱着画钻到卧室床底下去了……他实在舍不得那画呀，那是他爸呀！

我就细问他，他爸，那真的爸，现在在哪儿呢？他妈妈呢？他不可能只有爸爸没有妈妈啊！可是他执拗地告诉我，他就是没有妈，没有没有没有。后来我听懂了，他妈在他还不记事的时候，就嫌他爸穷，跟别的男人跑了。他爸把他拉扯大。他记得他爸，记得一切，记得那扎人的胡子楂，记得那熏鼻子的汗味加烟味加酒味……他也记得他爸喝醉了，因为让他拿什么东西过去迟慢了，就用大铲子般的手抓他过去，瞪圆了眼睛吼着要打他，却又终于还是没有打。爸爸换过很多种挣钱的活路，他记得爸爸说过这样的话："不怕活路累活路苦，就怕干完了拿不到钱。"他很小就自己离开家去闯荡过，有回他正跟着马戏班子在集上表演柔术，忽然他爸冲进圈子，抱起他就走，班主追上去，骂他爸："自己养不起，怪得谁？"他爸大喘气，把他扛回了家，吼他，不许他再逃跑，那一天晚上，爸爸给他买来一包吃的，是用黄颜色的薄纸包的，纸上浸出油印子，打开那纸，有好多块金黄色的糕饼，他记住了那东西的名字，爸爸郑重地告诉他的——桃酥！讲到这个细节，少年耸起眉毛问我："您吃过桃酥吗？"我真想跟他撒谎，说从来没有吃过……

他记得许多许多的事，他奇怪我会愿意听，他说从没有人这么问过他，他也就从来没跟别的人讲过他爸爸的事情，野马哥也好，傻胖、钳子什么的也好，谁都不知道他爸爸的事，就是他有时候闷了，想起爸爸那胡子楂扎人的感觉，想说，人家也不要听。我怎么会愿意听？可乐喝完了，又沏上两杯茶，给他一杯，让他从容地诉说，他坦言，觉得我有病，不过就是有病的人愿意听他讲，还有香茶喝，他为什么不讲个痛快呢？他就连他爸的那些个隐私，也告诉我了：有那脸庞身条都不错的娘儿们，愿意跟他爸睡觉，说他爸真棒，可惜就是穷，他问过他爸，是不是这以后就添个妈了？爸就红着眼睛骂他，他懂了，那跟结婚是两回事，同居都不是，像每天清早叶尖上的露珠儿，漂亮是真漂亮，没多久就一点影儿也没有啦！他注定是个只有爸没有妈的孩子。

  他们那个村子，不记得在哪一天，忽然说村外地底下有黑金子，大家就挖了起来。他爸爸也去挖，是给老板挖，下到地里头，出来的时候，当天就给钱，他爸说这活路跟下地狱一样，可是上了地面真有几张现钱，也就跟升到天堂里头差不多了。什么是地狱和天堂呢？少年问，是不是一个像地下防空洞改的旅馆，一个像麦当劳和肯德基呢？我不知道该怎么回答他，真的。

  于是他讲到了去年那一天，那是最难忘记，然而又是最难讲清楚的一天，那天半夜里村子忽然闹嚷起来，跟着有呜哇呜哇的汽车警笛声，他揉着眼睛出了屋……简单地说，村外的小煤窑出事故了，他爸，还有别的许多孩子的爸，给埋井底下了……过了好几天，才从井底下挖出了遇难矿工的尸体，人家指着一具说是他爸，他怎么看也不像，实在也不敢多看，别的孩子，还有那些孩子的妈妈、亲戚什么的，也都认不大清，不过点数，那数目是对的，大家就对着那些也分不清谁家的尸体哭……他为什么没有得到有关部门的补偿？他说不清，他只说他们村里死人的人家都没得着钱，矿主早跑了不见影儿，人家说他们那个小煤窑根本是非法的，不罚款已经是开恩了，还补偿？

  少年说，他从我那卧室窗外，望见了这幅画，没想，就先叫了声"爸"。他奇怪他爸的像怎么挂在了我屋里？他说绝了，他爸坐在床上，想心事的时候，就那么个模样。我难道还有必要跟他说,那是个万里以外,百多年以前的一个叫凡·高的洋人?

少年说这些事情的时候,眼里没有一点泪光。说实在的,电视里矿难报道看多了,只觉得是"矿难如麻",我的心也渐渐硬得跟煤块没有多大差别,听这孩子讲他爸的遇难,也就是鼻子酸了酸,但是,当我听清这孩子这天钻进我的屋子,为的只是偷这幅他自以为是他父亲画像的油画,我的眼泪忍不住就溢出了眼角。

少年惊诧地望着我。我理解了他,他能理解我吗?我感到自己是那么软弱无力,我除了把这幅画送给他,还能为他,为他父亲那样的还活着的人们,为那些人的孩子们,做些什么?

一时的冲动中,我想收养他。但是我有儿子,已经结婚另住,并且即将让我抱孙子或者孙女了,我在法律上不具备收养权。我供他上学?即使他愿意以初中生的年龄,去小学再从三四年级读起,这城里的哪所小学又能收留他?我给他一笔钱,让他自己回乡去上学?那钱说不定明天就会大部分装进野马哥的腰包里;我每月给他寄钱?寄他本人?他会按我的要求花费吗?……望着他,我一筹莫展。

"您放我走吧,还有我爸。"少年望望窗外,请求说。

我把画送给了他。或者说我物归原主。我忽然为他焦虑,就是这样一幅不算小的油画,他捧着出去,遇见巡逻的,人家一定会抓住他。我决定为他写一张条子,说明这画是我送给他的。我这才问他的名字,他告诉了我。他的姓氏比较生僻,名字却非常落俗。我本想在纸条上连我的电话也写上去,稍微冷静点后,我制止了自己的愚蠢想法;写好纸条,我告诉他如果人家不信,他就带那些人来按我的门铃,我会当面为他作证。他把纸条塞进裤兜,也不懂得道谢,但他脸上有了光彩。我把门打开,他闪了出去。

103

关上门以后,我竟倏地若有所失。不到半分钟,我冲了出去,撞上门,捏紧钥匙,希望能从楼梯天井望到他的身影,没有,我就一溜烟跑下楼梯,那速度绝对是与我这把年纪不相宜的,我气喘吁吁地踏出楼门,朝前方和左右望,那少年竟已经从人间蒸发,只有树影在月光下朦胧地闪动。

我让自己平静下来。当一派寂静笼罩着我时,我问自己:"你追出来,是想跟他说什么?"

是的,我冲出来,是想追上他补充一句叮嘱:"孩子,你以后可以来按我的门铃,从正门进来!"

夜风拂到我的脸上,我痴痴地站在那里。

一句更该说的话浮上我的心头:"孩子,如果我要找你,该到哪里去?"

2005 年 6 月 15 日写于温榆斋

煤球李子

在那条古老的胡同里，有个老年公寓。

老年公寓里最近出了档大事。有老流氓窜进去，猥亵了住在里面的老太太。

那老流氓，被扭送到了派出所。老流氓承认，他是有目的地进入了老年公寓，他摸了那已经不能说话的老太太的脸。他在做笔录的时候说，他们以前认识。

派出所民警训诫他一顿后，联系到他那已经是半老太太的闺女，把他领回家去，表示事情不能算完，如果那被猥亵的老太太的亲属绝不谅解，老流氓还得被处置。

那闺女觉得颜面丢尽。她和父亲一起走在胡同里。派出所也正好在那条胡同。下过小雨，胡同路面湿漉漉的。幸好在那样的天气，那个时段，胡同里过往的人不多。闺女说："你让我脸往哪儿搁？我把脸皮撕下来贴马路上算了！我要往妈的骨灰前头哭一场！"她妈去世快满三年了，骨灰还存在火葬场，若三年期满家属不把骨灰取走，火葬场将视为放弃予以处理。但是现今无论在哪里要买个葬骨灰的穴位，都需要一大笔钱。这笔钱她父亲出不起，她和她弟弟凑吧，她丈夫和弟妹就都有难听的话吐出口，姐弟二人始终协调不好。"这下好了！就让火葬场当垃圾扔了吧！反正你也对不起我妈，你不在乎她！"闺女哭出声来，"你不把儿子的手机号码告诉派出所，单告诉闺女的，你是柿子拣软的捏！你儿子要是知道，他才不来领你哩！来，也先啐你一大口！老不要脸的！"

他们走到了胡同里一处凹凸不规整的路段。有个四合院，现在被一家公司占据，院门外，在两堵成直角的墙面旮旯那里，有株主干弯弯扭扭但蹿得颇高的李子树，树上的叶片被小雨淋湿后，微微闪光，在树冠高处，可以见到结出的李子，圆圆的，黑黑的，像煤粉滚成的煤球。

那被视为老流氓的男子，年过七十了。他身板还很挺拔。他的肚子不鼓。他脸上瘦得有些嘬腮，出现了一些老年斑，但是从脖子的筋肉可以看出，他还相当结实，他那恤衫勾勒出的胸肌轮廓线，更证明着这一点。他在那株李子树前停住了脚步。他望着那些藏在高处的黑李子。那是煤球李子，他心里默默地说，如今这条胡同里，还有几个老人，能记得"煤球李子"这个说法？他的同代人，有的死了，活着的，不老少，都迁走了。他也迁出这条胡同二十几年了。就是他还住在这条胡同，他会在儿女们长大以后，告诉他们这株李子树的来历吗？就是他那死去的老伴，他们在这条胡同里结婚、生儿育女，他跟她说过许多的话，但何尝说起过这煤球李子？不说。不能说。人心里都会藏着秘密。文明的词儿叫"隐私"。不那么文明的粗人，心里头也藏着隐私。

六十多年了吧，那李子树虽然生存得窝囊，却一直没被砍伐，没有枯死。开春会冒出一树小小的白花。夏天会披满一树暗绿的叶子。低处刚结出弹丸般的果子，很快就会被人揪下打落。也不都是孩子淘气，有的大人也有摘青果的陋习。其实即使树上的李子膨胀了，熟了，也绝对是苦涩的。树上高处的熟李子会陆续自动掉下，在地上摔破瘪掉。西北风刮来，树叶纷纷飘落。冬天如果不下雪,它在人们视野里被忽略不计,雪后,会有路过的人感叹:"敢情这儿还有棵树。"

那棵树是那现在被视为流氓的男子,小学毕业的时候,亲手栽下的。精确地说,是他和另一个人一起栽的。那个人当年是个小女孩。他们在小学里同班,到六年级的时候还同桌。那时候,他总闻见女孩身上有股香皂的味道,那样的香皂他家是用不起的。而那女孩子,有时候就会跟他说:"去,沅着点我。你怎么浑身煤球的味道啊?"没有冤枉他,因为他的父亲,是胡同里那个煤厂摇煤球的,他父母有五个孩子,他是当中间的一个,他们全家每晚挤在一铺炕上睡,他总是紧挨着他爸。

那女孩比男孩还淘气。跟别的女孩跳橡皮筋、拽沙包,她觉得还不过瘾,就常跟男孩一起弹玻璃球、拍洋画,疯起来的时候,她敢跟男孩赛跑,从胡同这头,疯跑到那头,她超过了许多同龄的男孩,唯一超不过的,就是他。

两个孩子疯跑过来,一群孩子在那边拍巴掌,乱叫乱嚷,那个疯跑在前的男孩是他,紧追在后面的是她,忽然他摔了个马趴,那女孩在他身前紧急刹住脚步,气喘吁吁,用手掌往嘴上拍了三拍:"哇,哇,哇……"那是当年胡同孩子们起誓的形态:"我不能臭讹!"意思是她不能超过他去算自己跑赢了。

那个四合院的大门会忽然开启,有个妇女会出来,朝那女孩呼唤:"怎么还不着家?开饭了!"那女孩就住在那个四合院里,他没有进过那个院子。女孩会出来到胡同里玩,却从没请他到那个院里去过。他妈却进过那个院子,她每过一阵会去院里帮着那家人的保姆洗床单,她也很少形容那里头的情形,但是,三言两语,闲言碎话,能听出来,那个四合院里,住的人很少,花木却很多,他们家住的那个大杂院,人多,杂物多。

但是那个住四合院的女孩，却跟他玩得很好。有一个星期天，那个女孩来到胡同中段，遇到他，就递给他一个大李子，说是外地客人，送给她家一篮子，那李子很大，皮很薄，牙一沾皮，就能顺那破口，把里头绵软的果肉吮进嘴里，哎哟喂，甜进嗓子眼，甜到心窝里了。女孩自己也吃了一个。最后剩两个核儿。他就跟那女孩，到那四合院门外的那个墙旮儿，用手指头把泥土刨开，一起把两个果核都埋了下去。第二天放了学他们就一起去那个埋果核的地方张望，一点动静没有。一连两个星期都没动静，他们也就懒得再去观望了。但是忽然有一天，那女孩跟他说，早上出门的时候，看到那墙根不但出芽儿了，都一巴掌高了。那天放了学他们就一起去看。他要摸，女孩吼他："不能摸。你会摸死它！"是的。美丽的，心爱的东西，是不能随便摸的。

那棵水李子树，就渐渐长得成型了。它为什么迟迟不结果子呢？他们小学毕业，都上初中了。那年头中学分男校女校。他们不在一个学校了，当然也就不能同班，更不能同桌了。但是他们还会在胡同里遇上。他们不再一起玩耍。偶尔遇上了，她先对他笑，他就也笑笑，被同龄人发现，一片起哄声，他先脸红了。

两个孩子都发育得很快，童年时代结束，少年时代短促，那棵李子树，也在发育。它结出了第一批果子。马上有人摘来尝了，都吐舌头，把进口的果肉猛力啐出来。果子不仅难吃，长得也丑。真的跟煤球一样。于是有人就把那棵树结出的果子叫作煤球李子。那男孩上到初三了，不再是个孩子，甚至嘴唇上都有一片隐约可见的黑乎乎的绒毛。他懂得了很多。比如，他懂了，那么甜的优质水李子，不是用其果核繁殖就能结出来的。需要在砧木上嫁接才行。现在该报出他的名字了，他叫霍振宝。那个也已经不再是孩提的少女，叫郎韵珍。

霍振宝有天正在教室里上自习，忽然班主任老师来了，把他叫到教室外面，起初他有点紧张，不知道自己究竟又犯了什么错误。其实是好事。来了两个体委的人，他们从区中学生运动会的成绩单上看到，霍振宝是铅球冠军，推出的距离相当可喜。他们是来选才，要为国家培养出优秀的三铁运动员。他们当即把霍振宝带到空旷的操场上，让他投掷铅球、铁饼和手榴弹。其实按国际标准投掷三铁运动员是要推铅球、抛铁饼和投标枪。但是那个历史阶段，中国的三铁投掷运动，是把投标枪改成了投手榴弹，当然，精确地说，是手榴弹模型。霍振宝也没进行准备活动，就傻乎乎地把三样都投掷了，体委来的人竟至于鼓起掌来。班主任介绍说："他爸是煤厂摇煤球的工人，有时候他会帮着干那个活儿，所以他胳膊有劲儿。"于是就定下来，他半天在学校上学，半天到业余体校去接受正规训练。

霍振宝将被国家培养成破纪录的三铁运动员的消息，在胡同里传开了。有天郎韵珍骑着自行车，在胡同遇见霍振宝，主动下了车，上下打量他一番，问："你真的有破三铁纪录的潜力呀？我原来只觉得你跑得快。"他憨憨地点头："唔。"本能地把右臂抬起，让肌肉绷紧。郎韵珍不假思索地伸出手指，去感受他那隆起的肱二头肌。那次的肌肤接触，有半个多世纪了吧。如今回想起来，他仍觉得鲜活如在　分钟之前。

"呀，你还真有点钢铁的味道哩！"郎韵珍问，"什么时候开始专业训练呀？"

"开始不了。"霍振宝垂下头说，"我爸不让去。"

"咦，那为个什么呀？"

"他问人家，补不补粮票？人家说，一时落实不了粮票补助，让家里支持。我爸原来就嫌我吃得多。我哥也能吃。三个姐妹也不是小肚量。我爸黑着脸跟人家说，不补粮票，坚决不让去。"

当时郎韵珍也没说什么。过了两天，她忽然到他们那个大杂院，找到霍家，见到霍振宝他妈，叫声阿姨，递上一个信封，就说是给霍振宝的。她走了，他妈从那信封里，抖出一叠粮票，点了点，足足二十斤。他妈很高兴。但是他爸下班回来，脸上还抹着煤灰，没等他妈说完，就脱下一只布鞋追着他抽，还大声地骂："抽死你个不学好的！拍婆子了你！臭流氓！你先给我饿一顿！"

接受三铁运动员训练的事泡汤了。也不单是因为不给粮票补助的事。他爸在蹬着平板三轮给别的胡同住户送煤的路上，出了车祸，是那卡车司机醉驾，当时就把他爸撞断了气。那时他哥哥和姐姐都已经初中毕业走上工作岗位，哥哥当了电工，姐姐在副食店卖菜。他就辍学，去煤厂接了父亲的班。

那天他在胡同煤厂门外摇煤球。跟他父亲一样，光着膀子，穿一个背心式很长下摆的粗布黑围裙，用一个很大的笸箩，双臂有规律地摇动，以使笸箩里面的煤粉成为乒乓球的形状。那时候煤厂摇煤球常在胡同里的旷地进行，人们并不以为怪。忽然有个人影停在了大笸箩上，抬头一看，是郎韵珍。

郎韵珍那时候已经上了高中。她穿着碎花连衣裙，梳着两个抓髻，抓髻上扎着两个跟连衣裙材料一样的蝴蝶结。

朗韵珍笑吟吟地对他说："我以为，这笸箩里，全是那树上的李子哩！"

"什么树？什么李子？"他并不是装傻充愣。他觉得自己离郎韵珍已经非常遥远。他确实一时把他们一起埋那水李子果核的事情忘记了。等他猛然想起往事时，笸箩上的人影已经消失，他听见离开的她一边骑车一边烦躁地按车铃的声音。

后来他好几年没再见到郎韵珍。郎韵珍高中毕业，考上另一个大城市的名牌大学，学的是建筑专业。他们的距离不仅在地域上，心思也越来越远，各自的喜怒哀乐再没有任何交集。他有时候会蹬着平板三轮，去给胡同内外的住户送煤球，但是那个四合院，另有卡车给运煤块去。那个四合院里住的，原来是享受高干待遇的人士。会有小汽车来接送郎韵珍的父亲，那位有身份的人士总是在上下小汽车的时候，才会在胡同里露一下面，胡同里的一般居民总看不清他的面容。头两年，蹬车路过那个四合院时，他还会偏过头，望望那两扇紧闭的门，再后来，他心里就觉得，那个院子跟他毫无关系，过那门时，就很麻木。那么，那棵结出煤球李子的树呢？他路过时，还会在意吗？也渐渐地，不太在意。小时候不懂事。现在懂了，有些人和事，就是会越离越远的。

郎韵珍大三那年的暑假，她回家来，在胡同里遇上过霍振宝，他们在距离一米半外站定，礼貌地打招呼。她告诉他，她学的是建筑。他问："你要盖好多高楼吗？"她笑答："不。我的兴趣不是造楼。我的兴趣是如何保护好这胡同和四合院。"她的这个志向，他完全不能理解。

郎韵珍大四快毕业的时候，狂飙似的运动爆发了。学校里一番混乱后，学生们开始大串联。郎韵珍赶回家来的第二天，她父亲就被揪走了，从她家抄出来的东西，有的就乱扔在那四合院门外。那株煤球李子树，默默地注视着种种狂暴。最恐怖的一幕是，因为那个四合院的女主人对抄家的红卫兵有所反抗，就不但被打，还被锁进了一个大铁笼子里，那大铁笼子原来是胡同里某家养鸽子用的，鸽子前些时"破四旧"时全被弄死了，那天，那铁笼就被移到了那棵李子树跟前，锁进了人不说，还在旁边立了个大纸牌子，上头写着："牛鬼凶猛，切勿靠近！"锁进人以后，一些红卫兵在笼外高声声讨笼里的"牛鬼"，一些胡同居民围观。红卫兵的行为全赖激情支配,他们并没有什么严密的计划,也没有什么明确的分工,一句话,他们进行的是没有规则的游戏,他们散了以后,没有谁再过问笼子里人的死活,胡同里的一般居民也没人再去围观,夜幕渐渐降临,几百年的胡同里,出现了史上最怪诞的一景。

那笼子里,关进的不是一个人,而是两个人。是两个女人。一个,是郎韵珍的母亲,一位此前养尊处优的夫人,另一个,就是郎韵珍,本来红卫兵们只是骂她"狗崽子",并没有要把她关进去,但是,她拉着母亲的手不放,执意要跟母亲共生死,这才被一起关了进去。本来那个院里还有一些别的人,比如公家派去的锅炉工、保姆什么的,郎韵珍小的时候,在胡同里疯玩,常常从院里出来喊她回去吃饭的,并不是她的母亲,而是那保姆。但是风暴起来,锅炉工、保姆就都自动撤离了。

那个夜晚,铁笼子里的两个女性,她们肉体和心灵的煎熬,嵌在她们的心灵深处,唯有自知,后来她们之间,也都回避那一话题。

就在两个绝望的女子在铁笼中觳觫着,解救她们的人来了。那是霍振宝。他无言。走拢铁笼,就用一把钢锯,锯那铁条。钢锯是从煤厂里找来的。那铁条十分坚硬,锯起来非常吃力。郎韵珍要从里面握住钢锯另一端帮助发力,霍振宝压低声音,却是十分严厉地斥责她:"你别动手!你动手,性质就变了!"郎韵珍就没再伸手。霍振宝大约用了十分钟的工夫,锯断了两根相邻的铁条。郎韵珍后来回忆,那十分钟,比一个世纪漫长。

郎韵珍和她的母亲,就那样逃脱了。有意思的是第二天也没有什么人来及时追究。关锁她们的红卫兵那个晚上就都跑到火车站,唱着革命歌曲,搭车往外地串联去了。那个铁笼,以及另外一些扔到院外的东西，被一些胡同居民搬走了。那个铁笼，几年后又被一户人家用来养鸽子了，飞翔的鸽子发出的鸽哨声，是这座古城中最固执，也最动人的一种吟唱。那个四合院，后来一度成为军宣队区指挥部的办公场所。

小二十年过去了。一个艳阳高照的日子，那株李子树上又结出许多煤球李子，一辆出租车开进了胡同，停在了那个四合院门外。车上下来一位年过四十的妇女，从那发型衣装就能看出，是从国外来的。那是郎韵珍。那个夜晚，她和母亲先逃到同城一位亲戚家，借到了钱和粮票，第二天一早就往南方逃遁，乘过长途汽车、火车、轮船，也步行过，后来，到达广东，又偷渡到香港，找到香港的亲戚，去了美国领事馆，经过人家一番调查研究，等待了三个月后，确定为难民身份，飞往了美国。在美国的头几年，母女俩都在快餐店端过盘子，备极艰辛。后来熬出来了。她嫁得不错，生下一个女儿，已经亭亭玉立了。这边早给她蒙冤去世的父亲平了反。那四合院本是公家分配给她父亲居住的，后来使用单位几经转换，但是她觉得只有走到那里才算回到故土。虽然有这边一再的邀请，她的母亲坚决不回来，没有说别的理由，只称身体不好。当她再回到那个四合院门前的时候，她尽量压抑那年被锁进铁笼的记忆，她望着那株李子树，一些模糊然而亲切的往日烟雾，腾起在心头，令她深深地吐出一口气来。

那天她又和霍振宝在胡同里邂逅。他们又是相距一米半对站对望。岁月雕刻了他们的身躯、脸庞，变化都不小，但是他们双方都一眼就认出了对方。那天霍振宝休息，他去街上为家里小厨房买了铅丝，就把那卷成几圈的铅丝套挂在了脖子上。他的衣衫陈旧但很整沽。她问他："你过得好吗？"他答："挺好的。再不用为粮票发愁了。闺女和儿子都上中学了。"他没有问她什么，她主动说："我女儿也在那边上中学了。"他仍然没有问什么，她就再主动报告："我定居美国了。这是头一次回来看看。"他还是没话，但是表情上能看出来，他是高兴的，他不希望马上分道扬镳。她就左右望望，说："这胡同划在旧城保护区里了。基本上没变化。我很欣慰。我回老院子看了。起头传达室还不让我进呢。后来里头的总经理招待了我。我在那院子里、屋里转悠了好久。我把青春储藏在那个空间里了。我真的欣慰。国家改革开放了。那院子保护得挺好。南墙根的玉簪花还在开放，还那么香。"他默默倾听着。他住的那个地方可大变样了。原来是个大杂院，现在不能再叫院子，因为家家盖出小房子，说是小厨房，其实好多是盖来住人，甚至是婚房，他家在最里边，从大门走进去，只剩窄窄的而且有些个歪歪扭扭的通道。他母亲也亡故了。一个姐姐两个妹妹嫁出去了，现在父母留下的空间，由他和哥哥两家居住，都娶了媳妇生了孩子，就接出去加盖了小厨房，挤在一起闹矛盾的日子就快结束了，因为煤厂合并进煤气公司了，早已经废除了煤球的生产，他早就是蜂窝煤的压制能手了，而且蜂窝煤在城区的使用开始限制了，今后会停产，那煤厂的一大半，已经是液化煤气罐的置换站了。煤气公司在另外的街区盖了宿舍楼，他正争取分配到一个单元，他哥哥也想住进去，但是他哥哥从未在煤厂上过班，而他已经是资深员工了，新领导更想起来，他父亲是因工牺牲的烈士，这样煤厂里其他的人也难跟他竞争了。他的生活前景很美好。那天阳光照耀在胡同里，胡同里飘散着槐花的香气。他们面对面站了多久？其实没有多久，但是后来各自回忆，却都觉得起码有放映完一部故事片的长度。

他们平静地告别。都没有提起那株他们一起栽种的树。当时他们埋下了两个果核，后来蹿出苗长成树的是哪一个？为什么一个活了，一个没有活？这一死一活，是由谁决定的？

再后来，他们又都经历了各自许多琐屑的哀乐。霍振宝一直住在煤气公司分给他的那个楼房单元里。退休前，女儿就嫁了出去，有了自己的住房。儿子娶媳妇给他生孙女以后，长年跟他住在一起。儿媳妇跟婆婆处不好。他老伴私下总跟他说，早晚会让那刁儿媳妇气死。后来，儿子要买商品房，首付他和老伴支持了不少，多年的积蓄啊，但是值得，从此耳边再没有儿媳妇的尖声怪气，但是儿子一家迁走以后没多久，老伴查出来肝癌，且是晚期，经过三个月的手术、化疗、放疗三部曲，就去世了，给他留下的遗言是，癌是那儿媳妇给她气受憋出来的，他们的那个单元，既然前些年从单位优惠价购下，有了房本，那就只要那儿媳妇不离不死，就绝不让儿子两口子继承，要写个遗嘱，他死了以后，房子由闺女一家和孙女儿继承。他也确实写了个遗嘱，病榻前念给老伴听了。老伴瞑目了。在遗体告别的时候，他看见儿媳妇掩面哭了起来。那不会是装的。她也没必要装。所以，人心难测，不只是说人性恶没法探测，人性善其实也是没有办法预料的。他就没有把那遗嘱跟儿子儿媳妇公布。这两年，他们那栋老居民楼所在地皮要征用、楼里住户要拆迁的说法越来越不像是谣言，儿子儿媳妇带孙女儿来看他的时候，就总问起："什么时候能给补偿？能给多少补偿？"而女儿女婿带着外孙子来看他的时候，就又总提醒他："若有补偿也是您个人的，您若要分，那我们也有一份！"这是他晚年闹心的事，晚辈走了以后，他把带来的东西——多半是吃的，分门别类往冰箱橱柜里放置时，总不免深深地叹气，他所需要的，难道只是这些个东西吗？晚上一个人看电视，逢到偶尔出现一点床戏，他就在沙发上伸出脖子，两眼直勾勾地盯着看，心里责怪那些镜头太短太含糊。夜深人静，躺在床上，他会有原始的冲动。

郎韵珍在美国经历了繁荣，也经历了衰落。母亲在她第一次回国不久就突发心肌梗死过世了。她和丈夫离了婚。是非常平和地分手。女儿的青春反叛期很长很烈，她以坚韧和宽容应付了过去。女儿从常春藤大学毕业，在美国腹地，密西西比河畔的孟菲斯大学获得教职，先后和三个男子同居，却始终不结婚不生孩子。她靠跟丈夫离婚获得的一大笔钱维系生活。她不愿意到孟菲斯去住在女儿附近。她离不开纽约法拉盛的唐人街，那里有她觉得舒服的华人社交圈。后来她出现了心血系统的毛病，她相信中医，她回国来治疗。她父亲获得平反后，发给了她中国护照。她在中国轻微中风，右边膀子和胳膊严重麻痹。女儿飞回中国，要把她带回美国。她说她不回美国了。她就留在中国养老。她从电脑上查到，她小时候居住的那条胡同里的那家煤厂，已经完全迁走，改成了一家老年公寓。她让女儿把她送往那里。女儿去看过，也承认那条古老的胡同特别具有东方韵味。那家由原来的煤气罐换置站改造成的老年公寓，里面的仿古平房建筑，有现代化的卫生设备，庭院里花木扶疏，护工都经过职业培训，虽然本身的医疗设施比较简单，但是不远的地方就有很不错的三级甲等大医院。这所老年公寓的收费标准，若按中国一般市民的平均收入衡量，是比较贵的，但是若按美国的标准，那是相当地便宜。女儿为郎韵珍包下了一个带卫生间的单间。若按母亲自身的存款数量，以及老年公寓不涨价为前提，那么，住五十年也住得起。何况，她作为女儿，就是母亲完全没有钱，负担起来也不困难。女儿在那老年公寓陪伴了母亲一周。母亲让她把轮椅推到胡同里去，本来老年公寓是不准许的，但是她们母女特殊，也就不那么严格限制她们。初期，郎韵珍虽然半边身子不灵活了，说话也比以往速度慢了很多，有些词语也吐不清楚，但是，还是能跟女儿交流的。她让女儿把她推到那个四合院门前，讲到许多往事，特别讲到女儿的外公，那女儿对外公非常隔膜，觉得只是一个虚无缥缈的符号，母亲跟她说，外公很了不起，那时候，享受像她外公那样级别待遇的，子女都送到特殊的寄宿学校去读书，但是外公却主张就近入学，"跟人民群众的子女一起上学不是很好吗？可以受到劳动人民勤劳淳朴优秀品格的熏陶啊！"女儿不跟她争论。女儿从外婆那里听到的是另一个版本，就是小学中学阶段，之所以没让她妈咪去那些离得远的特殊学校寄宿，是因为外婆想天天看到独生女儿的笑容，听到她的笑声。女儿没听过母亲跟她讲那株李子树的来历，但是记得母亲多次讲到院子里南墙的那一溜玉簪花。

但是郎韵珍的身体状况在女儿第二次利用假期来看望以后，迅速恶化了。她不能说话了，只能发出一些呼噜呼噜的声音。去大医院做了多项检查，结论是她的脑血栓是多发性的，无法手术，也很难靠药物将那些细碎的堵塞块化解。先是她的右下肢也麻木了。后来那些细碎的堵块恰好把大脑里主持说话功能的那部分微血管栓塞了。但是她大脑的其余部分的血液流动还算正常，她认人没有问题，你跟她说话，她能以表情做出回应，她有时候会优雅地微笑，有时候她会流露出感伤，眼角溢出泪珠。她的左臂左手功能虽然衰退但是还能弯曲。起初她能自己去卫生间，后来护工扶她去卫生间，再后来抱她去卫生间，再再后来，就不去卫生间，穿纸裤子铺纸垫子拉撒了。护工真的很好。每天早上会把她收拾得干干净净。会给她按摩。按钟点给她翻身。她始终没生过褥疮。逢到没有雾霾的天气，护工会把她抱上轮椅，给她盖严实了，推她到院子里花丛旁晒太阳。她会很享受地望着院子里阴影处的那些玉簪花。偶尔她会拼力伸出左手，指向大铁门，心里想的是，行行好，把我推胡同里走走吧，但是没人会满足她的这个愿望。老年公寓是公办的，公寓的领导是位中年妇女，常到她屋里看望她，总是感叹："老奶奶真了不起，七十多了，脸上还看不出皱纹来，一块老年斑也没有，脸颊上还有玫瑰花瓣似的颜色，我们若到您这个年纪，指不定锈成什么样呢！"她听得明白，只是无法用言语回应，就加重微笑，于是她那依然秀气的脸庞，就越发像是一朵开放了许久却仍不凋谢的芍药花。

于是就到了那一天。有个男子摸进了她的房间。当时护工不在。每个护工要照顾五位老人，不可能总在一个老人身边。郎韵珍当时醒着，她刚开始很害怕。那是谁呀？是坏人吗？后来那男子接近了她床边，窗外的光线，正好照到那人脸庞上。那是熟人啊！于是，她觉得是在做梦。她住进这个老年公寓后，多次梦到过这个人。怎么又梦见了？为什么脖子上这回并没有套着铅丝圈儿？又为什么跟以前那些梦里的形象不大一样？怎么会老了？意识到自己也老了，她现出自嘲的微笑……那人竟坐在了她身体左边的椅子上，微微俯身，唤着她的名字，她很惊异，因为那以前，他总没唤过她的名字呀，而她，似乎也总没叫唤过他的名字，那一刻她也想叫唤他，喉咙里呼噜呼噜的，她想叫的却并不是霍振宝，而是煤球李子，是的，是的，她的煤球李子，此刻活生生地出现在她面前，她心灵深处喷涌出一种极乐，她一瞬间仿佛飞速穿越过自己的一生，所有经历过的一切都化成轻烟，只有现在身旁的人是实在的，她第一次真真切切地意识到，她从少女时代就爱着眼前这个生命！

霍振宝先用右手握住她的左手，并不敢用力，但是郎韵珍的左手却有了相当明显的反应，她努力握起自己的手指，她怕那只温暖的大手退缩。霍振宝进一步俯身，望着她的眼睛，她用眼神积极回应，知道郎韵珍认出了自己，并且释放出接纳他的信号，他的心醉了，他在醉醺醺的甜蜜感觉里，大胆地用左手去轻轻摸了她的脸颊……

这个世界那一天发生着许多重大的事情，政治上的，经济上的，文化上的：局部战争，大数额订单的签署，新政策的出台，网络上的激辩，国际艺术活动的颁奖大典……但是，在古老胡同的一隅，在那老年公寓的那个单间，两位名不见经传的古稀老人之间，生命的电光石火正在迸发出瑰丽的诗画，历史对他们会忽略不计，于是我们应该懂得，许多永恒价值的存在，是在历史之外。

霍振宝被进屋的护工发现了。他赶紧起身出屋。岂能放过他？护工追到前院，大声喊叫，于是没多久他就被带到了派出所。对民警的询问，他只极简单地回答。他不想多说。说也说不清。说清了谁信？他接受处置。随便。他心里很满足。他就是想看看年轻时候的一个熟人。他看到了。他可以不再去看。他是怎么知道郎韵珍住在那里头的？后来闺女也一再问他，他总不说。

对于老年公寓来说，那是桩泼天大事。老流氓怎么混进来的？谁的责任？那天老年公寓请了几位师傅来修理空调，那家伙一定是跟着那些人混进来的。要不要通知郎韵珍在美国的女儿？有的说护工反映，事后郎韵珍病情并没有加重，晚上进食胃口倒比往常还好，因此，似乎不必急吼吼地通知家属。有的则说这事虽属丑闻，却万不能隐瞒，必须通知其女儿，老年公寓要就管理出现漏洞当面跟家属道歉，对于是否对那姓霍的老流氓提起公诉，要听取家属的意见。虽然打去越洋电话很贵，但是郎女士女儿也留下了电子邮箱，发个"伊妹儿"去是很便宜的。电邮如何措辞？又讨论推敲了半天，后来就通过"伊妹儿"联系了郎女士的女儿。

朗韵珍女儿生在美国长在美国，英文名字是Katie，写成中文是凯蒂。凯蒂很快从万里外的孟菲斯飞过来了。她仔细听取了老年公寓和派出所对掌握的情况的汇报。她听中国话的能力比说中国话的能力强。她跟她母亲既说中国话也说英语。她单独跟母亲进行了特殊方式的交流。最后她获得了一张她母亲用左手费老大劲写出的纸条。那上面歪歪扭扭呈现出七个英文字母,是三个简单的英文单词,表达出一个明确的意思。她没有跟老年公寓和派出所方面出示那张纸条。她提出要跟霍振宝单独见面交谈。她约霍振宝到她下榻的酒店茶寮交谈了很长时间。后来她再跟老年公寓和派出所的人士一起交谈。她说那位霍先生不是流氓。不要再用"老流氓"这样的字眼侮辱他的人格。她认为霍先生和她母亲是一对有过青梅竹马恋情,并且现在又坠入爱河的恋人。一个是鳏夫,一个现在并无配偶,为什么要阻止他们的相爱?老人,病人,也有爱的权利。凯蒂的结论令老年公寓和派出所的人士大为吃惊。

于是又出现了新的一幕。把霍振宝请回了郎韵珍住的那个房间。凯蒂大声说:"妈咪,你看谁又来了?"霍振宝坐到床边的椅子上,伸出右手去握郎韵珍的左手,郎韵珍的左手手指明显地迎握着那只比她大许多的手掌,现出幸福的微笑,整个脸庞仿佛春风中胀圆的花朵瑟瑟颤动。站在稍远处的老年公寓和派出所的人士全都看清楚了。

凯蒂放心地返回美国了。此后,霍振宝常常来看望郎韵珍。

那天雾霾消除了。经过特许,霍振宝推着轮椅上的郎韵珍,出了老年公寓,到胡同里转悠。他把她推到了那个院门外,那棵李子树下。他们对望了一眼,于是互相都很清楚了,关于播种煤球李子这个秘密,除了彼此,他们始终没有跟任何其他人道出过。

2014 年 10 月 24 日 温榆斋

如　意

○

　　编辑部的工间操时间照例无人做操。有人高声讲着一件什么趣闻，爆发出一阵快活的大笑。偏这时候我接到一个电话，在喧器中怎么也听不清话筒里的声音。

　　我朝大伙连嚷带摆手，他们总算减小了笑谈的音量。我才听出来，给我打电话的是老曹——我原来工作过的中学的党支部书记。自打三年前我调来出版社，我们很少联系，主要是因为双方都忙，其实我在学校工作时，和他称得上是难得的相知。

　　"老曹，什么事啊？"我贴近话筒，大声地问。

　　他性格不改，无论遇上什么大悲大喜的事，总能不动声色。我听见他慢悠悠却是单刀直入地说："学校里的石义海大爷死了，要开追悼会。想来想去，悼词还得请你写。"

　　我周围的聒噪声仿佛陡然飘向了远处，只觉得自己的心犹如铅砣般往下一坠，我紧紧地捏住话筒，喉咙那儿突突地跳，不由得变了嗓音地问："哪天死的？"

　　老曹简洁地报道说："前天。往医院送的半道上就咽气了，是心肌梗死。收拾他的遗物，你知道他俭朴了一辈子，哪有什么像样的东西。可是从他那口唯一的木箱里，发现了一个严严实实的包裹,包了好几层……"

我迫不及待地问:"里头是什么东西?"

老曹告诉了我。我倒吸了一口气,心里就像有千百个琵琶在"大弦嘈嘈如急雨",不禁喃喃自语:"原来是这个!原来……"

我的心强烈地抖动着。石大爷的追悼会定于第二天下午开,我答应当晚便写好悼词,第二天请假送到学校去,并出席追悼会。

当晚,我坐在书桌前,忘记了别的一切,只想着石大爷。

秋夜是这般地静谧,静得仿佛能听出远处树叶飘落的声音。我提起笔来,满腔的哀思仿佛都汇涌到了笔尖,却又一时不知从何写起。

石大爷,您如果有灵,您应当驾着清风,趁着静夜,悄悄地来到我的身边,让我们像往昔一般促膝而坐,相见以诚……

石大爷,我想您,您大概也还在惦念着我吧?石大爷啊……

一

我是1961年到学校工作的。那时候我们不少青年教师住校,每天清晨,当我们洗漱既毕,或到操场跑圈,或到树下诵读,或赴办公室备课,总会从薄雾或霞光中,看见一位五十多岁的工友,在用大竹扫帚清扫校园。他个子不高,很宽的肩膀,很厚的身板,但却长着一双很明显的罗圈腿;他总是默默无言地低头徐行,一下一下很匀实地扫着。每当看见他,我脑海中就飘过一个淡淡的念头:"啊,石大爷又扫上了……"这念头犹如一根柔弱的游丝,他的身影一从我视网膜中消失,这游丝便也消融在空气之中了。别的住校教师,对他大体上也是这么个态度。

应当为我自己和同伴们剖白的是,这并不是因为我们看不起工友。管传达室的葛大爷比石大爷还老几岁，是个高瘦，嘬腮的老头，据说解放前当过道士，我们就常同他打趣。他知书识字，分发报纸信件汇款单认真负责，还很爱主动同我们谈论时事。石大爷大字不识一个，无法在传达室工作，似乎同我们缺乏一种自然的联系纽带，而他这人又极为沉默寡言，脸上表情很呆板，难怪引不起我们的注意。

直到1962年过"五一"节的时候，我同石大爷才有了一次颇不寻常的个别接触。那天我没去参加晚上的联欢活动，留在学校值班，任务是每一小时沿操场的大墙巡逻一回。石大爷的宿舍是位于操场一角的小平房，因此，不转悠时我就待在他的屋中。

开头，我只是坐在椅子上，管自看自己带去的小说，全然不注意坐在床上捻叶子烟的石大爷是何神态。但是，每当我坐下来看小说，石大爷就默默地往我面前的茶碗里倒茶水，这时，我就多少有点不好意思了。于是，当我第三次巡逻回来，便把小说搁到一边，搜索枯肠地同他闲聊起来。

我想到听校长说过，我们这所校址，几十年前是个贝勒府，当年的贝勒府总不会有这么个操场吧，于是便漫不经心地问："石大爷，当年这操场是贝勒府的什么地方，您知道吗？"

"咋不知道？是花园。"

我脑海中立即浮现出《红楼梦》中的某些景致，不知为什么我想到了后四十回中的"大观园月夜警幽魂"。于是如同大多数青年人一样，在夜晚，面对着老人，忍不住提出了这样的问题："这花园里闹鬼吗？"

"咋不闹鬼？我就见过。"

石大爷说时，面部表情仍旧十分平板，吧嗒吧嗒地不紧不慢地吸着他那半尺长的烟袋锅。

"我不信。世界上哪有鬼呢？"

"咋不信？我亲眼见呢。"

"那一定是您看花眼了。鬼是没有的。"

"咋没有呢？我见着了嘛。"

于是像大多数青年人一样，遇到这种口吻，我便又想听又不想听他说："真的吗？您见着的鬼什么样呢？"

石大爷微微抬起脸，正对着我，他那略呈椭圆形的脸上，依然看不出什么特别的表情，语气平淡地说："那时候，我才你这么个岁数吧。这贝勒府的一多半，已经归了教会的学校。那时候操场没这么大，东半截是一排排的学生宿舍。学生晚上撒尿撒大木桶里头，木桶就搁在排房的尽头。我是管给学生倒尿桶的，有时候起五更就给倒。有一天，兴许也是今儿这么个气候吧，我起得早点，往排房那儿走。刚走拢，冷不丁见个白影儿一闪。我挺奇怪。那影儿像是个女的，穿着月白衫子，套着黑裙子。你知道咱们学校打那会儿到如今都是男校，只收男生不收女生，深更半夜的，咋会跑出来一个女的呢？"

我要表示不信，又为了壮胆，就胡乱解释说："个别胆大的女生也是有的，她准是翻墙进来的。"

石大爷的语调依旧平缓迟慢："不是。我走过去招呼：'甭藏，你出来吧！'她就从墙角出来了。乌黑的头发，雪白的脸，眼角耷拉着，嘴皮子红得像流着血……"

我插嘴说："这哪是鬼呀，这活生生是个人嘛。"

石大爷仿佛没听见我的话，愣愣地继续他的讲述："我跟她脸对脸地站着。我就问她：'你是人是鬼呀？说！'她给我鞠了一个躬，哭着说：'大哥，我是人，我不是鬼呀……'"石大爷说到这里，停顿了一下。我的心仿佛在收缩着，目不转睛地望着他。

他吸了口烟,接下去说:"……我正疑惑呢,只听她又添上一句:'我的命好苦哇!'说完就转身走了。我看见她光着脚,两脚好像离地一寸多,忽悠忽悠地,拐过屋角就没影儿了……"

我的头发根根都直竖起来,耳里响着自己放大了的心音,背部忽然有一种空虚和不安全的感觉。想到下一次的出屋巡逻,我忽然胆怯了……

费了好几分钟,我才镇定下来,我想自己是青年团员,应当相信唯物主义,不能中迷信思想的毒素,便正色对石大爷说:"您当时肯定是产生了幻觉。鬼是没有的,没有。"

但是石大爷非常顽固,他表情依旧毫无改变,继续吧嗒吧嗒地吸着烟,好几分钟以后才分辩说:"我咋会看错呢?后来我想着她可怜,估摸着她准有冤情,就偷偷买了一双袜子,半夜里搁在那天遇上她的地方。天亮时候我去看,袜子没了。那时辰学生们都没起床哩,不是她收走是谁收走了?打那以后她再没现过形,兴许是报了冤仇了吧。"

这回我连背上的汗毛也竖起来了。一时间说不出辩驳的话来。

"你歇歇吧。我替你转悠去。"石大爷站起来,拿起桌上的长筒手电,慢悠悠地走了出去。我把脊背抵住墙壁,努力克制着心中喷涌的恐怖。我又气恼石大爷的迷信和固执,又感谢他对我的体贴与照顾。

但是这一夜过去以后,当天光大亮时,我对他就只剩下了落后而顽固的坏印象。从此以后,我尽量少同石大爷接触。

二

我同石大爷再次建立关系,是 1964 年的秋天。那时候学校里已经时兴安排听忆苦报告、吃忆苦饭、访贫问苦一类的活动。

有天我找老曹去了。那时候他刚调到学校当党支部副书记不久，已经是现在这副又黑又瘦又显老的模样，其实他当时不过刚满三十八岁。

我见了老曹就诉苦说："还给学生们安排什么活动呀？忆苦饭都吃过两回了！……"

老曹沉吟地说："再安排一次访问活动吧……"

我提高嗓门说："近处的几个典型都访问过了，往远处跑，停课更得多，还让不让学生学文化呀？"

老曹把头一偏说："其实咱们学校就有可以访问的对象……"

我急不可耐地问："谁呀？"当我听到"石大爷"三个字的回答时，简直惊住了："他？"

老曹点点头说："我看过他的材料，也到他宿舍跟他谈过。他大约是辛亥革命前后出生的，是个育婴堂里的弃婴，父母想必是当年的城市贫民，养活不起，就把他扔了……他在育婴堂里能活下来，除了罗圈腿，没落下别的残疾，可真是不易呀。他长到十来岁，就被教会学校的神甫要去当了仆人，打小伺候洋鬼子，挨打受骂，干最粗最脏的活……就这么着一直熬到解放。直到1952年这学校被政府接管，外国神甫卷起铺盖滚了蛋，他才算过上了不受剥削、压迫的生活。我看你可以请他给同学们忆忆苦嘛。这样近在眼前的老校工现身说法，也许比外请的人忆苦，对孩子们触动更大。"

我倒不知道石大爷原来有这么典型的血泪史。听了老曹的建议，便去石大爷宿舍找他。进屋时，他正准备下面片儿，要煮片儿汤吃哩。我把来意说了，担心他会拒绝，最后特别强调："是支部让我来请您的。"

石大爷手里正捏着湿面团，听我说话时忘记了扯面片，任锅里的水沸腾着，脸上却看不出有什么特别的表情。出乎我的意料，他挺爽快地答应了下来："行呀，我就讲讲吧。"

他到班里来讲了。一开头，他讲得挺符合要求，虽说表情比较呆滞，语调里的感情还是很诚挚的："你们是身在福中不知福，哪知道当年那洋人欺压咱的苦处……"同学们聚精会神地望着他，倾听着，我十分满意。

但是，讲了十来分钟以后，就听得出来，石大爷对当年教会学校里的两个外国神甫，在评价和感情上都很不一致："……如今初三（二）班那教室里，地面不是还有块木头板上着个锁吗？那木头板底下是个台阶，通到地窖子里头去。那时候洋人可享福了，打那欧罗巴国（他就是这么个说法）运来成箱的啤酒，就戳在那里头。他们想喝酒了，就使唤我下去拿。越是大暑天越想灌啤酒不是？我一天不得下去十来趟才怪呢。那德老爷（他指的是'德太白'神甫，'德太白'是这位外国神甫给自己取的汉名），我们下人背地后给他取的外号叫'面包'，他白得像剥了皮的山药，胖得像个冬瓜。要说懒、剥削人，德老爷跟别的洋人一个德性。可他讲点子仁义，使唤我们的时候，说话透着客气：'义海呀，劳驾你再给我取瓶啤酒吧。'我给取来送上去了，他还冲我点个头：'谢谢啦！'遇上他顺心的时候，兴许还剩下小半瓶子啤酒，赏给我喝。那狗娘养的赫老爷（他指的是'赫爱尔'神甫，'赫爱尔'也是汉名），可就不是个玩意儿了，我们下人背地后叫他'胡萝卜'，他那酒糟鼻子真比胡萝卜还红！'胡萝卜'使唤人谱儿可大了。一声吆喝：'给我拿酒去！'咱就得颠颠地赶紧下地窖子。稍微慢点他就兴许扬手打人。有回我从地窖子上来，攥着酒瓶的手直打哆嗦，'胡萝卜'就跟我吹胡子瞪眼：'你他妈的怎么回事？

抽的哪门子筋？'这小子北京话练得挺油，可不好对付了。我就说：'这大暑天一身的汗，冷不丁往地窨子里一钻，冷气激得受不住，咋不哆嗦呢。'他嫌我顶撞了他，非罚我到地窨子里蹲一个钟头不成，咱求情也没用，他连推带搡，愣把我推进去，'咔哒'锁上了木板门。我就穿着个单裤儿，在地窨子里冻得上牙直跟下牙掐架……多亏了人家'面包'仗义，不满一个钟头，就把我放出来了。我听见他一个劲地埋怨'胡萝卜'，说'胡萝卜'，心太狠，不合上帝的旨意；'胡萝卜'跟他吵，他到了还是护着我……"

想想看，当我听见石大爷说出这么一连串大有问题的话语时，心里该多着急。同学们却听得津津有味，还不时地交头接耳。我实在耐不住了，便趁上去给他斟水的机会，似乎是很自然地插进去说："两个神甫本质一样，'面包'比'胡萝卜'更阴险，因为他具有欺骗性……天下乌鸦一般黑嘛！"

唉，糊涂的石大爷啊，他竟偏过头，望着我说："乌鸦也不尽是黑的，我就在这府后头的花园里，见着过灰脖白肚的山老鸹。"

同学们"轰"地全笑了，我气得脸都白了，往他茶杯里倒的开水溢了一桌。我心里暗暗埋怨老曹，千不该万不该出这样的馊主意，看他给荐了个什么样的报告人，竟然对"天下乌鸦一般黑"这样天经地义的话也提出异议，事后我的"消毒"工作多难做……

我怕他再往下说更"出轨"，便引导地说："您除了忆自己的苦，也可以把咱们学校原先是贝勒府时候的事儿说说，让我们知道知道府里奴仆受压迫的惨况……"

他嗽嗽嗓子，想了想便说："贝勒府里缺大德的事多了去！别的甭说，光是到花园子里填井的丫头，我就听说过一巴掌的数儿。活得好好的干吗往井里跳哇？还不是让贝勒给糟践了。后来花园子拆了，井也填了，可那冤魂儿还不散，我就见着过……"

我一听不妙，真怕他当着这么多个"祖国的花朵"，讲类似给我讲过的那种鬼故事，便立即打岔说："石大爷知道的事可真多。其实您不必限于讲贝勒府的事，也可以把咱们这个地区穷人在旧社会的苦诉诉……"

他一口喝下了半杯茶，接过我的话茬说："人一穷可不就得受欺。咱们这个地方过去受欺侮遭磨难的人可多啦……就好比咱们学校南边，竹叶胡同14号里的金家姐儿们，受的苦大呀。要不是她们姐儿俩互相照应得好，又赶上这新社会，早不知道撂在哪个旮旯里成了鬼啦……"

又是"鬼"！我看再不截住他，是非出辙不可了，便趁他停顿的当口宣布说："石大爷年岁大了，最近身体也不大好，今天就暂时讲到这儿吧。让我们以热烈的掌声，感谢石大爷给我们上了生动的一课！"于是，一阵噼噼啪啪的掌声，便把他欢送走了。

我说"生动的一课"，不过是例行的客套话，可是对于学生们来说，这仿佛的确是生动的一课；一连好多天里，同学们都议论着"面包"和"胡萝卜"，"金家姐儿俩"也引起了浓厚的兴趣。一周以后，班委会的小干部们来找我汇报说："同学们纷纷提出建议，希望把竹叶胡同苦大仇深的金家姐儿俩请来忆苦。"

我正苦于教育活动不易安排，想了想，便同意了。开好介绍信，我就亲自出马去联系。我想这回得把"底"摸准，倘若这金家姐妹也是石大爷那般混沌，那么她们的家史即便苦得赛过黄连，我也不能请她们来讲。

三

我找到居委会，主任不在，于是便贸然跑到 14 号去了。

14 号是个只有六户人家的小杂院。1964 年那阵，北京的住房问题还没发展到爆炸性程度，自盖小房子的风气尚未蔓延开来，所以这个小杂院倒显得挺豁亮，各处都点缀着一些花儿草儿，房子虽旧，收拾得还比较干净利落。

敢情金家姐儿俩都是五十来岁的老太太了。两人分着过，一家住南屋，一家住北屋，都只有一间房。我先找到南屋，屋里坐着个黄壮的汉子，我认出他是附近煤铺里摇煤球的师傅；同他对了几句话，我意识到他是金家小点的那位妇女的丈夫，他说他"屋里的"在服装厂当熨衣工，现在上班去了。我便提出来要找他爱人的姐姐，他愣了愣，便领我朝北屋最偏东的一间小屋走去，在门口叫了声什么（我没听清），见门开了，指指我说："找您的。"便离开了。

开门出来的老太太，看着有五十来岁了，瘦弱的身材，长方形的一张小脸，白里透黄的皮肤非但不显得粗糙，反而颇为细腻，但额头、眼角、嘴角都有了极细琐的皱纹。她花白的头发在脑后结成了一个元宝髻，淡得看不大出来的两弯眉毛下，一双挺大的眼睛先是惊疑地大睁着，随即又流露出一种饱经沧桑的倦怠神情。把我让进屋去以后，她上下打量着我，懒懒地问："您是办事处的？"

我告诉她自己是什么人，为什么而来。她戒备地望着我，仿佛有点惶惑无措。

为了摆脱这尴尬的局面，我尽量先用热情的语调说点闲话："您爱人上班去啦？"

她眉尖一抖，生硬地说："他？他不是早就死了吗？"

我这才注意到，这间屋里只有一张单人床，而且比刚才我去过的那间南屋要凌乱得多。样样家具都是些陈旧的劣货——不，只有一样或许是个例外，那是靠在床头的一张紫檀木高脚茶几，这茶几上摆放的两样东西，也比屋中其他任何器物都更干净爽目：一件是一个颇为讲究的打火机，另一件是一只颇为古雅的细瓷盖碗。

我又搭讪说："您妹夫在煤厂工作吧？"

她略微一愣，点点头说："您是说秋芸她当家的？对。秋芸在服装厂做事。我在家糊纸盒子挣点钱。"说着她指指屋角，我注意到那里堆着一堆糊好和待糊的纸盒、纸片。

正当我想把话引到忆苦这个正题上去的时候，居委会主任突然找上门来了，说是刚才接到电话，学校打来的，让我马上回去，有急事。我只好告辞，走到胡同里，才知道这是主任大妈用的计。她激动地对我说："你们找这个人去忆苦可不合适。你知道她是谁吗？她就是你们校址原先那个贝勒府里的千金小姐，当年管她这样的小姐叫郡君，又叫多罗格格。清朝倒台以后，贝勒府的多一半卖给了外国教会，办起了学校；贝勒府的主子们窝在偏院里，过了一段昏天黑地的日子，坐吃山空。'七七事变'以前，贝勒把最后的一个偏院也卖给了教会学校，整个败落了。格格跟她哥哥分了家，搬进羊角灯胡同的一个四合院住，那是她最后的产业，她就靠吃房租过日子；可是临解放的时候，她的男人——男人是打小包办的，旧社会整天在外头吃喝嫖赌——背着她把房子卖掉，一个人卷款溜了，她才搬到这儿，直到解放后的头二年，全靠变卖残存的字画古玩瓷器墨砚过日子。后来才算揽了点活儿在家里干，剥云母片呀，折书页了呀，糊纸盒子呀，算是自食其力了。"

我大吃一惊，心里不住地怨恨石大爷，他怎么把个贵族小姐，当成贫苦市民来介绍呀?同时禁不住问:"秋芸是她妹妹吗?"

主任大妈说:"什么妹妹,是她的丫头。这秋芸阶级觉悟总提不高,跟格格感情特别好,划不清界限。格格名叫金绮纹,多少年来,总放不下她那多罗格格的臭架子,虽说后来穷得一个搪瓷盆儿又洗脸又和面,还是戒不了她那两样嗜好:抽好烟、喝好茶。秋芸解放前陪着她守活寡,解放后也一直照顾着她,到1956年秋芸跟煤铺王师傅结了婚,他们两口子也还是待金绮纹不错,依旧看不出个界限……这样的人,你们怎么想起来请去给学生们忆苦呢?"

我哑口无言,同时感到无比震惊。我万没有想到,就在我所熟悉的这些胡同街道里,还生活着这样的人物,他们是我在报纸上、小说里、报告中从未看见、听见过的,他们住得离我这么近,却又显得如此陌生……

瞧,扯远了,我们还是来说石大爷吧。可要说清楚石大爷,又不得不说到另外一些人。于是我想起了那我们宁愿忘掉而又不能忘掉的十年里的事……

四

我尤其不能忘掉1966年炎夏,政治龙卷风终于扫过我们那所小小中学的情景。

记得那天早上洗脸的时候,同宿舍的帅老师还跟我互相撩水逗乐。帅老师名叫帅谈,但是同事们都管他叫"蒜苔"。我们头两天下午都听到了关于"第一张马列主义大字报"的广播。震惊、疑惑、好奇,然而并未感到同我们自身有什么关联。当我们走出宿舍,往教学楼走去时,看见了我们学校的第一份大字报。那份大字报背面的糨糊还湿漉漉的，顺纸边冒热气儿，题目叫作《党支部休想蒙混过关！》。许多教师和同学围着看，个个表情都非常紧张、复杂，但古怪的是并无喧哗、争议之声。上课铃响了，头一堂课前半截还比较正常，后半截就不行了，先是从操场上传来了阵阵喊叫声，接着就有首批造反学生冲进每个教室，号召大家到操场去集会。我当时完全被搞蒙了。冲进来的造反学生脸上肌肉跳动着，一腔热血似乎已经超出沸点之上，他非常真诚地发出呼吁，眼里甚至闪着晶莹的泪光。他当时喊出的话语我已经记不清了，大意是党内出了修正主义，你们怎能还温良恭俭让地坐在平静的教室里，而不冲出去"横扫一切牛鬼蛇神"？两分钟以后，我班的教室里就只剩下几个胆小的学生和我自己。而目瞪口呆的我，没过几分钟，也身不由己地走到了操场。操场上一片混乱，一群最激进的造反学生围住刚担任正书记不久的老曹，要他承认自己紧跟"黑市委""黑区委"，搞了修正主义。他似乎并没怎么开口，另有几个高中学生和青年教师在那里挺身而出为之辩护，其中就有"蒜苔"，他的高挑身材非常显眼，喷着唾沫星子，确乎是慷慨激昂。

到中午，我校第一份大字报周围，就出现了互相冲突的两种大字报，一种支持，另一种反击；"蒜苔"在宿舍疾书了一份保卫党支部的反击性大字报，让我签名，我犹豫了一下说："让我想想看吧……"他瞪了我一眼，噔噔噔跑出去张贴了。

傍晚时分，广播室用高音喇叭告知全校，团中央已派来了工作组，党支部靠边站了，工作组组长表态，支持革命学生们积极投入运动……"蒜苔"又立即在宿舍写上了大字报，不过这回他皱着眉头，写得很慢，但一写完就跑出去张贴，用新的大字报盖住了中午贴出的那一张，题目是《热烈欢迎工作组！》。劈头一句便是:"党支部对我们的蒙骗是不可能长久的……"晚上他久久都没有回宿舍来,他跑到灯火通明的高三教室里,找造反学生们谈心,"向小将们学习"去了。

以后的两三天里,像我这样缺乏运动经验的庸人,简直不知道该怎么办。学校里的大字报越来越多,最后连操场厕所的墙上也贴得不剩空隙。大字报涉及的人和事也越来越广泛。终于,一份长达十七张的专门为我写的大字报出现了,总标题呼吁着"揭开"我的"画皮",小标题也很尖锐,诸如"宣扬封资修黑货""教唆学生走白专道路""恶毒攻击京剧改革"……我平生头一回看见针对自己的大字报,那滋味难以形容,只觉得我整个完蛋了,活在这个世界上是太难、太冤,也太没意思了。令我惊异的是其中有的"黑话",似乎除了"蒜苔"别人不可能知道——那是我俩熄灯后躺在被窝里聊天时,随口说出来的……这天晚上我回到宿舍,"蒜苔"阴沉着个脸,不再同我说话,也不再同我的目光接触,我知道,他已经在同我划清界限了。失眠一夜以后,早晨起来,我发现脸盆架上的肥皂盒空了,原来我们一贯是合用一只我的肥皂盒,香皂轮流买,那个月的"绿宝香皂"是他买的,他取走了。这打击,比他将我聊天中的"黑话"提供给"小将"们更大,我禁不住身子一软,坐到床上发呆,几乎流出眼泪——人啊人啊,你为什么几天之间,就能有这般大的变化?……

尔后的变化更加令人目不暇接,更加莫名其妙——一会儿"工作组"宣布造反的学生是"右派""游鱼";一会儿造反的学生又欢呼"中央文革"战胜了"工作组路线";一会儿工作组组长和老曹一齐被揪斗;一会儿造反派之间又互相开除、攻讦;最后"蒜苔"搬出了我们合住的宿舍,到造反学生其中一派的"勤务组"里安了家,当上了"小将"的秘书,在他每日摇动笔杆的桌子上方，挂上了大幅的江青画像……

跟着出现的事态越来越带血腥味，"红八月"到了，到处在破"四旧"，搞"横扫"。有一天下午，造反的"小将"们拖来个资本家，在操场上一边打一边斗，两个钟头以后把他打死了。快打死时天上已经开始打雷，打死后便下起雨来。"小将"们一哄而散，操场上阒无人影。我坐在宿舍里，心里像堵着块铅。我脑中没有思想，只是充满了生理上的恶感。一意识到我那窗外几十米的地方有具尸体，被越来越紧最后成倾盆之势的大雨淋着，我就想呕吐。

第二天清晨，我勉强洗漱了一下，到教学楼去参加"天天读"，忽然，一个镜头映进我的眼帘，令我顿生异样而复杂的感触。我看见什么了呢？在教学楼侧面，毫无表情的石大爷，挽起裤子，裸露着罗圈腿，正站在潴留的大片积水中，固执地掏着被堵塞的下水道泄水孔。那是一个完整的画面。背景上的几株槐树被雨水冲刷得格外清爽，叶片在晴阳下闪着滋润的光泽，叶尖上时不时滚落下亮晶晶的水珠，在倒映着碧蓝天空的积水中，激起柔美的涟漪；槐树下的几棵蜀葵，不知为什么并未被破"四旧"的勇士们拔去，生长得粗壮、恣意、烂漫，开着一串由大而小的粉得浑厚的花朵……这一角的景色中没有语录，没有大字报，显得纯洁而清幽；在这种背景前活动的石大爷，仿佛并没有经历和目睹过这些天的狂乱，显得单纯而朴拙。我很惊异于他对掏通那被落叶残花堵塞住的泄水孔的韧性，因为当时的我，恐怕还不止我，甚至很大的一部分人，都已经觉得眼前的生活失去了色泽、乐趣、希望……既然连珍贵的文物古迹都可以"格砸勿论"，又何必非掏通这泄水孔，让积水流泻干净呢？一个变成以一切秩序与纪律为敌的学校，还需要什么清扫与整洁呢？

当我拖着脚步登楼时，我不禁为石大爷灵魂的麻木不仁与颠顶混沌而叹息。

这天的"天天读"，一开始气氛就很不平常。主持教研组"天天读"的"蒜苔"，一遍又一遍地高声领读着"在拿枪的敌人被消灭以后，不拿枪的敌人依然存在……"，当大家紧张得连声音都打颤时，他便陡地宣布："今天凌晨，我校发生了一起现行反革命案件——火葬场来收尸时，发现那死有余辜的混蛋王八蛋资本家的狗尸上，竟然盖着一块塑料布！这不仅是对牛鬼蛇神的露骨支持，也是对革命小将的猖狂反抗！我们必须把盖塑料布的现行反革命揪出来！从现在起，大家人人都要提供线索，检举揭发！如果这反革命就在屋中，希望他想一想顽抗到底的后果！……"他一边说着，一边用他那颇为俊俏的面庞上那双相当秀气的眼睛，恶狠狠地挨个儿瞪视我们在座的人。我感到他瞪视到我时，似乎滞留的时间格外地长……

"天天读"完毕得下楼去看大字报，刚出楼门，便看见人们围成一圈，在紧张地看着什么，原来是已经把那"现行反革命"使用过的塑料布，挂到了绳子上，示众兼征求检举。我走拢过去一看，脑子里就仿佛"嗡"的一声，两腿禁不住一抖——我绝对没有看错，而且也只有我一个教师能够认出来：那块塑料布是石大爷平时用来盖床铺的，边上有两个被烟灰烧出的"吕"字形窟窿！

我费了整个灵魂的力量，才掩饰住了自己的心情。当我终于又能回到宿舍中，敞开心灵同自己交谈时，我不禁絮絮不绝地问着：石大爷为什么要这么做？石大爷现在会怎么想？倘若查出是他，他会遭到什么命运？当厄运向他袭来时他将如何对付？我应当怎样理解石大爷这个人？给死尸盖塑料布与若无其事地掏泄水孔,这两件事怎么会统一到石大爷这同一个人身上?……

下午造反组织开始检查每一位教职工的宿舍,由"蒜苔"带着,重点检查原来床上盖有塑料布的人是否仍有那块塑料布。我一直为石大爷揪着心,可又不敢朝他宿舍那边张望。

傍晚,校园里的高音喇叭哇啦哇啦叫嚷着:"一定要揪出为反动资本家张目的现行反革命分子……"我隔窗望去,啊,甬路上又晃动着石大爷用大竹扫帚清扫路面的身影,我心里坠着的铅块,这才倏地落了地。我意识到,"蒜苔"他们很可能唯独没有去检查石大爷的小屋,因为在"蒜苔"的心目中,似乎根本不存在石大爷这么个人,他那顶上瓦松长得老高的小屋,也算不上什么宿舍……

我隔窗久久地偷觑石大爷。奇怪,他依旧是仿佛石雕般没有表情的一张面孔。

五

那时候的"现行反革命事件"未免太多,所以势必难以一一破案。"盖尸事件"闹腾了一阵,也就不了了之。这事凉下去以后,我对石大爷的态度,由为他担心渐渐变为了嫌他糊涂。一个资本家,剥削者,死了就死了,你石大爷属"红五类",干吗要冒险办这样的事?这算是什么性质的阶级感情呢?

当我几乎已经断定石大爷是个毫无政治头脑和阶级觉悟的糊涂人时,有件事却又改变了我的看法。

那是在两大派造反组织联合批斗"走资派"老曹的大会上。会前我已知道,"蒜苔"专门找石大爷做了动员工作。1966年上半年,教育局要求学校安排一批五十五岁的男教职工和五十岁的女教职工提前退休，以便在不增加编制的情况下补充新人。石大爷当时已够五十五岁，但在他的退休问题上，学校领导之间有所争执：一种意见是一定要安排他退休，好使学校能多补充一名新职工；老曹却不同意让他退休，认为石大爷孤身一人，以校为家，即便宣布他退休，他也不会停止几十年如一日的清扫工作，而一旦宣布退休，他每月却要减少百分之四十的收入，他工资本来就低，这样一来生活就更困难了……最后双方达成折中意见：给石大爷办理退休手续，但向教育局申请保留他的原薪。经过老曹一番奔走交涉，这个方案落实了。现在，"蒜苔"他们找到石大爷，说老曹的这一手叫作对工人阶级实行"经济主义的腐蚀"，为的是"收买人心，麻痹斗志，以利疯狂地推行修正主义教育路线"。据说，"蒜苔"他们在动员石大爷到批斗老曹的会上发言时，石大爷照例面无表情，一声不吭。"蒜苔"他们一再给石大爷交代政策："至于你每月拿钱，该拿多少还拿多少，不是说你这么一控诉，下月就按百分之六十发你了。咱们为的不是钱多钱少，为的是批走资派嘛。"这样好说歹说，到最后，石大爷点点头道："好，我说两句。"

这次的批斗会规模搞得比较大，因为"批判修正主义教育路线人人有责"，把附近街道上的居民也叫来了；操场上黑压压地坐满了人，台两侧雁翅排列着"走资派"的"黑干将"，一律挂着黑牌、弯着腰陪斗；老曹被押到了台当中，脖子上挂着个举重杠铃上最重的铁饼……在"蒜苔"他们组织的发言中，石大爷自然并不是"重炮"，但他们安排石大爷上台"控诉"，也自有他们的深意，就是要让台下的"革命群众"们意识到：连石义海这号角色都站出来控诉了，你们对曹某人应当定性为走资派，还有什么疑问呢？

当"蒜苔"用尖嗓门宣布完"现在由石义海同志控诉",我在台下人丛中,目睹石大爷似乎是没心没肺地迈着罗圈腿登台时,不知为什么,心里就像有个锉子在锉似的,说不出地难过。

石大爷走到扩音器前,他的面部仍然看不出有什么明显的表情,只听他用家常谈心般的口气说:"共产党从来没亏待过我呀。"这句话一出来,使台上台下的人都有点意外,特别是他说完这句话以后,把头转向了几乎被大铁饼坠得昏倒的老曹,台下的群众就更为之一震了。接着出现了轰动全场的镜头,石大爷不紧不慢地走过去,在众目睽视中取下了坠在老曹脖子上的铁饼,然后转过身去,仍用家常谈心般的口气对"蒜苔"他们说:"共产党哪点亏待你们啦?犯得着上这么重的刑法?"说完弯腰把铁饼往台上轻轻一放,便大摇大摆地走下了台。

台下先是静得连咳嗽的声音也没有,尔后就嗡嗡嗡地骚动起来。台上几个主持批斗会的造反派头头气急败坏而又意见不一,一定是有的主张立即把石大爷揪上去陪斗,有的又觉得这样做对自己未必有利……到底"蒜苔"脑瓜灵活,他冲到扩音器前头,紧攥着喇叭筒说:"石义海的这种表现,我们要进行……研究!这说明保皇派对他的腐蚀很深!我们也希望石义海本人悬崖勒马,如果坚持这种反动立场,一切后果由他负责!勿谓言之不预也!"但他说到最后一句时,石大爷已经回到操场一角自己的小屋,并且关上了门。

"蒜苔"正要宣布下一个发言,忽然,台下一角传出一声音量不大但音调很凄厉的呻吟,接着就有人站起来,扶着另一个人往会场外走。原来是一位老太太被眼前发生的事吓晕了,当然,也许还因为受不住烈日那么久的当头暴晒……我在匆匆的一瞥中看出来,那被扶着往外走的老太太不是别人,正是与我有一面之缘的金绮纹,那扶住她的敢是秋芸?因为跟在后面的汉子,分明是煤铺的王师傅……

关于这个批斗会,我不想再说什么了;石大爷很幸运,"蒜苔"他们后来顾不上去报复他,学校里的局势更频繁地戏剧性地变化着,一会儿这派夺权,一会儿那派反夺权,一会儿掌了权的又一分为二;而"工宣队"一进校,几派又都没有了权,但第二批"工宣队"又否定了第一批"工宣队"的"大方向"。不知怎么搞的,"蒜苔"也成了被带上台批斗的角色,罪名是参加了什么"五一六反革命阴谋集团"。望着他痛苦地被撅着"坐飞机"的姿态,又使我生出了不多不少的怜悯情绪……

戏剧性变化的高潮,是有一天"工宣队"开宽严大会。"蒜苔"因为坦白交代好,"既往不咎"从宽了;而根据他的揭发和"专案组"核实,抗拒者要立即从严,我正像猜谜语般琢磨着该从严的究竟是谁时,忽听得一声大吼,却是把我揪上台去的命令。原来,哈哈,我竟是"隐藏得很深的五一六骨干分子"!

在这种情况下,我哪还有心思研究石大爷其人,除非我也效尤"蒜苔",去揭发石大爷竟是"五一六"的核心人物!

六

据说是"庙小神灵大,池浅王八多","清队"阶段,我们这所小小的中学,被"群众专政"的教职工竟有二十一人,占全数的百分之十九点三强;除了写检查、挨批斗,便是进行劳动改造。最重的活就是刨树根。学校附近的竹叶胡同里,不知为什么锯掉了五棵洋槐,于是我同另外九个"牛鬼蛇神",便被指派去刨那深纠在地里的树根,而同我编到一组、被勒令刨出胡同尽头一个最硕大的树根的，是前面提到过的传达室的葛大爷。

头天去刨时，我和葛大爷只是埋头干活，没怎么交谈。我们不交谈，并非有人监视我们，而是彼此都不大摸对方的"底"。葛大爷之所以被揪出来，罪名是"反动会道门骨干"，正如他不知我是否真的参与了神秘离奇的"五一六"组织一样，我也不知他这位当年的"火居道士"是否真的恶贯满盈。但我们毕竟都是人，是一种社会动物，因此哪怕只有两个人在一起，也不可能永久地视而不见，以孤独和沉默为满足。第二天继续去刨树根，在打歇的时间里，我们终于忍不住谈起话来。

我坦率地对葛大爷说："说我是'五一六'分子，天大的笑话！他们亮出来的最大的'罪证'，就是我曾经给肖华写过一封信。现在说肖华是'五一六'的后台，所以我就成了'五一六'骨干。其实我那封信从头到尾都是同他探讨《长征组歌》的用韵和节奏问题。"

葛大爷只穿着背心，瘦骨伶仃地蹲在我面前，布满老斑、皱巴巴的皮肤被汗水浸泡着，细长胳膊上的动脉，像发蓝的死蚯蚓鼓起老高。他见我没同他见外，便也诚挚地说："我打小在道观里当道士，后来道观房产荡尽了，天师也蹬腿去了，我就带着四个师弟，逢上白事跑去给阔主儿打醮、送殡，骗点钱吃饭。要说宣扬迷信、奉承阔主儿这号事，我是干过的，有罪该罚；可说我仇恨新社会，罪该万死，就想不通了。"

我俩对望着，我俩都觉得无须再"内查外调"，各自从对方的眼睛里看出了真诚。这交接的目光，缔造了相互的同情与信任。于是，当我俩挥镐再刨树根时，就有了更多的相互照顾与配合。

那是个多么炎热的夏季啊！我们的热汗如同水过纱布般地从皮肤里不停地沁出来，衬衣上的汗碱渍了一层又添一层。但是学

141

校并不给我们供水,渴了,只好到附近院里找个自来水龙头灌一气凉水。这对我来说简直如饮甘霖,可是像葛大爷及别的几位患有胃病的"牛鬼蛇神",他们的日子可就难过了!特别是葛大爷,他的胃溃疡极为严重,不喝水,胃里像揣着热炭;灌自来水吧,胃里又像掉进了冰碴。看着他紧嘬腮帮、抿着干裂的嘴唇,尖突的喉结痛苦地一上一下搐动着、忍耐住干渴的模样,我的心就像被热沙子烫了般难过……

第二天下午,正是热浪最狂的时候,忽然,我看见石大爷推着个手推车,车里露出一只铁镐的镐头,脸上表情沉重地越来越近。我招呼葛大爷说:"看,他也给揪出来了!"葛大爷痛苦地点着头说:"我就知道他也躲不过。他平时轻易不说话,可猛孤丁一说,兴许就能当上个'现行'……"

石大爷的手推车在我们的树坑前停住了。这时我才看出来,那车里还搁着一只水桶,上头盖着块湿布;他掀开湿布,一股绿豆汤的热气扑进了我们的鼻腔。我和葛大爷正发愣呢,他已经用搪瓷缸舀出了一缸子绿豆汤,先递给葛大爷,仍像素常一样平淡地说:"喝吧,不够再来。"

我看见,当葛大爷仰脖喝着、顺嘴角淌着温热的绿豆汤时,他的眼睛潮湿了……

很快我们就弄明白,石大爷并没有被"揪出来",也并没有人命令他给我们送水,是他用自己的绿豆,在自己的火上为我们熬的汤。我惊讶地注意到,对一个确实犯有"恶攻"罪行、连我同葛大爷都不能谅解的"现行反革命分子",石大爷也一视同仁地递送着绿豆汤。一缸子不够,那人似乎不敢再讨第二缸,畏缩着,舔着嘴唇,石大爷便毫不犹豫又舀出一缸子,递给了他……

更令人惊讶的是,供应完了绿豆汤,石大爷又操起镐来,轮流帮我们刨树根。当他来到我们这里,挥手让葛大爷到墙根歇歇,同我一起向那顽固的树根下镐时,我不禁问他:"石大爷,您这么样……不会惹出事来吗?"

他停下抡镐,望定我说:"没事儿。你们老的老,病的病,要么就是读书人。帮你们一把也应该。"

我心里很感激,可又总觉得这事还得"一分为二",我朝那边的"现行反革命分子"努努嘴说:"他叫真的恶毒攻击了伟大领袖,您可别去帮他……"

谁知石大爷干脆地说:"他有罪,该让他受罚,可也得善待他。越把他当人,兴许他改得越快。"

我心里一震。

第三天上午天阴,石大爷没来送水。歇工时,我同葛大爷不由得议论上了他。我说石大爷这人真怪,葛大爷赞同地点着头。他四面望望,压低嗓门,深陷的腮肉一抖一抖,用嘶哑的声音说:"老石这人是有点费琢磨,有档子事我一直闷在心里头,不敢往外掏。好在你也信得过他是好人,不会去揭发买好,我就跟你说说。你知道大破'四旧'那阵,红卫兵还把我当'工人阶级'看待,所以他们在这左近抄了家,就把东西扔进传达室隔壁的空房里,让我晚上帮他们看管。当然他们给屋门上了老大的铁锁,钥匙他们攥着。记得是个下着雨的半夜里,我听见有人用手轻轻敲传达室的门。开门一看,是老石!我问他:'咋啦?你深更半夜的这是干什么呀?'他说:'老葛,白天他们是抄竹叶胡同了吗?'我说:'可不。这回抄来的东西,比哪回都多,屋子都快堆满啦。'我一边这么说,一边瞅着他,心里直纳闷。老石无亲无故,竹叶胡同跟他有什么瓜葛呢?他问这个干什么呀?从他脸上也看不出他心里在想什么。他闭着嘴木了那么几分钟,忽然,单刀直入地提出来：'你把这中间的门弄开，让我进去看看。'我一听吓傻了。传达室跟隔壁的仓库之间，确实有一扇门，可多年那门都用木条钉着，封上了。我哆哆嗦嗦地对他说：'你自己活腻了，还想连累别人呀！'他见我这样，也就不再说服我，自己走上前去，拿出早已准备好的钳子，几下把钉门的木条拆掉，推开门就进了仓库。我赶紧跟了进去，心里就像有几百条蚰蜒在爬，不知怎么办好。老石进去以后先看家具，我留神地盯着他，见他瞅到一样家具时，眼睛'唰'地亮了，他上前用大手摸着，自言自语地说：'果真也给抄了！'那家具是一件硬木雕的茶几，其实我看着也挺平常，因为抄来的好家具海了去啦。后来，他就仔细地到古玩堆去掏腾，看一件撇一件，撇一件再看一件……最后他满头是黄豆大的汗珠，眼里那个神情儿好怪，倒好像有几分高兴似的。他什么也没拿，就出了仓库，又把那门按原样用木条钉好。只听他跟我道了声谢，眨眼就没影儿了。我被他闹得再没敢睡，第二天见了人心里就打小鼓。可是后来红卫兵没发觉这事，我只能说老石这人命大，该着不挨揪……"

听完葛大爷的讲述，我顿觉石大爷身上的神秘气息更浓。这是怎样的一个人呢？大概靠领袖的语录、靠查档案、靠"阶级分析"、靠内查外调、靠"坦白从宽，抗拒从严"的政策、靠逼供信……你都不能了解到他的内心。原来我曾以为石大爷是一个最简单最落后最不屑人们一顾的、最无味乃至最无价值的角色，然而在这混乱疯狂、离奇反常的世态中，他却独能保持自我，不为汹涌恣肆的狂潮左右……

历时三天近三十小时的艰辛劳动，我们终于把那章鱼般的树根刨出来了。当我们推着手推车，把刨出的树根运回学校时，由于劳累过度，我推的那辆车在胡同中间歪倒了，车里的泥土与根屑撒了一地。葛大爷忙帮我把车搬正，弯下腰去，用手把泥土和根屑往车里捧。我对他说："这是何苦，反正这胡同有人扫。"葛大爷继续清理着泥土与根屑，鬓边闪着汗光，叹着气说："这胡同罚扫街的是当年的格格，如今五十好几了，一身都是病，咱们还是替她省把子力气吧！"

我脑中浮现出金绮纹的形象来，不过并未产生同情的共鸣，仍旧说："咳，她每天扫这么长一条胡同，不也扫下来了吗？"葛大爷站起来，筋络暴突的手扶到车帮上，喘着气，悄悄地对我说："我听到个说法，每天后半夜，有人帮着她扫，只留下这三十来步的一段，天蒙蒙亮的时候她来划拉划拉，要不，她早吐血玩完了！"

我吃了一惊。恰好这时，迎面来了个平板三轮车，是满脸煤末的王师傅在运蜂窝煤。我想到秋芸和王师傅对金绮纹的愚忠，心里顿时明白了几分，便没再说什么，推起手推车朝学校而去。

七

又是一个炎热的溽暑。这一天校园显得出奇地整洁美丽。乍看外表，似乎校园这只轮船，已载着它上面的生存者，由惊涛骇浪中驶入了静谧的港湾。

朝阳把校门口的语录牌坊照得红处格外鲜艳，金字格外耀眼。牌坊下是两溜摆成半圆形的盆花，天冬草拖下长长的绿枝，一串红挺着小铃般的花蕾；牌坊两侧甚至摆上了两株栽在桶里的棕榈树。不必惊讶，只要朝通往教学楼的甬路前行，看看路侧竖立的彩绘黑板，便会明白这是为什么了。那黑板上用水粉颜料画着一束盛开的玫瑰，横过玫瑰的是中、英两种文字的口号："热烈欢迎

×国外宾访问我校!"

这已是1973年。"工宣队"的队长已几易其人,不过始终兼着校党支部书记的职务;老曹终于被"解放"出来,当着党支部副书记。随着1972年中美关系的解冻,外国人又开始来我们国家访问,并且从六年前随时可能被红卫兵揪住辱骂的处境,变为了具有每到一处,便能使该处事前改颜换貌的法力。

早上七点半左右,有三个人在布置得颇为堂皇富丽的"接待室"里争论了起来。这三个人是谁呢?

一位是老曹。他穿着家常服装,敞开的衣领里露出黝黑而结实的脖颈,浓眉微微朝下撇着,显见心情不怎么舒畅。他是不赞成为迎接这么一位外宾来访而大造其假的——特意从区里运来了沙发、茶几、地毯、抽纱窗帘一类的"道具",布置出这么间"接待室";还特意从附近公园借来了棕榈、天冬草、一串红这些"政治用花";接待外宾听课的课堂特意喷过浆,补齐了打破的玻璃,把木头黑板换成了玻璃黑板,又集中了全校最好的桌椅;甚至连学生也是从各年级里经过"政审""貌审""口试"三环挑选出来的,女学生还规定她们一定要穿花裙子。这很使那些被选中参加"外事活动"的学生家长们为难,因为家中原有的花裙子早已由于"破四旧"改作他用了,还得买布现做……总之,老曹想到这一切便有种反胃的感觉。可是当时学校真正当家的是"工宣队"的樊队长,他将在八点左右穿着"接待服"到校,在由我们布置安排妥帖的"布景"中出面接待尊贵的外宾。他是一切实际事务工作概不沾手的,但倘若接待中出了纰漏,责任却需要我们——首先是老曹——来负。

站在老曹对面的是"蒜苔",他穿着簇新的"接待服":深灰的"三合一"混纺上衣、裤线挺括的黑色弹力"的确良"长裤、光可鉴人的"三截头"黑皮鞋。自从他被"工宣队""从宽"以后，经过他一而再、再而三地深入"工宣队"队部接受"再教育"，早已达到了能同樊队长他们围桌通宵打扑克的融洽境界。他被樊队长指定为"接待小组"的成员，上面讲到的种种安排布置，都是他奔走努力的结果。现在他心情愉快而意犹未足，为"防止到时候出现漏洞"，他忽然想到，应当告诉石大爷，外宾来时不要露面，"当然在老石面前，咱们只说是省得外宾找他问话他不好答。我的考虑是老石的形象不大好，他那个罗圈腿……"

老曹脸色铁青，脖子上的筋直蹦，打断"蒜苔"的话说："罗圈腿怎么啦？老石是堂堂正正的中国人，中国人在中国的土地上倒要躲着外国人，这算个什么道理？"

我站在一旁也气得直哆嗦。我在"九一三"事件后不久也被"解放"了，这时已经恢复了教学工作，并且因为我毕竟是全校最好的外语教员，所以安排了外宾听我给学生们上外语课。我也尽可能穿出了自己最好的衣服，但我同老曹一样，对如此弄虚作假十分反感；更没想到"蒜苔"竟说出了要去通知石大爷"回避"的话，这真是太过分了！我接着老曹的话说："石大爷的罗圈腿，是帝国主义的压迫造成的，并不是中国人的耻辱；而且，我以为石大爷在这几年的反复里，始终没有给别人使过坏，他的灵魂和形象，比有些人美得多！"

"蒜苔"见老曹和我动了肝火，忽然莞尔一笑，满脸天真地自责说："算了吧，算了吧，怪我多事……其实外宾来的时候，老石也扫完地回屋了，压根儿就遇不上……""蒜苔"就有这个本事，在你对他意见最大的时候，能以最天真无邪的表情，来赢得你的谅解。记得老曹"官复原职"以后，他既不是痛哭流涕，也不是满脸羞愧，而是走到老曹面前，肩膀一耸，以天真到烂漫程度的表情、语气说:"我过去斗你斗错啦,上当受骗嘛!这么大个运动,我这算个什么问题呢?"老曹能说什么呢?自然是:"算不了什么问题……"

且说我压抑住内心的烦怨,勉为其难地随着樊队长和"蒜苔"等人,完成了那次的"接待任务"。其实来的外宾不过是个二十多岁的小伙子。他是随着一个什么访问团集体来华的,他个人提出希望访问一所大学和一所中学,以了解中国"教育革命"的成果,回去好撰文介绍——他来华前已答应了向某家杂志提供这类文章。出乎打扮得油光水滑的樊队长和"蒜苔"意料,这位外宾推个平头,穿一身中式蓝布裤褂,着一双橡筋口布懒鞋,而且自称得过小儿麻痹症,双腿看上去不大顺眼——我认为他也是罗圈腿,只不过他是呈X形的内罗圈。他被我们哄得不住地点头称赞。唉,他哪知道许多美丽的事物都是临时摆布出来的……临走的时候,他感动得热泪涔涔,紧紧地握住樊队长的手说:"'文化大革命'好!教育革命好!我回去一定要写文章,驳斥那种诬蔑中国毁坏了教育的谰言!"翻译译着这些话时,似乎也颇激动,樊队长脸上放着光,看得出他内心充满了真诚的感谢与由衷的喜悦;"蒜苔"笑得双眼眯成了两道缝。我望着那位外国小伙子,心里嘀咕着:我多么希望,您看见的这些都是真实的啊……

"外事活动"刚一结束,"蒜苔"就忙于去布置人搬走棕榈、盆花……搞"复原",以免师生们中花草之毒;我憋着一肚子闷气,想来想去无处发泄,便爽性跑到石大爷宿舍去。推门一看,老曹正同他面对面坐着抽烟,他俩脚下扔满了自卷的叶子烟烟头。我生平第一次伸出手去说:"给我卷上一支……"

这以后,每当烦闷袭上我心头时,我就跑到石大爷宿舍里去。开头,石大爷话很少,主要是我向他倾诉。可以在一个人面前不设防地尽情倾诉,这在生活中该是多么惬意的一件事。我向他说到了葛大爷之死。葛大爷没等到"九一三"事件出来,就在"群专"中死去了。他撇下了一个在百货公司门口看管自行车的老伴,还有一个在农村插队的闺女,那寡妇孤女今后将生活得更加艰难……

我对石大爷说:"也许葛大爷以前确实干过不好的事,可从我跟他的接触中,我觉着他是个好人。"石大爷平静地说:"是呀,谁也不是圣人。不存心害人的人就是好人。"

渐渐地,我开始向他提出一些问题:"您信上帝吗?"我知道他从小受外国神甫支配,肯定入过教。谁知他坦率地说:"说不上信不信,因为我没见过。我只信我亲眼见过的东西。"我抬杠说:"人眼睛看东西的能力有限。比如磁场、电流、隔着墙的东西……肉眼都看不见。有时候由于心理作用,人眼睛会产生错觉、幻觉,比如您以前给我讲过的那个女鬼,想必就是您的幻觉。"他想了想说:"看错的时候兴许是有的。可人不能没看见就说瞎话啊,那叫昧良心。"

他这话乍听平平常常,叮搁到心里咂咪儿,就觉得饱含着哲理。联想起那年夏天在刨树根时他讲过的话,我感觉石大爷一定是有自己的人生哲学。于是,我终于忍不住问道:"破'四旧'那阵,学生们打死的资本家,是您给盖的塑料布。我认出那块塑料布了,当然至今我没跟任何人露过。我不懂,您是受苦出身,为什么要同情一个资本家呢?"他望了望我,扔掉手上的烟头,老老实实地回答说:"他们打死的那个主儿姓孙,他们家解放前就在街面上开杂货铺,这主儿人缘最次,是个'抠门儿大仙',家里人剪手指甲,他都让掌纸接着,完了攒在一块儿,拿去支给药铺,就那么爱财!可他没有死罪啊,既然遇上这一劫,给活活打死了,也不该让他尸身任雨淋着啊。他也是人。人对人不能狠得过了限。解放那阵,我为什么佩服共产党?就是觉得共产党不糟践人。地痞恶霸他们逮去了,为民除害,一个枪子儿毙了算,不像猫拿耗子似的,先玩上一阵,搓揉烂了再吃。我也不知道这几年是怎么啦,时兴人整治人、人糟践人。咱们学校一开批斗会,拉出人来给挂牌子、戴高帽子、撅着揪着,剃什么'阴阳头',逼着唱什么'嚎歌'……我就觉着不是味儿。跟你说实在话吧,就算那人真是坏蛋,你这么一弄,我的心也软了,我还是可怜那让别人不当人待的人。你们常说阶级斗争,阶级斗争是人跟人斗,不是人跟狗斗,是不?那就该有个分寸,不要弄得这么不像人样儿……"

从石大爷那散发着陈旧被褥和劣质烟叶味儿的小屋里出来,我久久地沿操场上的跑道漫步着,不愿马上回到自己的宿舍。我仰望着银河微颤的夜空,不知为什么,多次激动得不能自已。像上面那些听来朴拙而内涵深刻的话语,在那苦闷而紊乱的艰难岁月里,对我起着实实在在的振聋发聩的启蒙作用。

渐渐地,我每晚不去石大爷那间小屋就会难熬难过,而我感觉到,石大爷也对我有了相应的感情。有一天晚上,天气热得连树上的叶子也喘气,知了在夕阳落山后还久久地聒噪着,空气中仿佛流荡着炉膛的气息。我去石大爷屋中,意外地发现煤铺的王师傅同他面对面地坐在一起,仿佛已谈了许久。

因为天气灼热,石大爷和王师傅都打赤膊。我惊讶地发现,石大爷的身躯竟是那般地苗壮。他已经年过六十了,比王师傅怎么说也要大两三岁,王师傅固然体魄魁伟,但浑厚的肌肉已多少有点松弛,而石大爷那厚实的大胸肌还绷得紧紧的。不幸的童年虽然使他的腿骨失去了美感,但长年的劳动却铸就了他健美的胸脯。石大爷和王师傅盘腿坐在床铺上,他们中间的炕桌上摆着一只已经喝干的酒瓶，一盘下酒菜也吃得精光，屋中弥漫着一股子酒味。王师傅那宽大的脸盘上布满酒后的红晕，颊上深陷的皱纹里煤灰似乎已经长进了肉里，这使他显得有点像古典小说中的猛汉。石大爷颧骨处微微泛红；他眼睛闪闪放光，却是平时很少见的。王师傅见我来了便披衣下床，告别而去，石大爷并无一句挽留的言辞。我坐到了王师傅坐过的一边，可我一贯不会盘腿，就坐在床沿上。

石大爷望着我，提议说："你今晚就别回你屋去了。我有事想跟你商议，咱爷儿俩兴许得说个通宵。"

我受宠若惊。以往总是我找话同石大爷说，他主要是担任听和答的角色。今天是怎么啦？

于是，我经历了终生难忘的一夜。

八

请想象一座废园的景象。

亭榭的油漆已然黯淡以至剥落，小小的池塘干涸得犹如长了白翳的盲眼，小桥上的石栏倒圮了一半，井台上锈满了绿苔；园中的树有的败死了却无人砍除，狰狞的枝丫刺向青天，而另一些疯长的乔木竟同树下无人修剪的灌木纠结在一起，堵塞了昔日的甬路；芦苇和杂草一直长到石阶上，石缝中长出的小树使作为桥面和石阶的石板翘了起来，各类小爬虫在阴暗的角落出出进进，鸟儿在树上和苇丛中筑下了巢，灰白的鸟屎溅在了廊柱上、栏杆上和石阶上；一阵风吹过，萧飒之声四起，伴着数声鸦噪……

是初秋的一个傍午，废园的井台边出现了一个古怪的画面：一个十七八岁的小厮，两手被绳子拴成了"苏秦背剑"的模样，两脚却不停地踩着脚下的黄泥。这小厮便是当年的石大爷。废园当时还算贝勒的产业,但外国神甫正同贝勒的管家谈判买园子的事。事实上,从神甫把持的教会学校通向这废园的葫芦门早已开放,赫爱尔神甫不待收购事宜谈妥,已视废园为己有。他听说园中的黄黏土最适宜制作泥人,已特地从天津请来泥塑匠人,准备定制一批泥人,好在初冬返回欧洲述职时,带去分赠亲友。为了使掘出的黄黏土增加黏性,他命令石义海用脚去踩上整整一天。鉴于石义海平时不够驯服,将石义海带进园中井台旁黄土堆边时,他把石义海一只胳膊扭到腰后,另一只胳膊扭到脑后,然后用一根皮鞋带牢牢拴住了他的两个大拇指,这就成了"苏秦背剑"的姿势。

再没有一种处罚像"苏秦背剑"这样令石义海痛苦了。主要不是肉体的痛苦,鞭笞和靴踢远比这样更加疼痛;这是一种屈辱,它使你感到自己仿佛不是人,甚至不是牲口,而是任人蹂躏的玩物,就像老猫爪下的小耗子。初秋的阳光依旧不减其炎威,石义海站了一小会儿就汗流浃背了,井台离他只有咫尺之远,他却不能用双手打水来喝。他真想冲出这废园去同赫爱尔拼命,但他知道那样干不会有什么好结果;另一位在他看来相当仁义的神甫德太白到外地去了,没有人会给予他庇护。他胸中也涌动着逃走的念头,但纵使他跑得出这个地方,那"背剑"的姿势也立即会让人们知道他是一个逃犯。欲反抗而不能,他的双脚出于一种惯性机械地踩着浇过水的黄泥,不久就陷入麻木状态了……

也不知过了多久,一阵阵妇女的呜咽声渐渐揪住了他的心。这是一个什么女子?是天上的圣母下了凡,还是人间的媳妇遭了难?他用眼睛四处搜寻着,最后确认了那呜咽声的方位,是从荆榛长到窗台上的西房中传来的。那破落的卷棚顶房屋的门上,一方"怡文轩"的匾额沾满了燕泥和蝙蝠粪，石义海虽不认得匾上的文字，却知道那原是贝勒府的一所书房。

在书房中呜咽的是金绮纹。她那时正在妙龄，虽是素旧衣衫、满面泪痕，容貌也堪与府中仕女画上的人物媲美。

现在的年轻人大概以为，1911年辛亥革命一起，清朝贵族便灰飞烟灭。其实宣统皇帝拖到1912年2月才下了"退位诏"，而退位后的溥仪依旧住在紫禁城中，照样按皇帝的排场生活；到1917年还有过一次张勋复辟，复辟前后的北京街头，朝服顶戴摇摆而过的遗老遗少大有人在。溥仪直到1926年即民国十五年，才被迫迁出紫禁城。跑到天津"张园"当寓公以后，他还以皇上自居，继续封赐效忠者爵位、谥号。明乎此，对贝勒府"百足之虫，死而不僵"的局面，就不会大惊小怪了。金绮纹落生在这样一个家庭之中，她的母亲是贝勒的第二个妾，生下她不久便得产褥热死去了。金绮纹从小便被灌输着复辟意识，贝勒和福晋（贝勒的嫡配妻子）一再提醒着她的格格身份。她的塾师除教她读《列女传》，也一再对她讲述着清朝的发祥和盛衰史，以培养她天潢贵胄的自尊和复仇心理。但是贝勒府的高墙拦不住时代潮流的冲击。金绮纹的大舅偏是个革命党，后来在北洋政府中任职；三个哥哥里也有两个后来冲向了社会，变成了同老贝勒完全不一样的人物。他们穿上了西装、学会了洋文，最后干脆改名易姓，浮沉于万花筒般变化不定的世事之中。金绮纹一天天长大起来，越来越多地了解到墙外的世界。现在她提出了到洋学堂读书的要求，被贝勒当成忤逆，在那个视她为遗产争夺者、必须摈弃之而后快的哥哥挑动下，贝勒激怒中把她打入了"冷宫"——锁进了废园中的书房，声言她若不放弃上学读书的想法，就不把她放出来。

金绮纹在悲痛地哭泣，泪水滴湿了她那滚着黑镶边的藕荷色

153

旗袍的袖口。她额上的刘海乱了，头上的两个团髻也已蓬松。有一阵她哭得也处于麻木状态了。

也许是在石义海听出了她的呜咽声同时，金绮纹也听到了石义海足踩黄泥的吧唧声。她抬起头来，一双泪眼透过卍字连环窗棂上那破败的窗纸，朝窗外园子里望去。透过秋阳映照下飘曳的芦穗和野生的蔷薇丛，她看出三四十步远的井台旁，有那么个小伙子，正以奇怪的姿势站着，两条不够直的腿在一上一下地踩着黄泥……以她的聪慧，她很快就猜出了那是隔壁学校神甫的小厮，现在踩着的是用来塑泥像的黄泥（她听管家说起过有关的事）；她也看出来石义海正受着刑罚的煎熬，她想起了"同是天涯沦落人，相逢何必曾相识"的诗句，刹那间对那小厮充满怜惜，忍不住捂住脸，呜咽得更加凄楚了……

这时候出现了浓眉大眼的秋芸。她是这个贝勒府最后一茬的家生丫头。这个走向败落的贝勒府，充分地榨取着她的使用价值，她被命令主要伺候两个女主人，兼顾格格；但她在心里却作了相反的安排：敷衍两个女主人，尽心尽意地陪伴、照顾格格。她为格格偷来了《红楼梦》的石印本，格格读完又悄悄向她讲述着《红楼梦》里的故事。她们两个以紫鹃、黛玉相比。每当夜阑人静，一灯如豆，冷雨敲窗，耗子在纸顶棚上跑来跑去，她俩就紧偎在一起叹息、流泪，相互怜惜、安慰。现在秋芸偷来了书房的钥匙，她放出了格格，给格格出着主意，建议她逃出去投奔舅舅。

金绮纹在秋芸扶持下，走出了那尘埃厚积的书房，正要拐出废园、回到闺房时，她忽然要秋芸停住脚步。她指着井台的方向，对秋芸说："不能那么糟践人。你去把那拴他的绳儿解开吧！"秋芸弄明白了是怎么回事后，走过去照办了。

那是一个静悄悄的秋日的中午。对于我们的宇宙和地球来说，那是极其渺小的一瞬；从现代史的角度来看，那一天的那一个时辰没有任何值得记载、分析、研究的事件；然而对于石义海，那却是神奇到极点的一幕，他终生不忘，梦里常温。他永远记得秋芸是怎样一下子走到他的身边，果断地为他解下缚住他的那根鞋带。他在惊讶中慌忙道谢，而秋芸一指前方说："你谢她！"他透过一株垂柳微曳的绿丝望去，只见金绮纹站在一丛紫蔷薇前，两眼湿漉漉地望定他，满脸怜悯……两只蝴蝶围着她藕荷色的腰肢翻飞，几扇银杏叶儿袅袅落到她的肩头……他定在那里，不知该如何表示自己的感激与景仰。

然而正恍惚中，秋芸已挽着金绮纹消失了。那一天下午赫爱尔神甫喝得酩酊大醉，第二天中午才醒来，而德太白神甫已经归来，对石义海的自我解脱，赫爱尔也就不再追究；但石义海回到自己小小的下处时，心里如煎似焚，他担心格格后来遭到了更不幸的命运，因为他懂得，格格的行为是一种非同小可的叛逆……

现在需要再想象的，是后来贝勒府侧门前的景象。府门上的铜钉能够抵御住刀剑的进攻，却阻挡不住历史脚步的踢踏。贝勒和他的两个妻妾都已经在绝望中死去。金绮纹的哥哥把包括废园在内的全部剩余房产，都卖给了教会学校，赫爱尔神甫还买下了他们正房中的全堂硬木家具。于是这一天贝勒府侧门前一片混乱。三辆马车是为金绮纹那恶兄拉家什的，一辆马车是已经出嫁的金绮纹来拉分配到的遗产的，另一辆排了车是赫爱尔神甫派石义海来拉硬木家具的……金绮纹那除了精于躺在家里吸鸦片、逛前门八大胡同而别无一技之长的丈夫，拽住大舅子马车的车门不撒手，因为他嫌细软分配得不均匀，一群路人挂下下巴，愣愣地在那里围观；大舅子躲到别处去了，大舅奶奶从马车里探出头来，大声撒泼詈骂着；闹了一阵，大舅子那三辆马车终于跑掉了，金绮纹的丈夫也便不再照顾自家雇来的马车,径自奔酒楼而去;金绮纹在马车中暗泣着,以不无依恋的泪眼望着露出在高墙上的树冠,与度过童年和少女时代的府第默默地告别;马车的车轮开始滚动了,秋芸这才跨上踏板,她手里抱着一个硬木茶几,那本是应当算在赫神甫购下的家具总数之中的,是拉排子车的石义海偷偷从车上撤下来,递给她的;石义海对秋芸说:"格格命苦,给格格留下吧。"秋芸答谢不迭:"这是格格在娘家时候,一直搁在床前的东西。可怜她一辈子没个人疼,有了这件东西,她能知道世上还有好人,今后也活得顺气点……"马车车轮在硬邦邦的黄土地上滚过,留下两道浅浅的轨迹;石义海望着远去的马车,也不知道为什么心里头空空的,仿佛被人掏走了什么要紧的东西……

于是,我们接着想象庙会中的场面。

这里在拉洋片,洋片上画着些穿燕尾服的洋男和穿撑着鲸鱼骨大裙子的夷女,他们在逛被画得花红柳绿走了样的西湖景,拉洋片的人扯着嘶哑的喉咙唱着嚷着;那里支着卖面茶的架子车,硕大的铜壶和车帮上的铜钉都闪闪发光;而旁边打了花补丁的布篷下,卖三鲜肉火烧的胖老头,正用锅铲在平底锅的锅沿上敲出一串子节奏急促的花点儿;走过耍猴儿、卖膏药的圈子,穿过卖小百货和估衣的摊子,看一看花儿匠挑来的旱金莲和四季海棠,赏一赏卖鸟的带来的一笼子虎皮鹦鹉和卖金鱼的那一缸子墨龙睛;然后我们接近了庙中的正殿,在斗拱的阴影下,看见了一串子地摊,这里出卖各种古玩瓷器和字画墨砚。

多少年过去了?往事不堪回首。在一个地摊旁我们看到了秋芸。她已经发胖,从穿着上已看不出丝毫昔日"紫鹃"的痕迹。她坐在小马扎上,一边纳着鞋底,一边照顾着摊上的几件瓷器和玉镯。这时我们看见了石义海,他已经三十五六岁了,肥大的抿腰裤子遮住了他那罗圈腿的弧形，因而那精壮的身板显得颇为健美。他是上街为两位神甫买东西的，他走向了秋芸所摆的摊子。秋芸抬起眼，不无警惕地望着他。

"你买哪一件？"

"我买那个细瓷盖碗。"

"少了不卖。你先说个价吧！"

石义海从手里搁下一把汗湿的钱："就这么多。算我买下了存在你们那儿吧。"秋芸默默不语，收起了钱。

"格格她好点了吗？"

"好点了。咳嗽少点了。"

"先生有信儿吗？"

"没有。也甭指望他了。"说着秋芸又添上一句，"他颠了也好，省得祸害。"

秋芸和石义海这么说话时，离他们十来步的地方冷不丁站出一个壮汉来，光着膀子，双手叉腰，腰上缠着好粗好鼓的红布裤带；他紧闭着嘴，眯着眼打量石义海，随时准备几步跨上去。这人当时靠耍钢叉卖蛇药为业，后来到煤铺摇上了煤球，并且同秋芸结了婚。

星移斗转，人世沧桑。再想象，我们就看见了春意盎然的天坛公园。

不必在祈年殿和回音壁流连，隐秘的感情不会到那里去交流。于是我们看到了柏树林深处的一隅。这里有一方石桌，桌旁四只石凳坏掉了一只，因此这里坐着三个、站着一个。对面而坐的是金绮纹和石义海。那已是1958年。他们用了整整三十年，才终于坐到了一张桌子的两边。他们的欢乐是渺小的，哀痛是卑微的，然而，他们的生死歌哭，也应当在人类的文明史中占据应有的位置。

157

金绮纹坐到这里来是不容易的。直到几个月以前，虽然她切齿痛恨那卷逃的丈夫，却始终认为自己应当承担一种义务，即作为他的妻子而生存下去。秋芸的成家给予她一个很大的刺激。那王师傅曾为她所不齿，那毕竟是个卖蛇药出身的"煤黑子"，她实心实意地劝过秋芸"三思而行"，"紫鹃"再没落也不该下嫁"醉金刚"。可是，事实证明王师傅并不是"醉金刚"，在同一个院里居住，金绮纹渐渐羡慕起秋芸来，原来傻大粗黑的王师傅竟是那么善良、温驯、憨厚、淳朴，在生活中的艰难时刻，他宽厚的肩膀和铁铲似的双手，真是担得起、握得住。秋芸的儿子诞生了，金绮纹视同己出，抱着、吻着、逗着，泪水时时涌上她的眼眶，她总是扭过头偷偷用手帕揩掉。她也需要这样的人生乐趣！

是秋芸主动向她提出建议的：大着胆子迈出一步去，找个主儿成个家！金绮纹动了心，秋芸替她跑法院，很容易地就办了同原来丈夫的离婚手续。秋芸向她提出了石义海，金绮纹低头一想，自己现在还挑剔什么？王师傅的身上就有那石义海的影子，心好是头一条。秋芸让王师傅去找石义海通了话，石义海自然是一说就愿意。于是约定了到这里来相会。金绮纹的这个行动尽管安排得非常之隐蔽，终究还是在胡同中引起了不大不小的波澜。秋芸和王师傅在她出发前一小时先行一步，免得邻里们怀疑，但是当她略事装扮，提着骨环布袋走出院门，往胡同外的车站而去时，在她背后努嘴儿、戳脊梁、挤眼冷笑的已不乏其人，更有故意迎上去高声询问的："格格这是到哪儿串门子去呀？""格格今儿个拾掇得够利索的，是什么好日子呀？"走到胡同口，她几乎要拐进副食店，心想还是买包味精折回去算了，后来眼前浮现出相依为命的秋芸那严厉的眼光，这才抖着一颗心，走拢了开往天坛的公共汽车站……

石义海的出行却完全是另一种境遇。他难得花五毛钱上理发馆理了发、刮了脸,又穿上了做好后几乎从未穿过的新制服,头天晚上还特意去买了一双新布鞋。他连续三天晚上都到澡堂去洗了澡,并且减少了吸烟的数量。他希望学校里的人们能注意到他的喜悦,并且向他询问、打趣乃至起哄。然而谁也没有注意他的显著变化。当天早上他走出校门去赴约时,迎面正碰上骑车上班的"蒜苔",他老远就微笑着想招呼声"帅老师",谁知"蒜苔"眼光虽然扫到他的身上,却仿佛视而不见,竟一阵风地蹬车而过。

现在两位对象隔桌而坐。男的已经四十七岁,女的也四十四五,他们却像一对初恋的少男少女一般,竟全无手足无措,不知该怎么开口说话。打横而坐的秋芸来回扫视了他们几遍,以权威的口吻嘱咐说:"你们好好聊聊,我跟老王逛逛就来。我们不回来,你们可别散!"王师傅侍立在秋芸身后,憨笑着,似乎有意展览着他们的幸福,以启发坐着的一对。

秋芸和王师傅走了。石义海抬眼望着他渴望已久的人。这天她脸上的皱纹仿佛平展了许多,眉毛格外秀媚,眼睛如秋水般澄净,以旧翻新的紫色细碎黑花夹袄,映衬得她的脸庞和脖颈格外粉白。王师傅教给石义海要首先开口,他讷讷地发话了:"当年您救过我,我多少年一直没忘您的恩德。"

金绮纹瞥了石义海一眼,他的四方脸庞绝不秀气,眉不算浓,眼也不算大,鼻翅边两卜网道长纹,把阔大结实的嘴唇衬托得分外引人注目。一目了然:这是个文盲,是个粗人;但是他的厚道、他的精力、他的可靠性也是毕露无遗的。她淡淡地一笑,接过他的话茬说:"您后来没少关照我。甭提这个了。我这辈子遇上的歹人太多,遇上的好人有数。我的心,早硬得能划洋火了。我没指望着还能交什么好运……"说到这儿她心慌了,她忘记了秋芸教给她的一切,她不明白自己的这些话是怎么迸出来的……

春风慷慨地朝他们那个角落传送着盛开的海棠花的清香;啄木鸟自觉地离开他们身旁的古柏,飞到别处去敲击树干;反映着晴阳虹彩的游丝,飘到半途便挂在了柏枝上;成团的柳絮知趣地从他们脚下静悄悄地滚过。他们还说了些什么,连秋芸也不清楚了。唯一可知的细节,是最后金绮纹递给了石义海一个尺把长的布包袱,告诉他那东西本是一对,现在她给了他一半,另一半暂留身边,觉得这就不需要再解释什么了……石义海激动得心要撞破胸膛滚出来,他悔恨自己竟没有带见面礼来,他只买了两斤蜜柑,用一方手帕包着;他递过了那包蜜柑,想到蜜柑吃掉了便不会再有,他和金绮纹都不禁笑了,他笑得咬牙,金绮纹笑得低头用手帕捂嘴……

事情到了这个地步,仿佛底下的事就会顺遂到枯燥乏味的程度。不然。先是金绮纹病了,除了不死,一切内科症状似乎都有。石义海急得恨不能上天去讨仙丹,倒是王师傅有天来告诉他:不用怕,死不了;这是妇女闹更年期,闹过去便会好的。于是石义海等到了1962年。又起了新的波澜。这时候金绮纹已经接近五十,街道上传出了种种关于她的流言蜚语。最甚者干脆说,前两年她秘密地做了一次人工流产。为保持做人的尊严,她觉得还是保持独身的好,免得人们在婚后怪笑着说:"瞧,果不其然,毕竟是格格出身,哪有不寻痛快的……"秋芸找她好说了多少回,也歹说了多少次;王师傅又去督促石义海开证明信以便登记,他说:"你开了她准也开,她不会让你那么为难的。"

是一个降雪的日子,鸡爪雪给校园织成了一幅抖动的网幕。老曹穿着棉大衣,戴着栽绒帽,忙匆匆地要到区里去开个什么会,忽然迎面遇上石大爷,让他给叫住了。

老曹哪里想得到，石大爷是经过了好多天的思想斗争，才终于定下了这么个方案，在僻静的甬路上堵住他，来提出那对自己一生起决定性作用的要求的。石大爷不愿向学校里别的领导开口，他觉得这个黑老曹相对而言比较通人情，也许能理解他，帮他办理并代他保密。

"老石，天冷，你怎么不在屋里暖和着？"老曹看见石大爷棉袄两肩上的雪足有寸把厚，惊讶地问。

"我有话跟你说……"石大爷两眼望着别处。

"我要开会去哩，"老曹解释地说，"天冷，你别站在这儿受冻。有工夫我到你屋里去，听你慢慢说。"

"我有个急事……"石大爷忽然瞪住老曹，仿佛生气了。

"你说吧你说吧。"老曹在内心里检讨着自己刚才的态度，主动地揣想着：他会有什么急事呢？

石大爷却又不言语了。老曹便蔼然地询问着："你那屋里的炉子太小了吧？赶明儿我让总务科发你个高腰的花盆炉。学生踢球老打碎你那玻璃窗是不？我让体育组帮你安上铁丝网。你咳嗽好点了吗？医务室的'嗽喘宁'没有了，你自己先去药房买几瓶吃着，我让校医给你报销……"

石大爷鼻孔里喷气了："我不要这些玩意儿了，我要……我要开封介绍信！"

这回老曹总算听明白了，他爽快地说："你怎么不早说！开完会回来我就给你开。你那棉被胎子也是该换换了，你单身一人的棉花票，哪够一床胎子？开个介绍信补助你一下。"老曹想起半个月前石大爷提过的话茬：他那棉被胎子该换换了。

谁知石大爷仿佛被老曹扇了一记耳光，他跺一下脚，一声不吭地绕过老曹的身子，走了。老曹耸耸肩膀，心想得原谅他的孤僻,也便管自去开他的会了。

天黑了。石大爷回到屋里,久久地没有开灯,愣愣地坐在床头,沉思着。连学校里最能接近他的人,也不懂得他最迫切需要的是什么。在人们的眼里,他也许是一个优秀的工友、一个值得表扬的工会会员、一个"以校为家"的模范、一个任劳任怨的典型……然而人们竟全然忘记了,他也是一个需要女人的男人!他需要一个小小的家庭!一种最普通最琐屑的人生乐趣!

这一冬石大爷得了急性肺炎,住了院。人们注意到煤铺的王师傅常来看他,给他带来灌满热鸡汤的暖瓶。这种鸡汤的味道,那些日子里也常飘溢在金绮纹炉子的周围,并且引出了同院某些邻居的闲言碎语……

正当石大爷重新鼓起勇气,要找老曹开证明结婚的当口,席卷十年的大运动起来了。石大爷听说金绮纹以"封建余孽"的罪名被抄被斗以后,忧心如焚。他说动葛大爷,到堆藏查抄物资的仓库去寻觅了一次,没有发现那与他收藏的信物相应的另一半信物。后来王师傅告诉他,那另一半信物被金绮纹妥善地埋藏起来了,其可靠性如同埋藏在她的心房之中,这令他非常感动。后来,每当夜深人静,石大爷就扛着扫帚来到竹叶胡同,替金绮纹清扫那罚她清扫的地面,只留下一小段由她天亮后自己去应付……

九

这一切都是在那个难忘的夜晚,石大爷讲给我听的。当然他讲述时用的是另一种方式,另一种口吻。

在他讲述中,我曾追问过:"格格给您的那样东西,究竟是什么?"

他脸上的酒色尚未褪尽，听我一再好奇地追问，忍不住打开了他那唯一的木箱，取出了那一尺来长的布包袱。他脖子上的血管有力地起伏着，满脸焕发着幸福的光彩："这儿哩，这儿哩……"但是当他那粗大的手指触到包袱的结扣时，他犹豫了。他低下头，微微地喘着气，仿佛在摔跤场上进行决斗，这说明他内心里斗争很激烈。终于，他抬起头来，呼出口气，诚恳地对我说："我起过誓，不给别的人看……我得对得起格格。"说完，他几下把包袱放回了木箱中，使劲地扣上了锁，额上沁出一溜黄豆大的汗珠，抱歉地对我憨笑着……

石大爷讲完他的爱情经历后，时间已经是下半夜。整个校园乃至整个城市似乎都已进入酣睡，唯有夜风如醉汉般地游荡着，送来远近唧唧吱吱的虫声。

一听完，我便激动地建议说："石大爷，我明天就找老曹他们，让他们赶紧开介绍信，成全你们的好事！"

石大爷点头说："我今儿个叫着你，也是想借你一把力气。如今街道上也给格格落实了政策，她还算人民内部，我想着这回我俩的事儿，总该能上谱儿了吧。"可他又郑重地嘱咐我："今儿个我把心掏给了你，你可得替我兜着。你也不用忙着明儿就找老曹去说。哪天我们合计好了，我再求你，你再去说。没说之前，你务必得没事人似的，别给我露了。你依不依我？"

我说："就依您的。"

他两眼闪闪地望定我："你给我起誓。"

我心甘情愿地起了誓，他笑了。我从没见他那般舒畅地笑过，他没有笑出声来，但是眼睛弯成月牙儿了，脸上的笑纹展得很开，咧开嘴露出整齐、结实的牙齿，我头一回觉得他的面容是美丽的。也许这是一个规律吧，幸福能使每一个人变得美丽而和善。

然而两天以后，我发现街道居委会主任大妈来学校找老曹，老曹跟她说了没几句话，就让她找"蒜苔"去了。我走过去问老曹："她来有什么事呀？"老曹皱着眉头说："说是他们街道上也要接待外宾，找我们取经……问我们有什么经验，咱们那经验能往外端吗？……"

我好奇地打听："什么外宾要到胡同里参观？"老曹淡淡地说："是那格格的丈夫回来了。听说如今入了加拿大籍，在那边是个挺拔份儿的资本家，这回是来参加交易会，参观游览……"

我一听差点蹦了起来，老曹吃惊地望着我，我连忙掩饰了过去。一上午我讲课都心神不定，中午吃完饭，我就跑到石大爷宿舍去了。

王师傅刚从他那儿出去。果不其然，他已经知道这意外的消息。我说："怎么半道上又杀出个程咬金来……"石大爷正色截住我说："兴许我才是那个程咬金。咱们别再提这档子事好不好？"

我利用到竹叶胡同访问学生家长的机会，搜集着有关的消息。金绮纹本是坚决不愿同过去的丈夫见面的，她强调已履行过离婚手续。但"有关部门"一再通过街道办事处和居委会，动员她"贯彻革命外交路线"，她才勉强同意了。为欢迎这位贵宾的来临，竹叶胡同掀起了大扫除的高潮，"查抄物资清理办公室"主动送还了全部属于金绮纹的东西，包括那只高脚硬木茶几。那位……怎么称呼好呢？姑且称为商人吧，本是一位眠花宿柳的恶少，他对金绮纹毫无感情，竟至于在1948年背着她卖掉了房产，卷款而逃。大概世界上可变性最大的莫过于人。他先逃到香港，后跑到加拿大，以那笔钱为资本，七搞八弄，居然发了财；在生存竞争中，他戒掉了一些生活上的恶习，增添了一些经营上的狠毒；他娶了外国妻子，养了几个混血儿，终于抵达了功成身退的境界；

如今他已成为商业巨子，洋妻子一病呜呼，大儿子执钥秉财，他忽然似大梦初醒，深疚于以往的荒唐，遂吃斋供佛；他如饥似渴地寻阅关于大陆的报道文章，他乡思悠悠，金绮纹的哀怨面容时时侵入他的梦境，于是他带着大儿子回来了。不是出于虚伪，乃是出于忏悔，他见到接待人员便盛赞共产党的功德和社会主义的成就，他恨不能剖心立誓，要为增进祖国的繁荣富强"竭尽绵薄之力"。

据说那位归来的商人，见到金绮纹独居一室时，不禁老泪纵横。他以为金绮纹是在二十几年如一日地"夜夜盼郎归"。他郑重地提出，要将金绮纹接到加拿大去颐养天年，以赎他早年之罪。陪同会见的人们都以为，一则中加友谊的佳话就要诞生了，特别是当那商人命令自己的混血儿子向金绮纹行鞠躬礼，而那长发洋服的青年听命俯身时，人们竟至拍起了巴掌。

但金绮纹的态度使对方极度失望，她冷冷地说："不可能了。我一个人过惯了。说起来，我还得谢谢你。你当年卷包一走，倒让我成了个自食其力的人。在新社会里，我懂得了为人民服务的道理。一开头，我剥云母片儿，糊纸盒子，贡献太小；如今我学会了画蛋壳，你瞧，这桌上摆着的都是；再瞧墙上这奖状，是头年工艺美术公司发给我的；这山水彩蛋也运到你们加拿大去，能为我们的国家挣外汇、增光；这样的日子我过着心里头挺自在。你这次回国来看了我，为以前的罪过谢了歉，我也就不再记恨你了。祝你今后多做好事吧。"那加拿大商人并不灰心，留下话说："你再考虑考虑吧。到底年岁不饶人，就是为人民服务，你也该退休了。我随时准备着回来接你。"

于是，街巷胡同里开始流传着关于格格不日启程赴加的种种说法。

夏末的一日，夕阳西下时，我去石大爷宿舍找他。他那宿舍从来不锁门，找他的人也无须敲门。我如往常一般推门而进，室中空无一人，石大爷不知到哪儿去了。我闷闷地踱出他那小屋，走出学校，顺僻静的街道散起步来。天空弥散着金红的棉朵般的云块，晚风中挟带着马缨花的醉人的芬芳。拐了个弯，前面路边出现了几株高大的国槐，我看见一个梳双辫的少女，正弯腰扫着树下稠密的槐豆。我正奇怪这树上的槐豆怎么掉落得这般多时，从粗干后闪出一个人来，他举着顶端带拉钩的大竹竿，专心地绞着树上的槐豆。啊，这不是石大爷吗？我走上前去，叫了一声。

石大爷看见是我，遂放下竿子，拉起敞开的衣襟擦了擦额上的汗，指指那少女说："老葛的闺女。"又对那少女指指我说，"学校的老师，你叫叔叔吧！"

那少女长得瘦瘦高高的，眉眼儿使我想起了活着时的葛大爷。她叫了我。我问她："你上调回城啦？"

她脸红了，不好意思地说："没。我妈一个人生活困难，石大爷帮我绑了这么个竹竿，教给我打树籽。树籽卖到药铺去，多少是点补助。"

其实以往我常在街上遇见打树籽的人，我从未考究过他们是为了什么，还朦胧地以为那都是园林局的工人。现在我才懂得，在我们这个城市里，还有着一些这样的平民百姓，打树籽、逮土鳖、捡烂纸、拾西瓜籽……为的是补助一下他们那匮乏的物质生活。

我帮着石大爷为她打了一阵，看她把满筐树籽搁到小轱辘车上，推着走远了，我才同石大爷走回学校，来到他的宿舍之中。

我提起了格格的事。我劝他干脆这就提出来开证明登记结婚。

石大爷平静地坐着。他又恢复了用多年前的烟袋锅，吧嗒吧嗒地吸着，诚恳地对我说："老王来传了话，格格也有这个意思。

可我眼下不能。我得凉一凉，得容格格多想想。"

他没话了，我也无话。我俩就那么默默地坐着。

起初，我并没有面对石大爷，我两眼直望过去，映入我眼帘的是靠放在门背后的大竹扫帚。这竹扫帚的把手部分已经磨得焦黄发亮，帚尾已经发灰。我平生第一回对一把扫帚产生了丰富的联想和浓烈的感情。我想到这扫帚每天牺牲着自己，为使世界清洁而美丽，它孜孜不倦地留下它所喜欢的、除掉它所不喜欢的；当道路和地面变得整洁爽目时，它却必须躲藏到不被人们所见的角落里去……

当一派柔情荡漾在我的心头，并逐渐增强为奔放的激情时，我把眼光转向了石大爷。石大爷的侧影有如一尊充满了爱与力的石像。

这里没有小提琴在演奏婉妙的旋律，没有吉他或曼陀林的和弦，没有人朗诵象征派的诗歌，没有米开朗琪罗的壁画与罗丹的雕塑，没有盛开的玫瑰与含苞的素馨，没有泉水叮咚也没有松涛呼啸，没有檀香的氤氲也没有古筝的清韵，这里只坐着一个六十岁出头的没有文化的不引人注意的童贞男，一个质朴到极点的厚实晶澈的灵魂；但正是他，却使我心中充溢着诗情画意，鸣响着黄钟大吕，饱吸着露气芳香，升华着纯真的人性美……

十

我从出版社打电话给老曹，告诉他悼词已经写好，一会儿我就动身到学校去。我对老曹说："追悼会应当邀请校外的几个人参加……"听筒里传来他吃惊的声音，"校外的？谁呢？石大爷没有亲友啊！"我对他说："有的。到了学校，我就告诉你。"老曹似乎明白了几分,他对我说:"他那包裹里的遗物,你大概也知道是怎么来的了。快来解开这个谜吧,这两天学校里议论纷纷……"

我坐电车到学校去。下了电车,恰巧遇上了"蒜苔"和另外几个教员。我们一起穿过竹叶胡同朝学校走去。

"蒜苔"高声谈论着关于石大爷那神秘遗物的事,并且发表着荒诞的猜测:"……你们没见过如意?咳,就是故宫里头炕桌上常摆的那种玩意儿,二尺来长,整个形状像是几何学上的相似符号,大头是个灵芝形。昨天我到老曹那儿看了看老石的那一柄,是硬木雕的,镶得有猫儿眼、祖母绿一类的宝石……他怎么会有这玩意儿呢?多半是当年学生把抄来的东西随处乱撂,他捡的;老石这人偷是不会偷的,可捡到了值钱的东西,他也知道包严实了存起来,可见在商品社会里,就连最俭朴的人,也难免有一双好财的眼睛……"说到这儿,他便眯着眼,纵声笑了起来。

我本没有去听"蒜苔"的议论,我在为石大爷之死而责备自己。自从我调离学校之后,纵使路远、工作忙,我也不该长久地不去看望石大爷啊;而我在仅有的几次看望中,又为何只是匆匆泛谈,没有爽性在他那里住上一夜,抵足而谈呢?……

可是当我听出"蒜苔"在谈论什么以后,我的心就像被人剜了一刀似的,忍不住朝他吼了一声:"你胡说八道些什么!"

"蒜苔"照例报之以耸肩微笑,双眉上扬,形成一个标准的天真烂漫的表情,不作声了。其他的几个教员也不再问什么。一时间我们几个都只是默默前行,唯有脚步声杂沓地响着。

忽然,我听见了一阵渐响的呜咽,随之这呜咽变为号啕大哭。那是14号门里传出来的。这哭声随着打旋的秋风直上九霄,风中的片片枯叶,仿佛就是那哭声化成的精灵……

哭声撞击着我的心,我的喉头,我的眼眶。我想起了一切。

一个人死去了，另一个人真诚地为他哭泣着。这在世界上来说，是一件最平淡的事；然而，从这哭声里，从那两人各执一柄如意而终于没有如意的爱情中，我却捕捉到使整个人类能够维系下去，使我们这个世界能够变得更美、更纯净的那么一种东西……

那格格的哭声是悲怆而奔放的，不能不引起我强烈的共鸣。

我拼命地压抑、压抑，然而终于撑不住，"哇"的一声，像个孩子似的哭了。"蒜苔"和别的老师都惊呆了。他们茫然不解地望着我，仿佛我患了一种什么神经上的毛病。

我一边朝前走一边恸哭……

人们啊，听到我这哭声，愿你们能够理解！

你们应当理解。

1980 年 1 月至 2 月　写于垂杨柳

立体交叉桥

谨将此作呈献给——所有为公众开拓居住空间和心灵空间而努力的人们。

第一章

1

有什么新的变化吗？

每回从郊区回来，下了公共汽车，走拢东单十字路口时，侯锐总希冀能看出一点征兆，预示着立体交叉桥即将动工。

然而，他总是失望。

十字路口西北角，把口的那座古旧大棚构成的"东单饭馆"，依旧触目惊心地映入了他的眼帘。这家永远拥挤的饭馆一侧，照例有人排队在购买煎饼卷油条。三十年了，这座丑陋陈旧的饭馆虽然一再粉刷，却永不见拆除重建，它还要存在多久呢？

侯锐走到十字路口的铁栏面前，点燃一支烟，朝十字路口西南角望去。那里的人行道后侧，成 L 形竖立着高大的、连续不断的商业广告。他很快便发现了广告的最新变化：拐弯处的一幅，换成了日本松下电器公司的广告，一个巨大的孙悟空从彩色电视机的荧光屏中飞出，背景用无数小金属圆片组成，随着空气的流荡，小圆片微微摆动着，在夕阳映照下，构成了金波闪动的视觉效果。望着这些彩绘的、充满匠气的商业广告，侯锐吐出一口烟来。他想，生活毕竟还是有了一些变化，多年来人们所向往的东西，即便还不能立即获得，总算有了实现的可能。

侯锐是北京师范学院一九六四年的毕业生，毕业后分配到远郊一所公社中学担任语文教师。到这一九八〇年的秋天，他已经整整三十九岁了。上大学的时候，他是公认的美男子。他有着宽阔的前额，一双明亮的大眼睛，长短配搭恰到好处的鼻子和嘴，以及当中有天然凹槽的极富魅力的下巴。他曾经在高校运动会上拿过一百米自由泳比赛的亚军，由此可以想见他有着怎样的体魄。但是，此刻站在十字路口人行道边上抽烟的侯锐，已经有点未老先衰，他的鬓发竟已斑白，眼角的鱼尾纹虽不甚明显，泪囊却已青灰可辨，而且昔日红润紧实的皮肤，业已变得黄黑粗糙。不过从稍远处望去，他仍不失为一个有吸引力的壮年男子。

侯锐怀着一种复杂的心情，倚在铁栏上，望着东单十字路口壅塞喧嚣的景象。横过十字路口的东西向长安街固然宽阔，但与其垂直交叉的南北街道，特别是东单以北的街道，却狭窄得与长安街极不相称。这里分明需要尽快建起立体交叉桥。然而……

侯锐把抽剩的烟蒂扔到脚下，双手撑住铁栏，望着马路上纷繁驳杂的车流，怅失望与向往的丝缕，在心头交织成一张五味俱全的网。

正在这时，有人用手掌拍着他的肩膀，令他吃了一惊。

2

侯锐扭过头来，一眼认出了面前站着的胖子，是大学时的同学葛佑汉。

葛佑汉当年是以在职干部身份投考大学的，比侯锐大五岁。他本想考个名牌大学，出来到研究单位去"高级"一下，万没想到只考取了个师范学院，毕业后分配到胡同里一所最不起眼的中学当教师。这是葛佑汉一生中最大的憾事，至今他仍极其怀念昔日的机关，以及他在机关当科员的那段生活。"要不是当时迷了心窍，非考大学不可，我早混上个科长啰！"这话他常对人说。到了中学谁都看不起，但别人几乎也都看不起他，因为他简直不会教课。后来他当了图书馆的管理员，又半真半假地时时为慢性肾炎而病休。他这些年是怎么过来的？什么政治运动、"十年动乱"，对他虽然不无影响，但很难以此为线索来概括他的生活。多年来，他不看报纸，不听广播，不打听政治性小道消息，也几乎不看除家具图样和菜谱以外的任何书籍。而他居然是图书馆的管理员！他用五年的时间奔走在各个换房站，结识了无数的房管员，他乘人之危，如家庭纠纷、死了亲属而感到恐惧、家庭成员政治上沉沦所造成的窘境等等情况，以合法手续，不断扩大着自己换来的住房。目前他住着新楼区一种格局最佳的三层楼上的三居室单元，而他家只有三口人，就是他和他的老婆以及一个还在上小学的儿子。他家里有着全套颇为考究的家具摆设，这些东西都是他长年奔走于全市所有的信托商店，细致地加以考察、比较、选择、退换、卖掉然后再买进……逐一凑齐的。

此刻他腆着肚子，坦然地立在老同学侯锐的面前。他的圆脸庞上，眼皮、鼻子、嘴巴都肉嘟嘟的，显示着营养的充分与心情的闲适。他手里提着一只硕大的草编菜篮，里面塞满了刚从东单菜市场买到的鲜货。侯锐瞥了一眼，只见两条湿淋淋、厚墩墩的鱼尾，引人注目地翘在篮外。

"嘿，我一眼就认出你后脊梁了！"葛佑汉敞开喉咙，满面笑容地说，"你这是干吗呢？闲了没事，用眼睛过车瘾吗？"

"我才从学校回来。刚下车不大会儿，还没回家呢。"侯锐懒懒地说。他并不希望与这样一位老同学邂逅。

"怎么着，你们家还没搬吗？"葛佑汉依旧是喊叫似的问。

"往哪儿搬呢？"侯锐心上仿佛被刺了一刀。他尤其不愿意同葛佑汉谈论这个问题。他知道葛佑汉如今住着怎样的房子，看出来葛佑汉从骨髓里往外喷溢的得意劲儿和优越感。他从葛佑汉的眼神里意识到，对方的脑际此刻一定闪现着侯家三代同堂的平房小屋内的情景。

"别着急，等着拆迁吧，快了！"葛佑汉用空着的手指点着十字路口说，"听说这一二年就动工，修立体交叉桥；跟日本人订的合同，人家给钱，给设计，咱们自己施工；瞧着吧，那时候你们家就扬眉吐气了……"葛佑汉不容侯锐插嘴，忽然迈前一步，用粗短的手指点着侯锐的胸脯，降低嗓门，以极亲昵的口吻嘱咐着，"到时候别让拆迁办公室给坑了，他们准让你们往垂杨柳搬，不能去！那儿离造纸厂太近，喝了那儿的水要得癌；团结湖南区也别去，那儿地势低，一下雨楼底下全成了蛤蟆塘……你就咬定牙关，非团结湖北区不可，非三楼不可，非大过厅、双壁橱的不可……告诉你吧，'有志者事竟成''坚持到底就是胜利'，这两句格言最灵验！"

"你的消息有多少根据？立体交叉桥，八字没一撇呢！"侯锐依旧懒懒地对他说，"我又不像你那么能耐，会换房。"

侯锐以为葛佑汉听了他最后一句话，会现出不高兴的表情来。谁知葛佑汉的脸上更增加了几分诚恳，他连连点头说："是啊是啊，你哪像我似的，豁出去，二皮脸，跑跑颠颠，求爷爷告奶奶的。再说你平日又在城外，星期六才回来，星期一一大早又得走人……"

侯锐已经偏过头去，望着夕阳渐暗、暮色缓降的长安街，继续想自己的心事，葛佑汉却心平气和地又跟他叨唠了几句，这才告别而去。

3

侯锐的家，就在离十字路口不远的一条胡同里。倘若东单真要修立体交叉桥，他家住的那个院子，是非拆掉不可的。

侯锐慢腾腾地朝胡同走去。

胡同里一片灰色。灰墙、灰瓦顶、灰色的路面。像每回一样，侯锐一进胡同，情绪也便灰了下来。

侯锐近年来每周必回家，甚至于一周回家两次。其实从他那个学校跑回家来，要步行两里路，搭乘长途汽车，再换市内汽车，时间、精力的消耗都很大。可他还是宁愿得空就往家跑。

侯锐也曾有过那么一个阶段，心中充满玫瑰色的意念，决心扎根农村，为在农民子弟中普及中等教育干一番事业。在这种心气最盛的时候，他一度半年才回一次家。然而纷乱的世事像无数把利剪，早已绞断了拴系在他心上的理想之线。这两年，他们公社所属的三所中学里，已经有十多名教师回了城里，说是照顾家庭困难、个人身体不佳，其实谁都清楚，他们自己也并不隐瞒：几乎全都靠的是死磨硬泡加拉关系走后门。调回城里以后，他们便纵情享受城市特有的物质与精神生活，又何尝有几个真的比以往更体贴地照顾双亲，又有几个真的静息养病呢？侯锐在公社所在地的镇上逛街，遇上以往教过的学生，他们大多已经成了公社地区见多识广、自认看透世事的活跃人物，他们总是劈面便问侯锐："侯老师，您还没调回城里哪？"侯锐从他们的脸上、眼里，清楚地看出了一种轻蔑或怜悯的表情。生活已经变成了这个样子：甘心在比较艰苦的地方为人民工作，在人们心目当中竟成了可疑或可怜的状态；你还没有把自己调往更舒适的地方吗？你真没有能耐，你这人真窝囊！侯锐忍受不了这种对待，有一回他用反抗的声气说："没调回去呢。没门路。你别光瞅着我乐，你倒帮帮我的忙，给我活动活动！"对方一龇牙，毫无顾忌，甚而面带几分得意，又掺杂着几分挑逗与轻蔑，大声地说："行啊！可您能帮我干点啥呢？"侯锐扭身就走了。他恨自己，他轻贱自己，因为他一无钱二无权三无门路，他只能乞求别人救助，而无力拿出什么来与别人交换。在现今的生活中，他觉得自己简直是个废物！"窝囊废！"他自己骂着自己，这样心里才不堵得慌。

　　前面就快到侯锐家的院门了。他出于一种复杂的心情，停了下来，站到电线杆下，点燃了一支烟。他望着那古旧的院门。据说那个院子几十年前是一家客店，因此里面拥塞着几层排房。侯锐家的那间屋子后墙上的小窗子现在亮着灯光，把一块粉不叽叽的带蓝花儿的窗帘布照透了。这块窗帘布在侯锐的心中勾起了一股酽酽的柔情，这毕竟是唯一称得起"家"的地方啊。但同时也从他心中泛起了一种酸苦的不平。门洞右拐是他的家，斜前方便是男厕。那些往来在长安街上的外地同志和洋人，大概万不会想到在这离长安街不过一二百米远的地方，竟有这样简陋、肮脏的厕所。记不得哪本书上曾经断言过，一处地方的文明程度究竟如何，最权威的标志是厕所的状况。其实侯锐他们院的厕所倒也并非不能打扫干净，但奇怪极了，虽然近些年来院中各家越来越讲究家具摆设，却对公用设施，如院中的路灯、自来水龙头，乃至这厕所，越来越不知爱惜、管理，厕所里永远乱扔着手纸，使人无处下脚。侯锐曾经下最大的决心，一个人去打扫过，但当时便惹得院里一些人不高兴，因为他这一行动本身，似乎便意味着对院内长年住户的一种轻蔑，而这是他们所断断不能容忍的；再一次回到家中，侯锐发现厕所状况依然如故，他也便从此放弃了改造院内厕所的雄心。

站在自己家的院门外头，居然想了半天关于厕所的事。这真滑稽，或者也是窝囊废的一种表现。侯锐苦笑起来。

侯锐很不情愿地想起了刚才在路口的邂逅。不情愿，脑海中却偏浮现出葛佑汉的胖脸来，这说明人真是不能抑制自己的思维。侯锐去过葛佑汉家里一次，那三居室单元的每一个细部都令侯锐嫉羡得发狂。不是侯锐没有见过世面，侯锐去过城外的军队大院，那儿的单元房远比葛佑汉住的高级。但人家总算师出有名，葛佑汉凭个什么呢？

侯锐常常把葛佑汉的情况拿来同蔡伯都比，越比，他就越感到愤愤不平。

蔡伯都是他和葛佑汉共同的同学。蔡伯都现在是某剧团的专业编剧。近二年来，他的两个剧本都打得很响，剧团演出，电影厂拍片，出版社出书，对外刊物介绍，报纸上发表了不止一篇评论，电视台还邀请他同观众见面。用葛佑汉的话说，蔡伯都"成仙"了。但是蔡伯都又住得如何呢？直到头两个月，他才终于根据照顾有成就的文艺工作者的政策，分到了一个两间的小单元。这单元恰恰在葛佑汉提起就要撇嘴的团结湖南区，并且位于一栋楼的最高一层。当然，这比以往三代四口人挤住在一间小平房中强多了，然而搬进去以后，依然并不显得宽松。葛佑汉和蔡伯都的住房情况，常常激起侯锐万千的感慨。要想把我们这个社会整治得真正体现出多劳多得、按劳取酬的面貌，真是太难了。蔡伯都已算时代的幸运儿,但他只能依靠"组织",他甚至比侯锐更不会寻觅、利用"组织"以外的、实际上比"组织"更有实际分配权的个人关系,所以充其量他只能分到这么一个单元。为了落实这么个最高层的单元,多少领导同志斟酌了又斟酌,画了多少圈儿,这才分到蔡伯都手中。而同一栋楼中那些二、三层的大单元呢?是否都住着比蔡伯都更出色、更知名的角色?怪,竟有好几家是葛佑汉式的人物。别光给人们讲述干部享受特权的故事了,也该让人们见识见识葛佑汉这样的市侩。昏庸的干部和善于钻营的市侩,就像枯木与毒蕈那样互相体恤着。

侯锐扔掉熄灭了的半截香烟。他依旧沉默地站在那棵电线杆下。路灯亮了,路灯光使胡同里的灰色转化为一种暗银色。不知为什么,这就使原本显得枯燥乏味的胡同增添了一种风韵。

忽然,侯锐的心提升到了嗓子眼。他先听到一种清脆的、节奏熟悉的高跟鞋敲击地面的声音,然后,那期待中的、又熟悉又陌生的身影在路灯光的光圈中显现了出来。走来的是一个四十岁上下的妇女,她穿着入时的豆青色外套和醉枣色长裤,头发烫成蓬松的大鬓儿,其中一鬓弯成一个 C 字,搭在长而不宽的脑门上;她的眼睛是细长的有如豆角,高鼻梁,厚而红的梭形嘴唇紧闭着;右手挽着一只洋红色的人造革手提包,充满自信地朝前迈进着。

侯锐目不转睛地,甚而含有几分挑逗地盯着她。当她进入到路灯光的光圈中时,她显然也发现了侯锐,但她仅仅是向侯锐投去匆忙而冷漠的一瞥,步履和体态却丝毫不为所动,咯噔咯噔地从侯锐身前走过去了。

侯锐转过身,把胳膊抬起挨到电线杆上,把脑门贴拢胳膊,痛苦地咬着嘴唇。一股烫水般的潮,在他心中涌起来。

4

侯锐爱过她。

他俩是小学时同学。上六年级时,有一回在校园里玩捉迷藏,不知怎的心血来潮,他俩一块翻墙躲到了一个死旮旯里。那里面布满多年无人打扫的厚厚的蛛网。他俩躲了一小会儿,便被阴湿的气息熏得心堵气短,而且,大的、小的、黑的、麻的,各种蜘蛛都爬到了他们的脖领中、头发里。那旮旯非常之小,所以他俩只得紧挤到一块儿。在那阴湿的、蜘蛛出没的人世一角中,侯锐体验到了最原始的最朦胧的一种冲动和觉醒。仿佛整个世界都被压缩到了这样一个小旮旯里,只有他和她。他的脸离她的脸那么近,以至于他能数出她有多少根睫毛。他的呼吸连着她的呼吸。侯锐从一种最自然的挨挤和接触中,模模糊糊地懂得了女人的身体比男人柔软,而且有一种天然的具有诱惑力的气味。

他们躲在那里,时间仿佛凝固了。逮人的小伙伴找不到他俩,高声地呼叫着:"侯锐,出来!傅燕敏,出来!"他的眼睛从很近的距离望着她的眼睛,他俩从对方的瞳仁里发现了自己,他俩咯咯咯得意地笑了。

谁也没有逮着他们。他们悄悄地从那旮旯里爬了出来。当晚,侯锐怎么也睡不着觉,除了精神上的亢奋外,早起叠被抖搂出好几只压死的蜘蛛,也是使他辗转反侧的原因。

小学毕业以后,他们各自考上了不同的中学。侯锐上的是男校,傅燕敏上的是女校。虽然他俩同住在一条胡同,常有对面相遇的机会,但他们却再未通话。这当然主要是由于存在着一种不容少男少女自由来往的封建性道德约束,同时,也是由于他们双方性格上的软弱。

中学毕业以后，侯锐上了师范学院，傅燕敏却参加了工作，在一家搞工艺美术的工厂里当出纳。从师范学院毕业以后，侯锐分到了远离市中心的远郊，很自然地，他虽然有过一些露水式的爱情经历，但要落实一个跟他登记结婚的妻子，却变得明显地困难起来。农村虽然不乏追求他的姑娘，以及把他放到婚事天平上称量的干部家长，但他却不愿那样安排自己的生活。于是乎他同千千万万的同代人一样，要依靠亲友给他介绍对象。这件事一提出来，他就主动表示愿与胡同那头的傅燕敏谈谈。

他们两人再一次很近很近地凑到一起，是在北海公园的濠濮涧。他们回忆起了小学时的生活，尤其是津津有味、互为补充地回忆了那一次在旮旯中躲藏的情形。回忆到最后，他那硬实的身躯紧紧地贴在了她那柔软的身躯上，于是，像人类社会中亿万次出现过的那样，他扳过她的头来，吻了她。

事后，他们被介绍人分头询问："你对她有啥不满意的？"他说不出来。他觉得她额头太窄太长，这是美中不足。然而只要随时注意把额上的一绺浓发披拂下来，不也看得过去吗？为了巩固对她的感情，他甚至于特意从各种角度唤起对那额头的好感。"我的额头是横宽的，她的额头是窄长的，我们后代的额头就将是苏格拉底式的……"他这样想，并且先是暗暗地，后是公开地称她的额头为"我的巴颜喀拉山"。

然而傅燕敏对他的考虑却远不是从美学角度出发的。她对介绍人说："他能调回城里来吗？他家没房，我们在哪儿结婚呢？"这不能怪她，生活本身就是这样实际。还是在濠濮涧，侯锐跟她背诵李商隐的无题诗，傅燕敏却痴痴地望着那些奇形怪状的太湖石，当侯锐背诵完了问她"喜欢不喜欢"时，她偏过头来，郑重其事地问："咱们要是成了，你每月还得给你妈多少钱？"

他们的关系一下子便中断了。后来爆发了人所共知的"文化大革命",要是在城里,侯锐算得了什么?而在他们那个公社,因为他居然在《北京日报》上发表过一首有十二行之多的诗,因此他便作为"反动权威"被揪了出来。他被戴着高帽子游了街,高帽子上写着"资产阶级的孝子肾孙"——的的确确,"贤"字写成了"肾"字。他就作为"肾孙"被反复批斗了多次,最后罚他烧了两年的开水锅炉。他在那两年多里不能回家,因此,当他终于被"解放"、坐车返回家里时,他听到的头一个消息,便是"傅燕敏已经结婚了,嫁给了到他们厂支左的解放军"。后来那解放军脱了军装,转业在那个厂当了个副书记。如今他们有了自己的小窝,傅燕敏仅仅是回娘家时,才会出现在这条胡同里。

胡同依然是那样的一条胡同,生活似乎并没有多大的变化,然而人变得多快啊!他们曾经在那蛛网密布的小旮旯中对望过,他们曾经在那幽邃的濠濮涧亲吻过,可是如今他们对面相逢,却如同陌生人般互不理睬!为什么不可以招呼一下呢?微笑一下就那么困难吗?不必过多地怪罪于身外的因素,在傅燕敏来说,她那越来越趋向于实际的人生态度,压榨干了她作为一个有过烂漫童年、初恋经历的人的感情;在侯锐来说,他那越来越趋于硬化的自尊心和与之相辅相成的自卑感,也压迫着他作为一个曾经是"巴颜喀拉山"的占有者的感情。

一阵小风吹过,挟来一股炼猪油的特殊气味。墙脚处,一股尘土打着旋儿远去了。这时,传来北京站悠扬的钟声,恰是晚上七点整。

第二章

5

一掀开门帘走进去，侯锐就看见弟弟侯勇坐在迎门的大床上，手里摆弄着什么东西。

侯勇比侯锐要足足小九岁。他是一九六六届的初中毕业生。他那从少年时代向青年时代的转换期，恰处于混乱而怪诞的"文化大革命"之中。在惊心动魄的一九六六年"红八月"里，他曾跟随着学校里的一批干部子弟横冲直撞地破过"四旧"。到了一九六八年冬天，他又同一批干部子弟到山西省插了队。侯家的门第，论起来是很成问题的，在"清理阶级队伍"阶段，他们的父亲侯勤丰是进过"死班"（即不许回家的"学习班"）的，但是在许多干部子弟的周围，你总可以看到一些像侯勇这样的人物。干部子弟可以公开地看不起他们，因为他们是"狗崽子"；他们在内心里也看不起那些往往因为吃激素过多而发胖的"衙内"，但是他们却又可以几乎是整天地黏在一起，构成一种互相依赖、互为补充的群体。侯勇亲眼目睹，乃至深入了许多干部子弟那荣辱起落无常的人生经历。他最了解他们，因而最尊重他们，也最轻蔑他们。他能极清醒、极细致地分清哪些是值得尊重的，哪些是必须报之以轻蔑的。

一九六九年"九大"闭幕的那天晚上，侯勇他们正在山西的一个贫瘠的小村子里，高音喇叭里一边播出着"九大"中央委员会委员和候补委员的名单，"集体户"里的干部子弟们一边发生着各种各样的反应：有的高兴得大哭，因为他或她的父亲总算名单里还有；有的悲痛得狂笑，因为他或她的父亲果然从名单中消失掉了；有的为自己父亲或母亲的老上级"又出来了"而庆幸，有的为自己父亲或母亲的老上级"下落不明"而惶惶然；哭的、笑的、骂的、嚷的、吵的、痴的……一张张被离奇的政治生活折磨得变了形的、年轻人的脸在侯勇眼前晃动着，他觉得那是一本最有说服力、最好懂的生活教科书。当然，也有冷静得出奇、并未变形的脸，那是某一两个有思想、有见解而又不以"衙内"自居的干部子弟，以及几个同侯勇差不多身份的平民子弟。真可惜，对生活教科书中的这类篇页，侯勇研究得却并不多。

一九七四年的时候，侯勇和一些知识青年被抽调到了当地的一所工厂当工人，不久，他就同一个军队干部的女儿结了婚。当然，结婚的时候，那个军队干部仍处于塌台的境地，在湖北的一处干校中每日里"围湖造田"；但是侯勇对命运所抱的期望没有落空，一九七七年，那个军队干部果然官复原职，举家迁回了北京，在城外远郊的某军队大院中恢复了四室一厅的住房待遇。从此，同爱人一起调回北京，便成了侯勇最直接、最重大的生活目标。但是一来厂里死活不放，二来他那老岳父出乎他意料地"古板"和"无能"，时至今日，竟仍未调来。不过，由于厂里觉得侯勇在北京"有根"，到北京不用为住店的事发愁，还有诸多关系可以利用，所以让他担任了采购员，故而他常常坐飞机从太原飞回北京。此刻他手中摆弄着的，便是有待拿回去报销的飞机票。

见哥哥回来了，侯勇仅抬眼点了下头，便继续摆弄那飞机票，仿佛那是一桩多么重大的事情。他是故意这样。对哥哥，他也是又尊重又轻蔑的。哥哥那一代人读过许多的书，看过许多他没有看过的旧电影，还出了蔡伯都那样的名人，而且蔡伯都出了名以后仍常同哥哥来往，这些，都使他不能不尊重哥哥。但是哥哥竟是那样地窝囊！一个农村的中学教员！学校连围墙都不完全，迈出宿舍的门便等于来到了粪味四溢的田野！哥哥竟一辈子没出过北京，没坐过小轿车，更没坐过飞机！要不是侯勇攀上了个干部家庭，哥哥可以作为亲友偶尔去做一趟客，哥哥甚至于没机会迈进四室一厅的单元地面，没机会见识雪白的陶瓷澡盆。窝囊废！

侯锐没想到弟弟又回来了。其实两个月前他刚出差来过一趟。知弟莫如兄。从侯勇那种摆弄飞机票的劲头中，从摊放在床上床下的显露出一种"场面上人"气派的旅行箱、手提包、民航机上免费赠送的口香糖、几份硬挺光腻的外文画报……上，侯锐一下子就看穿了弟弟的内心活动。他知道这是弟弟最蔑视他的时候，因此，他高度地凝聚起自己的自尊心，坐到紧挨着大床的桌边折椅上，用一种充分显示着兄长身份的庄重语气问："这回待多久？打算住哪儿？"

侯勇头也不抬，把飞机票搁进一个考究的蛇皮钱夹里，挑衅似的说："我爱待多久就待多久，爱在哪儿住就在哪儿住。"

这意味着他不会待太久，而且，他照例要在这个家中住下。对于侯勇每次出差来北京，总是基本上住在东单这个拥挤不堪的家中，而川不到城外远郊的军队大院里去享受宽敞舒适的什宿条件，蔡伯都曾向侯锐表示过惊异："这是为什么呢？小勇他们的孩子不也搁在姥姥、姥爷那边吗？无论坐地铁，还是坐汽车，进城也都还算方便，他何必非来挤你们呢？"对于这个问题，侯锐总觉得有点羞于如实回答，他笑笑说："你是剧作家，你该知道他的潜台词，我倒等着你给我揭示出来呢！"

其实，侯锐清楚地知道，弟弟在那边是过不舒服的。他的岳父岳母，看来对他还很不错，但他的那些大舅子、小舅子和小姨，却总打骨髓里瞧不起他，认为他是一个趁火打劫的混入者。他们当面倒也没议论过他什么，但那种不把他当回事儿的神态，那种

183

公开地为他老婆——他们的姐姐或妹妹——抱屈的情绪,以及每逢门当户对的客人们来访时,他们那种很不情愿把他介绍给客人的劲头,加以时不时因为他弄不懂他们的生活方式而"露怯"所遭到的嘲笑,都使他浑身不自在。在那边,他是一个处于劣势的扫边角色,而在东单这个家里,他感到自己是一个处于优势的主角。

侯勇收拾好东西,紧皱着眉头往北墙的镜子前头去。屋里又狭窄又凌乱,他烦躁地把碍脚的一只圆凳踢往一边,凑到镜子前头,照了一照,便从衣兜里掏出一把小梳子,对镜梳起头发来。从倾斜的镜子里,侯勇看见了这个令人气闷的家外间屋的全景,他越梳越烦躁,头发不但没有梳平整,有一绺他力图拢平的头发,反倒翘得更高了。"真是狗窝!"他愤愤地嘟囔着。

说狗窝当然是不对的,说"人窝"比较恰切。确实,只有"窝"字才能形容出侯家生存空间的紧迫。他们住的原是一间十六平方米的屋子。在侯勇的童年时期,这间屋子不但不显得狭小,甚而至于还给人一种宽敞的感觉。他五岁、妹妹侯莹三岁的时候,他们钻到方桌下面去"过家家",一玩就是一下午。那阵儿,他们觉得世界有一张方桌大已经足够了。但是世界上却存在着如此令人遗憾的现象:人会一天天长大,屋子却并不随之展宽。到了侯勇和侯莹都上了高小时,屋当中便不得不经常拉上一块布帘。然而一块布帘毕竟是不能根本解决问题的。就在这间屋子里,在沉闷的夏夜,侯勇从睡梦中醒来,第一次震惊地瞥见了还未熬过壮年阶段的父母理应避讳儿女的行为。这是一种可怕的启蒙。那个夜晚过去之后,天明一起床,侯勇便仿佛变了一个性格。他原本对父母是极其尊重的,尤其是对母亲,觉得连她头上的每根头发都是那么神圣,但那天,当母亲照例提醒他上学时别忘了检查书包时,他却无缘无故地同她顶撞起来。

有那么几年,这间屋子减轻了压力。侯锐在远郊不常回家,侯勇到山西插队,妹妹侯莹去了内蒙古生产建设兵团。但侯家夫妇的头发也正是在那几年里大绺大绺地变白的。后来侯莹从兵团办"病退"回来了,侯锐又终于由蔡伯都介绍了对象,决定结婚,于是乎这间屋子又变得拥挤起来。为了给侯锐结婚,请房管所来打了隔断,一间大屋便变成了各不足九平方米的两小间。后来侯锐的爱人白树芬生了小琳琅,侯勇再带着他的爱人彭雪韵来看望公公、婆婆,里外屋最多的时候要同时活动着八个人。

现在反映在镜子里的外间屋,一靠东墙摆着一张双人床,双人床与北墙之间刚好能搁下一个小衣柜,上头摆满了各色家用的东西,也还点缀着一些玻璃花瓶、塑料花束、廉价处理的艺术瓷器等摆设。北墙的玻璃镜下面,支着脸盆架。一只圆凳和一张旧藤椅勉强地搁在那附近。双人床西边,靠南墙摆着那张祖传的方桌,上面铺着有橘红色大花的塑料桌布,两旁刚好各塞上一把铁脚管木折椅,方桌靠墙处摆放着暖瓶、茶具,这也就是平日大家吃饭的地方。方桌上方挂着镜框,镜框里是家庭成员们的各种排列组合的合影,也奇怪也不奇怪的是,占据着镜框中心的是侯勇岳父、岳母的军装照。其余几面墙上过于琐屑地张贴着一些年画或从画报上剪下来的风景照片,以及电影明星的头像。在双人床正上方,年年照例挂着豪华艳丽的大挂历——那是在邮电所工作的父亲,自豪地拿回家来的一种单位难得赐予的福利,价值五元以上,却只以两元的优待价格卖给本单位职工。

平心而论,这屋里的一切绝不意味着贫穷,甚而可以说是富有一种甜腻腻的小康气氛。然而那种拥挤和壅塞的感觉,的确比贫穷更令人感受到一种莫可名状的窘迫。侯勇梳着他一头的长发,满脸是一种承受着别人侮辱的受难感。侯锐坐在桌边折椅上，望着镜子里弟弟的面影，心里更是难堪。侯勇长得一点也不像他。侯勇是一张长方脸，眉毛很浓很黑，眼睛长而略呈"八"字状，鼻子很直，嘴岔很大，他的牙齿虽然整齐，但有一颗门牙是灰色的，与周围的牙齿形成一种鲜明的对比，这甚而成了他的一个最令人难忘的特征。

望着这样一个弟弟，侯锐心里很难过。他们共存于这样小的一个空间，但他们的心却离得那么样地遥远。他应当对弟弟说点什么，才能逗出一个微笑，引出一点温情呢？

"你这回出差，是要办什么事呢？"侯锐尽可能蔼然地问。

侯勇已经梳完了长发，走到洗脸盆边去打算洗脸，毫不留情地说："说给你听你也不懂！"

侯锐气得夹烟的手一个劲儿哆嗦。他抬高声调说："问问你怎么了？我不懂，你也可以讲给我听听！"

"我没心思讲那个。"侯勇发现脸盆里的水很脏，端起来冲到门边，掀开门帘就往外泼，不巧溅着了推车打侯家门口经过的邻居二壮，二壮一声吆喝："长点眼睛嘿！"侯勇没理他，转身就到方桌边取暖瓶，提起一个发觉是空的，心浮气躁地就把那暖瓶一顿，提起另一个发觉水也不多，便破口埋怨起来："一个个不知道整天净干吗了，连热水都不预备着，真跟猪似的！"说着便哗啦一下把那暖瓶中的热水，尽数倒在了脸盆中。

"你文明点好不好！"侯锐忍无可忍地说，"甭端出那么个架子来，好像大伙都欠你点什么似的。"

"得了得了，"侯勇扭过头，轻蔑地说，"你少费精神管我吧，把你这点精神拿去给你自己活动活动房子，比什么不强！"

"你——"侯锐站了起来，眼看就要跟侯勇吵开了，这时候一个人进了屋,她瞄两眼便明白了屋里的形势,顿下脚说:"吵什么吵什么,亲哥儿们,什么事不能好好商量?"

6

进屋的是他们的母亲。

这是一位已经五十八岁的妇女,体态已经略显臃肿,头发也近乎全白,但面庞的皮肤还很红润。仔细望去,就会发现大儿子侯锐眉眼非常像她。侯勇可是全然不像她,但这两年来,她最钟爱的,偏偏是对家里人说话一律粗暴蛮横的这个老二。

她原是附近一家街道绣垫社的工人,前年退的休。在她的老二戏剧性地娶了一位军队干部的千金之前,她的视野所及是极为有限的,她的日常生活中也简直没呈现过什么异彩。他们那个以绣边、烤黄小桌垫为业的小小作坊,除了两三个半残废的男人外,全是些未蜕尽家庭妇女气息的中、老年女工。记得有一回他们所属的街道办事处从农村弄来了一车麻梨,不知怎的忽然也想到了他们那小小的绣垫社,允许他们也去购买一次便宜货。这件事竟使得她和她的同事们无比激动。这既体现着一种政治待遇,也体现着一种福利享受。她们提前下了班,结伴来到了街道办事处的大院里,排队等候着称自己的那一份梨,轮到自己时,她们便尽可能地挑拣大个儿的、请求允许多买一点,而全然不顾周围人们的轻蔑与嘲笑。麻梨提回了家,她特意洗净了一只大瓷盘,充当临时果盘,将每只梨子都拭净供了起来。当晚上烫过了脚,与老伴分食麻梨时,她觉得那滋味简直不啻王母娘娘宫中的仙桃。

是老二侯勇的婚事,使她一下子获得了许多过去从不曾向往的东西。她被当作高级干部的亲家,迎进了四室一厅的高级单元房。保姆为她擦拭好了澡盆、放好了温水,请她先去沐浴;饭菜质量之高是不用说了，饭后的龙井茶有点喝不大惯，也姑且勿论；最令她感叹的，是从电冰箱中端出来一大盘水果。那么大的苹果，那么匀净的鸭梨，那么水灵的葡萄，也都还不算稀奇，那皮儿红得像泼了鸡血、肉儿白得像雪花凝就、味儿美得像能把魂儿勾去的鲜荔枝，在这夏末时节，你就是拿着一百块钱，奔王府井，奔西单，也买不着啊！……看完小电影似的彩色电视，亲家母拿出自己多余的一身毛巾布睡衣、一双绣花的缎面皮底拖鞋，请她到特为她铺设的席梦思宽式单人床上歇息，你想她是怎样的心情？

每次从西郊回来，她的精神世界都要变得更加丰富，而邻居的老年妇女们，有时甚而还包括时常喝得醉醺醺的西屋钱大爷，也都要到她屋里坐坐，听她讲述亲家家里的种种情况。对于某些细节，他们还常常要一再询问，并同讲述者一起发出啧啧的赞叹。

但是，也常有这样的情形，便是或逢自己家的屋子漏雨，或因侯锐夫妇和孩子一齐回了家，而适逢侯莹也在家休息，屋子里乱成一团，每一行动便觉硌手碰脚时，她便不由得因暗暗地与亲家家里的情况相比而心绪黯然。亲家家虽好，毕竟不能常去；去了虽能享受一番，却也毕竟不能将那里的好处驮回这里。而一旦知道人世间原存在着远比自己舒适享福的所在，每日里这种粗糙猥琐的生活便格外难以忍受。当这种心境袭上身来时，她又不由得赌气地想：又何必攀上这么一门亲家呢？

然而毕竟是老二给她的生活带来了新的东西。老二每次出差回来，她所采取的头一个行动，便是提上菜篮，到东单菜市场去采购一番。此刻她正是从菜市场回来，菜篮里塞得满满当当。

"妈，您不知道，小勇他越来越没礼貌了。"侯锐忍不住地对母亲说，"我好声好气问他话，他来回来去地干撅我。"

"礼貌？礼貌多少钱一斤？"侯勇不等母亲开口便接上去说，

"我瞧见这么个家心里就烦，还臭讲究什么礼貌！"又不等气得咬牙的侯锐开口，伸手抻过母亲臂弯里的菜篮，刚看了一眼便说："谁吃这个带鱼！跟您说过，雪韵他们家从来不吃这号无鳞鱼！"

母亲连忙道歉似的说："嗨，那不是老头子他喜欢就着糖醋带鱼喝两盅吗？你就别下筷子吧，我这儿买的有鸡……"

但是侯勇的眉眼越发难看了，声调也更加难听："你们有什么见识？只当鸡就是好东西！人家现在都不吃鸡，鸡身上有癌细胞，吃了不保险！……"

母亲气馁了，辩护说："鸡都成坏东西了？那还有什么能吃呀？"

侯勇把菜篮子一推说："现在讲究吃鸭子。鸡是热性的，吃了上火；鸭是温性的，吃了补人！"

母亲忙说："你早不讲清楚，明儿个我就去买鸭子，鸭子倒比鸡还好买。"

侯锐实在憋不住，终于爆发了。他把桌子一拍，脸上肌肉绷得紧紧的，命令似的说："妈，您成他的什么了？您就不该这么宠着他，他凭什么在这儿摆谱儿？……"

母亲直望着老二，生怕老二动气，谁知侯勇在这种情况下却莞尔一笑，瞟了侯锐一眼说："算啦算啦，妈，您快拾掇去吧；哥哥这是义嫉妒上我啦……"说完便迈脚钻进了里屋。

侯锐气得想冲过去跟他大干一场，母亲把菜篮搁到饭桌上，伸手拦住了老大，压低声音说："你就让着点他吧，你比他大九岁哩！"

侯锐也便放小声量说："可他也是个大人了嘛！"

母亲诚恳地说："小勇没少为家里谋福利。没有他，咱们能看上电视吗？没有他，咱们连小厨房也搭不起来哟……"

侯锐没话说了。的的确确，好几年了，他们留在北京的一家人，凑齐了一台电视机的钱，但无论是老头子，还是侯锐夫妇，加上侯莹，都不能从单位里搞到一张电视机票，而侯勇上次出差回家，轻而易举地就给弄到了一台十二英寸电视机，使这十六平方米的空间，每晚增添了许多的乐趣。小厨房也是侯勇连找砖带找人，几天之内给盖起来的；母亲还忘了提及煤气罐，那也是侯勇出差期间给弄的；而侯锐，这类的事他不是不想办，却一件也办不成……在这样一种情况下，怎能不承认侯勇在家庭中的特殊地位，又何必去奢求他的礼貌呢？

侯锐坐在那里使劲嘬烟，不言声了。

忽然，里屋先是发出一声尖叫，接着便有人痛哭起来。

7

如果说侯家的外屋已经令人感到十分壅塞，那么里屋就简直有点像一个余隙不多的、古怪的仓库。这屋里很技巧地搁进了三样大件的东西：第一件是一架铁架双人床。这架双人床的四脚下垫着好几层砖，因此床下形成了另一个足资利用的空间；这本是一九七六年地震时期为防震支起来的，后来虽然震情已经过去，但这种支架法所形成的好处实在令人难舍，他们便使其成为了一种永久性的安置；现在不但床上可以睡人，床下也搭着一个铺，同样可以睡人；暂不睡人时，还可以搁放大家脱下的外衣、手提包等物品。第二件是一个单人铺，也用砖垫得很高，底下则塞满了箱笼。第三件是一个自料加工的大衣柜，这大衣柜是属于侯锐夫妇的。可怜他们结婚已经八年，女儿小琳琅都已经六周岁了，却还没有一个自己的家。他们既然同在一个县里教学（但所在学校不属一个公社），难道不可以在那里安一个家吗？他们也曾下过那样的决心，把工作调到一起，在校园里安家。但是，他们目睹了太多这样的事例：老实巴交的中学教员，在农村中学的校园里安了家，收入低，福利差，业务进修和生活困难没人关心不说，有的公社干部看你全家的档案、户口、粮油关系全在他掌握之中，便端出上级领导的架子，随时抓你的"官差"，一会儿让你去参加个什么"宣讲队"，一会儿让你去给他起草个什么材料，甚至让你去为他亲属结婚写一上午的"喜"字和对联……所以他们最后宁愿分别在两个公社教书，并坚持把户口留在城中，顽强地追求着在市里建立一个哪怕是只有六平方米的小窝，这样，在那些公社干部包括学校领导面前，他们还能保持一点不可不有的独立性。近两年来，侯锐每次从学校回来，总要找到房管所的房管员，要求给房。从理论上说，他们这一户三代六口人（小琳琅虽然平时跟着妈妈住学校，但户口也落在了爷爷处），住十六平方米，属于困难户无疑，房管所理应酌情加以照顾；但他们对房管员已经完全绝望，因为那位黄瘦矮小的房管员脾气好得惊人，任凭你去反复申述也好，强烈呼吁也好，破口大骂也好，扬言越级上告也好，他只是笑眯眯地把两手一摊说."咱们这块地面没有空房呀！但凡有了一间空房，我先分给你们家，行吧？"于是侯锐夫妇就打了八年的"游击"，他们为单独立户而打制的大衣柜，也便只好塞在这间屋里。这屋里除了这三大件以外，还极其勉强地搁进了一台兼当书桌的缝纫机，以及两只用时拉出来不用时推进旮旯的方凳。

侯勇进到里屋，原是想到床上歇息一会儿。毕竟坐飞机旅行也是令人困倦的，何况他的心绪十分紊乱，亟需静卧加以调节。

里屋有一扇面向胡同的小窗，挡着粉红地带蓝玫瑰的窗帘，因而光线幽暗，空气也十分窒闷。这已经令侯勇十分不愉快了，而最令他触目惊心的，是在大床上张臂伸腿酣睡的妹妹侯莹。

一看见侯莹，侯勇心上就涌出了一种复杂的情绪。这个当年与他在大方桌下快活地玩耍过的妹妹，如今成了他实现自己回京愿望的最大障碍。诚然她是可怜的，然而又必得早些赶走她！

侯勇对岳父岳母出力调他回京是近乎绝望了。他想起了人们写过的一些反特权的文艺作品，包括蔡伯都那出引起轰动的戏里写到的干部形象，他真是哑然失笑！那实在都是些动画片上的单线平涂的形象。生活中的干部同任何一个别种人一样，各有各的丰富而复杂的个性。他的岳父岳母完全出乎他的期望，竟是两个十分无能、十分胆小的人。他们那冤案的平反，一是靠上面统一的政策，二是靠儿女的奔走，他们自己反而无所作为！他渐渐地看出来，他们两人的级别虽然都不算低，待遇也很不错，但他们在那个大院里却属于并不掌握实权的一类官儿。岳父是部一级的副主任，但那个部副主任竟有九名之多。岳母是个处长，但她经常病休，实权落在一位跟她面和心不和的副处长手中。不错，他们住得好、穿得好、吃得好，但那的的确确都是凭他们的级别，靠他们的工资，合理合法地获得的。侯勇曾经很细致地推敲过他们的每一种享受的来源，结果不能不得出这样的结论：每一种都并非"走后门"所得。比如二十英寸的日本彩色电视机、二百升的雪花牌大电冰箱……乃至冰箱中那令母亲回味不已的鲜荔枝，都是在百货商店和食品商店，一手交钱一手交货地买来的，对于"走后门"，老两口与其说是从理论上认为不好，不如说是对此一窍不通，而又充满了莫名其妙的胆小怕事的心理。他们的老大，侯勇的大舅子，是某军事学院的毕业生，分配在离家不远的另一个军队大院内工作，已经结了婚。偶尔回一趟家，他都要训斥父母一顿，不是说他们落伍，就是骂他们窝囊，老两口居然心平气和，以一副与世无争的和善到不堪程度的神态，听儿子数落。他们的老三、侯勇的小舅子，是个标准的玩世不恭、吃喝享乐的公子哥儿，他中学毕业待分配时，多次撺掇父母给他走个后门，混一身军装，父母力有余而胆不足，他闹得凶了，母亲居然哭着表示，可以养他一辈子，只要他别给惹事……后来他由学校分配在离家不远的一家国营工厂当工人，享受着厂里不少人对他来自"大院"而生的尊崇与羡慕，倒也自得其乐；如今他平均每月换一个女朋友，但还并没有搞对象成家的意思。他们的老四，侯勇的小姨子，凭分数考进了大学，虽然考分不高，只能当个走读生，但她觉得学校的宿舍哪有家中舒服，倒也不在乎每日骑车往返奔波。岳父岳母膝下有了足够的子女，而且侯勇夫妇的儿子又托放在二老家中，他们也安享了抱孙孙之乐，加以笃信"多一事不如少一事"的哲学，故此对于侯勇和彭雪韵请求他们援助调回北京一事，就显露出一种无可无不可的态度。

有一回侯勇出差回来，同岳父谈及此事，岳父正站在他那特有的酒缸面前，打算舀一口酒喝，一听侯勇提起的又是调动的事，便毫不经意地说："那儿搞建设也需要人嘛。你们嫌生活苦，让你妈月月给你们寄罐头好喽……"侯勇望着那酒缸，以及岳父那用长柄勺喝酒的模样，心里头说不出是股什么滋味。那酒缸是用养热带鱼的方玻璃缸改成的，足有电视机那么大，缸底泡满了人参、鹿茸、枸杞子、当归……一类的补品，缸里总保持着大半缸的白酒，又都是用茅台、五粮液、郎酒……一类的好酒兑的；一进岳父那间屋，便可以闻见这酒缸里冒出来的那么一种特殊的药酒香，尽管平时缸上总严严实实地盖着一块厚玻璃板。侯勇往深里揣摩过：岳父究竟在追求什么？他显然并不指望再升更大的官，也并不想揽权主事，甚至连写点回忆录的念头也没有；他也并不像大院里某些个干部那样，拼命为子女去安排一个灿烂的前程；经历过"十年动乱"之后,他仿佛极度疲乏了,对一切都不那么认真、那么热心,但他却执着地渴望着健康长寿,他的魄力,他的创造性,他的坚持性,居然都体现到了经营和利用这样一个酒缸上!对于这样一个岳父,侯勇还用得着一求再求吗?而且,侯勇明白,小舅子早晚是得在这个家里成亲的,因此,对于他和爱人的调回,纵使岳父岳母不感到有什么威胁,小舅子也将视为一场空间争夺战——很明显,即使侯勇夫妇的关系转回北京了,短时间内,乃至长时间内,都是不可能分配到宿舍的,而岳父岳母那里,是断然不能容纳两个子女的家庭的!

这样的事态,就决定了侯勇必须"自力更生"。"自力更生"不是不可能的。侯锐夫妇和小琳琅的户口,可以逼他们迁到远郊去。这样家里除了二老外只剩下侯莹一个户口。快让侯莹出嫁!侯莹一嫁出去——最好嫁得离家远点——家里就剩下二老了。于是乎可以让二老单位开出证明,证明他们年老多病而身边无子女照顾,凭这证明,再凭侯勇这些年来练就的活动本领,不难根据一条有关的政策,把自己夫妇的户口办回北京来!

因此,关键在于侯莹何时离家。而侯勇这回进到家门,向母亲问起这件事时,母亲竟还是连连叹气,侯莹仍然出嫁无门,她还要一天复一天地在这个空间里盘踞下去!

在这样一种情势下,侯勇望着躺在大床上的妹妹,便不由得不充满了厌烦。

侯莹睡得很熟。她洗了一上午衣服,中午吃完饭、洗完碗盘以后,从下午两点多便爬到这架大床上酣睡。她晚上要上夜班。侯勇回家时,她没有醒来。侯勇现在站在床前了,她依旧没有醒来。

其实侯莹睡得并不安宁,她一直在做着梦。那梦是混乱而痛苦的。她仿佛觉得自己是睡在内蒙生产建设兵团的土炕上,忽然起床号吹响了,她耳边响着杂乱的脚步声,有人在摇晃着她的身体,她可是怎么也睁不开眼睛,眼皮就像用万能胶粘住了。她是一九六九届的初中毕业生。关于这一届初中毕业生的命运,可以写成一本专门的社会学著作。他们其实根本就不是什么初中毕业生。"文化大革命"的大混乱,使得他们没有读完小学六年级和如期升入中学。直到一九六七年下半年,他们才终于被叫到中学去报到,但是当时中学里的所谓"复课闹革命",不过是每天到破败不堪的教室里凑合一小时的"天天读"而已,其余的时间完全是"放羊"。到了一九六八年冬天,大规模的"上山下乡"运动席卷了全国,他们这一届学生是"连锅端",全都端到生产建设兵团去了。于是乎侯莹在一九六九年也就来到了内蒙古生产建设兵团。这个出身在小市民家庭、性格温柔、与世无争的姑娘,在兵团连队里是一个影子似的人物,人们时常忘记了她的存在,她也自甘于人们的轻视。她唯一的朋友是同一个连队但不同宿舍的另一个名叫李薇的姑娘。她们常常互相到各自的宿舍里坐坐,偶尔也到草原边上待会儿。但她们坐到一起时,并没有多少话好说,除了讲讲家里来信说了些什么、把家里寄来的东西拿给对方看看以外,她俩常常就那么默默地坐着,一坐竟可以坐好久。侯莹和李薇的家境非常相似。她们的出身都不大好,所谓"家庭有渣儿",但她们的父母又都算不上什么重要角色,既非"走资派",也非"地富反坏右",更不是什么"反动权威",不过是些小职员、小手工业者。在"文化大革命"的风暴中,她们的家庭相对来说倒比较稳定。因此,她们没有什么大悲也没有什么大喜。她们周围的不少"战友",或因父母"落实了政策"而买糖买酒请客狂欢,或因父母兄妹"自绝于人民"而自暴自弃,或从父母那里承袭了知识而顽强地自学进取,或因自身思想情绪的复杂化而采取一种浪漫乃至于玩世不恭的生活方式……她们却是另一种情况，她们就像草原上那种最不起眼的营养不良的弱草，无论是牧人还是羊群，对她们都没有什么兴趣，而她们自己也开不出花来。后来，有一天下了工，李薇一个人到大渠边去冲洗胶鞋，跌到渠里淹死了。她的失踪直到几乎所有人都已睡进被窝时才被察觉，尸体直到第二天中午才在十多里外被发现。对侯莹来说，这是她迄今为止的一生中最重大的事件。在连队那个马马虎虎走过场的追悼会上，侯莹哭得喉热胸疼，这是她头一回引起了人们的注意。人们这才知道，她原来也能迸发出强烈的感情……

李薇常常在侯莹的梦境里出现。可怜的李薇，她的母亲和哥哥在她死后立即赶到了兵团，并没有流出多少眼泪，却同兵团开始了一场旷日持久的讨价还价。他们先是要求赔偿五千元，后来退让到三千元，最后兵团却拿出了一个什么文件，论证出李薇之死并非工伤事故，所以不存在什么赔偿的问题。最后是母兄两人拿走五百元离去了事。侯莹一直把他们送到了长途汽车站。当他们已经走了几百里地远时，侯莹才发现他们并没有带走李薇的骨灰。这是侯莹第一次认识到人生的冷酷。

此刻李薇又在侯莹的梦中出现了。李薇瘦黄的脸上，两只眯缝眼仿佛永远也睁不开。侯莹拉住她，求她陪自己去中山公园。李薇脸上毫无表情，但总算陪着她去了。仿佛是在唐花坞，又仿佛是在音乐堂前面的花坛边，一个男子冷冷地望着侯莹。侯莹直把李薇往前推，自己往李薇身后躲，这时候她听见李薇小声附在她耳边说："我已经死了。死人还搞什么对象？你该见就去见吧……"侯莹身上沁出了一片冷汗。她翻了一个身，李薇消失在一片灰雾当中。她追了上去，喊着："别离开我！我愿意跟你在一块儿，我不愿意再这么搞对象了！……"

是的，侯莹真不愿意再到公园一类地方去跟别人介绍的对象见面了。侯莹从内蒙兵团回到北京以后，分配在一家集体所有制工厂当工人。她的生活甚至于比在兵团时还要单调。她既没有二哥那种见多识广的机遇，也没有大哥那种建筑在博览群书基础之上的丰富的内心生活。她就是那么三班倒地去做工，做工回来就在家里洗衣服、做饭、采买日用品，余下的时间，也不过随波逐流地去烫烫头发、置一点鲜艳的衣裳、看几场电影而已。不知不觉地她就到了该找对象的年龄了。起初，鉴于侯勇婚事的成功，父母对她寄予了巨大的希望，母亲公开跟亲家母谈过，希望能给侯莹介绍个高干子弟。但是他们的希望没多久就破灭了。侯勇一语道破地告诉他们："人家高干少爷找对象，不是讲究门当户对，就是讲究大美人儿。咱们小莹论门第不成，论长相美人儿又够不上，哪有门儿！"这话是当着侯莹说的，侯莹本不太懂得男人对女人相貌上的要求，听了这话以后，自己偷偷照镜子，才意识到自己原来相貌上就不符合高干少爷们的要求，她便首先灰了攀一个二哥岳父那般家庭的心。但是父母还没有死心，特别是母亲。她品尝了同高干家庭结亲的滋味。侯勇的婚事不过让她有了一个阔媳妇，那远不如有一个阔女婿来得神气。她不可能同侯勇一起入赘彭家，却有可能随侯莹到阔女婿家养老。那将是怎样的生活！所以，把侯莹介绍给高干子弟不成之后，她便又活动着把侯莹介绍给高干、高知（高级知识分子）本身，不是有那样的死了爱人的半老头子吗？"我们小莹脾气好、老成、贤惠，跟前妻的孩子准能合得来。"她竭力地为侯莹寻觅着一个能连带地为全家缔造幸福的续弦机会。然而岁月匆匆，这样的机会没有寻到，侯莹却已二十六七岁了。更令人忧虑的是侯莹竟明显地憔悴起来。有一回蔡伯都来找侯锐，遇上侯莹，这位虽然颇有名气却不懂人情世故的剧作家，当着侯家父母发出了这样的感叹："小莹看上去像有三十岁了，真快呀，记得我头一回来你们家的时候，她才这么高，像朵花儿似的……"这话令做父母的非常不悦。当年像朵花儿，如今又像什么呢？

父母和兄长们对给侯莹找对象的标准，逐月下降着。开头是找工程师、技术人员，后来是凡知识分子，哪怕是中学教员也行，再后来就变成：工人也行。但一定要全民所有制工厂的，没有家庭负担的，本人长得端正、没有不良嗜好的。于是乎侯莹越来越频繁地被约去会面。说实话，有几回在公园见过面以后，侯莹明确地向父母和介绍人表示了愿意，谁知介绍人不久便来道歉：人家男方见了面后觉得不满意。这对父母的打击比对侯莹本人的打击还大。本来还指望着把女儿嫁给高级干部家庭呢，你们小小的工人竟敢挑拣这样的姑娘！

连续的失败，使侯莹的性格更趋内向了。据介绍人说，对方之所以对侯莹不满意，是觉得她老气，说话、作派"发死"。为这个，母亲几乎每天都要叨唠她："你就不会活泛点吗？干吗老皱着个眉头、哭丧着个脸？亏得我是你亲妈，我要是婆婆，我也不乐意儿子讨这么个媳妇来家呀！"只有嫂子白树芬常常为她辩解几句："甭这么折磨小莹啦。蔡伯都说看过一份资料，北京市如今二十三岁至二十八岁的青年，女的比男的多好几万，不止小莹一个姑娘找对象难。"

也不是没有希望得到侯莹的人家。然而那是怎样的人家呀！记得是个夕阳西下的傍晚，侯莹由白树芬陪着从陶然亭回来，俩人表情都很不开朗，显然，又是一次不成功的见面活动。侯莹回到里屋，脱下花格呢的外套，用梳子篦掉落在电烫大鬈里的榆钱儿，坐在床边上发愣。这时，西屋的钱大爷来串门儿了，他同母亲有一搭没一搭地说着话儿。母亲正坐在外屋方桌边择扁豆，钱大爷说着说着，借着酒劲儿，乜斜着红眼睛，开口道："你们小莹找对象的事究竟怎么着了？自然我们二壮是癞蛤蟆不该有吃天鹅肉的想法，可这孩子打小就在您眼皮子底下蹦跶，是不是那种好吃懒做、使奸耍滑、遛马路瞎胡闹的'胡同串子'，您心中该有个数儿……"侯大妈听到这儿大吃一惊，钱大爷是个退休的三轮车工人，他那二壮是个房修队的壮工，他们怎么敢有这样的想法？也太小瞧侯家的门槛了！她立时就把装扁豆的笸箩一顿说："他钱大爷，您今儿个又喝多了吧！"钱大爷搭讪着走了，里屋坐在暮色中的侯莹却一颗心跳个不停……

难怪此刻侯莹的梦境中又出现了二壮。二壮正光着膀子，在他们家门前的一丛向日葵底下做木工活；他弯腰推着刨子，胳膊上的肌肉一鼓一绷的，喷着木香的刨花从他手下飞溅出来。忽然他停住了，立起身来，坦然地面对着她，额头上闪着晶莹的汗珠，憨厚地对她微笑着……自从他们长大以后，尽管同住一个院中，他们却几乎没说过什么话，但在这个梦境里，他却仿佛想对她说点什么；而她，也觉得可以同他谈一谈，比如说，她可以把李薇的事儿讲给他听听……

她眼里浮现出了好多个二壮的面影，好像电影银幕上的那种特写镜头：二壮在对她微笑；二壮在默默地注视着她；二壮在她面前腼腆地别过了脸去；二壮大概喝过了酒，脸庞红红的；二壮不知所措地望着她……她在梦中还能理智地判断出来，这些面影，哪一个是那回她下工回来时，在院门相逢时看到过的；哪一个是那天她在院里的自来水龙头旁边洗衣服，抬眼时所发现的……

沉迷在这般梦境中的侯莹，当然不可能知道二哥侯勇正无限厌烦地望着她的睡相。

199

侯勇在几秒钟里，对侯莹的诸般不满和厌弃迅速地聚成了一团阴云。他首先觉得侯莹的睡态不雅。既然床下的铺也可以睡，她为什么不钻到床下去睡？还可以拉上布帘，遮掩一下。侯莹现在头发很乱，两只眼似睁非睁，嘴巴蠢然地微张着，使人看去简直没有女性的妩媚，浑身显露出一种骨节僵硬、缺乏柔美线条的粗俗感。她的死板，她的没有风趣，她的不会眉目传情，她的没有见识，她的懦弱无能，她的日渐显著的憔悴，特别是她居然连个像样的对象也找不到这一点，已经令侯勇难以容忍了；而上次侯勇出差回家，就听母亲说过，她似乎已有点癔症的征兆，会在母亲叨唠她的过程中，于极端沉默中忽然放声大哭，又忽然煞住哭声，只是发愣……她何时才能嫁离这个家呢？还要让自己等她多久呢？

侯勇心中的阴云凝聚着、凝聚着，突然，打起了闪，响起了雷。侯勇一个箭步跨过去，猛地一下拉起了侯莹来，嚷骂着："还睡！死猪似的！……"

侯莹陡地惊醒过来，迷迷瞪瞪地睁开眼，眼前突然出现了侯勇那张表情极端凶恶的脸，而且手腕上感受到了他铁钳般的攥拉，不禁本能地发出了恐怖的尖叫："啊——！"

侯莹这么一叫，脸上的表情在侯勇看来也万分可憎，他便使劲把她一搡，更加愤怒地詈骂起来："你喊什么？杀猪了吗？……"

侯莹这下完全清醒了。她顿时明白了自己在二哥眼中是多么碍事的东西，一股从战栗的灵魂中迸发的哀怨，形成了她的号啕大哭……

8

侯锐闻声进入了里屋。

他愤怒地插到侯勇与侯莹之间，对侯勇说："你逞什么凶？小莹白天不睡觉，晚上怎么上夜班？你把她薅起来干什么？"

侯勇挺起腰板，振振有词："多大的娘儿们了，大白天这么叉手叉脚地卧在这儿！我让她挪到下头去睡！"

母亲是跟着侯锐进来的。她的心情很复杂。她的良知告诉她，侯勇这样对待妹妹是不对的。可她心中所滋生出的越来越浓烈的对女儿的失望情绪，又使得她并不怎么可怜掩面哭泣的侯莹。眼见着侯锐、侯勇哥俩的冲突有白热化的危险，她既担心又手足无措。她哆哆嗦嗦地走过去，各打五十板地叨唠说："你们这是怎么回事儿？老二你也太毛手毛脚了，要她起来你不会斯文点吗？小莹也太娇气，别号丧了，你要还睡，就挪到下头去睡；老大你跟弟弟闹哪门子气，你们都消停点不成吗？……"

可是这场冲突是不可能就此中止的。

侯锐厉声对侯勇说："你最近越来越不通人情了。你干什么把我们跟小莹都当成眼中钉、肉中刺？"

侯勇扬声还击他说："到底是我不通人情还是你们不通人情？我为你们挣了多少好处，你们给了我什么？我回到这个家，心里堵得慌！瞧你们过的这个样儿，猪窝！猪窝！"

侯锐气得脸发青："这儿既是猪窝，你还待在这儿干什么？你滚好了！"

"让我滚？"侯勇忽然觉得心中涌动着平生没有过的委屈，他攥紧拳头，脖子上的筋蹦起老高，理直气壮地说："该滚的是你！你们明明在远郊工作，可死乞白赖地把户口留在这儿，什么意思？不就是想占这两间屋吗？你倒装成个人样儿，好像你对小莹有多好似的，其实你心里头指不定怎么想呢！告诉你吧，我早看透你了。以前我小，以为你真有多大的才学，多大的抱负，哼，现在我算看清楚了,你是个窝囊废!窝囊废!你把户口挂在这儿,可又弄不到半间房子;你把这大立柜戳在这儿,以为就算占定了这间房子;你妄想!你该滚呢!滚蛋!"

侯锐在气急中一把抓住了侯勇的脖领,侯勇使劲一挣,挣脱了,反倒伸手抓住了侯锐的脖领,侯锐把他使劲一推,"刺啦"一声,侯锐的脖领被撕裂了。侯勇被迫松开了手,一个趔趄往后倒在了缝纫机上,缝纫机上的一个墨水瓶掉到了地上,立即粉碎,溅了满地的蓝墨水,墨水点也溅到了下铺的褥子上和用来遮掩下铺的半掩的布帘上。

母亲正待冲到两兄弟间隔开他们,受到强刺激的侯莹忽然尖叫一声,跳下床,光着脚跑出了里屋,这使得侯锐、侯勇和母亲都本能地愣了一下,随即就都跟到了外屋。他们三个一看侯莹呈现出的状态,都不禁木雕般定在了那里——

侯莹既没有冲到院子里去,也没有倒在外屋的床上,而是跌坐在方桌下面。当他们三个出得里屋的门时,侯莹惊恐地望了他们一眼,身子往后躲避似的斜了一下,然后便掩面哭泣起来。

见此情景,侯勇仿佛受了一下雷击。多少年前,他同妹妹同在这张方桌下游戏的场面,蓦地闪回了他的心中。有一次,他在方桌底下搁了一只方凳,方凳上摆着几个杯子,一个杯子里是糖水,一个杯子里是盐水,一个杯子里是茶水,一个杯子里是白水,最后一个杯子里,是往白水里滴了几滴红药水兑成的粉红汤儿;他坐在一只很小的小板凳上卖水,妹妹头上扎着两个黄细的抓髻,坐在方凳另一边的小马扎上买水;她拿糖纸当钱,给一张糖纸喝一口水,她一次又一次地买那粉红汤儿喝……啊,那时候,妹妹在他眼里是多么可爱啊。那时候他们一点也不觉得这屋子狭窄,他们更没有争夺这个空间的丝毫意念。一张方桌的体积,顶多一立方米吧，就足够他们相亲相爱地在一起生活了。侯勇闭上了眼睛，几秒钟里，他心上积蓄的阴云迅速地被一阵骤风吹散。他忽然产生了一种良心发现后的忏悔感。啊，妹妹，亲生的妹妹，不该这样对待她呀！……

侯锐看见侯莹这异常的表现，却反而滋生出一种莫可名状的生理上的厌恶感。他每次回家时总听见母亲悄声告诉他："你妹妹的神经怕是不大正常……"他总以为那至多不过是因为搞对象总不成所形成的一种郁闷，一种少女怀春而又拼命压抑的畸形表现方式。而眼前的这个场景，却不能不使人要得出这个结论：侯莹的神经的的确确不正常了！天哪，她该别得上精神分裂症！

母亲看见女儿竟然真的疯了，心上有如万箭穿心。她顿感自己是过分宠爱老二，过分不体谅小女儿了。毕竟小莹是勤快的、本分的。每天下了班回来，洗涮、采买、做饭，没有失闲过；月月领回来工资，总是原封不动地递给妈妈，自己用钱时，再红着脸跟妈妈要，花了钱剩回来，凡一块钱以上的全还给妈妈……这样好的闺女，是天瞎了眼让她找不上可意的对象！这样好的闺女，不该让她落个钻到桌子底下去掩而痛哭的下场！……

三个人在几秒钟内，心里都展开了极其复杂的感情搏斗，最后都产生了过去把侯莹搀扶起来的冲动。但是头一个走过去搀扶侯莹的，事后冷静下来一想，连搀扶者自己也未免吃惊，竟并不是侯锐和母亲，而是侯勇。

侯勇过去搀扶侯莹时，侯莹本能地躲避着，但是一来侯勇劲大，二来侯莹在一瞥之中，竟意外地看见了一张温和的脸，一双使她心中为之一惊的眼睛。这双眼睛二十几年前她曾经看见过，并且也是在这张方桌之下。她就势站了起来，并被侯勇小心地搀扶着，又回到了里屋。侯勇把她扶到了双人床上坐着，用惭愧的语气说:"小莹,你睡吧。刚才我太凶了,我不对。"

母亲和侯锐对此都万分吃惊。在短短的时间里,侯勇的神情态度竟有如此巨大的变化,他们的脑子还转不过来,因而有点迷迷瞪瞪。侯莹更是这样,她由极度惊恐变为了极度麻木。她听话地躺了下去,闭上眼睛,停止了哭泣,只是喉咙里还偶尔抽搐一下。

第三章

9

七点半过一点儿,蔡伯都来到了侯家。

在院门口,蔡伯都遇上了钱二壮。二壮穿着件深蓝色的运动衫,领口的拉锁敞开着,更显得脖颈粗黑壮实。因为蔡伯都常来,更因为二壮看过根据蔡伯都剧本改编摄制的电影,所以每逢蔡伯都来到院里,如果恰好遇上二壮,二壮总会热情地同蔡伯都打招呼,有时候还要说上几句话。这回蔡伯都却稍稍有点吃惊,二壮分明老远就看见他了,却双臂抱在胸前,闷闷地稍息着,仿佛有老大的心事,直到蔡伯都走拢他身前了,他才淡淡地点了一下头。

蔡伯都便停住步子,主动地热情招呼二壮说:"吃过饭啦?"

二壮仍旧闷闷的,厚厚的嘴唇紧闭着,仅仅微微地点了点下巴。

蔡伯都指指侯家的后墙,问:"在吧?"

二壮知道,他主要是问侯锐在不在。倘若侯锐在,他常常要很晚才走;倘若侯锐不在,他顶多只坐个十来分钟。

二壮便闷闷地回答说:"侯大哥在家。"

没想到蔡伯都又添上一问:"小莹也在吧?"

二壮双眼一闪,满脸纳闷的表情,望了蔡伯都几眼,这才"嗯"了一声。

蔡伯都刚要挪脚进院,二壮突然瓮声瓮气地对他说:"他们家刚吵完架。小莹子许是又挨打了。"

蔡伯都皱拢眉头,问:"小勇回来了?"

二壮愤愤地说:"可不是。"

蔡伯都冲二壮点点头,赶紧迈进了院门。

10

进了院门,穿过门洞,往右一拐第二个门便是侯家。门半掩着,半截布帘挡住了里头。蔡伯都敲了敲门上的玻璃,屋里响起了侯锐的声音:"请进!"

蔡伯都掀开门帘进到屋里,注意地观察,只见侯锐满脸高兴地从方桌旁站了起来,手里捏着刚才还看的一本新版本《呼兰河传》;侯勇斜倚在外屋大床的被窝垛上,举着一面圆镜子,显然他已经有好长一段时间在检查自己的面容,见蔡伯都来了,立即放下镜子,起床下地;蔡伯都朝里屋一瞥,只见侯莹安稳地和衣斜卧在大床上,下半身盖着淡蓝色的毛巾被;搁放在小衣柜上的半导体收音机里,正播放着一首抒情的民乐曲,音量适中,衬托出一种小康之家的闲适气氛。他心中不禁暗想:"二壮怎么谎报军情呢?这景象,怎么会是刚吵完架呢?"

蔡伯都坐到了方桌一边。侯锐坐在另一边,侯勇坐在床边上,倚着床栏。三个人都真诚地微笑着。

"你这个贵客,又有好久不登门啦!"侯锐埋怨说。

"唉呀,忙透了。"蔡伯都诉苦说,"今天让去开这么个座谈会，明天让去开那么个见面会，还有外事活动，烦死人……"

"外事活动还不好？"侯勇羡慕地问，"净吃宴会吧？"

"哪里。十回里头顶多有一回是宴请。你当外事活动有意思哩，其实枯燥得很……"

"那让我去，我不嫌枯燥。"侯勇扬起嗓子说，"你哪知道，我们在山西过的日子有多枯燥！"

"那是。我能理解。我发现，在你们那种工厂里，小伙子大姑娘们打扮得比广州、上海还'匪'，连北京王府井街上的小年轻们都显得'怯'了……"

"嗬，你什么都知道。难怪，剧作家嘛！什么时候你上我们厂里体验生活，我给你当秘书！"

"你能当秘书？"侯锐冲着侯勇说，"你写的字跟猴儿撒的柴火棍儿一样！你教你蔡大哥走后门还差不离！"

侯勇不但不生气，反而笑着默认了。在蔡伯都面前，他觉得哥哥有权利这样说他。

侯勇望着蔡伯都，觉得这位剧坛新星实在是有点神秘。蔡伯都的"老底儿"他很清楚，因为早在十几年前，蔡伯都仅仅是哥哥的一个普通同学时，就常来他家。蔡伯都的父母都是无权无势的一般机关干部。蔡伯都的三亲六戚里，似乎也没有什么文坛上的名人或文化部门的官儿。据说他的成功，全靠自己投稿。蔡伯都从上大学时起就不断给报刊投稿，记得他还借用过侯家的地址当通讯处。那时候他寄出一百篇得退回九十九篇，侯锐说过，在大学宿舍里，蔡伯都的枕头最高，因为枕头底下垫的都是退回来的废稿……真没想到，蔡伯都现在出了这么大的名！蔡伯都实在是其貌不扬：个头又瘦又矮，真可以说是尖嘴猴腮，鼻梁上还架着副深度近视镜！可就是这么一副相貌，竟在电视荧光屏上出现了许多次，据说还有不少女孩子给他投寄求爱信呢……

蔡伯都靠什么出的名？真像哥哥说的那样，什么后门都不走，硬是拿出光闪闪的剧本来，一鸣惊人的吗？这，倒也还能理解；可他出了名以后，却并没有因此而获得比葛佑汉更好的生活条件，这，侯勇就百思不得其解了。对于哥哥和蔡伯都的老同学葛佑汉，侯勇比哥哥、蔡伯都更为熟悉。葛佑汉曾经找到侯家，托侯勇搞过汾酒，作为交换，他在高价花生油还很难买到时，一次就给过侯勇一塑料桶的花生油，并且还只按市价收钱。他们两人单独交往过许多次，一些情况是侯家其他人完全不知道的。侯勇很看不起葛佑汉那种公开的俗相，葛佑汉有一回在饭馆同侯勇对酌，把腆出的肚子拍得叭叭响，喷着唾沫星子，哼小调似的对侯勇说："爹妈给了我一副好下水……"那模样儿差点让侯勇把吃到胃里的酒饭全呕出来。葛佑汉算个什么呀？一非党员干部，二非"三名三高"，不过是个连教课都有困难的挂名儿的区区中学教师，可他住的是什么、穿的是什么、用的是什么、吃的是什么！他并且能把自己那位比他还要俗气的老婆，从集体所有制的工厂调到区文化馆里管资料！生活在我们这个社会里，不信走后门可不行！蔡伯都从前门进去，名气闹腾得这么大了，可他住得比葛佑汉差，过得比葛佑汉苦！

想到这些，侯勇不禁问道："我秋嫂的工作调好了吗？"

秋嫂就是蔡伯都的爱人，名叫叶玉秋，也曾随蔡伯都来过侯家。侯勇和侯莹都称她为秋嫂。秋嫂是一九六六届的高中毕业生，后来分配在一所集体所有制工厂当工人，原来上班较近，这下蔡家搬到了东郊，她每天上下班得用上两个多小时，因此大家都很关心她的调动。

"还没调成呢。"蔡伯都开朗的眉宇间现出了几条烦恼纹，"我们现在住处附近倒有几个工厂，工种也还能跟她的对口，可人家是全民所有制，她这种大集体的工人不要。"

"嗨，跟他们说她是蔡伯都的媳妇，不就行了吗？"侯勇当真不能相信，凭蔡伯都的名气不能解决问题。

"恐怕那些工厂里管人事的干部，是不看你编的那些戏的！"侯锐对蔡伯都说，"你有再大的名气，在这些事上也没什么用！"

"那可不。"蔡伯都坦然地说，"看我编的戏的人，又都帮不了我这个忙！"说完呵呵笑了起来。

侯勇便建议："那你干吗不找葛佑汉帮忙呢，他门路可多哩！"

侯锐发议论说："葛佑汉也确实让人纳闷。你记得咱们在大学的时候吗？他考试总是差点不及格，显得比谁都窝囊……可他现在混得比你还强。他真是个司芬克斯之谜，他能走通那么多后门，究竟有什么本钱呢？"

蔡伯都从容地回答说："有时候，胆大妄为就是本钱。'文化大革命'当中，我们剧团有个主儿，他发了好大一笔横财，怎么回事儿呢？他什么本钱也没有。有一天，他忽然心生一计，宣布成立了个'毛泽东选集第五卷编印委员会'。他先打电话给纸库，告诉他们这一'特大喜讯'，然后问：'印好以后，你们要多少？'人家问：'多少钱一本？'他说：'不用给钱了，你们拨几吨纸支援我们就行。'于是纸就有了。又打电话给印刷厂，同样那么说，告诉人家'不用交钱，帮我们印一下就行'。又打电话给装订厂，也是同样的话。最后他打电话到中学，找红卫兵总部，说：'有一批这样的红宝书，一块钱一本，你们帮着卖一下，白给你们五百本。'于是他连手都没动，书就印出来了，也都卖掉了。纸库、印刷厂、装订厂各得到了一千本，红卫兵得到了五百本，都很满意，而且最后红卫兵还认认真真地把卖出的一万本的书钱给他送到了手中。他那书里的材料全是从各种造反派小报上拼凑的,有的甚至是他从和毛泽东毫无关系的书上瞎抄的……直到人们发现他整天往家里提整只的火腿、整筐的罐头,觉得可疑,这才把他查了出来。你们看,在没有法制的情况下,加上普遍性的愚昧无知,甚至没有一分钱的本钱也能干出这么大的'事业'来!"

侯勇听完嘘了起来:"厉害!真厉害!蔡大哥我是说你真厉害,你把咱们社会上的事看得真透!可我又不明白,你怎么对别人的邪门歪道弄得那么清楚,自己办起事来,倒又胆小又窝囊呢?"

蔡伯都和侯锐对望了一眼,笑着对侯勇说:"做人,就得做个正人君子啊!当然,我不是说葛佑汉跟那个家伙一样,邪到犯罪的路上去了,可像他那么整天钻缝子找机会,有时候连自尊心都丢尽了,即便能得到些物质上的好处,终究活着又有什么意义呢?"

侯勇不由得连连点头。每次同蔡伯都交谈,他总觉得自己心里的渣滓能沉淀下去,灵魂能呈现出一种清澈宁静的状态。他想:倘若社会上的人都能像蔡伯都一样,该有多好!如果他们山西工厂里有一多半人是蔡伯都这种人,他又何必非死乞白赖地奔北京挤呢?

11

侯勇倚在那里冥想了一阵,忽然发觉蔡伯都和哥哥已经转换了话题,正在议论侯莹。

"……怎么样,还没解决吗?"蔡伯都问。

"可不。一过年她就该二十七了。可真不能再耽误啦!"侯锐叹着气说。

"蔡大哥,你眼皮儿杂,你还不给介绍一个!"侯勇插进去说,"给介绍个文艺界的嘛!"

"我今天到你们家来,还就为的是这件事。"蔡伯都这话一出口,侯锐和侯勇都不禁身子往前一挺,睁大了双眼盯住他,满心高兴地等着他往下说。

恰在这时,母亲从厨房里端着一盘炸好的花生米走进来了。蔡伯都忙叫"伯母",母亲见是蔡伯都,顿时眉开眼笑,欢迎说:"哎呀,你如今好出名,到我亲家母那儿去,那么多挂领章帽徽的人,提起你来就跟当年提起梅兰芳一个样儿!你在我们这儿吃便饭吧,让他们哥俩陪你喝上一盅!"

"伯母,我吃过饭了,真的!"

"什么真的假的,我让你吃,你就给我乖乖地吃。吃不多,夹两筷子也算看得起我们。"

"妈,"侯勇争着报告,"人家蔡大哥今天是专为给小莹介绍对象来的。""是吗?"母亲这一喜非同小可,她顿时觉得满屋子都是光明。心下暗想:真是吉人自有天相。刚才一家人还为小莹的事又吵又打,谁知天赐良缘竟在今天!她忍不住坐到藤椅上,手里却还端着那盘花生米,迫不及待地问:"伯都你给介绍个啥样的呀?"

蔡伯都便告诉他们:"是个出版社的编辑……"

侯大妈直着急,她不懂:"编辑是哪一行?"

"就是跟大学里的讲师、教授一路的文化人儿,"侯锐告诉她,"管编书的。"

蔡伯都继续说:"年岁大了点,有四十四了。一九五七年被错划成了右派,后来遭了不少的罪。划右以后,原来的对象不敢再跟他好,俩人分手了。从此他没有结婚。现在给他平反了,恢复了行政十八级待遇,回到出版社编文艺书。我跟他也混熟了,我和别的朋友都劝他抓紧解决终身大事,他也下了决心……"

"可他这样的人,恐怕要求很高吧?"侯锐问,"我们小莹可不怎么懂文艺，对他的口味吗？"

"他说了，他不一定要搞文艺的。当年他那个对象就是个搞文艺的，起头倒挺来劲的，这边拉小提琴，那边就写诗……可反右斗争一到，那对象就吓傻了，一点也不中用，在他心上划了好大一个血口子……如今他要求的是贤妻良母，模样儿顺眼、脾气温和的就行……"

"那小莹可太符合他的要求了！"侯勇兴奋地说，"我们小莹是打着手电也难找着的贤妻良母！"

母亲可是觉着说了半天还没说到点子上，她问："这人挣多少钱呢？他结婚有房吗？"

蔡伯都告诉她："行政十八级，挣八十七块五。他属于落实政策的对象，刚分到个独间的单元。那单元说是独间，其实过道很大，足能当客厅和饭厅。"

母亲听了这话，心里直起急。可得赶紧让小莹跟这人挂上钩。该不会他们正说着话的当口，别的人家已经把姑娘送去供他挑选了吧？她依旧端着那只盘子，连连地问："啥时候让他们俩见见呢？你来一趟不容易，能不能今儿个就约个准日子？"

蔡伯都说："我这一段确实太忙，往后约，我怕顾不上跟你们联系，误了事儿，依我的主意，最好今天晚上就先见个面，简单地谈一谈，看看双方印象怎么样。这位同志就住在崇文门的新大楼里，离这儿很近。他每天晚上都要到东单公园散步。我刚才从他那儿来，来之前我跟他把小莹的情况说了一下，他表示只要小莹方便，可以就在今晚到东单公园见个面，初步地谈一谈……"

侯家兄弟和母亲一听这话，不由得迭声欢呼起来："你想得可真周到！""小莹十点钟才上晚班，完全来得及！""小莹有什么不方便的，东单公园又这么近！"

211

他们心里对蔡伯都的感激之情，达于极点。当年侯锐找不到合适的对象，正着急时，也是蔡伯都给他介绍的白树芬。侯家全家人都记得，那是一个下着小雨的春夜，他们一家五口都到大华电影院看电影去了，回到家，开了门，拉开灯，侯莹头一个发现了地上有张折成"又"字形的纸条儿，捡起来就着灯光一看，原来是蔡伯都留下的。蔡伯都来找侯锐，撞了锁，很着急，当天他要回湖南探视父母，是提着旅行包来找侯锐，打算说完话就去北京站的。蔡伯都站在侯家门口想了想，这事也不便让邻居转告，于是便在屋檐下写好了那么个纸条，从门缝里塞进来。纸条上告诉侯锐，前次跟他讲过的那个地质学院的待分配学生白树芬，同意跟他明天下午三点在中山公园水榭见面，由蔡伯都的女朋友叶玉秋陪着。白树芬是叶玉秋娘家同院的邻居。这个纸条后来果然成就了侯锐和白树芬的终身大事。难道蔡伯都是侯家的天遣恩人吗？他竟又一次在关键时刻突然出现，要为侯莹解决困惑已久的问题！

母亲端着那盘花生米进了里屋，盘里的炸花生米滚落了好几颗，她就势把盘子搁到了缝纫机上。这才发现，侯莹已经坐了起来，显然，她听到了外间屋关于她的谈话。从侯莹那闪闪放光的眼神，她判定侯莹心里同她一样地向往着到东单公园去同那个编辑见面。

的确，侯莹被外间屋的谈话声吵醒，并且听清是蔡伯都在讲给她介绍对象的事以后，她的心上就生出了新的憧憬。几十分钟以前的那场纠纷在她的心灵上投下的阴影，迅速地被这意外的消息驱散了。啊，编辑！那是有学问的文化人，是二壮之流所不能比拟的。四十四岁，足足比她大十七岁哩，可是她宁愿嫁个年岁大而稳重老成的人……

母亲只同她说了一遍动员她去见面的话,她便颔首同意了。侯勇为她兑温水供她洗脸,侯锐帮她挑选素雅大方的衣衫以事装扮,母亲撂下厨房的活儿,亲自动手为女儿梳理整饰头发。当侯莹梳妆打扮完毕,亭亭地玉立在大家面前时,每一个人都不禁有点儿吃惊,这就是平时望去平淡无奇的侯莹吗?

母亲硬逼着她和蔡伯都各吃了一碗鸡蛋挂面,这才允许他们二人出发。侯锐和侯勇在这时候变得异乎寻常地一致,他们都亲热地嘱咐着妹妹:"大方点儿,要主动跟人家找话说,千万别再一问三不知……"

蔡伯都陪侯莹走出院门时,二壮仍旧站在院门外的路灯下,仍旧把双臂抱拢胸前。他用惊异、愤懑、怜惜、鄙夷交混的那么一种复杂的眼光,盯着走出门来的侯莹。侯莹垂下眼睑不去看他,但分明感觉到了他的存在。梦中的影像飘过了侯莹的脑际,她感到面颊被夜风吹拂得像爬动着蚂蚁。蔡伯都对二壮投去一个微笑,算是告别,二壮却不折不扣地回敬了他一对白眼仁。

第四章

12

"老二呀,你的电话!"

钱大爷掀开门帘,伸进头来传呼。

他眼瞧着侯家的三个孩子在这院里长大成人,所以他觉得自己有权力"老大""老二"地称呼侯锐和侯勇;对侯莹,他倒是叫"小莹子",而且表现出一种特殊的爱怜。

侯锐起身对钱大爷致意:"钱大爷,您来坐坐!"

"不啰。家里一堆的事儿。今儿个下午电话又多得邪乎！"钱大爷说着就撤。

钱大爷家安着架公用电话。侯勇不在家时，侯家难得去打次电话；而只要侯勇一回来，这电话简直就成了侯勇的专机，找他的，他往外打的，一天总得八九次。

不过，总得侯勇主动往外打上一个电话，他回京的消息才能传布开来。这天侯勇还并没有往外打电话呢，怎么就有人主动打电话找他了？

侯勇一边往外走一边问："哪儿打来的？"

钱大爷说："新侨饭店！"

侯勇原以为是岳父家里打来的，估计雪韵给家里写的信，已经抵达，所以彭家知道他已到京。但彭家对他似乎从未有过这样高的热情，因此侯勇内心很快又推翻了这种猜测，他正往别处猜时，钱大爷却告诉了他这样一个地点：新侨饭店！那是外宾和华侨才住得进的地方，难道……

从侯家的南屋走到钱家的西屋，大约只需要三十多步，在这三十多步里，侯勇的心中却狂想联翩，积蓄已久的一种向往，如彩蝶般在他眼前翻飞……

自侯勇懂事以来，他时常琢磨这个问题：为什么哥哥比自己足足大了九岁之多？在哥哥和他之间，父母难道没有生过别的孩子吗？他也曾问过父母，父母都说生是生过两个，但由于难产，结果生出来全死了。一九七〇年，"清理阶级队伍"的时候，父亲在家里写交代材料，侯勇偷看了，才知道那两个孩子并不全是生下就死了，其中第二个，是个女孩，生在一九四六年，当时父亲因为在日伪的海关里当过最低级的职员，国民党来接收以后，把他给辞了，所以有两年多是失业状态，于是乎母亲把那个女孩生在医院就没有领回家来。据父亲的交代材料说，他们生活好转后也曾去打听过，医院的老护士还记得这回事，告诉他们那女孩先被一家阔人领走，但三岁时便得了白喉，后来送回到这家医院医治无效，才死在了她出生的地方。

  关于这个小女儿的事，当然算不得父亲的什么历史问题，但因为他历史上的污点早已经解放初就向组织上交代得一清二楚了，那时候实在没有别的可以补充，便只好把这类"长期向组织隐瞒的问题"写出来，以求过关。这事后来当然不了了之。谁会去追究一个只活了三年的小生命的问题呢？可是自从侯勇知道以后，他却对这个神秘的姐姐充满了幻想。近几年来，特别是当他在山西工厂里闲得闷得发腻的时候，他便有枝有叶地编撰起关于这个姐姐的浪漫故事来：她的白喉后来治好了，她平安地长大成人；四十年代末，她随养父养母到了香港，在那里最好的中学毕业以后，便到日本留学去了；最后，嫁了个美国人，迁到美国定居，入了美国籍；她今年该已是三十四岁，一头披肩的长发，一身洋味十足的衣衫，人还没走近，香水味儿先飘了过来……她会突然出现在侯家的小屋中，演出跪认双亲的动人一幕；她给家里人带了些什么东西来呢？当然，最起码得有胜利牌彩色电视机和森宝牌收录两用机，也许还会有那种一分钟出像的彩色照相机……她该不会带袖珍电子计算机来吧？侯家的人用不着那个，不过既带来了也就收下，可以拿到东单北大街的三羊信托商店卖掉，再用卖得的钱买点别的东西……是把她请到岳父家做客，还是把大舅子、小舅子、小姨子等人请到她下榻的饭店去见面呢？那时候，该死的妻舅和小姨总该懂得，侯家同彭家就算不是门当户对，也总算势均力敌了吧？也许，还可以通过姐姐和姐夫的关系，移民到美国去，所以，应当抓工夫学一点英语，还要学会开汽车，以便去了能很快适应那里的生活……

这次的电话,来自新侨饭店!会是谁呢?侯勇激动得耳朵都冒热气。

进了钱大爷家安放公用电话的那间小屋,侯勇抓起电话听筒,他不禁闭上了眼睛,仿佛圣徒等待奇迹陡现,然而,话筒那边的两声"喂,喂",立时就把他那连细节都栩栩如生的美梦击得粉碎!

13

那"喂,喂"的声音,一听便能判断出来,打电话来的是葛佑汉。

"侯勇吗?"葛佑汉不大放心地问。

"嗯。"侯勇知道,葛佑汉不希望是侯锐来接这个电话。侯勇把美梦破灭的一腔怨气都体现在这句问话上:"你他妈究竟在哪儿给我打电话呢?"

"在我们楼下公用电话这儿。"

"那你他妈干吗说是新侨饭店?"

"嗨,我们这儿反正离新侨也没多远。"

"你怎么知道我回来了?"

"我也是刚知道。六点多的时候,我在东单十字路口遇上了你哥,那会儿我还不知道你小子又流窜到北京来了。"

"你他妈究竟怎么知道的?"

"嘿,这你就别问了,我这人能掐会算。"

"什么事儿?"

"你出来一趟,我跟你细说。"

"我还没吃饭呢!"

"上我这儿吃干烧鱼吧。"

"没那份兴趣。"

"那你吃完饭来吧。"

"吃完饭我还有事哩。"

"你明儿来。"

"明儿我得去办事,办完事回西郊。"

"你他妈小子别不知好歹。你还想不想调回北京了?"

"想啊。"

"想啊!想你还不来找你葛大哥。上回提的那档子事儿,成了!"

"真的?可我岳母她……"

"你小子这回再求求她,不行你给她咕咚跪下。这可是千载难逢的好机会!"

"怎么?……"

"电话里怎么跟你说?你小子来不来?"

"我一时半会儿去不了。"

"你倒跟我拿起大米了!告诉你吧,只要你这回能开出两份证明,我保证你回去就可以打铺盖卷儿……"

"你甭拿甜话糊弄我……"

"信不信由你。你到底来不来?"

"那我吃完饭去吧。"

"这还像句话。"

侯勇就要把电话挂上了,这时他听见葛佑汉找补一句说:"别跟你哥说是我打的电话。"

"废话!"侯勇重重地撂下了耳机。

"你轻点嘿!"钱大爷走过来,瞪了他一眼。

侯勇不愿马上回家。他就势坐在钱家的床铺上,掏出烟盒来,先让了钱大爷一支,然后掏出打火机,给自己和钱大爷都点燃了烟。

钱大爷抽上了侯勇给他的烟,也就不再生侯勇的气。里屋的小闺女在喊他吃饭,他便冲侯勇点点头,管自进里屋吃饭去了。

侯勇咀嚼着刚才的电话,滋味复杂。葛佑汉怎么消息这么灵?啊,对了,同飞机的一位同志,不就住在葛佑汉他们那座楼里吗?这个葛佑汉可真厉害,他能最充分地利用一切他所认识以及他仅仅是知道的社会关系,去为自己谋取利益!侯勇知道,葛佑汉有一个小本儿,记满了人名、职务、地址和电话号码。有的,属于他经常利用的关系;有的,属于他偶一用之的关系;有的,就像冰库里的鱼肉禽蛋一样,属于暂时冷冻"以备不时之需"的关系。

上次出差回来,侯勇和葛佑汉见面时,葛佑汉提出过这样一种"三角互助"的方案:侯勇通过岳母,求岳母的妹妹——某医务部门的领导干部——把某个在市政府工作的干部的儿子,安排到她那个部门当化验员(该部门自定了若干招工名额,只招收本部门工作人员的落考子女,因此还需要侯勇岳母的妹妹暂把那市府干部的儿子认作干儿,她自己没有子女,干儿自然就应当照顾了);这样,那市府干部便可为侯勇"按政策"办成调动的事——前提是侯勇让父亲开出一纸有慢性病的证明,再让派出所和街道办事处开出一纸父母身边无子女的证明(这还需要先让侯锐一家三口的户口迁出,并且让侯莹早日出嫁);然后,那市府干部再出面,帮葛佑汉调到一个又高级又闲散的单位去。刚听到这个复杂、细密的方案时,侯勇不免吃惊,他问:"那干部既然有权,怎么不直接把他的公子安排到他管的部门,倒还要绕着弯儿来求我呢?"

葛佑汉呵呵地笑着说:"如今稍微有点身份的人,在'走后门'这个问题上都是'兔子不吃窝边草';再说,你老婆二姨那个单位可是块宝地,出国的机会多啊;第三条,现在谁也不甘心白吃人家的后门,白吃进去,将来风声一紧,开后门的一检查,你就得玩个物归原状!现在时兴对开后门,最好是交错后门,谁也没白吃谁的,像榫子那么紧咬着,将来就是有人想整顿风纪,死疙瘩结他也解不开,只能是'既往不咎,下不为例'……"一番话说得侯勇汗毛直抖。侯勇有时候自愧自悔,觉得自己在生活的染缸里把灵魂染得够卑污的了,但在葛佑汉面前,他又觉得自己实际上同白莲花也没有多少区别……他愤懑,他痛苦,为什么走蔡伯都那样的生活道路,成功的机会只有万分之一;而像葛佑汉这样地生活,却能够不断地"有志者事竟成"?

"咣啷"一声门响,打断了侯勇的思路,他抬眼一看,原来是二壮回家来了。二壮和侯勇虽然同在一个院里长大,但他们从来玩不到一块儿。这几年,出于一种微妙的原因,他们两人的关系十分紧张。此刻二壮刚从大门口回来,他在那里目睹了蔡伯都领着侯莹出去,猜出了他们的外出目的,心里正发堵,偏又一回屋就看见侯勇坐在他的床铺上,一副大少爷的架势,跷着二郎腿,抽着过滤嘴烟,心里不由得冒出一团无名火来,他毫不客气地冲着侯勇说:"打完了没有?打完了走人!"

谁知这时的侯勇,恰又处于良知苏醒的状态,他愿与一切人友好,更愿自己成为一个纯洁的好人。他仰起头来,对二壮微微一笑,递给他一支烟,和解地说:"唉,心烦,我坐坐就走。"

二壮犹豫了一下,接过了烟,大惑不解地望着侯勇,一腔的火气不知不觉渐渐地消了。

侯勇主动用打火机给二壮点燃了香烟,然后两眼只望着对面

219

墙上的年历发愣。那年历上有一大幅彩印的体操女运动员的照片，展现着她在自由体操中的一个优美造型。二壮原以为侯勇是让那年历画给吸引住了，细一观察，才发现他两眼的焦点并没有聚在那幅年历上，他不过是朝那方向想心事罢了。这神情倒引起了二壮的好奇心。在他想来，侯勇这几年好比是在路上捡了金元宝的人，得意还得意不过来呢，哪会有什么忧愁？没想到眼前的这个侯勇，竟紧蹙眉头，满脸丧气，似乎心里头堵着的那份不痛快，比他二壮也不在以下。这究竟是为了什么呢？

侯勇猛嘬了一口烟，尔后突然把还剩大半截的香烟掐灭，站起身来，搁下四分钱硬币，道了声"回见"，便扭身出屋。临出屋，又猛地转过身来，嘱咐说："再有我的电话，就说我没回来！"二壮呆呆地望着他，他推开门，大步地走了。

14

里屋在喊二壮去吃饭，二壮恶声恶气地冲里屋嚷了一嗓子："吃你们的！我这会儿不饿！"便一屁股坐在刚才侯勇坐过的地方，心里就像窝着一只活刺猬，形容不出的烦躁与郁闷。

有谁能理解这个二十八岁的小伙子呢？

二壮比侯莹大一岁。当侯莹去内蒙兵团的时候，他去吉林农村插队。令他同炕的战友们吃惊的是，二壮不但非常适应那里的生活，而且，他一点也不想念北京的家。是的，北京这个院落里的家，有什么值得二壮怀念的呢？当时，这间自己盖出来的电话间还不存在，全家六口人，就挤住在那么一间十平方米的小西屋中。屋里除了两只摞起来的旧木箱、一张吃饭时摆下吃过饭赶紧挨墙立起的炕桌，以及一些锅盆碗盏之类的什物外，占百分之八十面积的，就是一张用木板拼成的通铺。二壮和他的父母，他的两个妹妹一个弟弟,每晚就合睡在那张通铺上!在吉林农村,集体户的几乎所有的小伙子都骂那少油无肉的伙食,他们吃着那带着粗盐粒的腌萝卜就像在受刑;只有二壮,他每顿吃得都很香,他并不觉得那高粱米饭,那腌萝卜,比家里的饭菜粗粝多少;逢到集体户吃大碗炖肉时,他便坦率地向那些怕肥的同伴们征求"剩余物资",就着整瓶的白干,他一次就能吃下一斤的肥肉块,外带着还吃下去五六个大馒头!

随着世态的变迁,集体户崩溃了,二壮也顺应着潮流,回到了北京。刚回北京时,与那些同命运的哥儿们相反,他不是感到心情舒畅,反而更觉得烦闷压抑。住惯了东北那高大宽敞的农舍,他忍受不了首都这胡同小院里的小西屋的低矮狭窄;睡惯了男女分开的宽大的土炕,他更忍受不了家里这男女混杂的木板铺;在等待分配工作的期间,他率领上小学的弟弟,拉着小轱辘车,满世界转悠着捡砖头,有时候走过那无人看守的砖堆,他们就同千百个为盖小房子而奋斗的北京人一样,顺手牵羊地弄上那么十块二十块,于是,他终于为家里在原有的屋子外头接出了另一间小屋,这就是如今安装有公用电话的这间。这样,他才终于有了自己独立的一张床,而全家也才终于改变了男女合炕的状况,进化为"合并同类项"的形式:父亲与弟弟在外屋另一侧的铺上合睡,母亲与两个妹妹在里屋分睡于两个铺上。

二壮的父亲解放前拉洋车,解放后第三年才混上个老婆,蹬了四十来年三轮车,头年才歇脚。其实论身板他完全可以再蹬下去,但为了使二壮的大妹妹结束待业的状态,他办了退休手续,这样,二壮的大妹妹总算去三轮服务社"顶替"了他;当然,妇女蹬三轮车未免不雅,给她安排了个业务员的职务,这职务在侯勇以及他那西郊的小舅子、小姨们看来,也许是极可鄙夷的吧,但在为争夺这个"顶替"位置而败阵的那些三轮车工人的子女们看来,二壮的大妹妹实在是幸福得令人嫉恨而不禁牙痒。

二壮在家等了一段以后,被分配到房修队当了壮工,也算是子承父业吧,他每天主要是蹬着装有灰浆的三轮车,来往于各修理点之间,不蹬车的时候,便给瓦工们打下手。二壮和大妹妹的参加工作,使钱家的经济状况大大地好转起来;钱大爷又不甘心于只领退休金,他每晚到一处仓库去值夜班,拿补差;而家里又设了公用电话,平时由钱大妈一边做补花活计一边看守电话,还在上学的二姑娘和小小子轮流跑腿传呼。这样不久,加以二壮业余弄起了木匠活,陆续给家里打了些家具,他们家的里外屋竟渐渐变得充实、鲜明起来。他们不但有了半导体收音机,而且,是寻机会购置一台别人家淘汰的九英寸电视机,还是干脆抓张票购置一台十二英寸的新电视机?这一问题已在全家之中展开了正式的讨论。

在钱大爷看来,二壮真是没有多少好抱怨的。还想过什么样的好日子?当然,二壮转眼快三十了,该娶媳妇了。如今娶媳妇不光得有钱,还得有房,为了成全二壮,他跟老伴嘀咕好了,先把大闺女嫁出去,然后,他和老伴咬咬牙,带着二闺女和小小子再挤到外屋住,把里屋让给二壮和媳妇过日子!他把这话对二壮说了不止一次。二壮光是鼻子里哼哼几声,没句暖心的话递给他。如今这些年轻人!

钱大爷和钱大妈像着了魔似的,到处托人给二壮介绍个对象。二壮呢?他想些什么?他渴慕着什么?谁知道呢?就是他自己,又何尝说得清呢?

有一天,外屋只有二壮一个人,他拨了个电话给出租汽车站。

"你哪儿?"

"我要车。"

"干什么用?"

"要车!"

"是呀,你干什么用呀?"

"去火车站!"

"啊,什么时候要?"

"这会儿就要。"

"你几点的火车呀?"

"还差半拉钟头就开。"

"你住哪儿呀?"

二壮想了想,说出了胡同的名字,不等对方问门牌号码,便说:"车来了,就停在胡同口上吧!"

"你那儿不是离北京站挺近吗?"

"是挺近。"

"那你干吗非要车?是行李多吗?"

"对,行李多,自个儿拿不了。"

"那就让车开到你家门口吧。"

"不用。我们家这儿开不进来车。"

"你那胡同我们的车常过,开得进去啊。"

"反正你就让车在胡同口等着吧!"

"好,一会儿车就到。"

挂上电话,他就跟喝醉了酒似的,有种晕晕乎乎的感觉。

愣了愣,他就往外走。

在院里自来水管旁边,他遇上了洗衣服的侯莹。侯莹听见脚步响,本能地仰起了头。她恰好望见了他的眼睛,他的眼睛准确无误地盯住了她的黑眼仁。他对她微微一笑,微笑里溢出一种自尊和满足的神情。她低下头，继续使劲地搓揉搓衣板上的衣服。

二壮快步走出了院子，小跑着到了胡同口。

不一会儿，胡同口开来了一辆淡蓝色的上海牌小轿车。

二壮走近汽车，弯下腰对司机说："是我要的，去车站。"

那司机是个中年妇女。她怀疑地望望二壮，问："你的行李呢？"

"我不带行李了。"

司机满脸惊愕，她没有拔开控制车门的插销，从车窗内仔细地端详着二壮。

"是我要的车。"

"你去车站，走过去不也行吗？"

"我给钱。"

"你究竟去哪个火车站？"

这个问题救了二壮。二壮赶紧回答："永定门呀！我能走着去永定门吗？坐电车也来不及了，还有二十几分钟就开车。"

司机这才开了门。二壮钻了进去。

二壮坐在后座上，尽量让自己舒适一些。他来回打量着车内的一切，又把脸贴近车窗，紧张地观望街道上的景物。司机一边开车，一边警惕地从车前的小横镜子里防范着他。

二壮感到憋闷，他想把车窗开大点儿，却怎么也打不开。

"你摇摇那个把儿。"司机指点着他。

他把窗玻璃整个摇了下去，一股烫人的、混浊的气浪冲进了车内。

二壮还没有坐够，车子已经停在了永定门火车站的停车场上。

二壮一意识到车子停住了，便立即从上衣胸兜里掏出一张十元的大票子递了过去，诚恳而心虚地问："够吗？"

司机这才相信他并非坏人。

司机找完钱，二壮下了车。司机把车开走了，二壮这才松了口气。他徒步走回了城里，经过陶然亭公园时，他进去坐在湖边的一架长椅上，望着粼粼闪光的湖水，思维里只有些简单的念头："原来坐小轿车没他妈的啥味道……要了我他妈六块多，坑人……"

有谁知道，二壮为什么要干这样的荒唐事呢？

当年，二壮学校里的"政工组"有位专管教育后进生的老师，在他的眼里，凡是文化学习不行、家里经济困难的学生，都是准流氓。他也曾把二壮叫去训话，喝问他："你瞧见'小锛子'的下场了吗？！"

"小锛子"是他们学校里的一个有名的小流氓，犯了事，被公安局抓走了；后来公安局又把他押回来，在操场上开了批斗会；这样的批斗活动，究竟在二壮的心灵中留下了些什么印象呢？那位老师也好，二壮的父母也好，公安局的人也好，谁也猜不出来。当天，给予二壮的最强烈的刺激，是公安局用了一辆小轿车押送"小锛子"，"小锛子"虽然被剃了个光头，戴上了银闪闪的"小镏子"（手铐），但是，他却有幸坐上了小轿车！整个批斗会进行的过程中，二壮净偏过头，端详那辆停在操场一角的小轿车了。在二壮的家族中，他的爷爷，他的姥爷，他的父母，他的叔舅，没有一个人尝过乘坐小轿车的滋味！在二壮前面的，朦朦胧胧的生活道路上，也丝毫不见小轿车的影儿。"'小锛子'丫头养的真行，坐上了他妈的小轿车！"这便是那回批斗会在二壮心灵上播下的种子。

二壮并没有像"小锛子"那样去犯罪，但是，二壮总算也学到了坐小轿车的滋味。

那天是二壮开支的一天。坐完小轿车，从陶然亭出来，他又到虎坊桥的一家饭馆里，一个人开了一顿，喝了两升啤酒，剩下半桌子好菜，踉踉跄跄地回到了家中。钱大爷骂了他一顿饭工夫，钱大妈叨唠了他整三天，然而他始终没吐露出坐小轿车这回事儿。

这，将是他终生的秘密。

有一项秘密，他自以为能藏住，却藏不住。

他已经完全成熟了。他躯体中产生着一种冲动，这种冲动倘不加以控制与引导，将迫使他干出越轨的事情来。

不管报纸上怎么说，反正，在北京的千百条古老的胡同里，有许许多多二壮这样的并不看报的青年。

他不看报，并不是不愿意看报。他们家不订报。他们房修队订有一份《北京日报》，但人多报少，他们的工作又分散而流动，那报纸只被坐守料场的人控制着，他想看也难看见。街上又几乎没有什么报栏，更没有什么为二壮这种青年而设的阅览室。报纸同二壮无缘。

二壮爱看有男女谈情说爱的电影，渴求着一切性感的镜头，倘若我们的电影院上映真正色情的电影，二壮肯定是最积极的观众之一。

二壮看了色情电影，便会犯罪吗？

恰恰相反。二壮能从一切涉及男女情爱的、哪怕是零星的一闪即逝的电影镜头中，得到很大的性的满足。他看时不吱声，看完也不议论，他默默地回味着，发展着镜头里的动作；晚上，伴随着把自己化为电影中男主角的梦境，他那强壮的身躯，可以得到一种生理上的满足；于是，清晨他早早地起来，就觉得自己又可以做一个规规矩矩、干干净净的人了。

使二壮自己于朦胧中也不免吃惊的是，有一回他的梦境里，自己照例扮演着电影里侠肝义胆的男主角，而女主角从雾中显现后，竟是侯莹的面庞，侯莹的腰身，侯莹的声音……他惊住了；按照电影里的安排，他是应当扑过去，搂住她……然而他的脚跟仿佛被粘住了，他产生了一种异样的感觉，就是面前的这个女郎，他不能碰她一根毫毛，他得尊重她，体贴她，听她的吩咐……

那天早晨醒来，他跑到院子里举石锁，正遇上侯莹上完夜班回来，惺忪着眼儿，蓬乱着鬓发，望见了他，似乎对他微微一笑，掀门帘儿进了家。他觉得心里痒痒的，酥酥的……

二壮的这些埋藏在心底的意念，最早是让钱大伯看出来的。

钱大伯给他去试探过，碰了钉子。人家侯家等着用侯莹再去高攀一次。二壮冷眼旁观着侯家的一切。

今晚，蔡伯都领着侯莹出去了。那等着相看侯莹的，会是个什么样的主儿呢？能成事吗？

二壮不想吃饭。二壮要等着看侯莹回来的动静。

第五章

15

侯勇打完电话，掀帘进屋一看，便不禁心里发堵。

屋里满满腾腾全是人。方桌上摆了几样酒菜，父亲侯勤丰已经下班回来，正与侯锐分坐在方桌两边对酌。侄女小琳琅趴在床边，一边玩一个已经跌破了头的旧塑料娃娃，一边吃着一个棒棒糖；母亲和嫂子白树芬一个坐在藤椅上，一个站在洗脸盆架子前头，兴致勃勃地讲着什么。整个屋子里弥漫着一股子糖醋带鱼的味道。这味道使侯勇深入骨髓地意识到这间屋里的低级与鄙俗，

227

加以刚才的电话弄得他心烦意乱,他恨不得立即发作一番,泄一泄心中的郁闷。

"老二呀,你也来喝两盅吧!"父亲见侯勇进了屋,如获至宝,居然欠起身,像让客人似的来了那么个动作,这使得侯勇把一腔邪火压了下去。在他看来,父亲的姿势、表情,集中体现出父亲的慈祥、善良、庸俗、浅薄、懦弱、诚实……侯勇勉强做出一个笑脸,说了声:"爸,您先喝着吧,我有点累,先去里屋靠靠。"便理也不理正对他点头的嫂子,几步迈进了里屋。

侯勤丰与老伴的不同之处,在于他对三个子女都充满了自豪感与信心。侯锐曾在《北京日报》上发表过诗作一事,至今他仍念念不忘;而且,每当他在邮电所发售载有蔡伯都的剧本的刊物时,他便不由得油然联想起自己的老大侯锐,他总觉得凭老大的才学,早晚有一天,他也会发售刊有侯锐大作的杂志。对于侯勇,他的满意自不必说了,只不过他比老伴自尊,他去亲家家的次数,一年只控制在"十一"和春节这么两次,而且从不在那里留宿,甚至也不在那里洗浴,他总觉得当亲家母才有资格享受的事情,他做亲家翁的不必去沾光。对于侯莹,他仍然坚信是可以找到一个相当不错的丈夫的,刚才听说蔡伯都正给侯莹介绍一位当编辑的对象,他不由得心花怒放,借着酒兴,他笑吟吟地说:"好呀,赶明儿老大写诗,女婿编诗,我来卖诗,咱们家都在一行上了!"

侯勇进了里屋,靠在侯莹睡过的床铺上,本没有注意听屋外几个人的谈话,忽然,嫂子的亮嗓门把这样的话语甩进了他的耳中:"……咱们东单十字路口的立体交叉桥,听说可能明年春天开工!咱们这儿今年秋、冬还不得拆迁完毕?……"

啊,立体交叉桥!

侯勇的脑海中立刻浮现出电影上见过的鸟瞰镜头:立体交叉

桥在大地上划出优美的直线与弧线,穿梭的车辆自由自在地奔驰着……

是啊,有了立体交叉桥,不,甚至还不需要建成立体交叉桥,仅仅是开始拆迁这周围古老的胡同,包括侯家在内的许许多多家庭的命运,将会发生多么大的变化啊!

在拆迁的过程中,侯家起码能够分到一个三间的单元,那就够了。侯锐夫妇和小琳琅尽可以占据一间,父亲母亲平时占据一间,侯勇回家时,侯莹暂去同母亲同住,父亲同侯勇合住一间,岂不天下太平?侯锐夫妇和侯勇都不在家时,家里会多么宽敞,侯莹的神经质,在那宽松的空间中定会得到慰息,因而她也就可以更顺利地嫁出去……侯勇和爱人倘若调回来,怎么住呢?也住得下,侯莹嫁出去空出来的那一间,不就正好留给了他们吗?侯锐一家的户口,一旦拆迁完毕以后,也便可以暂时迁出一段,以利侯勇夫妇调回,反正他们有了漂漂亮亮的房子,那户口干吗非死留在父母的户口本上呢?……

唉,立体交叉桥!

快建成立体交叉桥吧!不,就算一时半会儿建不成,也快点拆迁吧!这对于政府来说,对于那些已经住上了宽敞的房屋、享有着充分的空间的人来说,该并不是一桩十分困难的事。

有了立体交叉桥,侯勇也就不用找葛佑汉,去进行那莫名其妙的三角交换的把戏了;也就不必为自己家与岳父家的强烈对比而痛苦了,也就不会对哥哥和妹妹那般粗暴了,甚至对二壮,也就不会有一种天然的隔阂与仇恨了;侯勇的灵魂便可以不再那么蜷曲,那么萎缩,那么压抑,那么愤懑,那么烦躁……

侯勇就那么氅着,向往着。什么理论,什么宣传,什么道德说教,什么文艺感化,什么会议,什么口号,什么文件,什么精神,什么民主,什么奖励……他认为对他都不管用,啊,我只要一座立体交叉桥,给我一座立体交叉桥!!!

立体交叉桥,这意味着将有限空间向宽阔处开拓,意味着将拥挤的人流向开阔处疏导,意味着给人们提供更多的空间,在人与人的关系上提供更多必要的回避机会,因而也就意味着抚慰、平息大量因空间壅塞而感到压抑与痛苦的灵魂!

这个晚上,侯家的人又说起了立体交叉桥。他们没有意识到,每当他们聚到一起时,这个话题便会自然而然地排挤掉别的话题,而成为他们谈话的一个长时间的中心。

这回,又是白树芬头一个提起立体交叉桥的。白树芬的一个大学同学,后来调到了市政建筑公司工作,她的消息是从她那儿来的,似乎格外具有权威性;其实,那仍不过是一种传闻而已。

16

侯家以及他们那一片的居民,与其说是向往着立体交叉桥,不如说是向往着拆迁。

拆迁!对于北京市成千上万仍旧住在古老的、不方便的、往往是拥挤的平房中的家庭来说,不啻是福音,是通向光明与幸福的阶梯。拆迁总是伴随着这几种情况发生的:要修建庞大的公用建筑;某系统某单位要征用地皮进行扩建;要为首长建筑用房;房屋危险需拆除重建。解放后的头十多年里,政府对拆迁户充满了歉意与关怀,所以,几乎所有的拆迁户所提出的要求都得到了满足,凡拆迁到新住宅的,不但肯定可以改变几代同室的拥挤状况,而且往往大大地扩大了居住面积,改善了居住条件。那时候,拆迁户本身很少提出非分要求,未轮到拆迁的家庭对他们也不嫉恨,因为总觉得市政建设发展得很快,不久也便会轮到自己。主办拆迁的工作人员们那时也比较廉洁公道，很少有因受礼受贿或因"背景""面子"而徇私的事情发生。直到今天，人们还津津乐道一九五九年为修建人民大会堂而拆迁的那些住户的可羡命运，他们不但一律迁到了比原有条件好的新住宅楼中，而且，人民大会堂建成后，他们又一律受到了市长的亲自邀请，成为了那富丽堂皇宫殿的首批参观者，并在金碧辉煌的宴会厅中受到了一次终生难忘的款待……

然而，北京市政建设的发展远非一帆风顺。

看看散布在北京城内外的近三十年所建的居民楼吧。五十年代初第一代居民楼的典型，如景山后街两旁的那一组高楼，高大的琉璃顶，宽阔的玻璃钢窗，平均二十多平方米的大开间……绝不实用，但体现着当时人们的心境：社会主义就是如此气派，共产主义指日可待！第二代居民楼所建不多，其典型如西城福绥境大楼和广渠门内大街的"安化楼"，没有大屋顶了，但追求层多体大。那是一九五八年"城市人民公社居民住宅"的活样板，当时的时代气氛，是"共产主义就在眼前"，而"共产主义"的象征之一，便是"楼上楼下，电灯电话"；许多居民在自豪的锣鼓声中搬进去了。开头，他们也曾被人羡慕，但很快地，随着"大跃进"理论上的绝对"成功"和实践上的彻底失败，待建的这类楼房停建了，住进去的人们一天比一天更烦恼与苦闷：电力缺乏，无法安装与使用电梯，住在八层上也只好爬上爬下；以煤气为燃料始终只是一种设想，因此还得从楼下往上搬蜂窝煤；有几年冬天，甚至无法供应暖气，因此家家只好生火炉取暖，于是乎大楼很快便被熏黑了，加以保养工作很差，现在看去，这样的大楼便有如搁浅在沙滩上的生锈的巨轮。从一九五九年到一九六二年，新的居民楼盖得很少，一九六二年至一九六六年春天，是第三代居民楼大规模崛起的黄金时代,在和平里,在三里屯,在西郊的许多地区,设计得比较合理的、外观看上去也算顺眼,然而无可避免地互相雷同、显得单调的大片不算太高(以五至六层为多)的居民楼雨后春笋般地出现了,住在这些楼里的居民,至今仍被楼外的大多数北京人视为天之骄子,人们在拆迁时所最向往的,就是这类居民楼里的单元。然而好景不长,一九六六年夏天的急风暴雨一来,这样的已盖好而未及住上人的空楼,便首先成了到北京进行"革命大串联"的"红卫兵小将"的临时招待所,他们毫不爱惜这些新楼,所造成的破坏,使后来迁进去的居民们费了很大力气,才一一弥补上。到了一九六九年左右,"随时准备打仗"的气氛甚嚣尘上,大量的资金和人力都投入到"深挖洞"的伟大工程中去了,于是在北京各处都出现了一些名副其实的"简易楼",又名"战备楼",这算是北京市的第四代居民楼吧,它们的特点是低矮、狭小、单薄、丑陋;这类楼房在修建时还往往把一些砖头突出,以形成"敬祝伟大领袖毛主席万寿无疆"之类的标语,后来人们意识到这是无谓的与不必要的,又搭起沙篙架将它们一一凿掉,结果本来就很丑陋的楼墙就更显得不堪入目。"简易楼"几年后便声名狼藉,于是,从一九七五年邓小平同志第一次复出主持国务院工作起,又开始兴建闻名于世的三门工程,即在崇文门——前门——宣武门一线的原顺城街(内城与外城的分界线)南侧,盖起了一排有如灰色高墙般的多层居民楼。这些居民楼的特点是只求总体高耸集中的"唬人"效果,而设计上很不实用,施工也相当粗糙;这类大片居民楼的修建从那时一直持续到今天,随着近几年人们思想的变化,第一座新建的楼总比前一座建成的楼要多少改进一点,不但更注意内部的实用,也更注意外观的美观协调,这,大致就构成了北京的第五代居民楼。

虽然以上面的眼光计算，三十年来北京市盖起的居民楼已有五代之多，而且近两年来建成的数量与以往相比大有增加，但是能分到新楼单元的，主要还是大机关的干部以及各种需落实政策的高级知识分子、民主人士，一般的市民仍旧排不上号，他们只好照旧拥挤地居住在古旧低矮的平房之中。不用往偏僻的地方去，即以从西单商场向北直抵新街口商业区之间的十里长街两侧而论吧，有多少居住在狭小黑暗的小铺面房中的家庭啊！他们开了家门就是人行道，没有厨房，只好把炉子搁在门外，用漆成灰色的铁皮做个小罩子，罩住那炉子。有时早晨现生火，从拔火筒中冒出滚滚的浓烟，与马路上汽车排出的废气在空中汇合在一起，形成一张罩住北京城的污浊的气网。像侯家这样的住在胡同小院里的家庭，跟他们一比，还算幸运的呢！

这些住在古旧拥挤的平房中的普通市民，既然不可能像大机关的干部那样，有机会分到新楼单元，他们便只得寄希望于拆迁，故而他们经常把拆迁作为一个话题，随时展开着牵心挂肺的议论。有的企望着在自己那一带盖剧场，有的企望着在自己那一带盖旅馆……侯家那一片的居民，则企望着在东单十字路口早日修建立体交叉桥。

随着人们见识的增长，拆迁中的戏剧性因素，特别是闹剧和悲剧因素也不断地增长着。

常有这样的事发生：住着较好平房的人，自愿与住着较差平房的人换房。为什么呢？就因为他打探到了这样的消息：后者所住的那一带将要开始拆迁！

也常可以看到这样的景象：一大片房屋已经拆掉，出现了一片颇大的空地，但独有一所摇摇欲坠的住房仍兀立在那空地之中，里面依旧住着人，屋外的几株蒙满尘土的向日葵也便依旧耸立着，而小厨房里也照例往外飘着油烟……凡懂得拆迁一事的北京人都知道这是为什么：房里的主人向拆迁的部门提出了很高的条件，对方如不应允便坚决不搬！这种拆迁中的"硬骨头"，虽不一定能够如愿以偿，总也会比那些"听话"的拆迁户多得些好处。

还有许多不能直接看到的情况，一些如葛佑汉似的人物，他们本来与一场拆迁并无关系，但他们就像苍蝇扑向变质的鲜肉似的，闻味而至，与拆迁部门的人打得火热，从中得到好处；当然，更有一些为官的、有钱的、近水楼台的人在幕后进行着微妙的，或公然违章的，或表面上符章而实际充满"猫腻"的勾当，结果是一些与拆迁无直接关系的人从拆迁中大获利益，而一些与拆迁有直接关系的老实人、懦弱者，却被剥夺了某些连他们自己也不清楚的应得的好处……

如今，人们对拆迁，已不是二十多年前的那种淳朴的心情了。人们知道拆迁的机会并非易得，所以应当充分珍惜，错过了这一次，那下一次不知多少年方能到来。人们懂得拆迁中会遇到"猫腻"，因而必须分外精明。总之，对于人们来说，拆迁乃是一生中只能遇到一次的大事，是难得的开拓居住空间的机会。的确，拆迁的给房标准尽管在一再地压低，但大体上总还体现着不硬行拆迁、给予改善居住条件的原则。至今仍为狭小的空间压抑着的千千万万的北京市民，对于拆迁，他们真是望眼欲穿啊！

17

外屋关于拆迁和修建立体交叉桥的议论，把侯勇从里屋吸引了出来。侯勇的重返外屋，使父亲非常高兴，他甚而产生了一种感激儿子"赏脸"的心情。

白树芬一见小叔子出来，也便招呼说："你们仨先喝酒吃饭吧，我跟妈、小琳琅等你们吃完了再吃。"

侯勇淡淡地"嗯"了一声。他心里想：你这当嫂子的，说这话就算贤惠了吗？其实主要还不是因为屋子小，没地方，倘若这屋子宽，八仙桌往外一抬，你保管得同时上桌子吃。

侯勇一边这么想着一边过去面墙坐下，同父亲、哥哥一起喝酒。

本来，立体交叉桥这个题目，是最能使他们一家人息掉宿怨的；但是侯勇一摸酒杯，就不禁想起了刚才接到的电话，葛佑汉还等着他去呢！去干什么？去走路子调回北京！欲成此事先需如何？先得让哥嫂侄女把户口迁出去！先得让侯莹嫁出去！什么立体交叉桥，什么拆迁，没影的事儿！有影的事儿便在今晚！想到这里，他便绷着一张脸，对于父亲的问话，只是"嗯""哼"地敷衍着。

"老二，吃菜呀！"父亲像对待贵客似的，满脸笑容地招呼他说，"吃块带鱼吧，你妈的手艺，退休以后提高了不老少……"说着，便往侯勇的碗里夹红烧带鱼，侯勇端起碗，使劲地一躲，父亲吃了一惊，筷子一抖，一大块红烧带鱼中段掉到了地下。

这情景使侯锐万分愤慨，他不禁红涨着脸，呵斥侯勇说："你怎么回事儿？给你脸你不要！"

母亲发现了这一镜头，忙走过来劝解，先对老伴说："人家老二如今不吃这无鳞鱼！"又劝侯锐，"成啦成啦，好不容易全家团团圆圆的，你就少说两句吧！"

父亲满脸尴尬，确确实实下不来台。他蓦地回忆起当年被单位里"专政"时的情景。他被关在地下室中交代历史上的罪行，每天认认真真工楷书写好几张信纸的交代材料，写完以后，就不免要想点别的，他常常想到的，便是老伴做的红烧带鱼，尤其是

235

当看守人员给他端来窝头和白菜汤时,他就极其生动地回忆起那红烧带鱼的色、香、味,乃至于刚出锅时,带鱼段表面上那闪闪发响的小油泡。后来"落实政策",放他回家了,迈进家门,他对老伴提出的头一条要求,便是:"买点带鱼烧给我吃吧!"老伴提着菜篮,从东单一直寻觅到哈德门外,才终于买到了二斤带鱼,回家来没歇着,立即拾掇、烹烧……唉,记得那一天侯锐不在家,侯莹也在兵团没回来,就侯勇从插队地点回来探家,侯勇简直是扑上去抢着吃,一大盘红烧带鱼,侯勇倒吃去了三分之二,那情景真是历历在目啊;可今天,侯勇成为"将门贵婿"了,人家不屑再吃这种无鳞鱼!……想到这儿,父亲有点撑不住,眼圈儿顿时红了,鼻子一阵阵发酸,他叹了口气,仰脖喝干了大半杯二曲酒。

父亲的神情,使侯勇多多少少有点良心发现,他便掩饰说:"在飞机上我就有点反胃,这会儿好像更厉害了。我今天不想吃荤腥……"说着他夹了一筷子凉拌黄瓜,吃完又喝了一口酒。

侯锐见侯勇自动下了台阶,也便光是瞪了他一眼,不再说什么,闷头只管喝酒。

一时间屋子里变得异常肃静。

又喝了几口酒,侯勇就起身宣布说:"我还有事儿,得出去。不在家吃饭了,你们吃吧!"

父亲和母亲望着他,光知道用眼神问:"你去哪儿?"却都说不出口。侯锐自然不会沉默,他梗着脖子问:"你怎么这时候还出去?"

侯勇一看腕上的手表,已是八点五分,他没有工夫吵架,他怕去晚了见不着葛佑汉,那家伙经常是神出鬼没的;因此,他便和和气气地对侯锐说:"去趟北新桥,业务上的事,晚上人家在家,晚上去家里找比白天去单位找好说话。"说着他拔腿便要出去。

谁知，临出门他被嫂子白树芬给叫住了。

18

在侯家这小小的空间里，真正对侯勇无所惧让的，只有白树芬一人。

白树芬会置身在这么个空间里，说起来，真是一件她自己当年万万想不到的事。

退回十六年去，白树芬正在家乡南昌上高中，是班上的团支部宣传委员。如今她还保留着大量当年的照片，那些照片上的白树芬，是一个身材苗条、随时随处把两只眼睛弯成两个月牙儿使劲欢笑的姑娘。那时候她最爱唱的歌，是《地质队员之歌》，那歌曲的头一句：是那山谷的风吹动我们的旗……多少次惹出了她满眶的眼泪！听了一次地质局干部的报告，看了一场描写地质队员生活的影片《沙漠里的战斗》，她便认认真真地在日记本上一遍又一遍地书写着"立志做一个地质尖兵"的誓言。那时候的青年多么单纯！党的号召，祖国的需要，人民的期望，这些话一灌进耳朵，心头上立即燃起熊熊火苗。一九六五年报考大学时，白树芬在志愿表中填满了地质学院的各种专业，当她得到一纸北京地质学院的入学通知书时，她觉得自己成为了世界上最幸福的人，她简直是唱着、舞着来到北京，来到北京地质学院的……

然而，接踵而来的事态，将白树芬的天真状态击得粉碎。他们进校便被派到农村去参加"四清"，据说不管学哪种专业，顶要紧是必须学习阶级斗争这门主课；从"四清工作队"回到学校，刚开始学了一点基础课，忽然爆发了史无前例的"文化大革命"，白树芬犹如一个掉到海中的软木塞，她沉不下去，却浮得分外痛苦，随时被掀腾呼啸的恶浪抛掷着、冲荡着……

白树芬目睹身历了许许多多让以后的历史学家们研究不尽的事，她的思想在震惊和煎熬中曾经极度混乱，然而即便在那种情况下，为自己的祖国和人民开采宝藏的意愿，仍像古莲种深埋在煤层一样，存于白树芬心中。多少次，她以为"这下总该让我们学地质了吧"，然而"是那山谷的风吹动我们的旗"的理想，一再如同风扑肥皂泡般地被破灭着。

当地质学院的运动开展得最激烈时，白树芬虽然也附骥于最强大的一派"地院东方红"，但她只是一个挂名的成员，因此她逃到了住在城里一条小胡同的姑姑家中。姑姑家"文革"中也饱受冲击，那里的生存空间也非常狭窄，除了晚上勉强可以临时搭一块铺板给她一个床位，白天简直没有多少转身的地方，于是乎她和同院的比她小两岁的叶玉秋交上了朋友。叶玉秋因病没有下乡插队，在家里待分配，她家虽然也并不宽敞，但总算有一个角落可供读书、谈话，于是她们两个就常常坐在那个角落里，读一点劫后余存的外国小说，絮絮地谈一点只有她们两个之间才能谈的私房话……

后来白树芬听说工宣队已经进校，运动有望结束，她心底里又浮出了"是那山谷的风吹动我们的旗"的歌声，于是便回校去探察究竟。谁知一去，便被工宣队扣下了，说是地质学院已决定外迁，根据"农业大学办在城里不是见鬼了吗？"的逻辑，地质学院办在城里当然也是见鬼，必得搬迁到山沟里去……白树芬被编入了打整搬迁物资的连队。那时的地质学院已经惨不忍睹了，教学楼的楼墙上布满了污痕，窗玻璃很难找到一块完整的，宿舍楼里一片混乱，昔日整齐漂亮的操场这里一堆秽物，那里一个大坑，更不用说到处都有破败的大字报和新涂写的恶俗不堪的标语口号……啊，这里已是文化沙漠，"沙漠里的战斗"终于兑现了！

后来突然又来了一道什么战备命令，工宣队要求大大加快设备拆装外运的速度。当时白树芬他们那个小组负责装运的全是些玻璃器皿之类的仪器，她找到工宣队的一位负责人，试图告诉他：这些东西必须极为耐心地收放包装，否则会造成重大损失，因而可否不必硬性限期完成任务？那工宣队负责人气呼呼地把白树芬训了一顿，咚咚咚地大步来到实验室现场，把两个正小心翼翼因而显得慢慢腾腾地装箱的同学拉拽开，示范性地把剩余的几件玻璃仪器往箱里一扔，"咣当"盖上了箱盖，拿起草绳就捆绑，为拉紧草绳打结，他一只大皮靴毫不留情地踩了上去，只听木箱里一阵玻璃破裂的声响……

这响声埋葬了白树芬心中对从事地质事业的最后憧憬，也送走了白树芬心中最后的一丝温情，一丝向往，一丝对自身以外的责任感。

白树芬意识到，一俟搬迁的苦力活结束，她也便会像已经分配走的同学一样，面临着极为可怖的命运。她接到了先期分配走的同学的来信，那些在运动初期被江青亲昵地搂着肩膀夸奖过的"小太阳"也好，那些在运动当中被当作"修正主义苗子""现行反革命""五一六阴谋集团分子"而被整得脱了一层皮的"小爬虫"也好，那些以为当个逍遥派便可侥幸逃脱厄运的"胆小鬼"也好，除了极个别有背景、有门路的而外，几乎全都被当成废物，处理到了与他们所学专业、所抱理想全然不沾边的工矿、农村。据说因为他们是大学生，因而就是资产阶级知识分子，因而也就是最危险最讨厌最无用的东西，所以必须让他们干最脏最苦的体力活，以利他们脱胎换骨，在接受"再教育"中重新做人……

正是在这种形势下，白树芬在姑姑所住的院中，在叶玉秋家里，遇上了蔡伯都；正是出于蔡伯都的乐善好义，才介绍她同侯锐见了面；她通过与侯锐确立了夫妻关系，这才争取到了分配时照顾她留在北京郊区，并且争取到了去公社中学教物理课的工作。

白树芬幸福吗？她对幸福的渴求，早已枯竭到麻木状态，所以她现在很少去思考这类重大严肃的问题。她有了丈夫，在结婚之后，她发现这丈夫还算不错，使她避免了吞食后悔这剂最苦的药。后来她又有了小琳琅，小琳琅每日随她在她那个学校生活，这使得她的生活更易于脱离冥想而更接近于实际，因而使得她的心境更易于趋向平衡。开头，她和侯锐一样，为没有自己的家而深深地烦恼，后来，她被这旷日持久的事态也弄得麻木了。她曾劝说过侯锐，就在公社安个家算了，但是不用侯锐跟她讲，她自己也渐渐看出了这样的人情世故：她所在的公社里的那些人，即使不说是全部吧，也有百分之八十以上，在他们眼中，侯锐夫妇没有很快地把自己的工作调回城里，是一件很古怪的事，"你那小叔子他岳父不是什么什么吗？他给你们说句话还不结了？"似乎这应该是一条颠扑不破的真理！到了这二年，县教育局干脆确定了这样的精神：夫妇均在本县教学的，可以优先照顾其中一名调往城内，门路可以自找。既然如此，白树芬也就不再跟侯锐提在农村安家的事，并且，也就更积极地参加到向往立体交叉桥的行列中来。只要一开始为立体交叉桥拆迁，他们夫妻孩子就可以在城里有一个窝了，那时她尽可以让侯锐先调回城来，家中有了足够的空间，小琳琅也便可以留给奶奶看管，到了上学年龄也能在城里入学，受到较好的教育。

白树芬虽然准备着离开那个半山区的农村中学，却认认真真地努力上好每一堂物理课。她还担任着班主任，这是一项开掘学生心底宝藏的工作。学生们从她口中很少听到那种枯燥的大道理，但她那种和善的态度,亲切的眼光,特别是从微小处做起,给人以关怀、帮助的行动,使她赢得了学生们的爱戴。一个雪花飘飞的冬日,她发现孙锁柱放学后还蜷缩在教室的火墙边,便问他为什么不回家,孩子抬起一双哀伤的眼睛,没有吭声。白树芬想起他爹刚娶了后娘,把他打发到土坯房去睡了凉炕。白树芬心里一酸跑回宿舍,从自己床上抽下一床旧褥子,给了孙锁柱。孙锁柱用一双皲裂的手接了过去。白树芬背过脸去,不知为什么,心头上浮现出了立体交叉桥的图像,久久没有消失……

都说当嫂子的容易同小叔子处好关系,而最难同小姑子相处;白树芬恰恰相反,她同侯莹的关系是非常融洽的。回到家中,她常揽着侯莹的肩膀,而侯莹也常挽着她的胳臂,说许多知心的话……她同侯勇的关系却相当紧张,她惊异于侯勇的心如同花岗岩般坚硬冷酷,而侯勇也打心眼里看不惯白树芬那种清高的气派。不过,由于侯勇毕竟不在北京工作,白树芬在他出差来京时又尽量避免回城,他们碰上的时候不多,因而也还未曾冲突过。

谁想到,在这天晚上,叔嫂之间终于冲突起来了。

19

"小勇,你什么时候回来?"

当侯勇抬脚就要出门时,白树芬叫住了他,问出这么句话来。

白树芬这话问得有理。事关这晚上一家人的睡法。这晚上还不算人丁最盛的,因为侯莹要去上夜班,只有三男三女。但这三男三女之间存在着两层理应互相回避的关系:公媳之间,叔嫂之间;而两层关系中的核心人物正是白树芬。白树芬带着小琳琅一到家,听到了侯勇也已回来的消息,心里就开始盘算当晚的睡法了。当然只好采取"合并同类项"的方法。因为里屋床位比较充裕，所以男性成员自然应占有里屋，而她和婆婆、小琳琅则合睡在外屋的大床之上；他们进了里屋以后，把中间的门反扣上，外屋的三位妇女才好脱衣入睡。这方案本是切实可行的。但现在侯勇宣布他要出去，现在已八点多钟，按他外出的惯例，在外头总要耗两三个小时以上，因此，他很可能要十一点左右才回来，这样，三位妇女要么得等他回来才好入睡；要么就得做出这样的决定：三位妇女睡里屋，三位男子睡外屋。外屋只有一张大床，父子三人得横着睡，把脚搭到拼过去的椅子上，那当然是很不舒服的。白树芬叫住侯勇，就是希望他表个态，或表示不会太晚回来，或表示"你们女的睡里头吧"！

谁知白树芬的这话一出口，犹如将一个火星溅到了侯勇心中的干柴垛上，他正极端烦躁而无法排遣，经这句一激，顿时火冒三丈。

侯勇并没有意识到嫂子这话的潜台词是"今晚怎么个睡法"，他只觉得自己的尊严遭到了挑衅。在这个家里，父亲母亲对他都是理顺毛的态度，哥哥侯锐虽然敢于对他发怒，但发怒本身其实也是一种对他无可奈何的表现，至于侯莹，那在他面前就连大气也不敢出一口；只有这位嫂子，也不跟他顶，也不跟他吵，甚至说话口气还满客气，但从她的眼神里，从她嘴角淡淡的微笑（侯勇总觉得那是冷笑）上，侯勇深刻地感受到了嫂子对他的轻蔑。这个上过大学的嫂子知道他的不学无术，懂得像他这样的"将门贵婿"实际上处境十分尴尬，也丝毫不惧怕他的骄横无理。

侯勇把脸转向白树芬，恶狠狠地回答她："你管得着我什么时候回来吗？"

白树芬并不退让，面上和颜悦色，语调也并不提高，但两句话把他噎了回去："你要是回你岳父那儿，我当然用不着管；你要是回这儿，咱们就得商量商量，晚上怎么个睡法。"

白树芬把问题挑明了，更惹得侯勇满腔邪火，侯勇的自尊心受不了这个话。这话，意味着他虽攀上了住大屋子的高干，但并不能在那家人占据的空间中获得一个心安理得的位置；这话，也意味着在这个小小的空间里，他毕竟不是一个可以随心所欲的霸主，他还得接受别人同他的商量！

"你爱睡哪儿睡哪儿，我管不着！我爱什么时候回来什么时候回来，爱在哪儿睡在哪儿睡，你也管不着！"侯勇气得浑身哆嗦，嚷了起来。

屋子里其余的四个人顿时乱了起来。小琳琅被吓得"哇"的一声哭了；侯锐简直是从椅子上跳了起来，瞪着弟弟，张嘴想呵斥他，一时又不知该呵斥什么；侯勤丰心惊肉跳地望着剑拔弩张的叔嫂二位，没了主意；当母亲的急得连连自语："这是怎么说的，这是怎么说的……"

白树芬却一点也不慌张，她甚至也并不生气，依旧语气和蔼地说："既然咱们是一家人，同在一个屋顶底下生活，那就不能谁也不管谁，遇上事儿就得一块儿商量。"

白树芬越冷静，侯勇便越蛮横，他满脸肌肉乱抖，不管不顾地说："什么一家人！这儿不是你的家，你给我走！"

侯勇话音没落，侯锐已经冲到了他面前，借着酒劲就扇了他一记耳光，侯勇岂能甘休，当即就揪住了侯锐的脖颈；父亲赶忙过去拦在兄弟之间，急出了一身汗来；母亲心内只埋怨媳妇不该惹是生非，她不由得跺着脚，白了白树芬一眼，朝那拥成一团的父子三人叹一口气；小琳琅吓得扑到白树芬身上，搂着她的腰，哭得更加响亮；白树芬见事已至此，越发感到没必要惧让，她略微抬高嗓门，但语调并不泼辣地一字一板地反驳说："我走不着！

告诉你，我是明媒正娶来的，我户口在这儿，这儿就是我的家，我在这个家里待着名正言顺，谁也别想排挤我！"

一家人正闹着，钱大爷掀帘进了屋，一进屋便扬着嗓门劝解："嘿，这是怎么了？一家人什么话不能好好说？快别动火，快别动火！"他进屋前已经听出了屋里在争吵，听见别人家闹纠纷，他就勃发出一种管闲事的热情，此刻他目睹着愤怒、惶急、尴尬、羞惭、冷峻的几张面孔，这种热情达于极点，他先把侯勤丰连扶带拉地归到座位上，又把侯锐连拉带拽地推到床边坐下，又请当母亲的坐到藤椅上消气，嘴里还一边叨念着许多谁也听不清也用不着听清的话语；但是，当他想继续安顿侯勇和白树芬时，侯勇已经恨恨地说了句："哼，咱们回来再说！"一跺脚，掀门帘走了，而白树芬的反应也极为灵敏，她扬起嗓门，故意用一种客气到极点的语调，把话送到门帘之外："对蛮不讲理的人，我一句话也不再说！"

侯勇以这种姿态出了门，弄得侯勤丰心里好不是滋味，酒和带鱼都从胃里翻到了嗓子眼。他又急又气又羞又怕，他的生活准则就是维系小康之乐，他愿意一家人团团圆圆、和和美美，他最怕家丑外扬，尤其不愿将家丑显露在钱大爷这种他认为比自己低下的人面前；他怕侯勇一腔邪火跑出去闹乱子，更怕侯勇很晚回来还要在这个家里继续争吵；但一时之间他又判断不出是非，媳妇似乎也没有什么错处，她为一家人能睡好，问一声小叔子本无可厚非；侯勇忙着出去，被叫住自然不痛快，说几句气话也算不了什么大事；侯锐见弟弟这么不尊重嫂子，兼以又喝了酒，借着酒劲打了弟弟一下，打得并不重，好像也可原谅……一家人都是好人，都无大恶，但竟闹成了这个样儿，究竟是怎么搞的啊？他那么愣了几秒钟，突然，一种本能促使他站了起来，钱大爷不及劝阻,他已快步出得门去,他是去追侯勇。他急中生智,想追上侯勇,告诉他:"我一会儿就回邮电所睡去,我替老张去值夜班,让他回家去;我不算跟他换班,下次轮着我,我还值班,他准乐意……家里让老大三口和你妈都睡里屋,外屋给你一个人留着,你可千万别再生气,别再吵闹!……"

以自身的忍让,换取全家的和睦,这便是侯勤丰的治家之道,这一回他又打算这么办。

但是,他一直追到胡同口,也没见着侯勇的影子。一阵晚风吹来,他的醉眼模糊了。

第六章

20

北京站那两座对称的大钟敲响了九下。站前的广场上,毫无规则地布满了或立或坐、或倚或卧的人们,另一些流动的人左躲右让地在他们之间穿行。在广场的人群中,可以看到侯锐的身影。他已经在这里游荡了半个多钟头。

家里的纠纷由侯勇的撤退而暂告休战以后,侯锐就一个人来到了这里。一开头,当轻柔的夜风吹拂着他的面颊、清凉的空气滋润着他的鼻腔时,他产生了一种解脱感。就像一只被关在纸盒子里的甲虫,终于有机会从纸盒中飞出来一样,胸臆为之一宽。在地下铁道入口处,他买了一瓶新上市的"上海可乐",用蜡管慢慢地吮吸着,回想起这天晚上回家后同侯勇之间的两次冲突,他主要不是为弟弟,而首先是为自己感到羞耻。他仿佛面对着一幅荧光屏,被迫观看自己在前一两个小时里的录像。他,一个读过不少中外古今典籍的人,一个自命能欣赏西洋交响乐和京剧流派唱腔的人,一个整天在学生们面前鼓吹道德与修养的人,遇到弟弟的粗暴无礼,却一筹莫展,只知道拍桌子、瞪眼、呵斥、搧耳光……这难道不也是一种浅薄和庸俗的表现吗?

人,应当随时随处都是高尚的。可为什么在这个世界上做到这一点却如此困难?侯锐抽着一支烟,有意跑到广场上人群最稠密的地方逡巡。那里有两个人在伸长脖子互骂,一群人在那里围观。他们为什么不能想到,在这个星球上,他们起码属于同类,而在这个国度里,他们更属于同胞手足,他们又都在旅途中,这里的空间是如此之大,合不来他们尽可以各奔西东,为什么非要这样为一点点小事吵闹不休?为什么不能多多少少保留一点礼貌?他没有挤进人群围观,他往没有喧嚣声的方位走去,那声音小的地方,人却更多,他看见一些显然是从偏远的小地方来的男男女女,他们就那么随随便便地找个墙根,打开铺盖卷,横躺竖卧地蜷缩在那里。他们为什么来到北京?是否正准备乘火车回去?……有一位显然是从外地而来正准备返回的妇女,她坐在那里,身边搁满了大包小包的行李,其中有一摞是木头搓衣板,足有二十块之多。为什么搓衣板这种最原始、最简陋、最易制作的东西,她要归去的地方竟不能制作,而需要来北京采买,并且要用这样辛劳的办法运载回去?我们这个国家究竟出了什么毛病,竟使得木头搓衣板也成了一种珍贵的物品?……侯锐又看到一个男子,不知为什么他决定不去旅店过夜,而是把一块塑料布卷成一个圆筒,把一头扎紧,人钻进去,用那圆筒包着自己,就在地下铁道入口侧面的窗根下睡觉。他的整个形象使人联想起蜗牛或钉螺,侯锐站在离他十步远的地方,望了他足有好几分钟。啊,原来一个人所需要的空间,可以减缩到同他本身体积相等的限度！是不是我们每一个人都把对生存空间的渴求降低到这个程度，我们的社会就会变得相对纯洁起来，而人与人之间的关系也会变得相对美好起来呢？……

宣告已是晚上九点的钟声，把侯锐的思路从关于全人类的冥想中拉了回来。他不得不再想到自己的家，于是他的情绪又黯淡了下来。他毕竟没有车站上那些席地而卧的人们的勇气，他势必还得回到那个狭窄而拥挤的家中去睡觉。是啊，究竟怎么睡呢？白树芬和弟弟吵了一场，却并没有解决这个问题。侯勇仍是一枚定时炸弹，如果他深夜归来时，发现家里人的睡法不合他的意，他是敢把大家从被窝里薅起来的！

侯勇为什么变得这样蛮横？就如同白树芬变得那样冷峻，侯莹变得那样猥琐，自己变得如此易怒和粗俗一样，很重要的一条原因，便是缺乏自己的足够的生存空间。有了自己的足够的生存空间以后，比如说到下个世纪国家经济发达时，某些每人各有各的房间的家庭中，也许又会出现另外的问题，有的人会变得互相很虚伪，很冷漠，很隔膜。就算是那样吧，但那也总比现在的局面好。我们不能因为生活发展到下一步仍会有缺憾，就拒绝去医治、排除眼前的痛苦啊！

侯锐拖着脚步，返回家里。当他行进在路灯光稀疏而暗淡的胡同中时，他不禁在心里对自己说："你啊你啊，当你思考全人类的时候，你像个高尚的哲人；可是当你面对着家里的糟心事时，你就又成了个十足的窝囊废！我应当怎样才能摆脱庸俗卑琐的心理，使自己对生活充满坚实的信心？也许，我还应当立足于农村，在那里进行不懈的开拓……

21

院子里整个是幽暗的。北京市胡同里的不少老居民，在节约用电上堪称是世界大都会居民中的冠军。这并不是作为一个优良传统继承下来的。在"史无前例"的十年以前，那时候一般一个院子只有一个公用的电表，电费按灯头数目或灯泡总瓦数计算，人们在用电上很少费什么心计，院子里一到晚上总有种灯火灿烂的热乎劲，但人们也确能基本上做到随手关灯，真正意义上的浪费也并不严重。在"史无前例"的热潮过去，人们普遍产生了一种受骗感之后，北京市胡同院的居民们却似乎变得自私起来，互让互谅的淳朴民风变成了一种斤斤计较的风气，几年之中，每家自装电表成了一件必不可少之事，致使家用电表的供应一直紧张到如今；而未能安装上电表的家庭，便觉得低人一等，在计算电费时，也确实常常吃亏。按说，各家自己装了电表，院落中该出现灯火通明的景象了吧？恰恰相反，除少数的人家、少数的院落以外，普遍的状况，是流行开了一种吝啬到极点的用电方式：屋中只安一盏八瓦乃至于六瓦的日光灯，于是乎常常可以看到上小学的孩子搬着方凳子和小马扎，跑到大马路的灯底下做功课，因为那灯光比家里的还强一点。人们一分钱一分钱地节省着电费，以便能把这份钱用到别处。这样的结果，便使得北京市胡同院的不少老居民更加不善于利用晚上的时间读报、看书，因而也就更加增长了庸俗与浅薄，并且使得越来越多的不得不在晚上做作业的孩子，成了近视眼。

侯锐从北京站遛弯回来，进到院里时，整个院子里简直没有多少灯光。他家更是漆黑一片。掀开门帘进了屋，侯锐这才发现里外屋之所以没有开灯，是因为里屋开了电视。他家的电视机，属于他家最贵重的物品之一,由于没有地方安放,便搁在了大立柜里,需要看电视时,便把大立柜左边的一扇门打开,露出搁放在大立柜横隔板上的电视机,抽出电线,插到柜边墙上的插销里。这样安放电视机,天线不好使用,他们便干脆不用天线,好在附近高层建筑不多,离大马路又有一段距离,干扰也少,不用天线影像也算清晰,他们就那么看。屋里没有多少坐人的地方,看电视时,往往就爬到床上,倚着被窝垛看,倒也别有风味。

小琳琅一随妈妈回到家中,就吵着要看电视,当时因为大家都没吃饭,正忙乱中,所以没给她开。大人们的一场风波过后,妈妈让她吃了饭,她便又吵开了,可谁有心思开电视呢?她闹了好一阵,白树芬拗不过,这才去开了电视。

侯锐回到家里,首先看到的,便是倚在里屋床上看电视的白树芬和小琳琅。

他问:"爸爸呢?"

白树芬回答他:"去邮电所了。他说去替人家值班,好让咱们今晚上睡松快点。"

他又问:"妈呢?"

白树芬回答他:"到后院串门去了。"

侯锐忍不住叹口气说:"老毛病!自己家出了乱子,在自己家叨唠还不够,还要跑到别人家叨唠去。"

白树芬呼应说:"可不。这样子她心里头也许能松快点。"

侯锐瞟了几眼电视,正播映一部编摄得极生硬的电视片,他便坐到床边说:"有什么好看的!你也真是,家里发生了这种事,你还能心平气和地看电视!"

白树芬不以为然地说:"不看电视又怎么着,坐到旮旯里哭去?躺到床上生闷气去?一头撞死去?"

侯锐说:"你别这么顶撞我。我也是为了你,为了咱们这三口人好。别人在场我也不这么说了,好在现在只有咱们在一块……"

白树芬打断他说:"这屋里还有别人呢!"

"别人?"侯锐四处望望,莫名其妙,"别人在哪儿?"

白树芬一点也不像开玩笑地说:"当然还有人。小莹回来了。"

"小莹回来了?她的事怎么样?你没问问她?"

"什么事?问什么?"

"小莹在哪儿呢?"

"她不看电视,她在下铺哩!"

侯锐站起身来,先拉开了灯,然后就弯下腰,把挡住床下铺位的布帘一拉,啊呀,侯莹直挺挺地躺在那儿,两只眼睛睁着,还在发愣。

"爸爸关灯!爸爸关灯!"小琳琅不喜欢开着灯看电视,蹬着腿嚷了起来。

侯锐顾不上应付小琳琅,他把身子弯得更低,又纳闷又关切地招呼着侯莹:"你怎么回事儿?你们谈得怎么样?你干吗躺在这儿发愣?"

直到侯莹把眼珠转向他,对他发出一个微笑,他才消除了疑惑与惊讶。

"哥,我累了。累极了。"侯莹说着,也就坐了起来,并且开始找鞋,要钻出来。

22

里屋只剩下小琳琅一个人看电视,侯锐、侯莹和白树芬都来到了外屋,拉开灯,开始了一场不可避免的谈话。

侯锐坐到方桌边,侯莹和白树芬并排坐在大床上。侯莹回来时,只有白树芬和小琳琅在家,她招呼了声"嫂子",便说"累,真累",钻到下铺休息去了。白树芬只当她是下了中班回来,也就没问她什么。现在白树芬才知道她是去搞对象回来,一种同情心和责任感促使她提起了精神,来同侯锐一起询问她会面的情况。

侯莹坐在那里,仿佛参加完一场激烈的战斗,疲惫、倦怠,但从她嘴角淡淡的微笑上,又可以窥见她的内心,她对所见到的人是满意的,并充满了幻想。

"你们在一块谈了多久?"侯锐问她。

"嗯,有半拉多钟头吧。"

"都谈了些什么呢?"

侯莹低头微笑,只望着鞋尖:"我也不知道。"

"你呀,都这么大了,还这么幼稚。"侯锐叹口气说,"你告诉我们嘛,我们帮你分析分析。"

白树芬伸臂揽住小姑的肩膀,维护地说:"干吗都告诉咱们。小莹,你拣能说的说嘛。"

侯莹羞涩地揉着衣角说:"谈看电影的事来着。"

"具体是怎么谈的呀?"侯锐有点着急。

"他问我最喜欢哪部片子。"

"你说是哪部呀?"

"《巴士奇遇结良缘》,我爱看,好。"

侯锐大失所望:"唉呀,你就不会拣点别的片子说吗?《简·爱》《孤星血泪》《马戏团》《小花》《归心似箭》……哪部不比这个强。人家是文学编辑,哪能喜欢这种香港的俗里巴唧的东西?"

白树芬反驳说:"小莹说的是实话嘛。干吗非得照你教的这个说?搞对象,就得实话实说,《巴士奇遇结良缘》我看着也不错,说人家俗,咱们过的日子就不俗啦?我看咱们更俗!"

侯锐追问:"你问他了吗?他爱看什么电影呢?"

"我没问。"

"你干吗不问呢?"

"……"

白树芬又帮着小姑辩解:"哪有女的问男的这个的?只有你才那么厚脸皮,跟我搞对象的时候,什么都敢问!"

侯锐觉得细致的询问没有什么意义了,便直截了当地问:"你觉得他对你怎么样?喜欢你吗?"

侯莹把头埋到胸前去了。白树芬抚爱地理着她鬓边的发鬈,责备侯锐说:"你这叫什么话?先得问咱们小莹觉得他怎么样,喜不喜欢他啊!"

侯锐便问:"你觉得他怎么样?满意吗?"

侯莹连连地点头。她怎么会不满意呢?

白树芬用温暖的臂膀把小姑子搂得更紧了。她衷心地盼望着侯莹能获得幸福。她问:"你们谈话的时候,蔡伯都到哪儿去了?"

侯莹抬起头来,满眼里闪着感激的泪光:"蔡大哥真好。蔡大哥陪着我们聊了一会儿,就一个人到王府井遛弯去了……蔡大哥陪我去东单公园的时候,跟我说好了,他只管介绍我们俩认识,认识完了我们自己谈,谈多久都行。他今晚上还要上人家家去,人家愿意不愿意,他晚上就知道了。他说要是不太晚,兴许就给大哥你打电话……"

"是吗?"侯锐看看手表,已经九点二十几了,"今天他怕来不了电话了吧。是呀,伯都对咱们家的事,就跟对他自己的事一样上心。不过……人家跟你分手的时候,没约你下次再见吗?"

"没……"

"没?怎么——"

"这有什么大惊小怪的。"白树芬分析说,"人家知道咱们小莹乐意不乐意呢!得等着蔡伯都跟你联系上了,才能知道人家的想法,也才能把咱们小莹的意思递过去……"

正说着,母亲回屋来了。她刚才到后院邻居家里,找一位跟她处境相仿的大妈聊了一阵,主题是议论媳妇的难处,以及再好的媳妇也难免在家里惹是生非,俩人很是共鸣,这使得她的心情稍许有所好转。她一进屋,见侯莹坐在那里,不禁惊呼起来:"小莹,你回来啦!什么时候回来的?怎么样呀,那人你中意吗?"

她的心思又全转移到侯莹身上来了。

白树芬主动向她介绍情况说:"妈,人家小莹挺可意的。俩人谈了半拉多钟头哩!"

白树芬的一声"妈",使当婆婆的彻底消除了对媳妇的不满,她笑着说:"是吗?你瞧小莹,这有啥不好意思的呢?跟家里人,你还不能说说你们刚才是怎么搞的吗?"接着就走近前问,"你都问了他些啥呀?他的工资,是不是八十七块五呀?"

"那还能有错,伯都不是都跟咱们说了吗?"侯锐代为回答。

"工资八十七块五,也不算太多呀!他们那儿兴不兴奖金呢?一个月能拿多少哇?交通费、洗理费……都有吧?"

侯莹红着脸,偏过头去说:"不知道。我没问……"

"嗨,这有啥不能问的呢?他问你了吗?你跟他说了吗?咱们家不用你一个子儿,你们要成了家,逢年过节的,给你爸和我提个点心包儿来,我们就知足……"

"妈,头一回见面,哪有就谈这些个的……"侯锐插话道。

"不谈这些个谈什么?"做母亲的振振有词地说,"一个四十老几了,一个二十六七了,都是不能再拖的了,还用得着花前月下的,慢条斯理地去对它半年一年的象吗?瞧上了,合得来,不吃亏，干脆就抓紧办事儿呗！"

正说着，二壮掀帘伸进了头，他对着侯锐开腔，眼睛却死盯了侯莹两眼："侯大哥，电话！蔡大哥来的！"

侯家的四个人闻讯无不怦然心动。侯锐赶紧去接。

23

"伯都吗？你在哪儿呢？"

"就在他们楼下，也是公用电话。"

"怎么样？他愿意吗？"

"怎么说呢……好像是不大行……"

"怎么怎么，我们小莹怎么不行呢？"

"是呀是呀，我刚才还跟他说，像小莹这么单纯、善良的姑娘，如今已经不多见了。"

"他不是要贤妻良母吗？如今北京城里像小莹这么大的姑娘，有几个够得上贤妻良母型呢？"

"他也说小莹可能是个贤妻良母，但是……他觉得小莹太无知，太没有常识……"

"才谈了半拉多钟头，怎么就见得呢？！"

"你别急。我也是这么跟他说。他说，小莹连香港是怎么回事都不清楚。小莹看了香港电影，觉得好，可小莹以为香港是台湾岛上的一个城市，是国民党统治着……"

"小莹是这么说的吗？……他该知道，小莹他们在学校根本就没上过地理课，况且就是有地理课，也讲不到香港……"

"可他总觉得小莹的知识水平太差了一点，太缺乏共同语言……他说，他毕竟并不是想找个洗衣服做饭的保姆啊……"

"话怎么能这么说呢？！"

"你别生气。要生气就生我的气吧。都怪我,我应该考虑得周全点再牵线……小莹回家怎么说,她愿意吧?"

"你问这个还有什么意义呢?"

"是呀,真对不起。我发现我其实一点也不会办这类事。原谅我……"

"你就会编剧本。瞎编!"

"是呀,生活要复杂得多,微妙得多。我把握不住……别生我的气。我本想明天往你学校写信,告诉你,可那就得让小莹多幻想两天……我不该折磨她,所以这么晚了,我还是决定给你打电话,好在你们这电话方便,二壮他们也不是外人……"

"你当初就不该贸然牵这个线!"

"是呀,真对不起。你可得好好跟小莹说,别刺激她……"

"我怎么说?你来跟她说吧!你瞧你办的事……"

"我改天一定去你家,亲自跟小莹好好地说……你就说,这个不行,不算啥,蔡大哥以后再给你介绍个年轻点的……"

"我开不了口。你知道我们小莹这些日子为这种事儿犯过病……"

"所以得好好地跟她说。别说人家觉得她无知。"

"那怎么说?说人家对她满意,可就不想跟她结婚?"

"……嗯,就说人家一看,觉得自己大得太多,怕耽误了小莹的青春,所以……"

"那我们小莹要说,不怕他大,不怕耽误什么青春,我还怎么说呢?"

"是呀是呀……你就把责任全推在我身上吧,就说蔡大哥做事不细致,没把人家的想法摸清楚,人家原是想找个三十几岁的……"

"说不通。有更年轻的愿意跟他,他死不要?"

"唉,那你说怎么办呢?"

"我只能如实地告诉她。让她知道自己的无知,对她有好处。也许今后她还能逼着自己读一点书。"

"那……也好。不过你应当婉转点,不要伤了她的自尊心。"

"伤她自尊心的罪魁祸首是你!"

"……"

"啊,我也是赌气才说这个话。你别介意。"

"我心里很不好受。我本想为你家做一件好事,没想到……"

"行了行了。我们还是都感谢你。你再接着帮忙。"

"我不灰心。经了这事,我更觉得对小莹负有特殊的责任……"

"以后别找这么高级的人物了,给她找个普普通通的人,不要求她把香港弄得那么清楚的人……能跟她一块好好过日子的,就行!"

"对,看来是得从这么个角度考虑。"

"我还是得谢谢你。谢谢你及时打来了这个电话。"

"这个讨厌的电话。"

"这样的电话越晚打就越让人讨厌。"

"也向你母亲道歉吧。你父亲还不知道吧?"

"怎么不知道?他刚才回了趟家,又折回单位值班去了。他听了很高兴。我父亲母亲都迷信你,认定你是我们家的福星……"

"你一定在他们面前为我美言几句,我不是什么福星,但我愿意为你家这些善良的人效劳……"

"伯都,我的心软了。刚才我还怨恨你,现在我真的原谅你了。"

"可我自己并不能原谅我自己。我现在有一种空虚的感觉。我觉得我的剧本,我的名气,我的灵感,真是一钱不值!……"

"为什么?你可别这么想!"

"不能不这么想。我发觉我对实实在在的生活本身,还是那么无知,那么无力,那么无能……"

"别这么说。"

"好,就说到这儿吧。"

"你别灰溜溜的。我都不灰溜溜,你何必灰溜溜?"

"当然。我们要努力冲破灰溜溜,我仍要顽强地开辟通向幸福的道路。"

"是呀是呀。伯都,你受累了。你还回家吗,还是就住在他那儿?"

"当然还要回家。"

"快十点了,你抓紧时间吧。谢谢你及时打来电话。"

"讨厌的,可又不能不打的电话。"

"好,我挂上了。欢迎你有工夫来我们家。"

"我会去的……挂上吧!"

24

侯锐接电话时,二壮在一旁耸起耳朵听。他听出侯莹没给人家看中时,心里头说不出来的痛快。那丫头养的谱儿真叫大,还得知道香港是怎么回事儿才能要人家,臭讲究!"没常识",就你们那号捏酸假醋耍笔杆子的有常识!……话说回来,香港究竟在哪儿?反正离北京特远特远,不在台湾,不归国民党管,那归谁?归小日本?归美国大鼻子?他妈的,我们没常识,可谁给我们讲过这些常识呢?!

侯大哥这人还算懂道理。听他说的这话:"以后别找这么高级的人物了,给她找个普普通通的人,不要求她把香港弄得那么清楚的人……"我就不要求她把香港弄得那么清楚,你们给她找我不就结啦！是呀，"能跟她一块好好过日子的"，我就是嘛，我能给她打出大立柜，打出捷克式酒柜（捷克又他妈的在哪儿？也不清楚。不清楚也一样能打出他们那号酒柜来，有图样子就行！）。我还能让她少干活，陪她逛天坛，给她置件像样的呢子大衣，攒钱给她买块日本电子小坤表……

钱大爷到仓库上班去了，小弟弟到邻居家看电视去了，里屋的钱大妈和小妹妹已经入睡，大妹妹在单位值班没回来，二壮一个人待在屋子里，关上灯，合衣靠在床上，正好凭他的素养和愿望去遐想……

他该采取什么样的行动，才能得到侯莹呢？爸爸仗着酒胆去开过口，让侯大妈羞了回来；妈妈也曾在与侯大妈闲聊之中，透露过这层意思，人家侯大妈硬是装作没听出来，光拿别的话打岔……

也许，该写一封信给侯莹吧？可这信，该是怎么个写法呢？二壮活了这么大，除了看过一些小人书，几乎没读过任何一本文艺小说，像他这样缺知少识的胡同院落里的青年市民，北京城里真不老少，只不过他们像墙缝里的土鳖一样，不引人注意，常常被人们忘记其存在罢了。万万不要以为只有那些会用西班牙、夏威夷两种方式弹奏吉他琴、会背诵波德莱尔的《恶之花》并且也能写象征派诗歌、会搞抽象派绘画和会谈论克罗齐美学观点的青年，才值得我们去研究其存在价值，像二壮这样的活鲜鲜的京城青年，他们的生存价值，难道不是更值得我们去关心，去反映，去研究，去帮助他们自己领悟、获取吗？二壮现在想不出来该怎么写一封给侯莹的信，他脑海里甚至不知道有"情书"这个字眼。他只知道，那些正经的流氓"拍婆子"时，也兴写条子的，但那样的条子他只听说过而并未见识过，所以也无从模仿……

啊，请原谅吧，如果我们如实地记录下汇涌在二壮那厚实茁壮的胸脯里的冲动——或者可以不原谅这支揭破他内心隐秘的笔，但一定要原谅像他这样的无数的北京胡同里的青年市民……

二壮躺在那里，他生理上产生着一种燥热和骚动，他眼前活生生地浮现出侯莹的脸，侯莹的胸脯，侯莹的全身……他想，没法子，只好逮个机会……干脆，当她上夜班去的时候，在胡同当中那段路灯坏了长久没修、最黑最背的地方，冲过去搂住她……或许，不该那么鲁，那就一下子站到她面前，干干脆脆地告诉她："我要你。你跟了我，准有你的好！"

……这是不是就犯法了呢？二壮眼前浮现出了"小锛子"的嘴脸，"小锛子"被剃成光秃，手上铐着"小镏子"，被推进了小轿车……呸，小轿车没他妈什么意思，划不来……二壮懂得犯罪不好，犯罪对不起爹妈，也对不起自己，并且也对不起侯莹；他并不是想把侯莹当"婆子"玩玩，他是实心实意地想娶她当媳妇啊！他究竟得怎么着行事，才能得到她呢？

忽然，二壮想到了一条路子，他一下子从床上坐了起来，他拍着自己的脑袋，他笑自己笨，他为自己刚才的那种犯罪冲动而自愧。其实这事多么简单，多么保险——他该求蔡伯都给他传话呀！蔡伯都新编的话剧，他在电视上看过，那戏里不是写了讲恋爱的事儿吗？蔡伯都那戏里头的人和事，平常日子里谁见过？可既能编得有枝有叶，也就兴许真能出那样的事。他不是反对嫌贫爱富吗？他不是主张恋爱自由吗？只要他能说通侯莹，我们的事儿就能成！侯莹不讨厌我，从她那眼神里我还看不出来！都是她爹她妈，总想拿她再攀一个高枝儿，让她也迷了心窍；蔡伯都要给我们说成了，他还能再编出新戏哩！

二壮真恨不能马上给蔡伯都打个电话，他知道蔡伯都住的那个楼区的公用电话号码，可这都什么时候了，人家那儿的传呼电话可不像这儿，早关门了，那就明天、明天、明天！

想到这儿，二壮高兴起来。他哼着香港电影《三笑》里的调调，开始铺床展被，可就在这时，他忽然听到一种号啕大哭的声音，他立即判断出这是谁的声音，肝肠立即抽紧，心发疼，脑发闷——他咬咬牙，一跺脚，奔哭声响起的地方而去。

第七章

25

侯锐接完电话回到屋里时，侯莹正对着镜子用梳子拢头。因为她想到该赶着去上夜班了，所以心里头格外慌乱，用梳子使劲地把头发拢顺，能多多少少地压抑一下心里的慌乱，故而她拢了好一阵还没停止。

侯锐一进屋，三个人都盯着他看，侯莹是从镜子里看见侯锐的，仅仅看到了一个侧面，她便本能地意识到：又吹了！她手一抖，梳子掉到了地上。她愣在那里，没有马上俯身去捡。

做母亲的仍固执地沉迷在大红缎子色彩的幻想中，她迫不及待地问："怎么着？下一回在哪儿见？什么时候见？"

白树芬从侯锐的表情上已经猜出了结果，她在婆婆身后向侯锐使着眼色，然而未能阻止住侯锐说出实情。

侯锐觉得越早击破母亲和侯莹的幻想越好，这样可以大家冷静下来，另外再寻线索，实事求是地解决问题。他走到方桌边坐下，用一种冷酷的语调说："还见什么？人家瞧不上小莹，嫌小莹太没常识，连香港是个什么地方也说不清。香港是跟广东省连着的那么一块地方，现在还由英国派总督管着，可小莹以为香港在台湾，以为是国民党管着那儿……就凭这一条，人家就受不了。人家是出版社的文学编辑，总得找个有共同语言的人，怎么能找个连普通地理常识也没有的人？……"

母亲听不懂侯锐摆出的逻辑，她只知道小莹又没让人家看上。极度失望中，她跌坐在大床上，也不知是埋怨那位编辑，还是埋怨小莹，喃喃地说："搞对象就正经搞对象呗，胡诌八咧什么香港呀！香港跟你有什么关系？屁关系也没有不是？这是怎么说的……"

白树芬刚想劝劝婆婆，忽然侯莹一下子走进了里屋，她赶紧跟了进去。里屋的电视还没演完，但小琳琅早已倒在床上睡着了。白树芬关上了电视，拉开灯，只见侯莹呆呆地坐在小床上，脸上木木的，竟没有一点表情。

白树芬坐到小姑子身边，拉过她的手来，只觉得小姑子的两手冰凉。她用自己的双手搓揉着小姑子的双手，劝慰她说："小莹，没什么，别想不开。这人太老，就是他乐意，咱们还得挑挑他呢……你也还不算大嘛，机会多的是……"

正劝着，侯大妈进了里屋，她一见侯莹那副嘴唇微展、两眼发直的呆相，心里不由得涌出一股怨气来，当即叨唠说："瞧你这副模样，难怪人家瞧不上你。什么香港不香港的，我就不信是为那个瞧不上你，还不是因为你这死鱼相，你就不会活泛点吗？说了你多少遍，你还是搓衣板似的，谁喜欢你这样的娘儿们！……"

白树芬搂住侯莹的肩膀，恳求地对婆婆说："妈，您就别说这些个了。小莹心里本来就难过，咱们别给她添罪受了……"

母亲长叹了一口气。她忽然想起，侯莹该上夜班去，再不动窝准得迟到了，于是便催促说："行了行了，我也不叨唠你了。快上班去吧,别迟到误工的,又扣你的奖钱。咱们糟心事够多的了,可经不起再扣奖钱!"

侯莹本是愣愣地发木,一听这话,忽然泪珠子扑簌扑簌地直往下掉,但她没有哭出声来,连呜咽也没有,她任大滴的晶莹的泪珠从面颊上滚下,也不去擦拭。白树芬一见她这样,出于一种复杂的联想,鼻子也酸了,忍不住眼里也涌出了泪花。

母亲一见姑嫂两个是这么幅情景儿,心里愈加烦躁,她还有一种朦胧的迷信心理,觉得这情景儿非常之不吉利。怎么今天这么晦气,没一桩事情顺心,这屋里简直就没落下一点喜兴事儿!出于一种厌烦的心情,她提高嗓门吆喝起来:"小莹,你给我上班去!对象对象你捞不着,奖钱奖钱你舍得往外扔!树芬你也是瞎胡闹,你添哪门子乱?都几点了?还不快催着你小姑子上班去!"

侯锐走进了里屋,他有点后悔刚才自己的做法,他劝解说:"妈,您瞧小莹这会儿心里怪难过的,就让她歇一班吧。二壮他们也许还没睡下,我给她厂里打个电话去。"

白树芬也帮着说:"是呀,就别让小莹上班去了。让她今天跟我睡下铺,我慢慢劝说她。"

母亲的执拗劲涌了上来,她动肝火了,大声埋怨说:"你们倒都挺会享福的,说不上班就不去了。我这个当妈的说话你们只当是放屁,怪不得你们背地后净嘀咕我。我为个什么?我还不是为了你们好?我一天到晚白为你们忙活了!"说着她心里一酸,忍不住就扯起衣襟抹眼泪。

侯锐见这屋里除他以外全成泪人了,心里好不是滋味。唉,在这拥挤的空间里,为什么竟壅塞着这么多的烦忧?

侯锐正待把三个人统一地劝劝,突然,侯莹以迅雷不及掩耳之势,一下子蹦了起来,白树芬没拉住她,侯锐也没拦住她,她飞快地蹿出了里屋，到了外屋，钻洞般地缩到了大方桌底下！

侯锐、白树芬和母亲跑到外屋，一见这情景，全傻了。

侯莹疯了！这个概念像一粒子弹射到了他们心上，他们心里全炸烂了五味瓶。

26

香港在哪儿？《巴士奇遇结良缘》里头，不就是香港吗？香港不是没解放吗？没解放不就是国民党管着吗？国民党管着不就是台湾的地方吗？……啊，没常识，我没常识，人家要有常识的，得知道香港是怎么回事的，可我打哪儿去知道这号常识呢？《巴士奇遇结良缘》里也没说清楚那儿是谁管着呀……

我敢情是个没常识的人，没常识的人就没人要……可那回蔡大哥不是还夸过我吗？他亲口跟我说的："嗬，小莹，你知道得真多啊，我可得好好跟你学学！"蔡大哥那不会是戏弄人吧？不，他是真觉得我懂得比他多。那回是说起什么事来着？啊，说起他要给秋嫂买料子，是我告诉他的，派力司没有凡尔丁结实，可裁条裤子比凡尔丁看着挺括；海军呢爱起毛，要做大衣，宁愿买粗花呢的……王府井那几家服装店，"红叶"才是乙级的，百货大楼虽算甲级但手艺不好，"蓝天"是甲级的可工钱太贵；顶实惠的，还是"新颖"，要做呢料衣服就去"新颖"……长毛绒配皮筒子做袖子可不行，还得买驼绒；驼绒是不大好买，甭去王府井，那儿净是外地来的，哪儿是买东西，就跟不要钱似的，见什么抢什么，其实东四人民市场上货也挺齐全，到那儿买驼绒，倒比王府井好买；别买那种花条的驼绒，"怯"！要买就买清一色的驼绒……这些常识，那编辑懂吗？哼，我不知道香港在哪块儿，他还未必知道"新颖"在哪块儿呢！……

再也不去了,就是蔡大哥再来花言巧语,也不去见了……真没劲!干吗非得找对象?干吗非得结婚?干吗非得活泛?干吗非得机灵?啊,李薇,你来看我了,你好,这世界上就你跟我合得来,你坐下,挨着我坐,我不怕鬼,我怕的是人!跟你在一块,我心里头倒踏实了,跟人在一块,他们就老得催我去公园搞对象,要么让我在家里等着,听信儿,要么就轰我去上班……他们愣把我从床上拽起来,不让我睡觉,他们愣推着我,把我推到我不乐意去的地方!李薇,你陪着我哭,我哭不出声来,因为我累了,我太累了。我这么活着有什么意思?我没有一个自己的家,我连一张自己专门用的床都没有。我找不着对象,没人要我,因为我死板,我不活泛,我没常识,我不知道香港归谁管……我也不漂亮,连蔡大哥都说我显老,说我过去像朵花,现在像什么?他没说,他没说我心里也明白……

啊,李薇,那渠里的水凉吗?什么色的水?粉红的?对了,我喝过粉红色的水,喝了一杯,又喝一杯,又喝一杯……谁在对我笑,二哥!二哥他在对我笑,他干吗对我笑?我给了他糖纸,那就是钱啊,用那钱能买水喝,我不爱喝别的水,就爱喝那粉红色的水,你也爱喝吗?我带你去喝,我知道哪儿有卖的,就在那大方桌底下。那可真是个好地方,那儿好宽敞,宽敞极了,不信你跟我去看,那儿准比你那水渠好玩,真的!……

干吗这么看着我?香港!香港有巴士,巴士奇遇结良缘!上班去,哈哈,上班去,上班搞对象去,跟对象一块儿喝那粉红水儿,一张小孩儿酥糖纸买一杯,粉红的水儿比渠里的水儿凉。水里有张脸,李薇,你别吓唬我,我怕我二哥,我嫂子可对我好。香港我不知道,我知道"新颖","新颖"是甲级的。梳子掉在哪儿啦?二壮也得笑话我,二壮真够壮的,二壮干吗不跟我来鲁的？编辑！编辑是干什么吃的？不稀罕！东单公园有几个门？胡同口那儿的垃圾桶太满，都溢出来了。臭德性，甭管我，奖钱，奖钱拿来买料子，买派力司，买了去"新颖"，香港就准比"新颖"好？哪儿也没有那大方桌底下好，那儿好、好、好……上班，上班，上班，不上班，不上班，不上班……二哥！我买！李薇，你敢不敢！小孩儿酥糖糖纸，快，快，快……大方桌，买一杯，一杯粉红的水儿！

27

"小莹，你出来，你倒是出来呀！"

侯锐不能不过去拽侯莹，难道就让她那么缩在大方桌底下？可是他刚把侯莹从大方桌底下拽出来，侯莹便爆发性地号啕大哭起来，一边号啕大哭，一边用两个拳头擂哥哥的胸脯；侯锐稍一扶持她，她便挣命似的乱挣起来，这情景把母亲的心给吓得缩成了一团。她顿时后悔不迭，刚才不该那么逼命似的催她去上班！

白树芬见侯莹真的疯了，反倒冷静了下来。刚才心里所漾起的关于自己命运的哀愁，销声匿迹了，她过去紧紧地搂住了侯莹，把她往床边拉，力图把她安顿到大床上歇息下来。刚拉到一半，侯莹突然挣脱了她的搂抱，一边号哭着一边使劲地用拳头打她的肩膀，那拳头石锤般沉重，白树芬疼得"唉哟唉哟"地叫了起来。外屋的一片号叫，吓醒了里屋的小琳琅，小琳琅从睡梦中惊醒，立即大哭起来。

正在这最混乱的时候，二壮冲了进来。他看了两眼，便毫不犹豫地走上前去，用两只壮实厚大的手，抓住了侯莹的两个手腕，制止了侯莹的乱打。侯莹起初还拼命地挣扎，但二壮的大手是那样地有力，终于使侯莹的双拳不能挥动。侯莹被制住了以后，突

265

然中止了号哭，呆呆地凝视着二壮，二壮也目不转睛地望着她，侯莹凝视了那么几秒，又忽然眼珠一转，无声地从眼眶里滚出了一串大如珍珠的眼泪，紧接着，她全身一软，散了架般摇晃起来。二壮把她手腕子一放，她竟随势瘫倒在了二壮的身上。

二壮冲进屋来的这一幕，仅仅有几秒钟，母亲的反应，先是极端的反感，几乎要嚷叫起来："你给我出去！不用你管！"但二壮把侯莹制止住以后，侯莹即刻中止了号哭，这又使母亲不得不庆幸事态的好转，从心里冒出了"多亏他力气大"的感叹。及至侯莹瘫倒在二壮身上时，母亲又焦急起来，想让二壮赶紧躲开……

二壮并没有注意周围其他人对他的反应。他扼住侯莹的双腕以后，注视着侯莹的面容，心里生出了无限的爱怜。侯莹的鬓发全乱了，被冷汗粘贴在白得如纸般的额头和面颊上。侯莹的眼神是呆滞的，但从她的瞳仁里，似乎仍能看出一种求人可怜的表情。当侯莹瘫倒到二壮的躯体上时，他浑身像通了电似的遭到了又痛苦又甜蜜的一击，他觉得自己简直也要昏倒了，又觉得这是极其宝贵极其幸福的时刻……

二壮很快恢复了理智，他没等屋里另外的三个人反应过来，便把侯莹拦腰一抱，将她抱到大床上躺下，拽过枕头给她枕着，俯下身去便掐她的人中。侯莹"嗯"了一声，头在枕上滚了滚，睁了睁眼，又闭上眼，眼角不住地往下淌眼泪……

"好，没危险了。"二壮这才说出头一句话来。

"二壮，谢谢你了。"侯锐这才表态。

"二壮，你坐吧。"白树芬这也才开口。

母亲没说什么，她坐到床边，握过侯莹的一只手，心里一阵酸楚，幽幽地哭了起来。

"大妈,您别这样。您这样,该又惊着小莹子了。"二壮郑重其事地劝告着她。

母亲这才忍住哭,冲他点了点头,算是承认了他的好心。

白树芬进里屋照料小琳琅去了,侯锐俯身瞧了瞧侯莹,侯莹仿佛疲劳到极点的人,进入了半睡眠状态。

"她是怎么回事儿?受啥刺激了?"二壮明知故问。

"她这些天老上夜班,白天休息不好,心里头闹得慌……没什么,歇一班,睡睡觉就能好。"侯锐掩饰着。

二壮还坐在那儿,瞅着侯莹,舍不得走。

"谢谢你了,二壮。天不早了,你也该歇着了。"母亲总算下了早打算下的逐客令,不过那口气比几分钟前未曾发出的要客气多了。

"大妈,大哥,有事要我帮忙,随时叫我吧!"二壮临出门,还扭过头来,盯了床上的侯莹一眼。

二壮刚走没一分钟,侯勇回家来了。

28

北京夏末秋初的夜晚,是最捉摸不定的。也许郁郁闷闷,衔接着一个阴湿冷峭的早晨;也许清清凉凉,倒引来一个暑气回升、燥热难耐的白天。

侯勇的心情,就像这夏末秋初的北京之夜。

从葛佑汉家里出来,让迎面的晚风一吹,他反胃了。生理上的反胃,引起了心理上的反胃,感情上的反胃。

葛佑汉都教给了他些什么?就着泸州大曲和拌海蜇丝,葛佑汉满面油光地启发他说:"小莹子一时嫁不出去,也有嫁不出去的好处。你带她到安定医院看看病,开开药嘛……三去两去,邻居们知道了,谁不说她有那个病?有那个病,就能开出证明来,证明她不能照顾老人,得让你回来照顾;你回来了,开导开导她,吃点见效的药,她的病也就好了,也就可以接茬搞对象了……你光想着快点让她出阁,她要就出到你们胡同里呢?就嫁到东单呢?就算她跟蔡伯都介绍的那个主儿成了,在这崇文门安了家,离家也才一站地嘛,人家该说她离老人不远,能照顾老人,就不给你开证明了……你呀,要想办成事儿,一得脸皮厚,二得心硬,心硬不下来可不成啊!你要不爱听这话,就当我没说!"

是,是不爱听。当侯勇走在崇文门通向东单的人行道上时,他想起葛佑汉这些话就恶心。可他说了,自己听了,脑子里就像让火钳子给烫上道道了,怎能就当他没说?

葛佑汉这话也许并不怎么恶毒。本来嘛,小莹那些个表现,不是癔症是什么?癔症就是精神病嘛,就该到安定医院去看看嘛;她有那么个癔症,就是没法子照顾老人嘛……

葛佑汉还教给了他些什么?品着饭后的茉莉花茶,用牙签剔着牙缝,葛佑汉笑嘻嘻地给他出谋划策说:"侯锐他们不愿意把户口迁到公社去,你就让他们迁到蔡伯都那儿去嘛。蔡大编剧不是宇宙世界中国北京数一数二的大好人吗?侯锐跟蔡大编剧不是能够抵足而眠、托妻付子的超级朋友吗?他们把户口暂时迁到那儿放一段,等你跟雪韵回了北京,他们再迁回来不就结了吗?你先跟蔡大编剧去说嘛,你说动了他,他去劝侯锐迁户口,侯锐总不能还跟磨盘似的推不动吧?你再记着,要想办成事,一得趁人家脸皮儿薄,二得趁人家心肠儿软,不会这两招也不成啊!这话你要也不爱听,还只当我没说!"

当然,也不爱听。可他说了,自己听了,就好比一块石头落到井底了,捞出来哪有那么容易?……让侯锐他们把户口迁到蔡伯都那儿，也确实是个比较妥善的办法。蔡伯都他们那楼房虽在城外，户口可还算城市户口，城市户口在城市范围迁来迁去，只要派出所有点熟识的人，递几支过滤嘴烟就能办成事儿；城市户口要真迁到远郊去了，再迁回来可就得费老鼻子劲了，光有点熟人就办不成事了，就得靠过硬的关系撬开后门才成哩⋯⋯

可是，蔡大哥真的就那么好说话吗？他那人的确是脸皮儿薄、心肠儿软，可蔡大哥有一回不是说过这样的话吗？他说："你们房子的确小，北京市千千万万的居民住的房子都小，可谁也不应该用排挤别人的法子来为自己腾宽房子⋯⋯大家都来为盖房子出力啊！为自己、为别人盖房子，为中华民族盖房子，'安得广厦千万间，大庇天下寒士俱欢颜'啊！"他那不是编台词儿，他那话是专门说给我听的，我当时恰恰为调回北京的事儿，跟哥哥谈不拢，刚拌了嘴⋯⋯

是呀是呀，为什么北京市不更大规模地盖房子呢？没有钱？钱都鼓捣到哪儿去了？！没有工人？哪条胡同里没窝着百十来个待业青年？！没有材料？只要想盖房，没有拢不来的材料！⋯⋯你不盖房子，人们不甘心拥挤着住、混杂着住，就只好用明的、暗的、千奇百怪的法子，排挤别人，来腾宽自己的房子！

前面就是东单十字路口。十点钟了，总算没有"灌香肠"的局面了，可还得用红绿灯指挥来往车辆，车辆还得停停再走，显得那么别扭，那么寒酸。立体交叉桥啊，你何时才会出现在那儿？立体交叉桥啊，你勾走了我的魂儿，我盼你盼得发狂，我兴许得上了一种"立体交叉症"，也得上安定医院治疗！⋯⋯

侯勇就在这样一种心情中回到了家里。

一进屋，他只见侯莹穿着搞对象时的那一身衣服，躺在大床上似睡非睡，妈妈和哥哥愁眉不展地坐在方桌两旁，而嫂子正坐在侯莹身边,把一支体温表插入她的腋下。

"这是怎么了?"侯勇心头又惊又喜,又算计着又混乱着。他万没有想到,机会会来得这么快,实现葛佑汉指点给他的方案会如此自然、如此便当,因而他的心有点来不及硬,然而他非得硬下来不可。还没有听完母亲絮叨而悲切的叙述,他便皱拢眉头,作出一种堂皇正大、郑重严肃的神态,指责母亲和哥、嫂说:"你们怎么搞的?光知道在这儿发愣,干些没有意义的事儿……还不赶快把小莹送到医院去看急诊!"

"这都什么时候了,还去看病……"母亲心里一阵阵发紧,她想说的意思其实是:这算什么病呢?疯病吗?可不能带着小莹去看这个病,这要传扬出去,不光小莹再难见人,当妈的脸上也无光啊……

"小莹不过是受了点刺激,有点神经质。"侯锐也说,"我刚才给他们厂子里打了电话,给她告了假,就说是头疼。她好好睡一觉,充分地休息休息,就能恢复过来。"

"她这样子病得不轻,有病就得治病,哪能讳疾忌医?!"侯勇愈加一本正经起来,"耽误了,犯得更厉害,到时候怎么办?"

"小莹不发烧。"白树芬从侯莹腋下取出温度计,对着日光灯辨认着,"三十六度八。正常。"

"她这种病本来不一定发烧!"侯勇看也不看白树芬,他还记着两个来钟头以前他们之间的争吵。他只对着侯锐说话:"不发烧的病有时候比发烧的病更厉害!"

"不发烧,人家不让急诊。"侯锐说,"今晚上就让她睡吧。明天再陪她去'同仁'看看。"

"'同仁'治不了她的病!"侯勇强调说,"'北京''协和'都治不了她的病。""同仁""北京""协和"这三家医院都离他们家不远。母亲、侯锐和白树芬原先都以为他不过是建议把侯莹送到这些医院去看病。

"她这病，得送到安定医院去治。"侯勇终于说出了最关键的话，"安定医院随时可以看急诊，不管发烧不发烧。"

"安定医院！"母亲一听到这四个字，脑子里就像挨了一棒槌。谁不知道安定医院是专治疯病的医院。一个黄花闺女进了安定医院的门，就算出来是个一丝病也没有的美人儿，那也万难找着对象了。谁敢沾安定医院的边儿！

"安定医院？"侯锐一听这四个字，也不免吃了一惊。除了目睹着侯莹钻到方桌底下的那一瞬间，他产生过"妹妹真的疯了"的想法外，当他冷静的时候，他始终认为侯莹不过是一时的神经质。不过，神经质是不是也就是初级阶段的精神病呢？……

"用不着去安定医院。"白树芬明确地表态。她毫不含糊地盯着侯勇说，"咱们不能轻率地把小莹往那种地方送。"

"你不是我们侯家的人，不用你管我们侯家的事。"侯勇把眼睛对准白树芬，同她双目对峙着。他觉得自己的心这时候硬得跟鹅卵石也差不离了。

侯勇这话击败了白树芬的自尊心。是呀，她何苦非得这么深地介入侯家的事？侯莹的确有点神经失常，她何必阻拦侯家的人送她去安定医院？一赌气，她进了里屋。小琳琅在床上睡得正熟。她靠到小琳琅身边，搂着小琳琅，一阵心酸，眼里冒出了泪花。小琳琅随她姓白，她总可以管这个姓白的生命的事吧？……

正在这时，侯莹忽然惊醒了。她坐了起来，双眼似睁非睁地望着前面，嘴里吐着呓语："你别走，别走……我怕，我怕呀……"

侯莹这么一来，母亲和侯锐都慌了，他们觉得侯勇的建议也确实有道理。而且，侯勇是那么严肃，那么认真，那么固执，他

271

毕竟也是侯莹的亲哥哥啊，他能不是为着侯莹好吗？

决定下来了——这就把侯莹送往安定医院。侯勇去敲开二壮的屋门，打电话给出租汽车公司，让他们来车。

当侯勇走出屋门，朝一片漆黑的二壮住屋走去时，他的心又忽然软了下来。侯莹真的疯了！他痛楚地意识到了这一点。这并不是他所真正企望的。他想到了大方桌底下的事。他仰望星空，那被拥挤的屋顶所限制住的星空，也不过是一方较大的方桌桌底。他该在这星空的"桌底"下卖什么样的汁液？又有谁来用糖纸买他的汁液呢？为什么人的童年时代总不免一闪而过？为什么人长大以后就得为衣食住行操心？为什么人们几乎都不愿在苦地方待着，都愿往甜地方调？为什么即便人们产生了愿留在苦地方建设祖国的想法，又很容易被葛佑汉这类人的情况，也就是不公平的情况，刺激得失去了内心里美好纯洁高尚的感情？当这种感情丧失以后，人们又为什么往往反而去依靠葛佑汉这种人来谋取猥琐卑俗的个人利益？又为什么明知自己所追求的其实是猥琐卑俗的个人利益，却又不能自拔？而倘若自拔出来，又为什么反会被周围不是少量而是许多人所瞧不起？这种人情世态已形成了多久？为什么人们眼中心中对这种人情世态都一清二楚，而人们的口中笔下，一到公开场合，又都不愿、不敢承认，连蔡伯都那样的最真诚的作家的作品，也只能是浅浅地触及，闪闪地躲避？……

从侯家走到钱家，只有那么二三十步远，但侯勇每迈一步，都那么矛盾，那么痛苦，那么艰难。

终于走到了。他刚敲了一下门，里头灯就亮了。他敲了第二下，门就开了。二壮不像是从被窝里钻出来，他两眼炯炯地望着侯勇。

"得送小莹去医院。我来打个电话，让出租汽车公司来车。"

"干吗非坐汽车？贵还不说，还指不定有没有车，指不定什么时候才来……"

"那——"

"我蹬三轮把她送去。我们房修队料场就在胡同里头，有人值班。我十分钟就蹬到院门口等着。你们赶紧去准备铺的被褥。"

侯勇点点头。他扭过身去。他的心此刻虽然包着硬壳，内里却软得像鸡蛋清和鸡蛋黄。新鲜的蛋清和蛋黄，在蛋壳里没有遭到破坏时，是有希望孵化出新的生命来的。

尾　声

这天晚上十点四十七分，城区一家邮电所的值班室响起了急促的电话铃声，靠在床上读《旅游》杂志的侯勤丰赶紧去接电话。电话是侯锐打来的。他告诉父亲，侯莹病了，不是一般的病，得往安定医院送。《旅游》杂志从侯勤丰手中掉在了地下。他肝肠寸断，可他离不开，邮电所只有他一个人值班。他能说什么呢？他只能颤抖着说："早上一来人，我就回家去……不，我先去医院……"搁下电话，他发愣。他的脚踩了那本杂志，也没有发觉。他靠到床上，掏出手绢揉眼睛。后来，老头儿幽幽地哭了起来。夏末秋初的北京之夜，有一个老头子这样地哭着，谁来给他慰藉？谁去为他造福？……

十点五十八分，一辆平板三轮飞快地驶离了东单十字路口。蹬车的钱二壮两个宽阔厚实的肩膀大幅度地摆动着。平板三轮上铺着褥子，侯莹仰面躺在褥子上，枕着枕头，盖着被子，被子一直盖到她鼻子下面。她睁着眼，望着天上似乎舞动着的星星，还有不时在星空下交错移动的无轨电车的电线。平板三轮一侧坐着母亲,她把一只手伸进被子去,握住女儿的一只手。女儿的手是柔软的、温暖的。她惊疑地望着女儿的一双眼睛,这双眼睛此刻竟如此清澈、晶明。女儿究竟有没有病呢?母亲叹着气,惊疑,焦虑,不愿想明天以后的事。

在这辆平板三轮车后面,侯锐和侯勇并排地骑着自行车,两个人都望着前面,没有说话。

当侯锐驶离东单十字路口时,他的思绪飞腾起来。他首先想到留在家中的白树芬和小琳琅,真古怪,今天晚上她们才第一次独享了家里的全部空间,平均每人七点五平方米强……在这茫茫都城之中,有多少人享有着七点五平方米以上的居住空间?又有多少个人家仍然是每人只平均占有三平方米,乃至两平方米的居住空间?看起来,过多或过少地占有居住空间,都会造成精神上的畸变;那么,究竟一个人应占有多少平方米的空间,才是恰当的呢?……人们不能总在屋子里生活,人们还要走到街上来活动,街道是城市居民共用的空间,东西长安街体现着我们人民共和国崛起初期的气魄,它仿佛在挺直宽阔的身躯宣告:欲知我们社会的前景,请看我的姿容……然而整整三十个年头过去了,南北街道,特别是东单北大街,竟大体还是那么一副古旧的面貌。三十年前这条街上能有多少车辆通过,三十年后的今天,光自行车的流量就增加了不知几多几何级数,人们时常壅塞在这狭窄的通道上,怎能不急躁、粗暴、摩擦、冲撞?……啊,立体交叉桥,你何时在这里出现?离这里两站路的建国门立体交叉桥,修了足有五六年之久,至今仍未全部畅通!我亲爱的北京,你要改变古旧落后的面貌,为何竟如此之难?而你的面貌不改,在你古旧的肌肤里流动的血液,也就是生活在千百条古旧的胡同里的市民,又怎能保证不变得狭隘、浅薄、自私?……

他们一行驶过了大华电影院。这座电影院基本上还是几十年前名叫"光陆"时的老样子，电影院门口的电影海报上的那些角色，似乎都在惊诧地目送着这一组人，而侯锐望着海报上的那些角色，更加思绪万千……他们来到了灯市口东口，该转弯了，啊，这个街口的两侧，都在建筑新楼。已经快十一点的深夜里，塔式起重机的长臂还在哨音指挥下移动着，混凝土搅拌机发出沉闷的声响。这景象使侯锐焦灼的心上流过了一股温流，尽管这样的景象在城内还不够普遍，尽管这样的楼房落成后不一定能由他们这样的普通市民享用，然而，毕竟还是在进行着住宅建设……快一些吧，拆掉北京城的旧房子盖起新楼，改造街道，修建一系列的立体交叉桥、一系列的街心花园、喷水池……在这静悄悄的夜里，那些能够决策、主持、支配这一切的公仆，是在无所挂念地酣睡，还是在为下层市民的疾苦操心劳神？当又一个清晨来临时，他们是继续无休无止地扯皮，还是继续明智坚韧地工作？啊，他们要能详细了解我们这小小家庭的喜怒哀乐就好了。这是普普通通的一滴水，肉眼看去平常，可放到显微镜下去观察、分析……也许竟会有重要的发现！

侯勇此刻的思绪和哥哥大不一样，也心里空荡荡的，仿佛丢失了什么东西，却又找不到另外的东西来填塞。他不知道是应该庆幸还是应该忧愁。他忽然觉得自己真是滑稽，为什么不能就当个山西人呢？又为什么没有回西郊岳父家去住宿，甚至没有往那里打一个电话？立体交叉桥看起来是得等到驴年马月才能有影儿了，那么，明天怎么过？下一步怎么走？……侯勇啊，他还没有清醒地认识到，为了让自己变得纯洁、豁达，首先需要的是，在心灵上架起一座立体交叉桥……

夜里十一点整。平板三轮已经驶过了首都剧场，钱二壮用全身的力气蹬着三轮车,心里洋溢着一种异样的快乐、幸福的情绪。他看出来,侯大妈他们是多么害怕安定医院。他们准定以为侯莹进了安定医院以后就更没人要了。那些臭讲究的不是玩意儿的东西,侯莹都是他们给坑害的,他们不要她了更好。钱二壮的信心比什么时候都足,他把三轮车蹬得嗖嗖嗖的像插上了翅膀。驶过了美术馆,他扭过头来,大声地对母亲说:"大妈,别犯愁,有我呢!"

母亲听了这话,心里一惊、一热,忍不住抬眼盯着二壮那结实匀称的后背,心里滋出了一棵原先怎么也顶不破种子壳的小芽儿来。

侯莹躺在那里,把二壮这话听得清清楚楚。她现在非常清醒,非常舒坦,并且非常健康。她不发烧,不头疼,不恶心,不难受。她知道人们正送她到哪里去,她知道那完全是没有必要的,然而她既不畏惧,也不愧悔。她现在觉得总挂念着李薇真是好笑。为什么要让李薇等着自己?为什么要害怕活着的人们?活着多好,呼吸着这清凉的空气,仰望着这幽美的星空,并且可以感觉到身前有一扇壮实可靠的脊背,一颗平平常常然而可亲可近的热烈跳动着的心……她头一次清醒地认识到,幸福原来并不遥远,它早就躲藏在你的身边,并且早就躲藏在你的心里。

侯莹甜甜地微笑了。

1980 年 10 月写毕于垂杨柳

小墩子

姓闻的那家住在里院东屋。屋外有两株洋槐。两株洋槐的树干下面挨得挺近,往上长,就一个东倒,一个西歪。入夏成为两把碧绿的大伞,还挂满一串又一串奶白的洋槐花,香气飘进屋,也溢满全院。

那一年那一天,风过树动,枝上落下白蛾般的花瓣。闻家女主人从院外回来,推门进了屋,一眼瞧见五斗橱最上头一层靠西的抽屉不对劲儿,居然没来由地往里缩了那么一股截,露出抽屉框没上漆的木头原色。闻家女主人到院外胡同口接了一个传呼电话,传唤的大妈在院里呼得很急,她没锁门,就一路小跑着去了。以往也有类似情况,回到家里从未感到过异常,这天却不能不疑惑起来。

她忙去拉开那退缩得反常的抽屉,那抽屉是专用来放零钱的,也就是放毛票和钢镚儿的。抽屉刚一露出来,她的一双眼睛便又不由得一抖。不对头,明显不对头!闻家只有小小的一间屋,就那么几样家具;闻家夫妇都是机关干部,每月就那么点工资;闻家五斗橱最上头那个放零钱的抽屉里的毛票和钢镚儿虽说最富于变化,但女主人对它们的把握却总是精确度很高——于是她飞快地做出了判断:抽屉里少了四毛钱,四张八成新的一角钱票子。

便回想起刚才从外头返回院里时,迎面遇到过小墩子。小墩子家就住在一进院门的地方,她往里院逛去本不算稀奇,稀奇的是她同自己擦肩而过时那脸色那眼神与往常大有不同,通红的脸蛋或许还可以解释为血气过旺,那忍不住往斜里睃的眼珠子,算是怎么一回事儿?

闻家女主人那一年那一天站在五斗橱前足足思忖了一刻来钟。她做出了一个决定。这个决定是相当冒险的。一年多以前院里曾有一家人同小墩子家发生了纠纷,明明是小墩子家理亏,她家却全体出动,这个跳脚骂,那个叉腰嚷,又泼又凶,无人敢劝。占理的人家没争到理,后半夜还有砖头块砸碎了玻璃窗,惊醒后拉灯披衣开门追出去,哪里还有人影儿?天亮以后也不敢再找到小墩子家问,几个月后赶紧换房搬走。

但那一年那一天那一刻,闻家女主人心里头却把四角钱看作是一笔不算小的财产,并且把那样的失去那笔财产看作是一桩非同小可的事情。她决意挽回,并且有信心弥补。

闻家女主人拿口钢精锅装些米,坐到洋槐树下的小竹椅上,仔仔细细地拣起米里的稗子和砂粒来。其实她手指头的仔细是半真半假,一双眼睛时不时瞟向公用自来水管,那才是真正用心所在。

那一年那一天北京的大杂院里已经盖起了许多的小厨房。说是小厨房,其实有的已不仅是厨房而分明是住房。这样,院子的空旷部分就越变越小,最后全成了些短径弯道。闻家女主人家门口亏得有两株洋槐树,算是留下了一个难得的方形空地。但坐在小竹椅上,朝公用自来水管那里望去,却犹如从喇叭嘴这头,朝喇叭口那头窥视,视野十分地狭窄。

视野虽狭窄,她却有信心捕捉到小墩子的身影。因为她知道每到傍晚此刻,小墩子必会提着家里的铁桶去公用自来水管那儿接水。

果然！小墩子出现了。小墩子显然是想躲避来自她这个方向的视线，因此似乎在尽量紧缩自己的身体。但既称墩子，可见也难缩成麻秆，那拱出的臀部尤其具有叛卖性质。因此，刚一闪露，闻家女主人便轻快地走拢过去，借助自来水砸在铁桶底儿上的声响掩护，凑拢小墩子的耳边说——

"小墩子！来！大姐有几句话跟你说！"

她把水龙头拧上，桶并没有满。但小墩子竟弃桶于不顾，随着她到了她家屋里。

至今回忆起来，闻家女主人还参不透，小墩子怎么会一点儿没有耍赖，没有申辩，没有撒泼……她竟直挺挺站在闻家女主人面前，两只手的指头钩在一起，双眼只盯着自己脚面。

小墩子大概十四岁的样子，她头发浓密，发丝粗硬，黑而油腻，乱蓬蓬地堆在头上，到耳边才潦潦草草地编成了两条短辫；她脸庞圆乎乎胖嘟嘟的，皮肤黄黑，但鼓起的脸蛋上却有着两团艳艳的红晕；她没有洗干净自己的习惯，耳后和脖子黑乎乎的，一双粗大的手更是积垢成痂，她的脸颊靠近下巴的地方有明显的癣痕；她的眉毛挺浓，一双眼睛却细长无神，总像没睡醒似的；她的嘴唇厚而丰满，仿佛一磕一碰便会喷出血来……其时她穿着一条明显从姐姐乃至母亲那儿继承来的蓝布长裤，显出肥大，但她穿的旧衬衣却分明是她自己的，多次缩水后已是十分勉强地箍在她丰硕的躯体上，令人惊诧或者厌恶地觉察到她胸部的早熟……

"小墩子！我去接传呼电话的时候，你是不是进过我家？……"

"你是不是开过我家柜子上的抽屉？……"

也许是因为用了十分和缓的口气，面带着十分和善的表情，小墩子只是站着，垂着胳膊，叉着双手丫指，紧抿着嘴唇，并没有反抗性的反应……

闻家女主人便越发柔声细气地说："小墩子，头一回吧？这可不好，多丢人啊！可你还小，我看你心里头也在后悔，我不跟别人说，就是跟我那口子，也不说……小墩子，这种事情，可不能再有一回啊，人活在世上，可不能有那个不劳而获的心，人穷不能志短哪！钱，得靠自己老老实实地挣啊！……"

小墩子并不点头，但额头上、鬓角边沁出了一串串、一片片细小的汗珠，她眼睛不再光盯着脚面，偶尔也抬起来睒闻家女主人一眼。她的这种反应，已令闻家女主人十分地欣慰。

语气便变得更加蔼然了："小墩子！你缺钱用，想买个什么，跟家里要不来，你尽管跟大姐说，大姐多了帮不起，三毛五毛的没问题，就是三块五块，实在你需要，也不是不能帮你想办法……"

小墩子的眼里滴出了眼泪，是猛然滴出来的，令闻家女主人吃了一惊。更让人吃惊的是她并没有"泪落连珠子"，她滴出的眼泪绝不成行，能点出数来，大概左右眼加起来也不过是五六粒，那眼泪大而圆，一下子落到颧骨上，不再往下流，挂在那儿，不一会儿便干了。

闻家女主人心更软了，说："小墩子！我找你来，不是为了问你要回那四毛钱，我是为了你好，提醒你，让你别就这么滑下去……"

小墩子突然弯下腰，用右手去抠，右脚便欠起脚跟，让右手手指好把藏在右脚那只布鞋里的钱抠出来，那四毛钱她已经折成了扁长的一条，黑乎乎的。小墩子把抠出的钱递还给闻家女主人，用一反常态的蚊子样的声音说："……我错了，我再也不了……"

闻家女主人有点犹豫，但最后还是忍住恶心把那从鞋里抠出来的钱接了过去。

"……您别跟人说，我再也不了……"

闻家女主人便使劲点头："我跟谁也不说，这事只当它没有……"

前院忽然传来小墩子她妈锐利的叫骂声："小墩子！你死哪儿去了！水桶就他妈这么撂着，让人顺走都他妈别吃饭了！……"

小墩子便转身走了出去。

晚上，闻家男的回来了，刚进屋，闻家女主人便一五一十把发生过的事讲给了他听。

那个院子离胡同口不远。至今那个院子的外观内景变化不大。多少多少年前那个院子是一户阔人家的宅邸，但老早老早也就成为杂院了。原来的大宅门砌死了，它门的门洞也成了一间屋子，住进了人，在原来门洞边的墙上另开了一个院门，供人们出入。那间门洞屋，便是小墩子出生的地方。

当然不仅仅是小墩子出生的地方。她还有仁姐姐俩哥哥，都出生在那个门洞里。在那门洞里住得最久的，是她的奶奶。

胡同里的人们都把小墩子的奶奶叫作祖奶奶。实在她也够得上这条胡同里辈分最高的人。她生在八国联军打进北京的那一年。

闻家夫妇新婚后住了好一阵办公室，后来好不容易分到了这个院里的一间东房。他俩头一回来看房子时，刚走近院门，劈头便看见了祖奶奶，不禁面面相觑。

祖奶奶第一回呈现于他们面前，竟是那样坦然地、安详地赤裸着上身！当然那一年那一夏似乎格外地炎热，那一天尤甚，闻家夫妇沿路便看见了无数赤膊的男人，不过他们陡然看见祖奶奶时还是觉得触目惊心。那一年祖奶奶已然年过七旬，她的脸皮已经皱缩，然而她的身体却还壮硕，皮肤虽已松弛，脂肪并未怎样地消退，她坐在院门一侧的大树底下，坐在一把旧藤椅上，摇着一把大蒲扇，两眼眯着，却依然有一对放光的眸子，并且听觉似乎也还灵敏。正当闻家夫妇接近院门时，小墩子和她的哥哥大锛儿追嚷着冲出了院门，这时祖奶奶就厉声叱责他们："干什么哪？一惊一乍的！"

闻家夫妇搬进杂院以后，渐渐也就习惯了祖奶奶，习惯了她入夏以后的做派，习惯了她那"干什么惊惊乍乍"的用之万事而皆准的评论。是的，干什么惊惊乍乍？什么了不起的？值当吗？祖奶奶什么事没见着过？就拿她坐在这院门口的大树下过眼的情形说吧，有用破席卷着尸体抬出去的；有披头散发嚎着冲出去再没回来的；有用红绣幔轿子，吹吹打打迎进来的；有用装着锃亮的黄铜大转铃的洋车送到门口的；有五花大绑着拖出去的；有手铐子铐出去却又坐上吉普车的；有敲锣打鼓把红红的喜报送进院的；有让一群戴红袖章的年轻人推搡着戴上纸糊的高帽子去游街的；有让亮得能照出人影的小轿车接出去又送回来的；有让大卡车来装走所有家当包括一摞子破花盆搬走再不回头的……祖奶奶的话一点儿没错，人应该眼皮儿杂点，耳朵眼儿大点，心眼儿豁点，实在是犯不上见着点什么听着点什么就惊惊乍乍的！

搬进那间东屋不到一个月，有一天就听见小墩子她爹在屋里打小墩子她妈，不知道是徒手还是用了什么家伙，反正打她家窗外一过能听见呼哧呼哧的拍击声，而小墩子她妈便尖声叫嚷着，那叫嚷声并不凄厉，倒有些桀骜，不过听不出叫嚷的内容，也听不见对打的声音。闻家女主人头一回听见便忍不住想去劝止，闻家男人便对她说："那么些个邻居，常年住这儿的，谁都不出面，想必这种情况由来已久，劝也没用……再说，你看——"闻家女主人顺他示意的方向一看，小墩子若无其事地同院里的小姑娘们在一起跳猴皮筋，而祖奶奶更若无其事地坐在院门口的大树底下，嘴里像是含着一枚铁蚕豆，正摇着她那裂了缝的破蒲扇……便只好摇头、叹气，然后回自己家去做自己的事。

闻家的女主人在公共厕所里遇上小墩子她妈。小墩子妈是个大胖子，个头也不矮，说是胖，其实是壮实，祖奶奶也壮实，可祖奶奶是一对三寸金莲，所以走起路来摇摇晃晃，小墩子妈是一双解放脚，足以支撑她那硕壮的身体，走起路来平时不打晃，但那天进了厕所却有点一拐一拐。闻家女主人便问可是给打坏的，小墩子她妈便坦然地撩起衣衫给她看一道道的紫痕，说那才是打出来掐出来的，脚脖子却是她自己躲闪不慎，扭坏的。一块儿蹲着，最宜说些知心话，小墩子妈便告诉闻家女人，小墩子她爹是个老实巴交的好人，一辈子没做过亏心事，待她一向也好，只是她生下小墩子以后，子宫里长了瘤子，因为没钱动手术，那瘤子也就由它去塞满子宫，反正也不碍活着，照样能干家务事。可小墩子她爹不能得着那个乐子了，所以天天晚上喝闷酒。喝的是比二锅头还贱的白薯酒，劳改农场里蒸馏出来的，又托人整坛子地买，所以才合八毛钱一斤。那酒劲头儿忒足，老头子喝了就不踏实，不踏实就拽过她去又打又掐，她就由着他揉搓，可也存心吵吵嚷嚷，让他有个对头，其实那吵嚷里有一半的话倒是让他小心点儿别伤着了自己……闻家女主人便吃惊，及至小墩子她妈问及她男人打没打过她，那表情，倒仿佛在考察她有没有品尝过一道精美菜肴似的，她便感到恶心，说没有，小墩子妈便扬起眉毛，反过来吃惊……

小墩子她爹是个瘦高个儿，夏天也总是光着膀子，他身上似乎没有脂肪，只有骨头棒、瘦肉和筋腱。他堪称壮实，却左右太不对称，他的右胸比左胸高，右胳膊也比左胳膊粗。后来明白，那是因为他在胡同外大街上一家粮店里专管压切面，至少有二十年那店里压切面都用的是一种手动式压面机,而他就至少操作了那压面机二十年,因为右膊右胸二十年里连续吃劲多,因而他的身体便右粗左薄。小墩子她爹寡言罕语,总剃个光头,总刮不净一下巴的花白胡子楂儿,额上脸上有几道刀刻般的深皱纹,细琐的纹路却不多,一眼望去便可认定是一个地道的良民。

小墩子家原来三代合住一间大门洞屋,后来屋当中隔了堵墙,再后来往院里接盖出一间小屋子,大哥自打到地铁工地当工人以后便独立生活了,大姐也早已出阁,闻家夫妇搬进那个院里住时,小墩子家是父母住一间屋,祖奶奶和小墩子合住一间屋(小墩子的二姐、三姐都到农村插队去了),小墩子二哥大锛儿独自住那间搭出的小屋,那小屋也兼他家的饭厅,小厨房便在那小屋一侧。

祖奶奶记年有她独特的方式。她记得是鼓楼烟袋斜街当铺被抢的那一年,小墩子她妈嫁到自己家来的;她记得小墩子生在大槐树上的"吊死鬼"和杨树上的杨剌子特别多的那一年,那年到大暑的时候,胡同里槐树杨树的叶子差不多全给那两种虫子吃得成白丝网子了;她还记得大锛儿惹是生非折进局子里去是胡同里下水道受堵,满胡同汪着臭汤儿,足有半年多才有人来修整好的那年;她也还记得是有辆运西红柿的汽车撞进了胡同口小杂货店里的那年,闻家小两口打这院里搬走,说去住楼房的——那一回从那肇事的车上跌翻了许多筐西红柿,又大又红的西红柿一直滚进了胡同里头,有几个竟至于一直滚到了祖奶奶坐处,停止在她的一双小脚旁边……

院门旁的那株大树是一棵臭椿树,树龄怎么说也有好几十年了,树干粗得一个人张臂抱不拢,蹿得极高。到高出屋顶的地方便开始分杈,又再分杈,再再分杈,结果入夏后便成为一柄巨伞,给胡同那一截包括院子里的一部分铺下好大一片阴凉。祖奶奶喜欢那树，赞那树，说亏得它不是香椿，省去了人们开春以后爬上去摘、用带铁钩子的大竹竿从地上够它那嫩芽儿的罪孽；再说臭椿皮实，虫子难欺，胡同、院里槐树、杨树包括毛桃、核桃、海棠、葡萄全遭"吊死鬼"和杨刺子糟践得厉害的那一年，独他们院门口那棵臭椿一片叶子没损，仲夏开出一树米粒大的青花。不错，是有那么一股不能叫香只能叫臭的气味，可那气味水滋滋、鲜喷喷的，你又不能说难闻，风过花落，一地半绿半黄的米粒大花穗儿，铺在那儿也挺顺眼……胡同里有人议论，说那臭椿是祖奶奶情人栽的，他没娶上祖奶奶，让住门洞的小墩子爷爷给娶上了，赌气，所以往那门口栽了棵臭椿而不是香椿。谁知那臭椿一年年地就长起来了，小墩子爷爷也没砍了它，而且小墩子爷爷死去后，祖奶奶就一年里有三季总在那臭椿树下坐着，在她那似乎恒久不变的生活和思绪里，那种树人究竟占着多大的分量，谁能知道？

　　祖奶奶记得，是臭椿树花儿开得最盛的那一年，小墩子她二姐三姐相继从插队的农村回了家。祖奶奶和三个孙女儿挤作一屋，倒只有欢喜没有厌烦。小墩子却不大乐意，不乐意的原因固然是住得挤了，但还有别的，谁也不会知道她的心思：她觉得家里人也好院里人也好胡同里的人也好，本来就简直没把她当个人儿，两个姐姐一回来，她就更好比墙缝里的土鳖虫儿，只有见人先躲起来的份儿了。

　　那时候小墩子已经顶替她爹，到胡同外大街上的粮店里压上了切面。二姐回城不久到公共汽车上当了售票员，三姐不久去了一家百货商场卖香皂牙膏，二哥大镔儿早就在一家工厂的锅炉房里烧锅炉。小墩子她爹她妈对家里这么个情况挺满意，祖奶奶也

285

是，他们常在一家子围桌吃炸酱面时对比："瞧瞧二荷他们家！多挠头！咱们知足吧！"

二荷是住在里院的一个姑娘，年龄同小墩子二姐相仿，同一年"上山下乡"——去了一个"农垦戍边"的兵团，但她去了不到一年就跑回了家来，说是有病。开头也不知道她犯的什么病，后来有一天有人在公共厕所里发现了一个不大成形的死婴，经调查，是从她肚子里掉出来的。让派出所和街道居委会忙乱了好一阵子，更惹出了胡同里院子内外无数的闲言碎语，但终究也拿她没什么办法。把她薅起来吧她也算不上犯了哪条罪，动员她回兵团吧她是死鱼不开口死猪不点头，你也总不能派人把她押回去，而与兵团方面联系，那边却总无回音……等到"上山下乡"的大批大批堂而皇之地回城时，二荷要求给她安排工作，但人们一想，一查，又发现她并无任何档案材料、证明文件，连户口都没有；动员她自己回兵团去办理有关事宜，她还是死鱼不开口死猪不点头，因此就长时间没有职业，仍在家里吃闲饭；光是二荷一个人挠头也罢了，还有她那弟弟，如今外号"群龙"，年岁和小墩子三姐相仿……

小墩子听着家里人那么议论二荷，例如："最省事的法子就是嫁个人，可能找着个什么主儿乐意要她呢？一脸死猪相！"或者："嫁个乡下人吧！不过近郊的，像四季青，谁要她呢？嫁到喇叭沟门那边倒差不离！"对此她倒还不怎么不平，可听到家里人一顿讥笑踩乎二荷的弟弟群龙，她就不自在起来了……

二荷长得粗粗黑黑，群龙却长得白白净净，小墩子和群龙，正如胡同里院子里一般的男孩女孩之间一样，见面也说话，有时候也一块儿玩一阵子，但终究是不大单独地来往。小墩子跟群龙的特殊缘分，说起来，是起始于一根三分钱的红果冰棍。

那是他们都刚上中学的时候，在胡同口外头。有一天，小墩子端着碗给家里打甜面酱去了。打了一毛钱的甜面酱，往家里走的时候，她忍不住就把碗凑拢自己嘴边，同时脖子也勾下去，伸出长长的舌头，用舌尖舔那碗里的甜面酱。这其实也是她的惯伎，给家里打酱油打醋的时候，她舌尖也没消停过，因为知道她这个毛病，所以她妈很久都不再让她单独打芝麻酱去，实在也是，小墩子自己也知道，倘若打的是一碗芝麻酱，那她就不仅是舌尖，恐怕手指头也无法消停……

就在那一年那一天那个下午，小墩子端着甜面酱碗打胡同外头往胡同里拐的时候，迎面遇上了群龙。群龙手里正举着一根三分钱的红果冰棍，那一刻映入小墩子眼中心中的红果冰棍晶莹鲜艳，犹如天堂里的佳肴，她忍不住停住脚，使劲地咽唾沫。

群龙招呼她说："嘿，墩子，干什么哪？"

小墩子便把托碗的手往高举举。

"我们家今儿个也吃炸酱面。我也刚去买了甜面酱和肉馅。找回五分钱，我爸全给我了。"群龙不无得意之色，说完舔了一口红果冰棍。

二荷和群龙的父亲是银行的职员，挣的比小墩子她爹多。虽说也多不到哪儿去，但让孩子买东西的小找头能让留下。这小墩子家就不能比，小墩子她爹她妈让她买东西去从来是需要多少钱就只给多少钱，无须商店里找达。小墩了也曾试图用少买的方法挣个三分两分的，但东西拿回来她妈只要瞟上一眼，便立马能判断出来有无贪污，为此小墩子很挨过几顿臭揍。所以只能是用舌头尖对自己稍加安慰……

那一年那一天那个下午，小墩子和群龙就那么面对面地站着。还有相当热度的阳光泻到他们身上，他们都有点汗津津的。小墩子的双眼,只盯着群龙手里举着的冰棍,那冰棍顶端开始融化,泛出玫瑰般的光彩,银亮亮的;群龙只盯着小墩子的脸庞,那脸没洗干净,可是嘟噜出来的腮帮子上泛着天然的胭脂红,像熟了但并没有熟透的大苹果。

忽然,群龙对小墩子说:"这冰棍,给你吧!"随之是一个往前递的动作。

小墩子一愣,后退半步,手里的碗差点儿没托稳。

"干吗呀!"小墩子本能地说,"我干吗占你便宜呀!"

"那……"群龙眼珠略微一转,便建议说,"谁占谁便宜呢?咱们交换,你吃一口冰棍,我吃一口甜面酱,行了吧?"说着,便把冰棍搋到小墩子左手中,伸手从小墩子右手里取过那只碗,伸出舌尖飞快地舔了一下甜面酱。

小墩子便抿了一口红果冰棍。那是她终生难忘的一口品尝,至今回忆起来,她还很是惊诧,那味道何以那般美妙?只抿一口,便有飘飘欲仙的感觉。

小墩子还没有反应过来,群龙已然把碗送回了她的手中,而并没有待她送还冰棍,便转身跑掉了。

小墩子只见群龙的背部,一颠一跳地消失在人丛中。她的心狂跳了一阵。至今回忆起来,她也依然惊诧,何以那群龙的背影,自那以后,在她眼中,便具有了与万人背影不同的味道?

小墩子一手托着甜面酱碗,一手举着那根冰棍,退到了街边商店的屋檐底下,细细地品味了那整根红果冰棍,直到只剩下一根粗糙的竹签,直到把那竹签又舔了个一干二净……

那天晚上三姐睡觉翻身时被一样东西硌得好痛,尖叫着坐了起来。二姐靠墙睡便拉开了灯,三姐发现是一根竹签,举起来问:"怎么回事?谁使的坏?"小墩子睡得很沉,没醒过来。祖奶奶本来就没睡瓷实,睁开眼说:"干什么惊惊乍乍的?什么大不了的?有一年屋顶上掉下一拃长的大蝎拉虎子,径直掉在我奶子上,我也没你这么咋呼过!"三姐随手把那竹签儿扔到了地下,但第二天那竹签儿却又出现在了小墩子的旧铅笔盒里。

后来二姐三姐都下乡插队去了,二荷和群龙都去兵团了,小墩子压上了切面。后来二荷先回来了,再后来有一天群龙也回来了。群龙跟二荷不一样,二荷是偷着一个人溜回来的。群龙却是有人开着小吉普车给送回来的。二荷跟群龙不是一个地方的兵团,所以二荷一点不知道弟弟的情况,群龙也一点不知道姐姐的情况,姐弟俩在家里见面时才互相知道了对方的不幸,而群龙的不幸更甚于乃姊。

群龙回来时没有了双手,是齐腕子那儿截去的。事情其实也很简单,群龙在兵团恋上了一位来自南方的姑娘,据说那姑娘也一直公开地属意于群龙。兵团里的人们都把他俩当作"一对儿",常开他们的玩笑,但当群龙提出来要跟那姑娘结婚时,却遭到了姑娘的拒绝。因为那时候已经开始刮起回城的风了,姑娘当然盼着快些办回江南,并另有了回城后谋求更佳配偶更佳生活前景的想法。姑娘把自己的想法和打算也都一五一十地跟群龙说了,谁知就在那一晚,群龙跑到高压输电线的铁架子底下,往上爬,决心电死自己。但没想到遭电击之后,他只是发出一声撕心裂肺的惨叫,惊醒了整个连队,而人们跑去寻他时,他并没有被电死,而是被电流击碎了双手,疼痛得在地上扭成一条被火燎过的肉虫儿。后来他被送进医院,截去了腕下部分,成为了一个生活不能自理的废人……

群龙被送回家里以后,胡同里的同龄人里就开始叫他群龙,其实他原来的名字是京龙。他有个同龄人认为"群龙无首"这个成语的意思是"群龙无手",便叫他群龙,一些人跟着叫,从同龄人往两头扩大,开始是小孩子们加入进来,再后来大人们多半为了议及他时省事,一提到他也便说"那院里的那个群龙"。时间一久,他自己也习惯了,叫他京龙他或许还一下子反应不过来,一听叫群龙他便立即转动身子,面对着声源。

群龙回来后的头几个星期没在院里更没在胡同里露面,但后来终于还是露面了,他头发乱蓬蓬的,胡子长得老长,而且也乱,衬衣上净是汤水污渍,衬衫袖口那儿秃噜着。他脸上没有一丝一毫的表情,径直地走出院子,走出胡同,不知道他走到哪儿去,去做什么,也算不清过了多少时候,他从胡同外头径直地走了回来,径直地走进院子,径直地回到后院他家屋里。后来人们知道那是他给自己放风,不过是到屋子外头走走而已,并没有什么危险,无论是对别人还是对他自己。再后来他开始自己上公共厕所解大小便,再后来他开始用小臂提着他家水桶到公用水管那儿接水,有人见了就帮他拧开水龙头,没人帮他他就用小臂尽前头的那一股节开关水龙头,居然也能奏效。他不让水桶盛满,开头是用小臂提小半桶水回去,后来是半桶,再后来是大半桶,不过他再也无法提一满桶水走动了。又过了些时候,他开始提着菜篮子去买菜,零票和钢镚儿都由家里人事先搁在篮子里头,居然也能顺顺当当地买回来;一两年过去,祖奶奶讲话,干什么惊惊乍乍的?人们对群龙的存在不仅已经不再吃惊、好奇,甚至已达到只当他并不存在的地步。

但当小墩子全家围坐在一起用餐时,仍不免有些难听的话扔出来,给二荷,也给群龙。

有一天大锛儿就一边跟爹对酌着白薯干酒,一边红涨着脸说:"群龙他妈的还算人吗?给他个老婆他都不知道怎么揍!"

饭桌上，只有他爷儿俩有资格喝酒，并且一盘撒了蒜丁的凉拌黄瓜也单属于他们。祖奶奶、小墩子妈和她两个姐姐都直接喝玉米面粥，就着一大盘炒茄丝和一大碟酱豆腐吃大馒头。小墩子妈嫌儿子话难听，便顶回去："你他妈的倒知道怎么揍，可你那老婆在哪儿呢？"

大锛儿烧锅炉，对象难找，这话窝心。大锛儿又仰脖喝了一口酒，沙哑着嗓子说："二荷他妈的也嫁不出去，瞧那脸上的一窝猪血！"

这话更让当妈的听着不像个样。二荷户口问题工作问题那时候总算由街道上帮着写信联系给解决了，可二荷的右脑门上确实有块凸出来的红记，像趴着个血蜘蛛。头些年那闺女蓬头垢面的也没人理会她俊不俊嫁不嫁得出去，如今她在纸盒厂上了班自己也挣下了几个钱，学会了使润肤膏烫大花卷子头穿几件鲜亮的衣服，到底也有些个娘们儿味了。说实在的，大锛儿要再没个可对的象，她都打算老着一张脸去二荷她妈那儿试探试探了。当然连这想法也让自己窝心，且不说那"一窝猪血"寒碜，将来那小舅子不得成个大包袱一背到底？想着这些，当妈的更是烦躁，遂又对着大锛儿叫嚷："你也别眼珠子光往外头翻，你们屋里这几个，哪个又是能娶能嫁的？你就得打他妈八百辈子光棍儿！"

二姐三姐本来没事儿人似的在一边吃自己的饭，这话一出来都歪鼻子斜眼的了，三姐便说："我倒没嫁出去，可我也没往厕所里拉人芽子呀！"二姐也说："走着瞧吧，当我这么喜欢这个家哩！"

小墩子心里只是难过。不为二荷，为群龙。自打群龙回到院里，她就没跟群龙说过话。是群龙不理她。她倒试着要趁个别人都不注意的空儿跟群龙说话，群龙脸上没有丝毫表情，她的话出来了只是不应；有一回群龙又用小臂提着水桶到公用水管那儿打水,她看见了便过去帮他扭开关,打了半桶水,她要帮他提,生让群龙用小臂把她挡开了。她硬要再帮,群龙便用小臂打她的手,打得生疼,群龙管自用小臂提着水桶走了。她望着群龙那又亲切又陌生的背影,左手抚摩着右手被打痛的部位,只觉得心里头酸酸的。

二姐和三姐一齐跟妈拌嘴,三张嘴搅和些什么,小墩子都没听见,末后只有祖奶奶的一声厉喝传入了她的耳中:"干什么惊惊乍乍的?!都给我好好吃饭!"

确实不必惊惊乍乍的。饭当然一定要好好吃。

自那顿饭以后,有一年二姐嫁了出去。大哥、大姐、二姐三家相继都有了后代,逢年过节就一块儿来家里团聚。屋里盛不下,院里也坐不开,有时一家人爽性就在院门外的臭椿树下支上折叠桌,来个大摆家宴。胡同里路过的人见了有来问的:"谁办喜事呢?"乱哄哄中便有指着大锛儿和三姐的,大锛儿便乐,三姐便骂,小墩子心里只是想:怎么家里外人就都没有指着我问、指着我应的?

不久三姐也结婚了。暂时没分到房,说是半年以后三姐夫他们单位就能给房,先在家里将就着。这样便只好腾出一间屋给三姐三姐夫当洞房,剩下两间屋,爹和大锛儿合住一间,祖奶奶、妈和小墩子一间。

大锛儿更没了好气。见天晚上和老子一块儿喝酒,连黄瓜都不就,揪瓣大蒜也算是下酒菜。大锛儿身子骨很像他爹,瘦,精壮,只是左右对称,不像他爹那样畸形。大锛儿自小是个大锛儿头,而且是前后锛儿,也就是说他额头和后脑壳都相当凸出,有人说那是聪明人的相貌,可大锛儿自打上学以来就简直没及过几次格。他那工厂的锅炉房改造成自动加煤自控燃烧的新设备以后，重体力劳动变成了只需用大部分时间看仪表，小部分时间帮着卸煤装煤斗的轻体力劳动。可大锛儿怎么也熟悉不起那些个表盘，他说还真不如跟以往一样抡大铁铲子往炉膛子里散煤痛快……大锛儿碍着三姐夫的面子，不好拿三姐出气，就拿小墩子出气。有一回爷俩儿都喝得烂醉，爹就冲出屋子把妈拉进去一顿臭揍，而大锛儿就冲出屋子不论三七二十一地一巴掌把小墩了打倒在地。小墩子当时正坐在铺板上为自己剪裁一件人造棉短袖褂子，手里还握着剪刀。她便坐在地上，手里挥舞着剪刀，厉声对大锛儿说："你敢再动我一下，我就剪了你！"大锛儿竟满脸狞笑，叉着腰对她说："剪我？你他妈先把你底下那儿剪开吧！你都二十啷当了，怎么还跟家里窝着？都找不着个男人把你揍了？！"小墩子狠命站了起来，狠命地朝大锛儿扑去。这时候祖奶奶走进屋子，站在门口大声叱责说："干什么惊惊乍乍的？都给我老老实实待着去！"小墩子便定住在一个攻击性的姿势上，而大锛儿也醒了一半酒，踉踉跄跄出了屋，里屋也停息了喧闹。不一会儿小墩子她妈头发散乱地出了屋，扣着扯开过的衣服扣，也不说什么，坐回铺板上去，继续帮小墩子裁衣服。小墩子也便蜡烛受热般地软化下来，握着剪子和她妈坐到了一处，而里屋不一会儿便传出了小墩子她爹的鼾声，非常之雄壮。

小墩子确实二十啷当岁了。有一天粮店经理在开会的时候念了一封顾客来信，信上说她来买切面的时候，看见压切面的女同志一双手很脏，指甲盖里都嵌着黑泥，像镶了一道乌金边，而且脸上也不干净，像是长着一片癣，她说这样的切面让人怎么买回去吃？……不消说信上所说的那位女同志就是小墩子。经理念信的时候大家就都把目光汇聚到小墩子身上手上脸上，小墩子真恨不能有道墙缝可以钻进去。她想起土鳖虫儿来真是感到亲切,为什么人活在世上就总得让别人盯着说着?土鳖虫儿多幸福,有个小小的墙缝儿一钻,就什么也不用去应付了。

那以后小墩子被扣发了一个月奖金,又被调离了压面机,调到一个仓库去了。但小墩子自那以后忽然有了一种鸿蒙初开的自觉性,而且仓库自设的澡堂淋浴起来又很方便,她变得讲究起清洁卫生来,她又按时往脸上擦治癣的药膏,原来那癣也并不怎么难治,没有多久便整个儿消失了。她洗头开始用华姿系列,即香波、护发素和发露一式三瓶;她刷牙用蓝天牙膏,往脸上抹奥琪增白粉蜜。她开始注重穿着,懂得要把腰尽量勒得细点,穿上高跟鞋走路时要尽量挺胸收腹。不知不觉之间,连大锛儿也对她刮目相看了,有一天就眯着眼对她说:"这才真算是个娘们儿!可惜还是没人要,跟我一个样儿!"大锛儿虽说把自己也赔了进去,不算骂她,可她心里却有如刀割。她也不明白:为什么就没有小伙子追她?

让小墩子反过来想:为什么自己就不去追小伙子?那是有一天她从仓库下班回来,路过胡同外的理发馆时,猛然间脑子里划过闪电一般,突然冒出的一道光,居然照彻了她整个儿的灵魂。

从理发馆里出来一个人,把她吓了一跳。

那是群龙。

真的吓了一跳。因为群龙面目一新。她想不出群龙自从无手以后,那头发那脸上的胡子楂儿,是怎么长了去短的,大概总是他爹他妈或者遇上二荷心情好些的时候,凑合着帮他剪剪刮刮吧。因此几年里头群龙就总是灰头灰脸的没个鲜洁的时候。这天不知怎么的群龙跑理发馆理了发还刮了脸,是全活儿,肯定还洗了头吹了风刮了边抹了油，呈现于她眼前的群龙俨然一个英俊的男子汉。这天他的衣衫也异常整洁，脚上还穿着一双擦得锃亮的皮鞋，如果不特别去注意他那衣袖下的两个空缺，那他不是一个非常完美的人物吗？

她大声招呼："群龙！"

群龙听她招呼才看见她，站住，立即脸红了，仿佛小偷行窃时突然被人抓住。但群龙脸上的红晕迅即消除，整张脸又冷冰冰的毫无表情。

"群龙，你今儿个真帅！"小墩子凑拢他，亲亲热热地说，"你早该这样儿了！"

群龙呆呆地站着。脸上仍无表情，但眼里闪出几分惊讶，几分疑惑。

"群龙，你干吗总不理我？"小墩子心里痒痒的，像有个蛾儿想冲破茧子飞出来，却费了老大劲也总冲不出个缺口，她嘴唇哆嗦着，却怎么也说不出下面的话来。

映入群龙眼中的小墩子，也让他大大地吃了一惊。好多年没正眼看过这位邻居了，现在发现她居然烫了一头小鬓鬓，脸庞虽说还是黑黄的底子，但洗得非常洁净，脸颊依旧红喷喷的，令人想起已经熟了但还没有熟透的苹果，衣领开得很低，丰满的脖颈下挂着一串不值钱但很好看的绿珠串……尤其令他吃惊的是，为什么小墩子会对已失去双手的他投以那样的眼神，并且好像满心满意要跟他说什么却又居然一下子说不出来……

他本想转身离去，却拉不开脚。小墩子却突然不再说什么，只是两手紧紧张张地在自己的一个人造革挎包里掏腾什么，后来，掏出来一样东西，仿佛贼娃子被迫交出赃物似的，颤抖着举给他看。

295

群龙看不明白。但他心里开始有爪子在抓挠。当年他跟那个江南女子在兵团里，相会时就有那种爪子抓挠的感觉。他嗓子发涩，他觉得是一种不祥之兆。

小墩子举着那样东西，抿着嘴，望定他，不，是瞪着他。小墩子恨他居然认不出来。

确实认不出来。

小墩子不得不提醒他："那根红果冰棍……现在没那么便宜的冰棍了……那时候三分钱一根……"

群龙还是没悟出来。但心上有尖利的爪子抓得好痒。

"你这个大傻帽儿！"小墩子喊了出来，"这就是那根冰棍的竹签儿！看真了吗？我一直留着没扔，没扔！……看见你没了两只手，回了院里，鬼一样活着，我、我还是没扔……"

群龙只觉得胸腔里那只爪子一下子抓破了他的心，血仿佛从心里喷了出来，阳光下，他发现小墩子手里举着的那根竹签仿佛闪着些十字光芒……

街上过往的行人没有注意他们的。

在这个伟大得不能再伟大的世界上，他们渺小得不能再渺小。

一个是所谓的胡同串子。何况还失去了双手。

一个是所谓的胡同土鳖婆儿。何况才刚刚去掉了指甲上的乌金边和脸上的癣斑。

那一年的秋天小墩子妈发觉小墩子连续两个月没来例假。经盘问，小墩子承认有那么一回事儿。三姐陪她去医院做了青蛙试验，呈阳性反应。妈和姐姐们既轮流又合伙儿问她，究竟跟谁？她只说："我自个儿乐意的。我不说。你们别再问。我现在也不打算嫁人，你们再来烦我我可就要跟你们闹了。"爹听说了这事一声不吭，大锛儿有一天趁别人都不在就凑到她跟前，很痛心地说："墩子！是我不好！是我用混话把你激的！我还是人吗？你扇我耳刮子吧！要不我自己扇，替你扇，你要我扇多少个？"说着举起巴掌就真要扇。小墩子一把抓住了二哥的大巴掌，她一生里头一回抓住二哥那巴掌，这才觉出手上都是老厚老厚的茧子。那年月到处都开始讲究学历，讲究尊重知识和知识分子，小墩子他们仓库，大锛儿他们工厂，也都如是。但他们却都在所讲究的范围之外，而且也不大有补救的可能；小墩子毕竟是女的，找个人嫁出去还不算太难，大锛儿就确实难办了——小墩子嘴里没说什么，可已经先一步领略了那个快乐，大锛儿整日里满嘴荤话，一喝醉了更是污言秽语仿佛天字头号大流氓，但小墩子知道，他直到那天可还是个地地道道的童男。小墩子想到这儿就握住二哥的巴掌没有放，也说不出所以然来，却吧嗒吧嗒滴下几粒眼泪到大锛儿的手背上。那眼泪只有几粒，可以数出来，大约不过五六粒，滴到大锛儿手背上却并不马上流动，圆圆的定在那儿足有好几秒。

大锛儿不明白，这是怎么啦？他忙把手从妹妹手里抽了出来，极不得体地问："谁欺侮你了？是谁？告诉我，我把丫的花了！"

祖奶奶走了进来，照例吆喝说："干什么惊惊乍乍的？什么了不起的！都给我该干啥干啥去！"

小墩子做人流手术后的那两年，这世界仿佛猛地抖擞着加速了变化，即使是他们那条小小的胡同、那个小小的杂院，也有种毛毛虫变成了花蛾子的感觉。家家都有了电视机，区别只在带不带色儿和尺寸的大小；家家都有了洗衣机，区别只在单缸还是双缸，下泄水还是上泄水；一到夏天大多数人家都有电扇在呼呼地转；虽说院里的老房子还是那么陈旧，盖出的小房子一再翻修也强不到哪儿去,但房子里头的旧家具大批地淘汰了出去,迎进了组合柜、弹簧床、落地灯和转角沙发;时兴往地上铺化纤地毯或地板革,往墙上悬些个壁挂,往花瓶里插些个人造花;有的家还置了电冰箱和组合音响;到夜里,有的家燃着些红红绿绿的串儿灯,或蓝幽幽金晃晃地转动着变幻着图案的光纤灯具,胡同里院子内外便飘荡着一些邓丽君费翔的流行曲音韵……

但更大的变化是人。毛毛虫一旦从茧里冲出来,成了花蛾子,谁还认得出来?自己照镜子,也跟做梦一样。

比如二荷,谁知道她是怎么从纸盒厂又跳槽到了商标印刷厂,又怎么跳槽到了一家广告公司,并且天知道她怎么会有所谓的公关能力,并且怎么能学会了英语,虽说至今发音不准,外国人和中国行家都说她有点怪腔怪调,但她偏敢张嘴,而外国人也偏能听懂!又有谁再讥笑她脑门儿上"一窝猪血"呢?如今有那冷冻疗法,激光疗法,外加外科手术,跑了半年医院,她竟将那块记彻底根除了,简直不留什么疤痕。她的发型总那么时髦,喷着最贵的喱发胶,她每天细心用眼影膏上眼影,描眉,用睫毛器修整睫毛,又细细勾出眼线,她用最好的美容霜,用淡红的唇膏、淡紫的指甲油,她有好几套互相搭配的耳饰、项链和手镯,她只穿从秀水东街采购来的时装,只穿从白孔雀艺术世界买来的皮鞋,肩上只挎手里只提同身上相匹配的珠串包或真皮包。她早已不在家里住,但倒经常回到那条胡同那个杂院看望她的父母和她的弟弟群龙。每次总是坐一辆"的士"抵达门口,先对坐在门口大臭椿下的祖奶奶亲热地打招呼,然后咯噔咯噔用高跟鞋鞋跟敲击着院里的地面,散出一路的香水气味,跟遇上的这个那个邻居点头问好,一阵风似的刮回她的老家去。

但都知道二荷并没有跟谁结婚。她有一套两居室的单元,在三环路边上，独自住着。那单元好像既不是单位分配的，也不是她自己花钱买下的。问她，她说是借住的，但谁又相信有人能白白借给她住呢？

毛毛虫变成花蛾子的二荷，自然引出小墩子家新一轮的议论。那时小墩子三姐三姐夫终于分到住房搬走了，但回娘家最勤的是三姐。三姐变化也很大，已成为那个百货商场一层化妆品组的组长，她自己虽然打扮得大不如二荷，但她对各种化妆品那绝对门儿清。那一年那一天她又回娘家小坐，时逢二荷也一阵风地刮进里院回自己老家，三姐便皱皱鼻子说："二荷准不是正路子！她身上的香水连我们商场都没进过货，那只有友谊商店才有卖的，是正宗法国巴黎香水，准是她洋妞头给她的——那香水的牌子叫'毒药'，听听！敢叫'毒药'，得有多贵！她搞什么公关，整个儿是臭婊子一个！"大锛儿虽说还没结婚，但有了对象，正怕人家嫌他野蛮，所以那一阵子说起话来尽可能地文明，便疑惑地问："按说当那个……交际花儿吧，总得盘儿是盘儿，条儿是条儿，二荷她就是把上万块一瓶的香水整天地洒到身上，又有哪点儿招人呢？"三姐便教训他说："你懂什么，如今女的时兴她那么个模样儿，脸盘儿不要圆圆乎乎，也不要瓜子仁儿，倒要带棱带角，也不时兴细皮白肉，倒是咖啡那么个色儿最好，腰身也不要一个劲儿地苗条，讲究三围，就是说腰围虽然要小，胸围和臀围倒越大越好，侧着身看，前头上凸后头下敨才叫大美人儿……"大锛儿听着不住地点头，心里头暗暗称喜，这么说他那个对象脸盘儿圆圆乎乎，侧面看身条儿上下一般儿粗，不是时髦抢手的货，倒多了几分安全感。小墩子听着却并不关心二荷的美丑，她只在紧张地想：二荷如今自己挣出了脸，手里头也有了几个钱，对群龙也更讲究起姐弟之情来，她会不会给群龙介绍些个有所图的对象，

299

而群龙又会不会动了心依了二荷呢？

群龙的变化也真不小，原来那一年那一天他去理发馆修整门面，是已经得到了残疾人协会方面的许诺，贷款给他先安装一双假手，然后安排他到一个福利工厂工作。他装上那假手以后虽说不能恢复到健全人的水平，到底能自己吃饭穿衣梳头洗澡和做简单的事了；如今要是不知道他的真相面对面地同他交谈，你只会觉得这人怎么不管天热也总戴着手套，是不是有点古怪，而绝不会感到他是一个残疾人……

那一年那一天二荷没跟家里待多久，就又出来了，后头跟着她弟弟群龙，群龙也穿戴得整整齐齐，是一套灰蓝的西服，还扎着领带。二荷和群龙走到院门口时正遇上小墩子和她三姐，二荷便满面春风地跟她们招呼，三姐便问："怎么着？是带群龙去见对象吗？"二荷含混地嗯哈着，群龙眼望着小墩子只是不住地摇头，小墩子抿着嘴用两眼直勾勾地盯着他……

门外的出租车一直在等着。二荷和群龙坐了进去。三姐望着出租车说："嗬，香格里拉饭店的！那可是五星级的，实行跪式服务哩！"

汽车开走了，转瞬消失在胡同口外。小墩子觉得一颗心被剜了出去，胸膛里有一种空虚感。

祖奶奶依然坐在大臭椿树下的破藤椅上，天气很热，她却不再赤膊，穿着小墩子为她缝制的真丝无领无袖衫，她家所有的人都不再当众赤膊，大锛儿也给他爹买了几件汗背心，让他出屋时就套上；但祖奶奶不让家里人给她换把新藤椅，那旧藤椅已经快散了架，便只好由大锛儿用尼龙绳细细地替她又扎了一过儿，补衬进一些个竹片儿；小墩子她爹也拒不换饮比那白薯酒更好的酒，至多只接受二锅头。逢年过节大儿子、大闺女、二闺女、三闺女回家给他提来的好酒,倒都便宜了大锛儿;祖奶奶依然摇着那把旧蒲扇,裂开的地方她都让小墩子妈用线给缝合了,她觉得扇出来的风一点儿也不比往年差;当小墩子和她三姐望见二荷群龙坐的那辆出租车消失在胡同口外,转过身来时,祖奶奶便对她们现出一个司空见惯的表情,而姐妹俩便不约而同地代她说出那句必定又要再说一遍的话来:"干吗惊惊乍乍的?什么事儿也没有啊……"

有句老话道是"乱世出英雄"。如今不是乱世,但可称变世。变世更出英雄。

小墩子万没想到那一年那一天她居然成了仓库的英雄人物。

那天下午,一辆运货车运来了六十箱方便面,刚卸下十来箱,小墩子和几个搬运的人就闻着有股子哈喇味儿。小墩子便跟同伴们议论:"先别卸了,这面都变味儿了!"

可押车来的人和仓库里一个外号叫"白条儿"的业务经理都吆喝着让抓紧时间快卸。

小墩子便走到白条儿面前跟他说:"面都哈喇了,这货不能要,该退回去!"几个同伴站在她左右也都是这么个意见。

白条儿三十多岁,长得细皮白肉,细高挑儿,鼻梁两边的白皮儿上撒满芝麻粒大的褐色雀斑。他对小墩子他们说:"你们吃过多少种面?这面就这个味儿,这是个洋味儿,你们不要土老帽儿,外行!瞎掰!给我继续卸去!"

别的人也就懒得跟他论理了,独小墩子一时吞不下这口气。从头两年起,她就最恨人家把她看成无知无识万事不该插上一嘴的土鳖虫儿,再说这仓库已经几回因为发出去的货让销售点判定过期变质给退了回来,最后只好在门口摆摊儿降价大甩卖;仓库作为中转站总赔钱,已经好久发不出一分钱奖金;渐渐又传出了白条儿通过明知过期变质还接收来货自己偷偷拿取厂家回扣的说法……种种因素积累既久，又让白条儿那傲慢的态度一激，小墩子便一不做二不休，当场用力撕开了一个纸箱子上的胶条，几下扒开了箱盖，取出一袋方便面哧地撕开，搁鼻子根底下闻了闻，便传递给同伴们，亮着嗓子说："这还不叫哈喇了吗？"接着她又撕开了几包，扔了一包给白条儿，自己又嚼了口手中的一块，又使劲把嚼的啐了出来。白条儿还在那里狡辩，几个同伴可都发了话："这包装纸也不对头，不光哈喇了，这根本是假货！""任是谁也受不了这份味儿！"有个外号阿臭的小伙子更从他手里的那包发现了一只小虫儿，递给了小墩子，小墩子便将那包有小虫儿的方便面直杵到白条儿鼻子下边。白条儿恼怒了，一巴掌把那包方便面打飞，舞着胳膊嚷："甭废话！这儿听谁的？给我卸！有什么意见卸下来再说！你们不卸，我自己卸！雇临时工卸！"

那押运的人和司机便又开始往下卸，白条儿也果然亲自动手，倒让周围仓库里的人都愣住了。

谁知小墩子略一犹豫，便突然掀开驾驶室的车门钻了进去，一屁股坐到司机座上，又从车窗里伸出头来，高声宣布说："我跟这儿坐定不动了！白条儿，你，你们，敢动我一手指头我就算你们耍流氓！我敢跟你们拼命！信不信？！"又对其余的人说，"大伙儿别慌！听我说，我的意思是打今儿个起，咱们不能再这么糊涂下去了！不能让白条儿跟一些人勾着作弊，坑国家，坑顾客，也坑咱们。他拿着回扣，帮人家往外推这号劣货，让人家把国家的钱赚过去，捅出的窟窿让咱们全仓库的人给背补。都几个月了，咱们谁拿着一分钱奖金了？再这么下去，怕连基本工资也发不出来哩！嘿！你们还愣着干什么？把那卸下的都装回去！阿臭，你去给局里打电话，让他们头头脑脑都来，都来看我怎么无法无天，霸住这汽车不让人开走！……"末了又冲着白条儿、押运人和司机说,"你们看怎么办?是把货退回去,还是等局里来人,还是这就把我宰了?"

车下的人全被她这一番发作弄得目瞪口呆。阿臭倒是刚一回过神来便跑着去给局里打电话了。

结果是白条儿惨败。局里后来进驻了调查组,查出来很多问题,白条儿退赔了一大笔钱,免了职,灰溜溜调到另一个单位去了,他庆幸自己总算没给抓起来判儿年。

但那仓库因此也就面临着取消的命运,局里的领导来开了全体会,说这取消不是让大家失业,而是要改变原有机制,绝大多数商品今后都由厂家和销售部门直接挂钩供应,这样也就更可以避免因中转拖拉形成的过期变质问题;他让大家都来出主意,看削减仓储批发任务后,剩余的职工还能开发出些什么对社会有益的经营项目?

在这样一种背景下,便出现了一辆停泊在闹市区街头的、漆成奶白色有蔚蓝色条纹装饰的快餐车。快餐车上设有操作间,有外卖的窗口。一开头,品种比较单一,只卖一种一块钱一串的炸羊肉串,一种当场大桶制作零杯出售五角钱一客的橘子汁,以及一种两角钱一只的小圆面包。快餐车开张以后,生意出人意料地火爆,尤其那烤羊肉串,物美价廉声誉鹊起,吸引了越来越多的回头客。

当年曾跟小墩子他们家同住过一个院子的那对闻氏夫妇,男的早找路子调到报社当了记者;女的虽然还留在机关,但拾起了原来的英语专业,时常参与外事活动,充当翻译。那一年那一天是个星期日,他们带着女儿逛完公园,又沿街散步,结果就走拢了快餐车。买了一把羊肉串,站在车外的空地上歪着头吃,都说这儿卖的羊肉串嚼起来怎么那么嫩,味儿怎么那么香,怎么有种别处都比不了的特殊感受。正赞着，那闻家女主人便对丈夫说："咦，快餐车里头那个女的怎么那么眼熟？"闻家男的望过去，没看真切，他们的女儿便一迭声地问："谁呀？谁？"但直到退回串羊肉串的钢扦子，离开那快餐车，走得老远了，闻家女主人才猛然一拍手，想了起来："是小墩子啊！"她丈夫也恍然："对对对，像是她……"他们的女儿便又一迭声地问："小墩子是谁？怎么会叫这么个名儿？女的怎么能叫墩子？"父亲便对她说："你自然不记得，那时候你小，我们又总把你搁姥姥家住着……"母亲便自言自语："真的，祖奶奶家怎么给个女孩子取名叫墩子呢？……"又不禁自笑，"真的，干吗惊惊乍乍的呢？"

小院那间东屋外面的洋槐树依旧一株东倒，一株西歪，入夏又开出一串一串奶白的洋槐花，溢出阵阵爽人的香气。接续闻家入住的更年轻的两口子到那一年夏天也迁了出去。他们的迁出是二荷的一种安排，二荷通过"房虫儿"给他们倒换到一个楼房里的独居。二荷换下他们那间东屋不为别人，为的群龙，群龙早盼着有间纯粹属于自己的小屋。有了这间小东屋，他可以不受干扰地独处。

那一年那一天的下午，小墩子去那东屋里看群龙。那时候小墩子跟餐车还没发生关系，还在仓库里干活。

小墩子问群龙："怎么这些天没见着你去福利工厂，是病了吗？"

群龙举举手说："我这号人，还有什么病不病的，凑合着活吧！"

小墩子打量着小屋里的摆设，俨然一个小书房，两个上头是玻璃拉门下头是木头合页门的书柜，虽说没放满，却也很有不老少的书，都挺新的，也还有几样小摆设。其中最刺小墩子眼的，是两个小洋人造型的瓷器,一男一女,正拱着屁股亲嘴儿;小屋里有群龙的单人床,还有一张挺大的书桌,书桌上居然摆着些文房四宝。

"你倒挺不错的!"小墩子说。

"有什么不错!心没死绝就是了!想用牙叼着毛笔练字儿,有练成的人,我也试试。可你看我是那么块料吗?"

小墩子站在屋当间,窗外洋槐树把一片绿幽幽的荫凉送进来,却并不让她感到舒适。她觉得群龙比以往离自己更远。

"你们那儿怎么样?"群龙问。因为一时找不到别的话说,所以问这个。

"还能怎么样?让那个白条儿弄得一团糟。这不,眼看要撤销了,让自谋出路哩!"

群龙不知道谁是白条儿。他只知道白条儿是一种又叫柳叶窜儿的鱼,差不多凡有水的地方都有,最多,最贱,吃不中吃,看不中看。他就没说什么。

"二荷真是大发了!能把你这么样地供着!"小墩子自己坐到群龙床铺上,面对坐在转椅上的群龙,感叹地说。

"二荷出力不少。可这其实……其实全是我自个儿挣的……"群龙说。

"你挣的?蒙谁呢?"

群龙也不解释,便问小墩子:"你怎么就不想点儿法子,也发一发呢?如今谁逮着机会,谁都能发!"

"那么容易发?总得先有本钱,才能发!我要有本钱,我就能发!……"

本是有一搭没一搭的说话,说到这儿却忽然惹出了小墩子的一腔牢骚,她在发牢骚的过程中,也就讲出了她们单位那儿的事:

仓库上管局，原先有人承包过一辆快餐车，卖盒饭，现在那承包的主儿办了自费出国，不干了，局里正招新的承包人哩。本系统的人最好，要承包，就辞掉公职，接过去干，但上交款额的标准提高了。另外，谁要承包，这回局里只提供执照，提供餐车，却不提供流动资金。流动资金要自筹，起码得先拿出五千块钱的现款……这话放出来有一个多月了，至今也没找到承包人。想承包的，比如她们仓库的那个阿臭，拿不出五千块钱来，能拿出五千块钱的主儿，却又不想去冒风险承包……小墩子说到最后把大腿一拍："我要有五千块，我就承包，我就不信偏我穷一辈子，偏我发不了！"说到这儿，小墩子猛地回忆起十多年前，就在这间屋里，发生过的那些事儿。那时候冒险，不过只是为了四毛钱，如今要再冒险，得奔个四千、四万！当然，闻大姐说得对，再别用亏心的法子，承包，那不是如今政府支持的，过了明路的发财路子吗？唉唉，哪里能倒腾出五千块钱就好了！

小墩子万没想到，本是一番闲话，说完之后，群龙的一双眼睛却像手电筒一般陡然亮了起来，而且，竟让她乍听几乎觉得自己是听岔了——群龙面对着她，露出一嘴白牙，说："五千吗？五千块就行啦？成，墩子，我给你拍出五千！"

小墩子瞪圆了眼睛盯住群龙，群龙又把那意思重复了一遍，小墩子不由得问："别逗了！你哪儿来的五千块？二荷的我可不要！"

群龙就告诉她："我有！我拿得出！实对你说，我有两万哩！你别眨巴眼儿，我只告诉你一个人儿，你别再跟别人说去……哪儿来的？命换的！你不是早就看见了吗？！"说着，群龙便把一双手，一双接在截肢上的塑胶假手，举起来给小墩子看。小墩子一时还是不能明白，群龙激动了，在转椅上挣绷身子，鼻翅儿一扇一扇的。

小墩子就站过去。群龙把转椅一转，用后脑勺对着小墩子，小墩子便用双手捧住群龙的头，把他那后脑勺贴到自己热烘烘的胸脯上，正处于两个凸起的乳房中间……

"群龙，你怎么、怎么了？"小墩子怜惜地用手抚摩着他的头发。

群龙感觉到一种女性肉体所传达出的特殊温柔，并且感觉到了小墩子心脏加速跳动的脉息。他有几十秒钟任小墩子抚弄没有动，但他突然举起小臂挣脱了小墩子的控制，把转椅滚到远处，转回来，面对着小墩子，做了一个让小墩子坐回去的手势。

小墩子坐回床铺了，他这才把怎么一回事儿讲了小墩子听。

原来，二荷在她的那些个广告业务活动当中，偶然结识了一位海外华人，又接触到了那海外华人的夫人，那夫人竟是当年害得群龙爬高压输电线铁架子寻死，遭电击失去双手的那个江南姑娘！一来二去的，二荷便提出来那夫人应当赔偿群龙的肉体损失和经济损失。那夫人和她那丈夫听了二荷讲述群龙的生活状况后，深表同情……但二荷提出的价码极高，人家最后的回应却是只愿赠予群龙两万人民币。那丈夫出面讲了这样一番话："这是个悲剧，但我夫人没有丝毫的法律责任，因此赔偿一说是不能成立的。况且事隔多年，我们又是两种护照，打官司你也没法子打的；再说也无所谓私了，这事早就了了；只是我们对令弟的境况都很同情，所以愿意赠予他一笔钱，他可以存入银行，每月有一点利息，按大陆的生活标准，一个人过简朴的生活，该够用了……"二荷想了想也是那么个逻辑，群龙当年是自己寻死，人家又没害他，便替群龙应了。但人家最后一定要群龙自己出面接受那笔赠予，群龙开头死活不干，说："我的手早炸烂了，难道到如今还卖它？卖它就这么个价码？一只才一万？再说，我怎么还能见那个娘们儿？她又怎么还有脸见我？"但二荷劝，父母也劝，到了群龙还是去了，就是小墩子和三姐在院门口遇上他们姐弟、门外头有辆出租汽车等着的那一回。他们姐弟去香格里拉饭店，在豪华的西餐厅里接受了那两万块的"赠予"……

小墩子一听群龙的钱是那个当年甩了群龙的女子给的，心里就发堵，她立马说："她的钱！我不要！"

群龙便说："怎么会是她的？到了我手里，就是我的！我给了我爸我妈两千，布置这屋子买这些个东西花了一千，要给我姐一千她说不稀罕，没要。我存了一万的死期，五千的活期，活期正好取出来给你去当流动资金，你快把那快餐车承包下来吧，我保你发，大发！"

小墩子心里活动了，但一时不吱声。

群龙又说："我跟她这辈子再不会见面了！说实在的，我早跟她一刀两断了！那天见着她，我都吃惊，就她那么个娘们儿，也值当我去死？值当我去掉两只手？"

小墩子抬眼望着群龙，群龙也正望着她，她心里一热，只觉得群龙说的是："你才值当我去死！才值当我去掉两只手！"

小墩子便说："好呀！那你就拍出五千块来，咱们合伙干！"

群龙却说："不！你要把我算上，我就不往外拍！你去局里只说你找人借的，要么说你从家里人那儿凑的。跟谁你也不能露出去，是我拿出来的，我爸我妈二荷他们，我都不说，你能说吗？只有天知地知你知我知！你要发了呢，你就还我，也不许给我红利什么的；你要赔了呢，这五千算我白扔，再让我帮着赔补我也不干了……你都得依着我，你依我吗？"

小墩子不知道群龙为什么有这么一大套的想头，可她觉得群龙离自己反倒又近了，她就忍不住站起来，又要去抱群龙的头。

群龙把转椅移开躲着她,她便去插屋门的插销,群龙制止她说:"别!不成!我妈随时能来!"

小墩子便又去抱群龙的头,群龙用小臂把小墩子打开了,打得小墩子小臂生痛,小墩子感到惊讶,便问:"怎么啦,你?"

群龙就说:"别这样。你我不般配。不合适。"

小墩子急了:"怎么不般配?怎么不合适?"

群龙脸上没一丝笑容,像是在宣读一道判词似的说:"我想过了。咱俩不成。上回……上回那以后我心里头矮了一截子。我打算一个人过,过一辈子。要成家,也只能找个也有残疾的,我心里头才舒服。实话跟你说了吧——你让我不舒服!打心里头不舒服!你自己也该明白!"

小墩子便有点明白。过了十来秒又明白了一大半。小墩子无话。

那一年那一天过去后的第三天,小墩子便承包了那辆快餐车。

后来那个姓闻的记者写了一篇报告文学登在一本什么杂志上,说小墩子的快餐车开张不易,为了让炸出来的羊肉串一炮打红,她愣是大暑天三个月没下车,在高温油锅边连轴儿奋斗,乐不知疲。

这报道基本属实。当然,揪死理的话,也不能说那三个月里绝对没下车,车上没厕所,大小便总还得往公共厕所去。不过除了去办必办的事,小墩子也真是差不多有一百来天整个儿是泡在了那活动面积不过十来个平方米的快餐车上。

小墩子有两个合作者,一个就是阿臭,另一个原是局里的干部,有大学文凭的,外号ABC,简称老A。阿臭是自己愿意小墩子也招呼着的,老A是厌烦局里的古板气氛,用他自己的话说是"为了透口气",硬凑上来的。小墩子因为拍出了流动资金,承包的时候执照上写明了她是法人代表,所以是名正言顺的老板;阿臭负责跑原料，因为议定了上炸羊肉串，所以羊肉、油料、配料，包括孜然什么的，都由阿臭去张罗。阿臭在张家口有亲戚，这很重要，因为口外的羊筋少肉嫩，又有亲戚照应，就能少花钱多买肉；老A负责成本核算，以及一切账目方面的事儿。

　　阿臭和老A原觉得小墩子一个女流之辈，特别是老A更心中鄙夷她是个没文化的土鳖婆儿，对小墩子不怎么服膺。

　　那是快餐车头一天开张卖炸羊肉串，生意正火，忽然来了两个人，板着脸，说是什么什么机构的，问他们的羊肉可经过检疫？阿臭五大三粗，偏偏怯上，一见来人派头挺大，舌头便拌了蒜；老A便迎上去递烟，又满嘴滚珠般地介绍他们的炸羊肉串如何如何别有风味，还让车上雇的安徽小姑娘马上递过几串来让来人品尝，人家都不接，一副公事公办的模样，只是铁青着面皮问可有检疫证明。那时刚开业，阿臭跑来的口外羊都是在德胜门外屠宰后，就近在他家里剁碎串成串儿，再送到这餐车来开炸的。屠宰场有检疫这一环节，他们的羊肉本是通过了检疫的，但阿臭想不起来开没开过检疫证明，老A也拿不出证据。那两个人就让车里的安徽姑娘停炸，外卖窗口外头的顾客见状便有的散去，已经买到手的便迟疑着不敢下嘴，有的还要求退款。阿臭急了，便欲动粗，老A脑门上也沁出了汗珠子。恰在这时，小墩子从工商局补办完一桩手续回来，她穿过围观的人群，拐到后车门，阿臭便红头涨脸告诉她怎么回事。老A忙把那两位来人介绍给她。小墩子心里头起火，因为快餐车还没开张，就已经除了工商、税务方面，又有市政、市容、环卫、交通、人防、联防、防疫、供电、供水、公汽、煤气、街道、房管……不知道多少个部门找上门来，应付得她脑仁儿抽筋，但现在既然当上了老板，少不得先赔上笑脸，便低下声气问："真对不起您二位，我是法人代表；有事跟我说。怪不好意思的,咱们都亮亮牌牌儿吧……"说着便从衣兜里掏出承包证卡用小夹子夹在衣兜边上,那意思是请两位来人也亮出他们的证件。那两位确实是有关部门的,却偏偏只一位带了证件。阿臭、老A一看便要灭他们的威风,小墩子却一个手势制止住了他们,笑笑说:"谢谢您二位对我们的关心,对顾客的关怀。我们的羊肉在屠宰的时候都经过了检疫,检疫合格的蓝戳子就盖在羊肉上了嘛,我特意都拿来存了这儿的冰箱里……"说着便坦然地登车、开冰箱,取出几块没有剁碎的、恰盖着"合格""验讫"字样的羊肉,展示给他们,并又递给阿臭和老A,让他们展示给围观的顾客和路人……

那两个人灰溜溜地走了,阿臭和老A齐声问小墩子:"你怎么会有这么个心眼儿?"小墩子鼻子里哼出一声:"你们要当了老板,心眼儿比我还得细!谁能让自个儿的买卖栽了哩!"这件事过去,小墩子的快餐车反得了个"羊肉又嫩又保险"的口碑,生意一天比一天红火。阿臭和老A对小墩子算是服了。

小墩子张罗这买卖也不是光忍气吞声,坚持讲理。有一回离她那快餐车五十米开外的存车处的一个老婆子,打着什么"车管会"的旗号,来跟她交涉。说是她那快餐车左右没有存车处,是不准自行车随便停放的,可净有那骑自行车的人路过,见卖炸羊肉串便停下来买着吃,车自然随便那么一支,因此违反了"车管会"的有关规定;那老婆子说至这儿时小墩子一条眉毛已然挑上了脑门,没等那老婆子把那要罚她款的意思吐露完,她便毫不留情地骂了回去,老婆子脸上搁不住,便回骂。小墩子索性两手一叉腰,挺着脖子骂了个一溜够,怎么荤怎么来——反正那时候快餐车也已经关板,而各行各业的执法人员除了假充水仙的洋葱头"车管会"以外,也都正在家里吃晚饭,过往的行人也闹不清她二位的身份,所以小墩子便借机把多日压抑在心底的郁气尽情泼洒了出来。结果那老婆子只好"惹不起躲得起"地落荒而逃,从此再没有什么"车管会"来人骚扰。

女老板小墩子就这样开创着她的业绩。头一天卖完了所有的羊肉串,关板的时候,老A让她点钱。小墩子只坐着笑,不用点,她心里雪亮。羊肉串是一千串啊,那光羊肉串就进了一千块钱,加上果汁和面包,怎么也有一千二左右,固然还得扣除原料钱、工钱、税钱什么的才算得上是赚头。可流水一千二,这么大一笔钱一下子就汇聚到了钱匣子里,还是不能不让她激动。车里很热,固然有电风扇,那能抵多大的事儿?她舍不得喝自己的冰冻果汁,也不想喝,她心头蓦地出现了冰棍儿,红果冰棍,哦,那时候红果冰棍只要三分钱一根,现在自己的钱匣子里有一千二百块钱,那该是多少根红果冰棍?她心算着,算得心慌,算得心疼,算得心悸……那合四万根红果冰棍啊!四万根哪!把四万根红果冰棍铺到马路上,该有多么大的一片!

那一年那一天那心算出四万根红果冰棍的刹那,小墩子眼里迸出了几滴眼泪,不过周围的人都没觉察出来……

三个月下来,流水过了十万,刨去上交给局里两万,刨去这个税那个捐,刨去再生产的原料预算,刨去电钱、水钱等杂项,居然还有四万之多!小墩子没经细想,就立马给群龙送去了一万,群龙执意只收五千;原来说好阿臭和老A算经理人员,工资底线是五百,既然一赚就这么老多,小墩子便三个月一人给了他们三千。安徽姑娘们招工的时候说好管吃管住,外加工资一百,小墩子想三个月每人给五百,老A便劝她三思而行,因为还有个劳务行市问题,可以多给点儿,算奖金,但不能太离谱儿,否则以后不好办。小墩子就每人发了她们四百,这么归里包堆一总算,落到小墩子这老板手里的，还有两万七千八百元之多！

小墩子挺起胸脯，扬眉吐气地做人了。

小墩子用七千块钱半年的价码包租了离快餐车定点处不远的一个胡同小院，是个独门独院，屋子破旧，院子逼窄，但优点是使用方便，又不招人注意。这样她、老A和阿臭就都有了一间各自的办公室，另外几间屋当了工人宿舍和原料车间。除了原有的安徽姑娘外，又另雇了三个女工两个男工。……小墩子还立马安装上了电话，给阿臭、老A和自己都配备了BP机，又给阿臭、老A和自己都买了辆新自行车，还许愿再过三个月就给他们买摩托。小墩子很快也就能熟练地运用圈子里的行话，例如谈钱，就把十块叫一张，一百块叫一棵，一千块叫一吨，一万块叫一方……暗中给人好处费叫"点钱"，等等。

第四个月里的流水竟比前三个月合起来还多，有十一万！

什么都刨去以后小墩子个人还落下足有五万，她给了爹妈一万。爹当时在喝酒，简直不懂小墩子是在变什么戏法儿，她妈接过那已经为他们存好的各写着二老名字的两个五千块的存折时，手直打哆嗦，不禁像被烫了一下似的嚷起来："哎哟！拿这个人家能让我往外取吗？别把我给薅局子里去吧？"大哥、大姐、二姐、三姐四家她各给了他们一千，正准备结婚的大锛儿她给了两千。她要给奶奶钱，奶奶不要，她就给奶奶买来了最好最贵的蛋糕，奶奶只尝了一牙就再不吃了。她真不知道发了财该怎么在奶奶身上孝顺一下，奶奶听明白了她的意思便高声说："惊惊乍乍的！烧包儿！"

小墩子还抽空带她妈去医院，大夫说她妈那子宫肌瘤再不动手术就有可能癌变了。她就劝妈抓紧把手术动了，费用她包圆儿。她妈可真是惊惊乍乍的，说："以往骂人说，挨刀的！我好不秧秧一个人，干吗挨刀去？这么多年，我凑合惯了，就留着那邪肉吧，又没长在脸上！"

小墩子发了，别说院子里胡同里的人对她另眼相看，家里人的一双双眼睛里也都增添了无限的敬意。只有两个人算是例外，一个是祖奶奶，一个是她爹。祖奶奶的一双眼里，从来就充满对这最小的孙女儿的爱意，固然无从再予增添；然而她爹呢，小墩子从小就觉得她爹的眼光似乎从未在她身上停留过，更不记得她爹什么时候哪怕是轻轻抚摩过一下她的头发。如今她发了，大发了，爹应该知道，五千块的存折都递给他了，固然是妈接过去的，爹心里该明白，最有出息、最孝顺的，到头来是她小墩子呀，可怎么爹如今见着她，依旧是那么淡淡的，连一句最简单的夸赞的话也没有……

生意进入到第六个月，正是越来越红火的时候，有一天傍晚小墩子正在她那办公室的折叠床上眯着，忽然有人梆梆敲门。小墩子不耐烦地起来，拔开插销打开门，一眼看出是三姐，满脸汗珠子，她便问："什么事惊惊乍乍的？我这儿电话号码你不是知道吗？干吗风风火火地亲自跑过来？"三姐也不及进屋，便嘴一咧，"哇"的一声哭着说："爹死了……"

小墩子的爹死得很突然，那天中午他像往常那样喝了酒，又像往常那样披衣出屋，像是要去厕所。可刚走到屋门外头，不知被什么绊了一下，跌倒在地，就再没起来。大锛儿闻声跑过去，一看坏了，急得没了主意，后来在院外大树下乘凉的妈和祖奶奶听见大锛儿嚷嚷，也赶忙过来看。又有一些邻居围上去，乱哄哄中就有人判定是中风了，后来赶紧往医院送。到医院后还有气，但一直昏迷，大夫说是脑溢血，也没怎么抢救，很快就打挺了。

死后第三天就火化。那天全家包括大锛儿没过门的对象全都去送葬，但祖奶奶没法儿去，也不能光留她一个人在家，小墩子就留下来单陪她。那一年那一天的那个下午杂院里并无杂音，一地的臭椿花，小墩子守着祖奶奶在屋里，被静得有点出奇的空气包围着。

爹的死，按说对祖奶奶打击最大，但祖奶奶竟一直没哭，她也并不糊涂。她知道奉养她多年的唯一的儿子死了，还差一岁才七十突然往地上那么一倒就再起不来了，此刻说不定已经被烧成了一堆灰一股烟了……

祖奶奶唯一的反应就是自那晚以来不吃饭，只喝点白水。劝她吃，她说吃不下，又说她过几天能吃，不是打定主意不吃了……小墩子紧挨着奶奶坐着，把头靠在奶奶怀里，还是劝奶奶吃点东西，说："您想吃什么我给您做什么，要不我就去给您买来，您可别什么也不吃啊！"奶奶用一只手抚摩她的头发，像是只对最知心的人才倾吐最知心的话，压低嗓门说："该死的不死，不该死的倒死了……"小墩子就抬眼仰望着奶奶，奶奶满脸蜘蛛网一样的皱纹，嘴巴瘪进去，瘪得仿佛整张脸要从那儿翻成另一面。小墩子心里就酸酸的，她想制止自己的一个想法，可那想法就像春天的游丝挂到柳梢上一样，飘飘荡荡总不离去，那想法就是对于她来说，奶奶比爹更重要，如果非去掉一个不可，那么她倒宁愿去的是爹……

也许因为院子和她们家都一反常态的太静了，祖奶奶反倒渐渐话多起来，她对小墩子说："你爹对两个人最好，一个我，一个你……"

小墩子便说："对您我也没看出怎么特别的好，对我嘛……怎么会是最好？"

祖奶奶没听见小墩子的轻声反驳，只是出神地回忆着："记得是什刹海里闹蛤蟆的那一年，成百上千的蛤蟆大摇大摆地挤着拥着在岸边蹦，往马路上蹦……就是那一年，你爹背着我，一口气足足走了五里地，把我背到了隆福寺庙会，让我逛了庙会……"这事小墩子原先也知道，奶奶讲过，她没怎么在意。现在她长大成人了，发了，才悟出来，奶奶为什么总忘不了，那背她的人去了，烧了，成灰成烟了，可那一年那一天那段事儿，只要这颗心还在跳，这个脑仁儿还能想，就总忆念着，总跟一幅画儿似的，跟电影似的，跟电视里演着似的，鲜丽鲜丽的……是的，小墩子知道，爷爷死得很早，爹还没长大爷爷就没了，奶奶把爹拉扯大，爹长大了，能挣钱养活奶奶了，他就不光是供她吃供她穿，还背着她，走五里地远去逛隆福寺庙会，看拉洋片儿，坐在摊子跟前喝面茶汤儿……小墩子心里咯噔响了一下，她就想到了爹，就算爹没怎么在意她，她又多在意爹呢？爹是提前两年退的休，为了让她顶替。她顶替爹以后，爹除了天天在家里喝两顿八分钱一两的白薯干酒，又有什么别的事可干呢？怎么就从来没去体会爹的寂寞呢？没陪着爹去趟公园呢？没给爹买一笼子鸟呢？没给爹弄一缸子热带鱼呢？哥哥姐姐们没想到没行动，自己呢？自己发了以后，不也以为拍出个五千块的折子，就仙女下凡似的了吗？

"你爹对你，你怕是不知道，你那时候小冻猫似的，还不省人事儿……为了养活你，他费了多大的劲！"奶奶继续絮叨着，小墩子坐直了身子，惊讶地听着。"那年头粮食各人有各人的定量，谁也不够，谁愿意让着谁？偏又添了你，你妈又偏没奶，你爹为了给你妈催奶，经常是半夜里就蹬着自行车往城外窑坑去，捞点子小鲫瓜儿鱼。你爹回来让我熬汤给你妈喝，他撂下鱼篓儿自己一口早点不吃，就又赶着去粮店压切面……有一回趁我不在屋，你妈搂着你睡着了，还没熬透的鱼汤，就让你大哥大姐偷着喝了小半锅,回来让你爹知道了,那一顿好揍!……"

小墩子的心像被一个网子罩住了,网子越抽越紧,她有一种痛楚感,也有一种憬悟感。

"墩子呀,你去,去把那大立柜底下的抽屉拉开——"奶奶命令着,小墩子就过去蹲下使劲拉,那抽屉大概好久好久没拉开过了,发胀,费老大劲也拉不开。小墩子使足吃奶的力气,一个屁股蹲儿,才终于嘎的一声拉开,立刻扑出一股子发霉的气味。一眼望去,里头净是些个早该扔掉而爹妈却一直舍不得扔掉的破旧东西。起皱的干部帽呀,单只的旧袜子呀,破损的套袖呀,装过药丸子的小纸盒呀,生了锈的钉子呀,不足一寸长的蜡烛头呀,边缘起毛的旧鞋垫子呀,补过又破了口子的旧瓷碗呀……奶奶是要让自己找什么呢?她让把什么递过去?

"瞅见旧皮带了吗?没准儿就是那条,对,你拿过来给我瞅……"

祖奶奶指示着,小墩子就把找出来的一条已经糟朽的旧皮带拿过去递在奶奶手里。奶奶认准了,点头说:"就这条,你爹的,那时候粮食不够吃,他就在上头紧凿窟窿眼儿,一上饭桌,他就紧到最后一个眼儿,五六尺的汉子,每天干的是力气活儿,你围围试试,紧到最后一个窟窿眼儿,那腰得有多细!"小墩子把那皮带往自己腰上试,使劲勒,竟然用的还是倒数第三个窟窿眼儿,她松开皮带,一头扑进奶奶怀里。她的眼里,讲出几粒眼泪,数目照例不多,大约五六粒,都停留在颧骨上。沉默了几秒钟,小墩子她长号一声,哭了起来——这是爹死后她头一回哭,并且哭的时候,她回想起三姐报信以后,她同三姐一起赶往医院,还没走拢太平间,就听见了妈的哭喊声,狼嗥似的,又仿佛唱歌,当时她竟很觉不快,无法理解。现在她心头仿佛有道闪电,猛然照亮了爹和妈相依为命的一生，就在这间门洞屋里，他们养下了两个儿子四个闺女，一个个把他们拉扯大，还一直赡养着奶奶，这才懂得，妈的号哭不是例行公事，那是真诚的，出自肺腑的！人能发财，能有好多好多的钱，但人不是都能付出真情，也不是都能得到真情的……

祖奶奶任小墩子在自己胸怀里痛哭失声，她用鸡皮般起皱的手抚摩着小墩子的厚发，用怜惜的语调喃喃地说："别惊惊乍乍，别惊惊乍乍的啊……"

按阴历算还是那一年，按阳历算又是一年，爱怎么算怎么算吧，反正小墩子承包那快餐车九个月了。那九个月对她来说已经好长好长，可从旁人眼里看去却很短很短，长长短短本也无所谓，但传出来的话茬儿是：才九个月，小墩子就成了个女大款！有说她已经捞了一百万的，有说她已经买了楼房小轿车的……传言虽然不准确，模糊之中倒也缓冲了人们对她的嫉恨，倘若一个个都清楚地知道她的真实收入和真实状况，比如说闹清楚她还并没有赚到一百万而只赚到了四十万；她还只是包租了那么个破院子并没有买楼房和小轿车；她只不过为自己买了五条金项链三个金戒指两副金耳饰两条金手链而已；除了找"托儿"，搞"公关"，自己一般也并不到高档饭馆去享用生猛海鲜、南北大菜，更简直没到舞厅跳过舞没到卡拉OK歌厅唱过歌；她那小院的宿舍里除了有一台二十一英寸直角平面遥控的松下牌彩色电视机，其他家具用器还都极为低档……是的，比如说她以往的同学、同事、邻居把她的这些个情况都搞得很明白很精确，校正了传言中的夸张拧干了传言中的水分，他们就心平气和了吗？

春节逼近，小墩子给男女雇工们都放了假，发放了路费，让他们回乡欢度春节。老A就建议春节期间在北京找临时工应付一段，阿臭也说不能错过春节庙会的大好赚钱机会。小墩子却阴沉着一张脸说："都歇歇吧！你们不乐意回家就跟这院里过节也行，只要不把房子烧了，随你们折腾！"

也实在该歇歇了。小墩子精疲力竭。不光是体力上已经消耗到不停下来歇歇补补就可能哗啦啦散架撂挺，还有个更严重的心力上已然招架不住种种压挤和攻击的问题。

你当赚钱容易吗？

先是有人写匿名信告，说他们那快餐车卖的炸羊肉串之所以有那么一种异香，是因为油里头加了香味洗衣粉和花露水，而这就会产生出致癌物质，那意思简直就是说小墩子他们见天地在街头谋财害命……就真有人来查，来纠缠，弄得他们有大半天不得不停炸停售；这事上老A和阿臭倒跟小墩子特别地磁气，任人一块儿对付，配合着扛，老A就细细地从成本核算上说服调查者，使他们懂得那洗衣粉和花露水倘若真作为一种辅料配进去，那他们一块钱一串地卖那羊肉串就简直等于不想赚钱，因为洗衣粉和花露水的份额价比羊肉还高！阿臭则有意把这话递给了洗衣粉和花露水的厂家，厂家一听也火了，我们的产品会产生致癌物质？这不是诬蔑吗？放出了打官司的风，这就把问题复杂化了，复杂化了对他们快餐车·方就有利。小墩子究竟是更厉害上十分。她一见那匿名信复印件就认出来是白条儿的字迹，好啊，这小子搞打击报复！她就跑回原来工作的那个仓库，点了不多的几张票子，便搞到了白条儿当年留下的字迹，恰好是当年调查组查实他违反财会制度的凭证。这样，当来调查的人第二回找她谈话时，她便当着众人，态度异常地强硬起来，毫不含糊地指出那匿名信便是白条儿写的，而白条儿自己才是贪赃枉法的主儿，并且她那回在仓库抵制白条儿的不正之风，是有目共睹，也是得到局里表彰的。所以白条儿写这匿名信，纯粹是打击报复！人家便问她怎见得匿名信是白条儿写的？她便大吼一声："我这儿有白条儿的白条儿！"大伙一时听不明白，只当她犯混，她却弯下腰去，伸手去够右脚，右脚跟抬起来以后，她便用手指头麻利地从鞋底上取出来折成长条儿的纸片来，递给人家。人家当众打开一看，是几张当年白条儿在仓库违反财会制度所开出的白条儿即无章非票据收款单，人家只得拿着跟那匿名揭发信对照，周围的人不禁都凑过头去看，后来又传看，只能服了小墩子，没错儿，同出一人之手笔！

匿名信算是搪回去了，但麻烦事还有一大堆。还有那没完没了的摊派和刁难……

这些都还算不得什么。

最大的危机是，那一年那一冬局里就有人正儿八经地提出问题：小墩子那号人究竟怎么算？说她个体户吧，她的执照又分明是局属的第三产业，连集体所有制都不是而是完全国营，她只是那国营快餐车的承租法人而已，但她所作所为所赚，不是比个体还个体吗？这样搞第三产业，路子对头不对头？局里的争论小墩子自有耳目随时向她汇报，为得到这些情报她向那几位耳目每月单开一种"地下工资"，这种"暗工资"又叫"灰工资"，还涉及方方面面的若干人物，倒也还真都能做到天知地知那人自己知和小墩子一总知，真情实况连老A和阿臭都一无所知，只能从旁猜测。小墩子不吝惜这笔为数不小的开支，尤其是给局里向她传递有关争论信息的耳目，她每听到一次耳目汇报心里就怦怦乱跳一次，的的确确，看起来她已经开成了一朵光艳照人的鲜花，但只要用两根指头轻轻一掐，这花就能立马完蛋！

那一年那一冬逼近春节的那几天，腰缠万贯的小墩子心情是黯淡的、郁闷的，但没人能真正了解她、理解她。她觉得一辈子从没那么样地觉得累得慌，当年压切面也好，在仓库里装装卸卸也好，都没产生过这种"活得真累"的感觉。她像一条闯荡过太多风浪的航船，巴望着能驶进家乡的小小港湾，泊下来，再享受一下往昔的宁静和安适。

那一年那个天上飘着云母粉屑般的干雪的腊月尾子，小墩子提着一大堆年货，坐出租车回那条胡同那个杂院的那个家去。

大锛儿头年十月结的婚，如今他俨然一家之主，占据了最大的一间屋子，那屋子布置得相当地堂皇，自然趣味比较低档，比如屋顶上的吊灯过大而且安着些大红大绿的尖头灯泡，组合柜上放着些廉价的造型拙劣的塑料盆景，等等，但确实是处处显示出了他那"鸟枪换炮"的生存状态。另外两间屋，祖奶奶一间兼作饭厅，妈一间还保留着大床，都还用着一些旧家具旧东西。小墩子回到家里，还是主要待在奶奶和妈的屋里，东西旧，可瞅着觉得亲切。

没想到那天小墩子进了家门，甫将年货搁到大饭桌上，便感到有一种异常的气氛，扑面而来。

外屋里不见奶奶，只有大锛儿的媳妇玉娥跟三姐各坐饭桌一方，仿佛正在拌嘴，小墩子推门进去后，各看了她一眼，居然都不打招呼，却又扭头互相恨视着，像一对斗得正酣而抓空喘息的公鸡。隔着塑料珠串的门帘，可以依稀看见大锛儿独自坐在那屋转角沙发上，身前的茶几上的酒瓶子十分扎眼。小墩子就也没理他们，径直往妈那屋去看望妈。妈卧在床上，她刚做完摘除子宫的手术，身子还虚。奶奶坐在妈床边，妈跟她说些个闲话，但奶奶自从爹去世后，耳朵就越来越背，已几近于全聋，她对妈的话肯定是答非所问，但两人各说几句，一来一去的，倒也还能互慰残年。

小墩子进了屋叫完奶奶和妈，一眼就发现妈屋里那台电视机不对头，遂问："妈！怎么回事儿？我给您买的'21遥'呢？怎么换了个旧的？这么小？"

妈就说："你大嫂带着你大侄儿来给换的。他们一窝子人，让他们看大的吧，他们换来的这个也带色儿，我跟你奶奶看这个也一样……"

小墩子就按开电视机，出现的画面色儿特淡，可见显像管已然老化，声音也有点咪啦咪啦的。她重重地关上电视机，气从心尖里往外冒，直冲嗓子眼儿，不禁嚷了起来："这算怎么一回事儿？他们想看大的他们自己买去！要不就找我要来，怎么能这么黑，愣把我给妈的大彩电抱走？"

小墩子冲出那间屋，直奔玉娥和三姐，脸先对着玉娥，问："怎么回事儿？你们怎么能就让他们生这么给掉了包儿？这不是打家劫舍吗？"

玉娥的眼睛还恨着三姐，抱怨说："你问我，我问谁去？谁把我当这家的人了？这不，立马也就要来搬你二哥的家当了！"

小墩子便问三姐："究竟怎么一回事儿？这闹腾的究竟是什么？"

三姐便爽性把话说破："谁让你做事不公！凭什么头一回给钱，我们三户就只得一千，大锛儿他们俩就干得两千？我们都拉家带口的，倒比他们少上一半！"

小墩子只觉得耳朵眼里被塞了颗手榴弹，那手榴弹几乎把她的一颗心炸烂！她的钱，她爱给谁给谁，爱给多少给多少，怎么成了"做事不公"？怎么叫"公"？

三姐还一泄无余地吵骂说:"大姐的俩孩子过生日,你给的红包都是整整的一棵,怎么大哥的仨孩子,端午节那天你每人才给了三张?你当你做的事我们不知道,你瞒得了谁?说是各家支援一台洗衣机,怎么二姐那儿你给的就是小鸭圣吉奥,滚筒式的,我们就只是个一般的?……"

小墩子气得浑身乱颤。

"我们这儿的也不是滚筒式呀,"玉娥的用意是跟三姐干仗,但小墩子听来更撕裂心肺,"我们这儿该两台才是,如今这台白兰牌,究竟也没说明白,是我们的还是你妈的,就这么囫囵着合用,我们还亏了哩!"

三姐伸长脖颈把玉娥骂回去:"你别得了便宜卖乖,你们跟这儿住着,什么好处不多得一份儿?趁着我们不来家,私下里不知道多扒了多少份儿,光这拿眼睛量出来的便宜,就一撮一簸箕!……"

玉娥也两只小眼睛一瞪,分毫不让地说:"大哥那边撂下先不说,你们算是什么?泼出去的水!倒跑回娘家来跟二哥二嫂争!再怎么争,你也争不过我们那口子去,他是她哥!……"

小墩子便乱颤着身子大声喝断她们:"你们都给我闭了嘴!钱是我的!我爱怎么花怎么散怎么点怎么撒是我自个儿的事儿,我是该着你们还是欠着你们?瞧你们那副嘴脸!"

三姐便站起来跟她争辩:"你别过了河就拆桥!你别忘了,要不是二姐跟我赶上了那上山下乡的倒霉事儿,爹那顶替,就怎么着也轮不着你!你去得了粮店?去得了仓库?能让你承包快餐车?你挣的钱里头,一棵里怎么也该有我一张两张的,知道吗?你当我是跟你讨饭啦?"

玉娥也站起来,不像是跟三姐干仗,倒像是反冲着小墩子来劲儿："我们怎么就不该得？多得更应该！大锛儿私下里跟我说了：墩子的流动资金，是大锛儿帮着给筹措的，要不人家就让她承包啦？"

什么？她的流动资金是大锛儿帮着给筹措的？小墩子给气得几乎一口气不上来要当场挺在地上。大锛儿确实跟玉娥吹过那个牛，本是酒后随便说说的枕边版本，不堪公开发行的，没想到玉娥为了压下三姐气焰，无论"化学武器"还是"生物武器"都敢动用，就是有"原子弹"，她也敢扔！

玉娥的话，自然也给了三姐一个强刺激，她跳起来，尖声地嚷："啊！敢情这里头有这么个猫儿腻呀！怪不得！我们都长年不在家，大锛儿跟小墩子成年累月地守着，到底是感情不一般哪！嘿嘿，你当嫂子可得留点神……"

"你这话什么意思？！"玉娥指着她鼻子问。

"你男人的事，你倒问我，有能耐你问他去！"三姐也就伸直手臂把一根挺翘的食指直逼玉娥的鼻子尖。

小墩子回过神来，不由得也双手叉腰，朝三姐怒喝："你嘴里喷的什么粪？"

三姐一看是一对二的阵式，那就不扔颗"氢弹"绝不能占到上风，便爽性一不做二不休，扬着嗓门说："我喷粪？你们还指望我嘴里吐出象牙来吗？自己干下的丑事儿自己知道，那年是谁到医院里刮掉了人芽子？怪不得有人心疼，能给筹措上好几吨！……"

玉娥一时发蒙，小墩子脑袋瓜简直要爆炸，妈在那边屋里听着干着急，厉声吆喝了几下毫不起作用，祖奶奶耳里只有嗡嗡嗡的浊音，只坐在妈床边反复地说："干吗惊惊乍乍的……"大锛儿原来只顾喝自己的酒，后来飘进他耳朵眼儿的话使他越来越难以中立,越来越兜他的火儿,等到三姐居然撕破脸抛出那不堪的暗示时,大锛儿便陡然冲出了珠串帘子,一个箭步窜到三姐跟前,二话不说,挥手就给了她一个大耳刮子,顿时使她的半张脸像下了油锅似的火烧火燎,身子也一晃荡,三姐便立刻鬼哭狼嚎地顺势往地上一滚,撒起泼来:"杀人啦!我不活啦!救命呀!仨人欺侮一个,我跟你们拼啦!"滚着嚷着就去抱大锛儿的脚脖子,张开嘴就咬,大锛儿就踢她,玉娥就本能地去拉大锛儿,小墩子就本能地用两手捂着耳朵尖叫……

来了五六个邻居进屋拉架,围聚在门外、窗外看热闹的就更多。但拉架的也好,看热闹的也好,一大半却只在心里头拍手称快:该!报应!怎么着,别看你们家小墩子发了,以为你们家就高人一等了,这不,瞧你们这窝里掐的,多火爆!多稀罕!再接茬斗接茬掐呀!咦,我们今儿个可算是真开了眼了,大过年的,哪找这么好的一出戏去,都不用花钱打票!……

接着就有人把拉开后的大锛儿、玉娥和三姐分别请到自己家去,让他们坐,倒茶水给他们喝,劝他们别再生气:"一家子骨肉,闹过了就算了,别记仇儿!"当然更主要的是问:"究竟怎么档子事儿?"盼着他们能细细地加以说明……

当然也有请小墩子到他们家里去的,小墩子都拒绝了,再说她也确实要进屋去安抚妈和奶奶。

在妈和奶奶面前,小墩子委屈地哭了。但也就那么几粒大眼泪珠子,很快地她也就从气愤转为了悲凉,从悲凉又转为了冷酷。她觉得这个家如果说像只碗,那从来就不是一只盛满幸福和快乐的碗,但以往不管怎么说总还是一只碗,总能盛着点什么,如今这只碗在她心中是彻底地破碎了,她再不希求从这里得到哪怕是丁点儿的亲情、安慰,她当然也再不会往里头投放哪怕是丁点儿的东西，无论是物质的还是感情的。她便对妈说："妈，您再忍仨俩月，我这就张罗买三环路边上的单元，把奶奶跟您接过去住。他们，我打今儿个起就跟他们四窝子一刀两断了，我不该他们不欠他们，他们以后一个子儿也别再想打我这儿抠去，我就连下一辈的也一个不认，都跟我再没半点子关系，就您跟奶奶，咱们住一块儿去……"

谁知她妈却说："你奶奶她能去吗？她一辈子没离开过这外头的臭椿树！我也哪儿都不去，你爹死在这儿，这儿就成了油锅把我炸了，成了蒸笼把我蒸了，我也就只认这地方了……你也别跟他们那么一般见识，都打我肚子里爬出来的，还是指望着你们有一天能和好……"

小墩子说："反正我逢年过节的还是要来看您跟奶奶，他们我是一个不理了，大锛儿、玉娥我也不理，我的心是砸破的花盆，再栽不了花儿了……"

小墩子就离开了那个家。迈出门槛的时候她的心略微酸了一下，但挺起胸脯咽了口唾沫也就压下去了。她到了院里，天已黑净，院里地面已经积了薄薄一层雪，雪停了一阵子，雪地上是些乱七八糟的脚印，她抬起眼睛，从别人家盖出的小厨房形成的喇叭形过道透视过去，看见了有那两棵洋槐树守卫的小东屋，小东屋的灯亮着。

她情不自禁地朝那小东屋走去。

自打她忙着张罗快餐车的事以后，难得到那东屋看望群龙。每次去，群龙总在屋里用嘴叼着毛笔练字儿，他那屋里墙上挂满了他写出的字儿，最大的字儿有蒲扇那般大，最小的也有核桃模样。群龙每次对她拉门而进都既不怎么惊讶也不怎么欢欣，淡淡的，也不问她的生意，只让她帮着品评，究竟哪幅字儿看上去更像模像样?

走拢小东屋的门前,东倒西歪的两株洋槐树,光秃的枝丫在一阵北风里摇晃着,更感到屋里屋外都格外地宁静。

她便去拉门。门可能因为发胀,很吃紧。她知道群龙的门里头的插销一般是不使用的,好方便他妈去照应他;同时群龙也相信人们都不忍心去偷窃他那么样的一个残废人,所以几乎整日整夜都不插上那插销——但这天不知怎么的,门却拉不大开,她便更加用力,一下子把门拉开了,拉开的一霎才发现门里的插销本是插着的,她是用力将那插销的销扣给拉得弹出去了,而在门猛然拉开以后,一个大大出乎她意料的情景忽然在耀眼的灯光下呈现于她的眼前——群龙坐在转椅上,身子并不朝着书桌,而是恰好朝着屋门,一个短发的姑娘,斜坐在他的身子上,一只手搂着他的脖颈,仿佛闻声才惊悚地转过身体,用另一只手扶住转椅把手,以保持平衡;那姑娘的一条腿明显有残,一副拐架,便斜倚在书桌旁边;显然群龙和那姑娘正在亲嘴儿、互相掏摸,被小墩子那么粗暴地猛一拉门,才从缠绵的情乡中被拽了出来。小墩子的双眼同两双惊慌而愤怒的眼睛一碰撞,她便自知莽撞,她本能地把门往前一合,又给关紧,转身便疾走。待她意识上略微清醒过来时,发现自己已在胡同外面的大街上⋯⋯

小墩子的心不仅仿佛被一把利刃猛地插了进去,而且,那把利刃就那么滞留在她的心上,还带着沉甸甸的刀把儿⋯⋯

回到包租的小院里,只见平日用来处理原料的那间大屋灯火通明。推门进去,老A和阿臭正坐在大案子边喝酒,已然喝得半醉。

那间屋在这冬天景象极为滑稽,沿着后墙是一排冰箱、冰柜,用来储藏羊肉等快餐原料的,屋子两侧,却又一边开着一个大号的电取暖器。老A和阿臭面前的案子上摆放着四大盘他们自己炒出的热菜——小墩子进去时已经都有点凉了,另外是些从街上买来的现成的熟食和花生仁儿、鸡味酥、虾条儿一类的小零食,都懒得再切割再装盘儿,就那么摊放在包装纸上或胡乱地撕开口袋后直接倒在案子上。酒他们各喝各的,老A嗜好酱香型的酒,他喝的是全光大曲,阿臭嗜好芳香型的烈酒,他喝的是足有六十度的汾酒。

老A和阿臭两人一见小墩子进去,多少有些意外,但不约而同地大表欢迎。

"嘀!掌柜的回来啦!怎么着,跟家吃了什么好的呀?怎么今儿个不在家里歇呀?想我们了吗?"阿臭乜斜着眼,怪笑着。

"是呀,是不是怕我们俩真把这院子给烧了呀?怕我们撬开你屋门,把你保险箱连锅端了吧?"老A也红着一双眼睛,咧着嘴。

"去你的!"小墩子就在他们对面坐下,细望望桌上,"都有什么好吃的呀?也不敬我老板一杯!"

桌上并无什么山珍海味,炒出的四大盘菜都是猪肉丝,也就是他们快餐车增添了刚一个来月的新项目——快餐盒饭里盖浇的那四种炒肉丝,他们自己称之为"四大快餐肉丝",即京酱肉丝、鱼香肉丝、尖椒肉丝、干煸肉丝,如此而已。

"怎么都不弄点子新花样?"小墩子问。但因为她其实并没有吃过晚饭,所以望着还是吊起了胃口。

"要什么新花样?我们热爱咱们的这四大肉丝,就着喝酒比什么都香!"阿臭诚心诚意地说。

"可不是!由此可见我们对老板是忠心耿耿。这可是四大摇钱肉丝,立了汗马功劳的!"老A怪腔怪调。

确实，自从上了这"四大快餐肉丝"盖浇的盒饭以后，营业额猛增，猪肉丝的摇钱功能已经超过了炸羊肉串。

小墩子感到饥肠辘辘以后，却只垂涎那边摊开的一只灵芝烤鸡。她便望着那只撕掉了少部分肉的烤鸡说："怎么着？就不先请我这个老板撮点儿？"

"您自个儿拿！爱撮什么撮什么！在您还有什么可说的？我们连人都属于您，您来跟我们就合是赏我们的脸！"老A的油腔滑调里并没有什么真正的阿谀成分。

阿臭便撕下一只鸡腿递给小墩子。又问："怎么跑回来跟我们过年？"

小墩子不作回答。她确实有点尴尬。老A父母都在外地，阿臭父母双亡，他们把这个小院当作自己的家，原不奇怪，小墩子为了发财，大多数日子泡在这个小院里也不奇怪，奇怪的现在歇业了，雇工都放假回家了，她又提了一大堆年货回她妈那儿去，怎么没几个钟头就又回来了，倒像还没吃过饭的模样。

"别光啃鸡腿儿，"老A说，"你也喝两盅儿！"

"对，难得咱们仨这么聚一聚，你也喝点儿！"阿臭也说。

"成！喝两盅就喝两盅！"小墩子忽然豪情迸发。

阿臭给她取来个玻璃杯，说："喝我这个！"

老A就拿着自己的全光大曲往她杯子里倒："喝我的！"阿臭还没放下玻璃杯，就躲，老A倒的酒全倒在了案子上。老A瞪阿臭，阿臭冲他咧嘴。

"这争个什么呀！"小墩子就抢过玻璃杯，举起来说，"你俩一块儿给我往里倒！"

"没这么个喝法儿！"阿臭说。

"那叫什么味儿！"老A说。

329

"好，那就再拿个杯子来，各人给我斟一杯，我轮流跟你们干！"

"行呀！老板！"老A和阿臭齐声惊呼。

小墩子就真拉开架式跟他们吃喝。阿臭脸红得像关公，老A一双眼红得像燃得正旺的煤球儿，小墩子倒只是觉得心尖子有点跳得重，脸上跟没事人一样。

"别光这么干喝！一人来个节目，咱们也热闹热闹！"小墩子两眼闪闪放光，兴致骤高。

"好啊！那就老板先来！"老A拍巴掌。

"老板先来老板先来！"阿臭顿脚。

"先来就先来！"小墩子仰脖喝了杯里的残酒，想了一想，就扯开嗓门唱了起来：

　　水牛儿，水牛儿，
　　先出犄角后出头；
　　你妈，你爹，
　　给你买个香香肉……

"不是香香肉！"阿臭说，"蜗牛吃肉吗？蜗牛是吃素的！"

"我奶奶就这么教我唱的，就是香香肉！"小墩子瞪圆了一双眼睛。

"老板说是什么就是什么，"老A说，"可光这么两句够个节目吗？"

"还有啦！"

小墩子就又唱：

臭椿，臭椿，
谁把你栽来谁把你闻；
谁说你臭来谁是个浑，
谁闻你闻到大天亮？
谁闻你闻得丢了个魂？
臭椿，臭椿，
死了也要把你不住地闻！

"咦，稀奇！哪有不唱香椿唱臭椿的？"阿臭又嚷。

"我奶奶就这么教我的！臭椿就比香椿好！香椿的味儿不禁闻！"小墩子眼睛瞪得更大更圆。

"好！唱得好！臭椿万岁！"老A使劲拍巴掌，阿臭便也拍巴掌。小墩子也拍巴掌。

"该你啦，阿臭！"老A便说。

"你！老A！"阿臭冲老A说。

"我压轴儿。你来！"老A用的命令口吻。

"我什么也不会呀！"阿臭挠头。

"随便什么都行！"小墩子说。

"那——好，我就脱给你们看！"阿臭认认真真地说。

阿臭原先练过摔跤，又练过健美，参加过区里的健美队，出场表演过几次。他便坦然地脱了毛衣、衬衫、背心，又脱了裤子、毛裤、线裤，只穿个小裤衩儿，又郑重其事地从冰箱里取出一瓶橄榄油，倒出些往身上抹了抹，完了，便正儿八经地来了一套完整的动作：侧展胸大肌、双展肱二头肌，还有腹肌、背阔肌……乃至腿肌的展示，最后结束在一组连续性的半舞蹈动作上。

他盼望着从小墩子那里得到哪怕是一句的赞美。

小墩子却看着只是哧哧地笑。她从小在底层的劳动汉子当中长大,看见的赤膊汉多了,肌肉再结实块儿再大也引不起她的兴致,阿臭英勇献身完了,她的评论是:"整个儿一大块酱肉,腻味死了!"

阿臭灰溜溜地穿上他的衣服。

"该你啦!"小墩子盯着老A。

老A心头便仿佛被鸟翅拍了一下。

"阿臭的脱衣舞都不落好,我还能憋出什么幺蛾子来?"他心里这么想,也就这么说了出来。

"好不好你们就凑合着听凑合着看吧!"

老A便从屋角取来了一只吉他,斜搂在胸前,调出了几组琶音后,便扭动着身子自弹自唱起来:

> 当我离开亲爱的故乡哈瓦那,
> 亲爱的姑娘,你为什么悲伤?
> ……

小墩子盯住老A,全神贯注地听着,竟至于听到半当间儿,便从眼角滚出了两粒泪珠,停在了颧骨上。

千头万绪,新仇旧恨,一齐涌上了她的心头。不待别人找她干杯,她便一仰脖又喝掉了一杯汾酒……

那一年那一冬那一晚,三个人到头来都烂醉如泥。

不知是什么话茬儿,引发了阿臭瓮声瓮气的一句建议:"都该睡了!老板说吧,你挑,随你挑,你要谁陪着你睡?"

"去你妈的,酱肉!"小墩子只盯着老A,她觉得老A就是群龙,她喜欢这号白白净净的人物,她现在是老板,是大款,是想要谁就有谁跟的女强人,她要占有原来在她生活里很难染指的那些东西,包括老A的大学学历,老A的高级工程师父亲和主治大夫的母亲,包括老A懂得的ABCD,包括老A会弹的吉他,以及老A所唱的那个什么哈瓦拉……总之,她乐于通过让老A去跟她睡觉达到那样一种心理满足:这些个原来远离我的、小瞧我的东西,如今都拥在我小墩子怀抱里了!

小墩子和老A互相搀扶着,消失在小墩子的那间住房里。灯只开了一小阵,便灭了。天上又飘下云母粉屑般的干雪来,把小院地面敷得惨白。阿臭一个人留在大屋子里,他把桌上的东西连吃的带酒瓶酒杯全用手臂胡噜到了地下,趴在大案子上哭了起来……再后来,他爬到大案子上面,摆成一个大字,鼾声如雷……

那一年的仲春,局里提出要小墩子提高她的上缴款额,小墩子从那时候起开始交往律师,律师帮助她根据承包协议里的条款和行文,同局里据理力争,最后双方达成妥协,局里最后应允三年承包期的最后一年再提高小墩子的上缴额,小墩子则应允在不强制规定的前提下,她从第二年起便根据生意发展自动多缴一些款额。她同一个毕业于大学法律系的比她年轻四岁的律师发展着一种引人注目的关系。

那一年的初夏,小墩子炒了老A的鱿鱼。老A用自己的钱作流动资金在南城承包了一辆快餐车,卖同小墩子那快餐车一模一样的东西。

那一年的仲夏,小墩子又承包了另一事业单位名义下的两辆快餐车。炸羊肉串已涨至一块五一串,仍大受欢迎,供不应求。

那一年的深秋,小墩子买下了三环路边上一栋高层公寓楼里的一个单元,据说装潢得极为考究,但除她自己外极少有人进入过那个单元。她没有购买小轿车，但凡从一处到另一处她都"打的"。

新的一年的元旦，残疾人协会给包括群龙夫妇在内的四对残疾人举行了风风光光的集体婚礼，小墩子原应允出席祝贺，后称身体不适未能莅临，但阿臭到会代表她发表了简短的贺词，并当场宣布向残疾人协会捐款二十万人民币，成为当天晚报头版和第二天日报二版上的花边新闻。

那一年的春节，小墩子出现在广州的花市上，后来又出现在深圳的香蜜湖游乐园，稍后又出现在沙头角中英街，陪伴她的人身份不详。

那一年的暮春，小墩子赞助了一个报告文学的研讨会，会期共三天，最后在新源里日资康乐园三楼的卡拉OK餐厅中胜利闭会。研讨会秘书长姓闻，他宣布闭会后的余兴包括免费在康乐园中的七种浴池中洗浴、到按摩室接受玉女按摩（每人半小时，超时费用自付）、到休憩室中小睡及到娱乐室玩电子麻将等。

那一年的仲夏，小墩子的快餐业除四辆快餐车外又发展到有了一家店面快餐，专卖美式牛肉面，是中外合资性质，外方代理人是位华裔女士，英文名字是Helen，但签约酒会上有人听见小墩子叫她二荷。其实Helen的北京话说得极棒，但仍请了一位姓简的半老徐娘到场承担翻译，前后四小时的翻译工作，小墩子给她的红包鼓鼓囊囊，简女士回家打开一看，是四吨人民币。

那一年九月里，小墩子的母亲去世。死在她居住了几十年的胡同杂院的旧房子里。她的祖母人称祖奶奶的古稀老人除双耳失聪外尚属康健，祖奶奶比她母亲更固执地不离开那臭椿树覆盖下的旧屋，小墩子无法将她带到楼房单元同住，便同房管所达成协议，掏钱重新翻盖了她家的旧居，使她家原有的房屋成了两组并列但互不中通的结构。一边由她的二哥大镲儿一家居住,一边由她奶奶居住。她为奶奶雇了一位保姆,与奶奶同住,照料奶奶一切,工资从优。奶奶现在不用从院门出去,直接从自己的住宅门出去,劈头便是那株已粗壮高大得惊人的臭椿树。至今从那胡同路过的人,仍可经常看见祖奶奶坐在那臭椿树下的一架轮椅上,或若有所思,或正在念叨"下什么惊惊乍乍的"……

那一年深秋,小墩子被控告偷税漏税严重,传说有关部门的人提着手铐去铐她,她跟着走了,但手铐并没铐到她手上,仍由带去的人提着……又传说当晚她便又回到了办公处,神色自若,深夜还同她的亲信阿臭在一起喝酒,大声唱歌……

那一年冬天,小墩子作为被告上了法庭,但经过几次审理后,只判她罚款一万余元便结了案。据说她的辩护律师不仅舌如利刃,口若悬河,且英姿勃勃,潇洒风流。

再一年春节后,有传闻说小墩子同那比她小四岁的律师同结连理,飞往南方共度蜜月去了。但后来被当作谣言辟掉。稍后证实那律师已到美国自费留学,且上的名牌学府。律师当年的大学同学纷纷议论,都猜度此事小墩子出资不少,但亦不能知其究竟。

那一年有相当长一段时间完全没有了小墩子的消息。原来常可在她的快餐车和快餐店中见到她亲临现场检查快餐质量和服务态度的身影,那一段时间里却杳若黄鹤。但她的快餐车和快餐店依旧正常运转。

那一年的仲夏,传说小墩子的最早合作者阿臭死于摩托车车祸。善后事宜的详情无人能够说清。

直到那一年的初冬,小墩子才又经常露面。她总爱身着一袭爱德康服装店出的墨蓝色套装,浅施脂粉,表情严肃,再听不见她像以往那样大声吵嚷吃喝,她的语音低沉,语调却变为柔和。

人们发现她办公桌上常立着一个黑色的镜框,里面是一个男子在进行健美表演的照片。私下里,有人说那照片上是阿臭,有人说绝对不是。

  1992年6月26日写毕于北京安定门绿叶居

图书在版编目（CIP）数据

刘心武小说 / 刘心武著. -- 北京：作家出版社，2025.2. --（作家小说典藏）. -- ISBN 978-7-5212-3089-5

I. I247.7

中国国家版本馆 CIP 数据核字第 20245VB964 号

刘心武小说

丛书策划：路英勇　张亚丽
出版统筹：省登宇
作　　者：刘心武
封面绘图：（美）米尔顿·艾弗里
责任编辑：姬小琴
装帧设计：TT Studio　纸方程·于文妍
责任印制：金志宏
出版发行：作家出版社有限公司
社　　址：北京农展馆南里10号　　邮　　编：100125
电话传真：86-10-65067186（发行中心）
　　　　　86-10-65004079（总编室）
E-mail:zuojia@zuojia.net.cn
http://www.zuojiachubanshe.com
印　　刷：北京盛通印刷股份有限公司
成品尺寸：142×210
字　　数：246千
印　　张：10.75
版　　次：2025年2月第1版
印　　次：2025年2月第1次印刷
ISBN 978-7-5212-3089-5
定　　价：38.00元

作家版图书，版权所有，侵权必究。
作家版图书，印装错误可随时退换。